APRIL DAWSON

Starting Something New

Die Romane von April Dawson bei LYX:

Die Starting Something-*Reihe:*
1. Starting Something New
2. Starting Something Real *(erscheint im September 2024)*
3. Starting Something Great *(erscheint im Februar 2025)*

Die Proof of Love-*Reihe:*
Proof of Hope
Proof of Faith
Proof of Love

Die Dare to Trust-*Reihe:*
Dare to Trust
Dare to Dream
Dare to Stay

Die Up All Night-*Reihe:*
Up All Night
Next to You
More than This

Die Royals-*Reihe:*
Royal Wedding *(exklusiv als E-Book erschienen)*
Royal Temptation *(exklusiv als E-Book erschienen)*

Die Boss-*Reihe:*
Pick the Boss – Liebe ist Chefsache
(exklusiv als E-Book erschienen)
Love the Boss – Ein Chef fürs Leben
(exklusiv als E-Book erschienen)
Feel the Boss – (K)ein Chef für eine Nacht
(exklusiv als E-Book erschienen)
Kiss the Boss – Eine Chefin zum Verlieben

Außerdem erschienen:
Still Broken

Weitere Romane der Autorin sind bei LYX in Vorbereitung.

APRIL DAWSON

STARTING *something* NEW

Roman

LYX

LYX in der Bastei Lübbe AG

NACHHALTIG PRODUZIERT

Die Bastei Lübbe AG verfolgt eine nachhaltige Buchproduktion. Wir verwenden Papiere aus nachhaltiger Forstwirtschaft und verzichten darauf, Bücher einzeln in Folie zu verpacken. Wir stellen unsere Bücher in Deutschland und Europa (EU) her und arbeiten mit den Druckereien kontinuierlich an einer positiven Ökobilanz.

FSC www.fsc.org MIX Papier | Fördert gute Waldnutzung FSC® C014496

Textredaktion: Silvana Schmidt
Umschlaggestaltung: © Jeannine Schmelzer unter Verwendung von
Motiven von © Shutterstock (Anna_Kim, grafius, Bokeh Blur Background)
Satz: Greiner & Reichel, Köln
Gesetzt aus der Adobe Caslon
Druck und Verarbeitung: GGP Media GmbH, Pößneck

Printed in Germany
ISBN 978-3-7363-2237-0

1 3 5 7 6 4 2

Weitere Informationen unter:
lyx-verlag.de
luebbe.de | lesejury.de

Liebe Leser:innen,

dieses Buch enthält potenziell triggernde Inhalte.
Deshalb findet ihr auf der letzten Seite eine Triggerwarnung.

Achtung: Diese enthält Spoiler für das gesamte Buch!

Wir wünschen uns für euch alle
das bestmögliche Leseerlebnis.

Eure April und euer LYX-Verlag

Für alle, die sich in Aspen verlieben.

PLAYLIST

Taylor Swift – Enchanted
Kevin Oh – Your're the only one
Charlie Oriain – Getting over you
Luca Fogale – Villains
Halsey – Girl is a Gun
SYML – Where's My Love (Acoustic)
Joshua Radin and Schuyler Fisk – Paperweight
John K – if we never met
SuperM – Wish You Were Here
Anna Clendening – Boys Like You (Acoustic)
Ruth B. – Lost Boy
Carrie Underwood – Last Name
Alec Benjamin – Different Kind Of Beautiful
Charlie Oriain – Wish I Could
Elina – Sweet Night (Stripped)

1. KAPITEL

Daphne

Ich sauge den Duft von Luxus und Freiheit tief in meine Lungen ein. Nach den letzten Jahren, in denen ich mich nur auf mein Jurastudium fokussiert und kaum etwas anderes getan habe, als zu lernen, wollte ich meinen einundzwanzigsten Geburtstag zu einem unvergesslichen Erlebnis machen. Und zwar in Las Vegas. Meine besten Freundinnen und ich befinden uns im *Grand Canal Shoppes*, dem Einkaufszentrum, das zum *Venetian Hotel & Casino* gehört.

Dort befindet sich unsere erste Station an diesem frühen Abend. Die *Kamu Ultra Karaokebar*. Wo wir auch hinsehen, sind wir von Glamour und Glitzer umgeben, wie schon seit der Ankunft in dieser schillernden Stadt. Man hat dort das Gefühl, selbst ein Promi zu sein – oder steinreich.

»Was immer in Vegas passiert, bleibt in Vegas«, meint meine beste Freundin Monica euphorisch und stupst mich mit der Hüfte an, sodass ich fast ins Straucheln komme. Es ist definitiv eine Weile her, seitdem ich High Heels anhatte, aber ich finde, ich halte mich wacker.

»Das klingt ja so, als hättest du vor, einen Fremden zu heiraten«, meint Britney und kann das Lachen kaum zurückhalten. Ich beginne zu kichern, denn das wäre wohl das Schlimmste, was eine von uns tun könnte.

»Keine Sorge, Brit. Wir werden artig sein, sodass du nicht einschreiten musst.« Monica zwinkert ihr zu, denn Britney war immer schon die Erwachsene und Ruhige von uns. Diejenige, die aufpasst, dass wir nicht über die Stränge schlagen, und die uns nicht von unserem Weg abkommen lässt.

»Oh mein Gott, das doch nicht. Niemand würde das tun. Außer Britney Spears vielleicht.«

»Lass meine Namensvetterin in Frieden!«, droht Brit, denn sie teilt sich nicht nur den Vornamen mit der Pop-Ikone, sondern ist auch mit ihrer Musik aufgewachsen und verteidigt sie wie eine Löwenmutter ihr Junges.

»Würden wir nie wagen«, werfe ich ein und hake mich bei ihr unter.

»Nichtsdestotrotz werden Daphne und ich heute einen draufmachen. Es ist ihr Geburtstag, und den werden wir gebührend feiern.«

»Aber bitte ohne einen Filmriss«, meint Britney warnend, da ich schon häufiger bei Partys zu viel getrunken habe und mich am nächsten Morgen kaum noch an etwas erinnern konnte. Anfangs hatten meine Freundinnen die Befürchtung, dass mir K.-o.-Tropfen in den Drink geschüttet worden sein könnten, doch ich war nicht weggetreten, sondern meine Erinnerung wird ganz einfach lückenhaft, sobald ich einen gewissen Alkoholspiegel erreiche.

»Keine Filmrisse und keine Hochzeit mit Fremden. Die Regeln stehen fest, aber nun ist es Zeit, endlich die Party steigen zu lassen!« Und um ihre Worte zu bekräftigen, legt Monica einen Arm um mich und wackelt mit den Brauen. Jetzt ist es zu spät für einen Rückzieher, denn schließlich war es meine Idee, hierherzukommen.

Mein Ziel ist es, das Jurastudium mit Auszeichnung abzuschließen, Teil einer großen Kanzlei zu sein und Menschen vor Gericht zu verteidigen. Allerdings hält mich mein Traum auf Trab, denn sich mit Latein, Paragrafen und Gesetzen zu beschäftigen stellt eine große Herausforderung für mich dar. Je härter das Studium wurde, desto mehr habe ich mich angestrengt. Ich habe mich tagelang im Wohnheim verschanzt, um ununterbrochen zu lernen.

Wenn mich Britney und Monica nicht hin und wieder dazu überredet hätten auszugehen, hätte ich wohl in meinem Zimmer oder der Unibibliothek Wurzeln geschlagen, ohne das Nachtleben als Studentin kennenzulernen. Nach zwei Jahren im selben Trott wollte ich raus aus dem Kokon, in den ich mich gehüllt hatte, und rein ins Abenteuer, bis mein Lernmarathon weitergeht.

»Heute werden wir feiern, wie wir es noch nie getan haben«, sage ich zustimmend und schenke Monica ein strahlendes Lächeln, das tief aus meinem Inneren kommt. Sie erwidert es mit der gleichen Euphorie und Vorfreude. Ihre schwarzen, gelockten Haare hat sie zu einem hohen Dutt frisiert, und sie trägt wie ich ein *Britney-Walsh-Original:* ein gelbes Kleid, auf dem gestickte grüne, elegante Pflanzen zu sehen sind, die perfekt zu Monica passen.

Für diese Reise hat Brit die Outfits designt und genäht. Um dem Ganzen noch einen besonderen Hauch zu verleihen, hat unsere talentierte Nachwuchsdesignerin unsere Initialen in den Saum gestickt – sie sind zwar für andere nicht sichtbar, bedeuten uns jedoch viel. Diese zwei Tage in Las Vegas sollen unvergesslich werden, damit ich von diesem Wochenende zehren kann, wenn ich wieder durchgehend mit meinem Studium beschäftigt sein werde.

»Ihr werdet euch die Birne wegtrinken, oder wie soll ich das verstehen?«, will Britney wissen und stopft das Smartphone in ihre Tasche, nachdem sie ein Selfie von uns gemacht hat.

»Nein, das nicht. Wir hören auf, bevor wir nicht mehr Herrinnen unserer Sinne sind.« Meine Worte scheinen sie zu beruhigen.

»*Das* wollte ich hören.« Britney wirkt zufrieden und nickt, als sie mit dem Finger auf unser Ziel deutet. Ich habe recherchiert und uns die Karaokebar mit den besten Rezensionen rausgesucht. Hier beginnt unsere Partynacht. Die Location wird für den guten Service und das hervorragende Essen gelobt, was mir sehr wichtig war, da ich leckeres Essen genießen möchte, bevor wir zu den alkoholischen Getränken greifen. Wir werden in ein Séparée gebracht, wo wir uns ohne Scheu die Seele aus dem Leib singen und schlemmen können.

Satt und vollends zufrieden bestelle ich uns eine Flasche Ketel One Wodka, den wir mit Softdrinks mixen und mit dem wir endlich auf meinen Geburtstag anstoßen können.

»Nicht zu fassen, dass wir hier sind«, sage ich und blicke auf die mit Graffitis beschmierten, bunten Wände des Karaokeraums. In dem nur schwach beleuchteten Raum glühen sie wie Neonlichter. Meine Aufregung lässt mich leicht auf der weich gepolsterten Sitzecke auf und ab hüpfen. »Das hier war auf jeden Fall eine deiner besten Ideen«, meint Monica und stellt ihr Glas auf dem Tisch ab.

»Haltet euch das vor Augen, wenn ihr euch mal wieder beschwert, dass ich nur im Zimmer hocke und lerne, ja?«

»Nur eine Nacht soll ausgleichen, dass du uns zu oft allein losziehen lässt?«, fragt Monica und verschränkt die Arme vor der Brust.

»Ja, so was in der Art«, sage ich und stimme in das Lachen meiner Freundinnen ein, denn diese Nacht wird nichts ändern. Wir planen, unvergessliche Erinnerungen zu schaffen, doch sobald ich wieder Uniluft schnuppere, werde ich hart arbeiten, um meine Ziele zu erreichen. Monica wird weiterhin am

Broadway singen und ihre Karriere vorantreiben, und Britney wird an der *Parsons School for Design* studieren und ihren Abschluss in Modedesign machen.

»Genug jetzt, ihr zwei. Lasst uns nachsehen, welche Songs zur Auswahl stehen«, wirft Britney ein und scrollt durch die Liste am Display. Während Brit einen Song von Madonna wählt, bleibt Monica ihrer Schiene treu und entscheidet sich für einen Musical-Song aus *Hairspray*, während ich mir Lady Gagas *Poker Face* aussuche.

»Eigentlich total unfair, dass wir gegen eine Broadway-Sängerin bestehen müssen«, sage ich traurig, denn Britneys und mein Gesang ist eine Zumutung, während Monica zu Recht dauerhaft für Musicals gebucht wird. Ihrer kräftigen Stimme zu lauschen verschafft mir jedes Mal eine Gänsehaut, weil sie jeden Song mit solch einer Leidenschaft darbietet, dass niemand daran zweifeln würde, dass sie dazu bestimmt ist, auf der Bühne zu stehen.

»Hier geht es nicht um besser oder schlechter, sondern um den Spaß. Niemand muss den anderen übertreffen.«

»Du hast leicht reden, denn du klingst kraftvoll und schön, wir wirken eher wie jaulende Hunde«, stellt Britney klar, und ich nicke zustimmend. Es ist wirklich kein Genuss, uns zuzuhören.

»Aber süße Hunde. Ihr seid meine Welpen, also stellt euch nicht an. Cheers.« Wir stoßen miteinander an und trinken, singen und jubeln, bis die Flasche geleert ist. Ich fühle mich leichtfüßig, aber nicht betrunken, genau wie ich es beabsichtigt habe. Das ändert sich jedoch schnell, als ich feststelle, dass Monica eine weitere Flasche ordert.

»Wenn das so weitergeht, kommen wir hier gar nicht weg«, sagt Britney, denn der Plan sieht vor, dass wir nach dem Karaoke einen Spaziergang und dann eine Bar-Tour machen, um anschließend mit der Monorail in die Innenstadt zu fahren und dort bis in die Morgenstunden in einem Club zu tanzen.

»Keine Sorge, es ist nur ein leichter Rosé, passend zur Käseplatte«, meint Monica, als wäre Wein kein Alkohol.

»Wie kannst du Hunger haben? Ich bin noch immer pappsatt«, sage ich und lege mir die Hand auf den Bauch.

»Ach, wir sollten uns ordentlich stärken. Die Nacht ist noch jung«, meint unser Broadway-Star und stimmt einen neuen Song an.

»Wie du meinst«, sage ich, doch das hört sie gar nicht mehr, denn sie legt sich ins Zeug, als würde sie vor Hunderten von Menschen performen.

Nach der Karaokebar gehen wir zu Fuß zu unserer nächsten Station, dem *Caesars Palace*. Dort möchten wir uns vor einem der berühmten Brunnen fotografieren, zu denen auch der *Trevi*-Zierbrunnen gehört. Griechische Gottheiten, Musen, Engel, Nymphen und Tiere wurden in Stein gehauen und verleihen diesem Ort einen mystischen Hauch, den ich unbedingt mit der Kamera einfangen möchte. Ich hole mein Smartphone heraus und versehe das entsprechende Quadrat auf meiner To-do-Liste mit einem Häkchen.

Monica schielt über meine Schulter, und als ich den Kopf drehe, um sie anzusehen, rollt sie amüsiert mit den Augen.

»Nicht zu fassen, dass du sogar die Partyreise nach Vegas akribisch geplant hast«, beschwert sich Britney und lallt dabei ein wenig. Der Wodka und der Wein haben uns beschwipst gemacht, doch die Bewegung an der frischen Luft tut uns allen gut. Ich wende mich meinen Freundinnen zu und streiche mir das Kleid glatt.

Auf mein Outfit bin ich heute besonders stolz. Britney hat mir ein ärmelloses weißes Kleid genäht, das vorne hochgeschlossen ist, aber eine Aussparung am Rücken hat. Es reicht mir bis kurz über die Knie und hat an der Seite einen Schlitz, der etwas von meinem Oberschenkel offenbart und doch nicht zu viel zeigt. Dieser Traum in Weiß legt sich über meinen schlanken Körper wie eine zweite Haut.

»Ich will, dass wir unsere einzige Nacht in Las Vegas voll auskosten.«

»Das werden wir, nur finde ich, dass wir spontan losziehen sollten. Aber es ist dein Geburtstag, also darfst du alles tun, was du möchtest«, sagt Monica und lehnt sich gegen den Brunnen, woraufhin ich sofort meine Smartphone-Kamera aktiviere und ein Foto von ihr mache. Ich liebe diese spontanen Schnappschüsse, die natürlich sind und nicht gestellt wirken.

»Solange es sich um nichts Illegales handelt«, fügt Britney hinzu und sieht auf ihr Smartphone, um eine Nachricht zu lesen. Ihre Haare bilden einen Vorhang, sodass ich ihr Gesicht gar nicht sehen kann. Wieder hat sie ihre Mähne gefärbt, diesmal in einem hellen Steingrau – von ihrer Naturhaarfarbe, Haselnussbraun, ist nichts mehr zu sehen.

»Keine Sorge. So, stell dich zu Monica, ich will euch fotografieren.« Ich mache einige Bilder von ihnen, dann wechseln wir uns ab und bitten sogar eine Touristin, auch einige Fotos von uns dreien zu machen.

»Los, lasst uns weitergehen. Ich werde langsam nüchtern, und das wollen wir doch nicht.« Monicas Humor bringt sogar einige Passantinnen zum Schmunzeln, die uns belustigt ansehen.

»Wartet, ich setze mich noch schnell an den Brunnen und mache ein letztes Selfie«, sage ich, reiche Britney meine Handtasche, setze mich an die Kante und lehne mich etwas zurück, damit ich die Skulpturen auch gut einfangen kann. Bevor ich jedoch auf den Auslöser drücken kann, gleitet mir das Smartphone aus der Hand und fällt in den Brunnen.

»Nein!«, rufe ich aus und will reingreifen, um es rauszufischen, doch jemand kommt mir zuvor, taucht seinen tätowierten Arm hinein und bekommt es zu fassen.

»Oh«, sage ich gedämpft, weil ich vor Schreck meinen Mund mit der Hand bedecke. Ich sehe schokoladenbraune Haare, breite Schultern und dann in türkisfarbene Augen. Der Mann vor mir schenkt mir ein schiefes Lächeln und scheint sich nicht an der Tatsache zu stören, dass sein T-Shirt-Ärmel wegen mir nass geworden ist. Er hält mir das tropfende Smartphone entgegen, doch ich kann ihn nur geschockt ansehen, weil diese Situation mich ziemlich überfordert. Da ich keine Anstalten mache, mich zu bewegen, greift Britney danach und bedankt sich, während ich kein Wort rausbringen kann.

»Danke«, hauche ich schließlich und blinzle, um aus diesem Zustand aufzuwachen, den ich nicht mal benennen kann. Das Türkis hält mich immer noch gefangen. *Wer ist das?*

»Gern geschehen.« Seine tiefe Stimme beschert mir eine Gänsehaut, und mein Herz klopft schneller.

»Für mein Handy«, sage ich noch dümmlich, doch er presst die Lippen zusammen, wohl um ein Lächeln zu unterdrücken. Ich verfluche mich selbst dafür, zu viel getrunken zu haben, denn nur das ist der Grund, wieso ich mich so seltsam verhalte. *Oder?*

»Dein Ärmel ist nass«, flüstere ich, als ich meine Augen endlich von seinen lösen kann, und sehe Wasser auf den Steinboden tropfen.

»Ach, das trocknet wieder.« Schließlich gleitet mein Blick zu seinem T-Shirt-Ärmel, an dessen Rand sich ein Tattoo abzeichnet. Ich erkenne Dornenranken, zwinge mich dann aber, mich wieder auf sein Shirt zu konzentrieren.

»Lass mich für die Reinigung bezahlen«, sage ich leise und will mein Smartphone zücken, um mir seine Kontodaten zu notieren, doch das hat ja vorhin Britney entgegengenommen. Außerdem wird es nach der Volldusche wohl auch nicht mehr funktionieren.

»Das ist nicht nötig.« Seine Miene ist neugierig, wirkt beinahe fasziniert, auch wenn der Alkohol meinen Eindruck trüben könnte.

»Aber ich bin dir was schuldig.« Mein Dad sagt immer, dass man ein ehrliches Leben führen und Gutes mit Gutem entlohnen soll.

Der attraktive Fremde neigt sich etwas vor, ohne in meine Komfortzone einzudringen, aber genug, um mich die Luft anhalten zu lassen. Nie hat mich ein Mann mehr fasziniert, und das liegt nicht nur an seinem guten Aussehen. Vielmehr sind es seine Augen und die ruhige und doch intensive Ausstrahlung, die mich völlig einnimmt.

»Wenn du auf dich aufpasst, sind wir quitt.« Sein Mundwinkel hebt sich, und ich weiß gar nicht, ob ich nach Luft schnappen oder den Atem anhalten sollte.

»Das schaffe ich, denke ich«, flüstere ich, bringe trotz meiner Verlegenheit ein Lächeln zustande und fühle, wie meine Wangen heiß werden. Das war wohl die peinlichste und vielleicht einnehmendste erste Begegnung, die ich je hatte. Er nickt meinen Freundinnen freundlich zu, dreht sich um und geht seiner Wege. Ich blicke ihm nach, bis Britney und Monica plötzlich zu kreischen beginnen und mich endlich wieder ins Hier und Jetzt zurückholen.

»Wow. Was war das denn?«, meint Monica und fächelt sich Luft zu.

»Mein Handy ist in den Brunnen gefallen. Ist es kaputt?«, frage ich Britney und gehe auf sie zu, doch sie hält es in die Höhe, sodass ich es nicht greifen kann.

»Wen interessiert das Smartphone? Was war mit diesem

Hottie gerade?«, fragt nun auch Brit und sieht mich fragend an. Wenn ich das wüsste, würde ich es ihnen sagen, aber Worte sind völlig überflüssig, denn sie haben gesehen, dass er mich wie ein Magnet angezogen hat, obwohl ich meist eine Weile brauche, um mit Männern warm zu werden.

»Nichts.«

»Was heißt da nichts. Das Knistern zwischen euch hat fast einen Flächenbrand ausgelöst.« Monicas Übertreibung lässt mich die Augen verdrehen.

»Ja, es war ein eher außergewöhnliches erstes Aufeinandertreffen mit einem attraktiven Mann, aber es hatte nichts zu bedeuten. Wir haben uns weder einander vorgestellt noch Nummern ausgetauscht, was heißt, dass ich diesen Mann nie wiedersehen werde«, sage ich sachlich. Als angehende Anwältin bleibe ich Realistin und schenke nur Taten oder Fakten Glauben.

»Schade. Dieser Typ hatte Potenzial, dein neuer Freund zu werden.«

»Du kennst ihn nicht mal. Wie kannst du solche Dinge behaupten?« Nur weil er gut aussieht, heißt das noch lange nicht, dass er ein guter Mensch ist. Ich lasse mich nicht so leicht blenden, was vielleicht auch der Grund ist, wieso ich bis jetzt nur eine ernsthafte Beziehung hatte. Es gab einige Männer, die viele Versprechungen gemacht, diese aber nicht eingehalten haben. Ein Mann muss mir mit Worten und Taten zeigen, dass er mehr zu bieten hat als ein hübsches Gesicht.

»Gib's zu, du wärst nicht abgeneigt.«

»Das tue ich ganz und gar nicht, ähm …« Es fällt mir schwer, die richtigen Worte zu finden. Britney merkt, dass ich das Thema fallen lassen will, und reicht mir das Handy.

»Mist«, sage ich, als es sich nicht mehr einschalten lässt – wie befürchtet ist es nicht mehr funktionsfähig.

»Das war hoffentlich die letzte unangenehme Überraschung dieses Abends«, sage ich traurig, auch wenn die Begegnung vorhin sehr interessant war. Wir ziehen unser geplantes Programm durch, gehen in eine Bar und bestellen Cocktails. Klebrig-süße Drinks waren schon immer eine meiner Schwächen. Ich liebe es, wenn man den Alkohol wegen des vielen Zuckers nicht schmeckt, was es aber auch schwer macht, sich zurückzuhalten und den Überblick über die Menge, die man konsumiert, zu behalten. Die Sache mit dem Smartphone ärgert mich zwar nach wie vor, doch ich lasse mir meinen Geburtstag nicht durch meine Tollpatschigkeit vermiesen. Es hat aber auch etwas Gutes, dass ich meine To-do-Liste nicht mehr aufrufen kann, denn so lassen wir uns einfach treiben.

Je länger wir unterwegs sind, desto berauschter werde ich vom Alkohol und von der Euphorie, die uns alle umgibt. Auch wenn ich die Liste nicht mehr ganz im Kopf habe, weiß ich, dass ich mit der Monorail in die Innenstadt fahren wollte, um die Gegend weiter zu erkunden. Also scheuche ich die Mädels aus der Bar, die aber nur widerwillig mitgehen. Monica hat gerade drei Runden Gratis-Shots beim Bullenreiten gewonnen, also stürzen wir sie hinunter, um schnell weiterziehen zu können.

»Warum bleiben wir nicht an einem Ort?«, fragt Britney, die sich immer noch gut im Griff hat, während Monica und ich schon Schwierigkeiten mit dem Geradeausgehen haben. Der Alkohol hat sich bei mir völlig entfaltet, sodass ich froh bin, dass Britney ein Auge auf uns hat.

»Wir wollen alles von Vegas auskosten!«, rufe ich und lache über mich selbst. Ein weiteres Zeichen dafür, dass ich definitiv genug getrunken habe.

»Ja, aber du willst dich doch noch an die Nacht erinnern, also solltest du mit dem Alkohol aufpassen«, fügt Monica hinzu und beschleunigt ihre Schritte. Es besteht natürlich das Risiko, dass ich es am Morgen danach wieder mit Erinnerungslücken zu tun bekomme, aber sollte dieser Fall eintreten, können mir die Mädels ja erzählen, was genau passiert ist.

»Ja, ja«, sage ich halbherzig und eile den beiden nach.

Die Haltestelle der Monorail ist bereits in Sichtweite, doch wir sind spät dran. »Kommt schon. Sie fährt gleich ab«, rufe ich und laufe los, was mir trotz meines beschwipsten Zustandes und den ungewohnten Heels gut gelingt. Wir laufen die Stufen hinauf, wo ich langsamer werde und das Schlusslicht bilde. Monica und Britney steigen in die Monorail, und ich will ihnen folgen, doch dann komme ich ins Straucheln und drohe auf den harten Steinboden zu fallen. Ich sehe mich schon mit aufgeschürften Knien auf dem Boden liegen, doch plötzlich spüre ich, wie sich starke Arme um meine Mitte legen und mich hochziehen, bevor ich unsanft landen kann.

Ich pralle gegen etwas Hartes und sehe nur verschwommen, wie die Türen der Monorail sich schließen und meine Freundinnen mit den Fäusten gegen das Fenster schlagen und etwas rufen. Geschockt blicke ich ihnen nach, bis sie aus meinem Sichtfeld verschwinden.

»Hello again«, flüstert eine raue Stimme dicht an meinem Ohr, wobei sich alle Härchen an meinem Körper aufstellen. Erst dann fällt mir wieder ein, dass mich jemand davor bewahrt hat zu fallen. Jemand, der mich immer noch hält. Ich blicke langsam über die Schulter und tauche in die türkisfarbenen Augen ein, die mich heute Nacht schon einmal in ihren Bann gezogen haben.

2. KAPITEL

Daphne

Als ich aufwache, habe ich das Gefühl, als würde jemand mit einem Hammer auf meinen Kopf einschlagen und gleich danach Samba darauf tanzen. Ein ekliger Geschmack in meinem Mund lässt mich das Gesicht verziehen, und ich weiß nicht, wieso, aber ich traue mich nicht, meine Augen zu öffnen. Dann würden sich die Schmerzen verschlimmern, und nach gestern Nacht brauche ich Schlaf und … Moment.

Ich strenge alle meine Gehirnzellen an, die der Alkohol noch nicht zerstört hat, und versuche, mich an die letzten Stunden zu erinnern. Aber egal wie oft ich es versuche, da ist nur Schwärze oder dichter Nebel.

Ich setze mich auf, sodass die Bettdecke von meinem Oberkörper rutscht und viel zu viel Haut freigibt. Ich bin tief in Gedanken versunken und bemerke erst, als ich fröstle, dass ich nur Unterwäsche trage. Mein Blick gleitet an mir runter, und ich keuche erschrocken auf. Mit zittrigen Fingern hebe ich die Decke an und lasse sie danach panisch wieder fallen.

Auch wenn ich keine Ahnung habe, wieso – meine Kleidung ist weg.

»Wieso habe ich nichts an?«, frage ich leise, während ich mich noch immer krampfhaft zu erinnern versuche. Als keine Antwort von Britney oder Monica kommt, sehe ich mich nach meinen besten Freundinnen um. Wir haben ein Hotelzimmer für drei Personen gebucht, doch als ich den Blick schweifen lasse, stelle ich erschrocken fest, dass ich gar nicht in unserem Zimmer bin. Fast panisch schlinge ich die Bettdecke um meinen Körper und stehe auf.

Wieder ein erschrockenes Keuchen, als ich einen breiten Männerrücken entdecke, auf den ich fast getreten wäre. Der Fremde drückt das Gesicht ins Kissen, das er mit den Armen umschlingt, und ich sehe nur schokoladenfarbene Haare. Anders als ich trägt er ein T-Shirt, und anhand des Beines, das unter der Decke hervorlugt, erkenne ich, dass er Jeans trägt. Herrin meiner Sinne zu werden erweist sich als schwieriger als gedacht, denn ich werde mit heftigen Kopfschmerzen für meine schnelle Bewegung bestraft. *Das kann doch nicht wahr sein!*

Bitte lass das ein Traum sein!

Es muss sich um einen Albtraum handeln!

»Oh mein Gott«, forme ich wortlos mit den Lippen, denn das Letzte, was ich möchte, ist, dass dieser Mann aufwacht. Panik breitet sich in mir aus, weil ich mich in dieser verzwickten Lage befinde und sich die schlimmsten Szenarien in meinem Kopf formen. Meine Atmung beschleunigt sich, und die Wände des Raums beginnen sich auf mich zuzubewegen. *Halt! Stopp!* Ich bin niemand, der den Emotionen die Kontrolle überlässt, ohne die Fakten durchzugehen. Neben dem Mann stehend schließe ich die Augen und gehe noch mal die Dinge durch, die ich noch weiß. Alles, woran ich mich erinnern kann, ist, dass die Mädels in die Monorail gestiegen sind, während mich ein Mann davor bewahrt hat zu stürzen. Angestrengt versuche ich mich an sein Gesicht zu erinnern, an irgendeinen Moment, den wir miteinander geteilt hätten. *Türkis.* Diese Farbe legt sich wie ein leuchtender Nebel über meine Erinnerungen, sodass ich mich nur auf das Hier und Jetzt stützen kann.

Ich bin zwar halbnackt, doch der Geruch von Erbrochenem, der noch an mir haftet, sowie der eklige Geschmack in meinem Mund lassen mich daran zweifeln, dass es zu Körperkontakt mit diesem Mann gekommen ist. Außerdem ist er vollständig bekleidet, sodass sich die Panik in mir langsam legt.

Vielleicht habe ich mit diesem Mann nicht geschlafen, aber nicht zu wissen, wer er ist oder wie es uns in sein Hotelzimmer verschlagen hat, ist ein furchtbares Gefühl, das ich unbedingt abschütteln möchte. Wie gern würde ich meinen Fehler ungeschehen machen. Der angenehm männliche Duft eines Aftershaves liegt in der Luft und überdeckt meinen fragwürdigen Eigengeruch.

Auf dem Boden sehe ich einen offenen Koffer, in dem sich Männerklamotten befinden, außerdem Sneaker und eine Lederjacke, doch meine eigene Kleidung finde ich nicht. Ich gehe langsam ins Badezimmer, wobei ich immer wieder zu dem Mann sehe, der sein Kissen so fest umarmt wie ein Kind seinen Teddybären. Sein Gesicht ist immer noch verdeckt.

Ich vermeide einen Blick in den Spiegel, da ich schon ahne, dass ich aussehe, wie ich mich fühle, und suche angestrengt nach meinem Kleid, doch auch hier finde ich es nicht. Wieder im Zimmer suche ich jeden Winkel ab, doch Fehlanzeige.

Ich schüttle seufzend den Kopf, sehe auf den Schreibtisch, der sich neben dem Fenster befindet. Eine Karte des Hotels erregt meine Aufmerksamkeit und kommt mir seltsamerweise bekannt vor. Nachdem ich sie mir näher angesehen habe, atme ich erleichtert aus, denn ich befinde mich im selben Hotel, in dem auch meine Freundinnen und ich ein Zimmer gebucht haben. Es ist ein merkwürdiger Zufall, aber einer, der mich unglaublich glücklich macht.

Ich befinde mich in Zimmer zweihunderteins, das kleiner ist

als das, das wir bewohnen, aber bei einem genaueren Blick ähneln sie sich. Die cremefarbenen Wände, die dunklen Möbel, die in allen Zimmern gleich zu sein scheinen, und die schweren Vorhänge mit eingenähten dunklen Ornamenten. Es ist die erste erfreuliche Wendung dieses Morgens, der so fürchterlich angefangen hat. Nachdem ich weiß, wo ich mich befinde, greife ich nach meiner Handtasche und krame nach meiner Schlüsselkarte, ohne den Griff der anderen Hand von der Bettdecke zu lösen.

Ein Brummen lässt mich erstarren, das Rascheln der Bettdecke ist zu hören, und ich reiße erschrocken den Kopf herum und betrachte den Mann, der sich jedoch nur zur Seite gedreht hat, sodass er mir erneut seinen breiten Rücken entgegenstreckt. Sein Gesicht ist nun dem Bett zugewandt. Ich müsste nur auf die andere Seite gehen, dann würde ich wissen, wie er aussieht. *Aber die Frage ist doch: Will ich das? Möchte ich diese peinliche Situation noch verschlimmern, indem ich diesem Fremden ein Gesicht gebe?* Jetzt ist er einfach ein gesichtsloser Fremder, aber sobald er aufwacht, bekommt er einen Namen, und dieser Morgen wird endgültig als der Schlimmste in meinem Leben gebrandmarkt.

Ich beschließe, weiter in meiner Tasche nach dem Schlüssel zu suchen, und als ich endlich fündig werde, stelle ich fest, dass es sich bei unserem Zimmer um die Nummer dreihundertzwanzig handelt. Entschlossen lasse ich die Bettdecke fallen, will mein Kleid erneut suchen, doch es ist nach wie vor unauffindbar. Mein Kopf arbeitet nur müßig, was ich meinem Filmriss zuschreibe. Ich hasse den Fakt, dass Alkohol bei mir zu Erinnerungslücken führt. Bis jetzt wurde mir alles erklärt, nachdem ich aufgewacht bin, aber diesmal ist da nur Schwärze. Ich würde mir am liebsten in den Hintern treten, weil ich so wütend und enttäuscht von mir selbst bin. Das Kleid hat mir

Britney zum Geburtstag genäht, und nun habe ich es verloren. *Kann es noch schlimmer kommen?*

Ich unterdrücke einen Fluch, gehe erneut ins Badezimmer, ziehe einen Bademantel des Hotels an und verknote ihn. Ein letztes Mal sehe ich auf den tätowierten Rücken des Mannes, der auf dem Boden geschlafen hat und der in dieser Nacht bei mir war. Etwas in mir möchte wissen, was passiert ist, doch der andere Teil möchte dies als eine Jugendsünde abstempeln. Ich weiß instinktiv, dass mir nichts angetan oder verabreicht wurde. Es ist eine Nacht, die immer ein Geheimnis bleiben soll. Entschlossen schnappe ich mir meine Tasche und fahre in den vierten Stock. Dabei blicke ich kein einziges Mal zurück. Während der Fahrt bleibt der Aufzug zum Glück leer, sodass ich endlich tief durchatmen und meine angespannten Muskeln lockern kann. Von hier aus kann es nur besser werden.

Kopfschüttelnd betrete ich die Etage und begebe mich in unser Zimmer. Das Kreischen meiner Freundinnen erschreckt mich jedoch zu Tode, sodass ich meine Hand auf die Brust presse, während mein Kopf zu platzen droht. Ich höre die beiden, bevor ich sie sehe, und nicht mal dann kann ich sie genau mustern, denn sie rennen mich beinahe um und nehmen mich fest in den Arm. Ich will schon fragen, was diese emotionale Begrüßung soll, doch dann haut mir Britney auf den Oberarm.

»Du hast mir den Schreck meines Lebens beschert!«, meint sie vorwurfsvoll, doch ich kann ihr nicht folgen. Generell fällt mir das Denken schwer, denn der Schmerz in meinem Kopf will einfach nicht weggehen. Das Gekreische der beiden macht es auch nicht besser.

»Ja, wir haben dich die ganze Nacht gesucht und waren sogar bei der Polizei!« Monica stemmt die Hände in die Hüften, und ihre Wut und Angst sind förmlich greifbar und gehen in Wellen von ihr aus. Allerdings verstehe ich immer noch nicht oder, besser gesagt, kann ich mich an nichts erinnern.

»Was?«, frage ich erschrocken und kämpfe gegen die Übelkeit an, die plötzlich in mir aufsteigt. Ich brauche eine Pause, doch ein Ereignis jagt das nächste, was eher so etwas wie ein Schleudertrauma in mir auslöst.

»Die können aber erst vierundzwanzig Stunden nach deinem Verschwinden handeln, also sind wir zurück ins Hotel, um hier auf dich zu warten«, erklärt Britney, und als mir die Tragweite meines Verschwindens klar wird, presse ich vor Schock die Hände vor den Mund. Ich sehe die Angst in Britneys Augen, und zur Scham, die ich ohnehin empfunden habe, gesellt sich ein schlechtes Gewissen.

»Es tut mir schrecklich leid.« Meine Stimme ist dünn und leise, wobei ich auch ein Schluchzen unterdrücke, das meiner Kehle entweichen möchte.

»Wie ich sehe, bist du unverletzt. Also raus mit der Sprache. Wo warst du, und wieso trägst du nur einen Bademantel?«, will Britney wissen, greift nach meiner Hand und navigiert mich zum Bett, auf dem wir drei Platz nehmen. Sie lassen mir Zeit, die richtigen Worte zu finden, auch wenn sie mit Sicherheit eine Menge Fragen haben.

»Ich kann mich nicht an letzte Nacht erinnern. Zumindest nicht an alles.« Als ich die Worte ausspreche, möchte ich mich am liebsten unter der Decke verkriechen und einfach so tun, als wäre nichts passiert.

»Oh nein. Wieder ein Filmriss«, murmelt Monica, doch sie weiß noch nicht, dass es diesmal anders war als die Male zuvor.

»An gar nichts mehr?«, fragt Britney vorsichtig, und ich nicke.

»Welcher Moment ist dir als letzter noch im Gedächtnis

geblieben?«, will Monica wissen, doch ich sehe ihr nicht in die Augen. Diese Sache ist mir so unangenehm, doch meine Freundinnen haben nach dem Schrecken und ihrer sorgenreichen Nacht Antworten verdient. Ich versuche noch einmal, tief in mich zu gehen, aber ich bekomme keine Antworten. Stattdessen werden meine Kopfschmerzen immer stärker.

»Der Moment, als wir getrennt wurden. Da hat mich ein Mann davor bewahrt, auf dem Boden aufzuprallen.«

»Ja, das haben wir durchs Fenster gesehen, doch wir konnten ihn nur schemenhaft erkennen«, sagt Britney, die bestimmt die Nüchternste von uns war.

»Danach ist alles schwarz oder besser gesagt türkis, und als Nächstes bin ich in Unterwäsche in einem fremden Bett aufgewacht.«

»Ein One-Night-Stand?«, fragt Monica das, was am naheliegendsten ist, doch ich weiß instinktiv, dass es nicht so weit gekommen ist. Außerdem bin ich keine Frau, die mit einem Fremden ins Bett steigen würde. Alkoholrausch hin oder her.

»Zwar erinnere ich mich an nichts, doch mein Gefühl und meine körperliche Verfassung sagen mir, dass nichts Körperliches zwischen uns vorgefallen ist. Er hat mit seiner Kleidung auf dem Boden geschlafen und ich im Bett.«

»Was für ihn und die Situation spricht«, meint Brit beschwichtigend.

»Nun, ich würde auch nicht mit mir schlafen wollen, so wie ich gerade rieche.«

»Okay, da ist was dran«, sagt Britney und legt trotzdem ihren Arm um mich, um mir die Stärke zu geben, weitersprechen zu können. Beide merken, dass ich diese ernste Situation mit einem Scherz abmildern möchte, aber mir wird plötzlich klar, dass es auch böse hätte ausgehen können. Mir hätte etwas zustoßen können.

»Hey«, meint Monica und sucht meinen Blick, doch ich kann sie nicht ansehen. So sehr schäme ich mich dafür, dass ich die Kontrolle über die gestrigen Ereignisse verloren habe.

»Schau mich an«, sagt sie mit Nachdruck.

»Du bist sicher bei uns. Egal was auch gestern passiert ist, du bist unverletzt und wohlauf. Dieser Typ, wer auch immer er ist, hat auf dem Boden geschlafen, was uns sagt, dass er dir nichts antun wollte.«

»Du hast recht. Vielleicht.« Denn wir wissen es nicht hundertprozentig.

»Mach dir keine Gedanken darüber, was hätte passieren können.«

»Okay«, sage ich zwar, aber ich weiß nicht, ob ich meinen Kopf davon abhalten kann, sich dutzende Szenarien vorzustellen. Monica geht zum Schreibtisch, wo sie einen Teebeutel in eine Tasse legt und den bereits gefüllten Wasserkocher einschaltet.

»Zuerst dachte ich, ihr wärt bei mir. Als ich dann gesehen habe, dass das Zimmer sich im selben Hotel befindet, habe ich einen Bademantel angezogen und bin schnell abgehauen.«

»Darf ich fragen, wieso du nicht geblieben bist? Er hätte dir Antworten auf Fragen geben können, die dich jetzt beschäftigen.« Da hat Monica nicht ganz unrecht. Der Mann hätte die Lücken in meinem Gedächtnis schließen können, wenn schon ich es nicht kann. Allerdings ist mir diese Sache viel zu unangenehm. Sollte ich ihm gestehen, dass ich mich an nichts erinnere … Ich könnte es nicht.

»Weil ich mich schäme«, murmle ich, doch die beiden verstehen mich ganz gut.

»Für was? Nur weil du dich nicht erinnerst?«, fragt Monica neugierig.

»Ja«, gebe ich zu, was beide aber nur den Kopf schütteln lässt.

»Ich denke, auch wenn du betrunken warst, hättest du nichts zugelassen, was du nicht wirklich willst. Dass du dich nicht erinnern kannst, ist zwar ungünstig, aber nichts, worüber du dich jetzt ärgern musst«, sagt Britney mit einem warmen Lächeln auf den Lippen. Aus ihrem Mund klingen diese Worte so logisch, so einfach.

»Aber was macht dich da so sicher?«

»Wir kennen dich. Du bist Daphne Nolan, und niemand ist selbstsicherer als du. Wenn du etwas willst, tust du alles, um es zu bekommen. Du brauchst dich ganz und gar nicht zu schämen oder unwohl zu fühlen.« Britneys Worte trösten mich, auch wenn ich das Gefühl habe, dass ich das Gesagte erst nach einer Weile wirklich verstehen werde.

»Was soll ich jetzt tun?«, frage ich die beiden nervös und blicke von Britney zu Monica, die nur mit den Schultern zuckt.

»Die Entscheidung liegt ganz bei dir. Du kannst in das Zimmer gehen, in dem du aufgewacht bist. Den Mann treffen und die Fragen stellen, die dir auf der Seele brennen, oder du stempelst die letzte Nacht als eine neue Erfahrung beim Erwachsenwerden ab und machst einfach weiter«, meint Monica verständnisvoll, doch in meinem Kopf schwirren die Gedanken umher, und ich kann keine klare Entscheidung treffen.

»Das kann ich erst nach einer Dusche sagen.«

»Alles klar. Und mach dir keine Sorgen wegen des Kleides. Es war sowieso nicht perfekt, und ich werde dir ein neues und besseres designen«, sagt Britney, und ihr ist anzusehen, dass sie es ernst meint. Das schlechte Gewissen kann ich aber nicht abschütteln. Es war mein Geburtstagsgeschenk, und ich habe es einfach verloren.

»Okay. Danke«, sage ich zu meinen Freundinnen, die seit fünf Jahren an meiner Seite sind und ohne die ich mir ein Leben nicht mehr vorstellen kann.

Als das warme Wasser auf meiner Haut perlt, seufze ich erleichtert. Ich wasche mir die Spuren der letzten Nacht vom Körper, seufze und stelle das Wasser wärmer. Bei einer heißen Dusche kann ich am besten nachdenken. Ich könnte stundenlang unter dem Strahl stehen und über all die Dinge grübeln, die mich beschäftigen. Dabei habe ich die besten Ideen für Hausarbeiten oder Eingebungen, wie ich ein Problem lösen kann.

Doch egal wie lange ich unter dem Wasser stehe, es bringt die Erinnerungen an letzte Nacht nicht zurück. Ich sehe nur unseren Abend in der Karaokebar, die Bar-Tour, das Rodeo-Reiten und die vielen Shots, die Monorail. Und dann spüre ich die Wärme von jemandem und sehe nur die Farbe Türkis. Ich kann mich aber nicht genauer an den Mann erinnern. Weder an sein Aussehen noch an seine Stimme oder seinen Namen, doch ich kann mich an ein Gefühl der Geborgenheit erinnern.

Etwas in mir will mir sagen, dass der Fremde ein guter Kerl war, jemand, der mir respektvoll begegnet ist. *Oder ist das Wunschdenken?*

»Das gibt's doch nicht«, zische ich und seife mich stärker ein als nötig. Dieses Hin und Her bringt doch nichts. Monica hat recht. Ich kann mich für die Wahrheit entscheiden, die die Scham in mir vergrößern würde, oder alles vergessen und einfach weitermachen.

Die Entscheidung liegt bei mir.

Das hat sie immer.

Und weil ich jemand bin, der pragmatisch denkt und Ablenkungen vermeiden möchte, entscheide ich mich für die zweite Option.

»So ist es besser«, sage ich zu mir selbst, und sofort fällt eine zentnerschwere Last von meinen Schultern. Danach kann ich freier atmen, und auch wenn mich gewisse Fragen manchmal beschäftigen werden, habe ich die richtige Lösung für mein Problem gefunden.

Nach der Dusche ist alles wie immer. Meine Freundinnen und ich bestellen uns Frühstück aufs Zimmer und ordern sogar Nachschub, da eine Portion nicht genug ist. Danach sehen wir fern und unterhalten uns über alles außer die letzte Nacht. Das, was passiert ist, werden wir jetzt nicht besprechen, und wer weiß, vielleicht können wir später darüber lachen, doch jetzt ist es richtig, alles hinter uns zu lassen.

3. KAPITEL

Daphne

Nach meiner Rückkehr aus Las Vegas ist das Gefühl der Scham kaum noch vorhanden. Anfangs fällt es mir noch schwer, die Tatsache zu akzeptieren, dass ich eine Erinnerungslücke habe, die ich wohl nie werde füllen können. Das Wochenende, das mir für immer in schöner Erinnerung bleiben sollte, wurde durch meinen Filmriss befleckt. Was in Vegas passiert, bleibt in Vegas, und an dieses Motto halten sich Britney, Monica und ich.

Niemand weiß, was genau passiert ist, sodass ich mich nicht rechtfertigen muss und die Sache vergessen kann. Nach diesem ereignisreichen Geburtstag brauche ich ein paar Tage, um wieder zu funktionieren. Wenn ich nicht gerade in einer Vorlesung sitze, hole ich Schlaf nach. Mir war es wichtig, ausgeruht und aufnahmefähig zu sein, um mit dem Lernen weitermachen zu können.

Die Liebe zum Büffeln oder besser gesagt, die Vertrautheit zu Büchern hat sich in meiner Kindheit geformt. Meine Mutter tat nach dem Tod meines Vaters ihr Bestes, um mich seine Abwesenheit nicht spüren zu lassen. Sie war immer für mich da, hat mit mir gespielt und mir viel vorgelesen. In der Früh, wenn wir beide nicht aus dem Bett steigen wollten, bei schlechtem Wetter sowie jeden Abend vor dem Schlafengehen.

Meine Kindheit war erfüllt von ihrer lieblichen Stimme, und vielleicht liegt es daran, dass ich dieses Wochenende nach Hause fahre. Vielleicht ist aber auch das wichtige anstehende Ereignis der Anlass, doch plötzlich vermisse ich meine Mom schrecklich. Bei meiner Mom konnte ich immer ich selbst sein und musste ihr nichts verheimlichen, weil sie mich niemals verurteilen würde. Da ich sie aber kurz vor der Hochzeit nicht beunruhigen will, schweige ich bei unseren täglichen Telefonaten und erzähle ihr nur von den guten Dingen, die ich erlebt habe. Neben Paragrafen, langen Abenden in der Bibliothek und Treffen mit meinen besten Freundinnen ist alles wie immer. Doch in den Phasen der Ruhe, wenn ich allein im Bett liege und die letzten Tage Revue passieren lasse, versuche ich mit aller Kraft, in die Winkel meines Gedächtnisses einzutauchen. Versuche Bilder zu konstruieren, um den türkisen Nebel zu lichten. Aber ein ums andere Mal ist es vergebens, und ich bin um keine Informationen reicher.

Am Donnerstagmorgen reise ich zu meinem Elternhaus. Die Zugfahrt nach Manhattan nutze ich, um mit dem Reisebüro zu telefonieren und die Flüge nach Italien zu buchen. Noch während ich spreche, muss ich unweigerlich lächeln, als ich an meine zweite Heimat denke.

Ich spüre die warme Sonne auf meiner Haut, höre die italienischen Flüche von Nonna, die den Fernseher anschreit, weil die Figuren ihrer geliebten Serien nicht das tun, was sie möchte, und rieche den Duft von Fleisch und Safranreis, meiner liebsten Kombination. Wie fast jedes Jahr werde ich mit Mom in die Toskana zur Weinplantage meines Stiefvaters reisen, wo wir nicht nur von Sommer, Sonne und Essen, sondern auch von einer großen Familie umgeben sind. Dass Mom ihren langjährigen Partner Vincenzo heiraten wird, war nur eine Frage der Zeit. Er selbst meinte, dass er sie schon nach einem Jahr geehelicht hätte, wenn es nach ihm gegangen wäre. Doch er wusste, dass sie noch nicht so weit ist. Also hat er geduldig gewartet, und es war meine Mom, die ihn vor einem halben Jahr gefragt hat, ob er sie noch immer heiraten möchte. Die Worte, mit denen er geantwortet hat, haben mich immer an die wahre Liebe glauben lassen. *Für dich hätte ich noch zwanzig Jahre gewartet, weil ich weiß, dass du mich komplettierst. Mit oder ohne Ring.*

Ich wollte Mom bei den Vorbereitungen für die Hochzeit helfen und mein Können als Multitasking-Queen unter Beweis stellen. Zumindest war das der Plan, doch die Hochzeitsplanerin hat ihre Sache einfach zu gut gemacht. Selbst ich bin begeistert davon, wie akribisch alles geplant und in Szene gesetzt wurde. So kann ich am Vorabend mit Mom Zeit auf der Couch verbringen, ehe es morgen ernst wird.

»Bist du nervös?«, frage ich sie, während sie noch immer auf Nicolas Cage blickt, der in *Family Man* eine seiner besten schauspielerischen Leistungen darbietet.

»Na ja … es ist schwer in Worte zu fassen, was ich fühle.«

»Versuch es. Ich bin da und höre dir zu.« Ihr liebevolles Lächeln berührt mich tief und wärmt mich von innen.

»Es ist meine zweite Hochzeit, und da gehen mir einige Fragen durch den Kopf«, sagt sie und spielt mit den Fransen der Patchworkdecke, die sie aus meinen alten Babysachen genäht hat.

»Welche denn?«

»Ob ich deinen Vater nicht betrüge, wenn ich mich an jemand anderen binde. Ob ich nicht etwas überstürze oder ob es die richtige Entscheidung ist, aus dieser Wohnung auszuziehen, in der ich dreißig Jahre gelebt habe.«

Ich setze mich auf, greife nach ihrer Hand und suche ihren Blick. Das hier ist ein ernstes Thema, und ich möchte, dass sie mir ihre volle Aufmerksamkeit schenkt.

»Dad ist seit Jahren nicht mehr bei uns, und auch wenn ein Teil von dir ihn immer lieben wird, wäre es sicher nicht in seinem Sinne, dass die gemeinsame Zeit mit ihm dich daran hindert, diesen Schritt zu gehen. Ob es die richtige Entscheidung ist, wird dir dein Herz sagen, und wenn du die Wohnung nicht aufgeben willst, dann verkauf sie nicht. Alle Entscheidungen liegen bei dir.«

»Ein Teil von mir weiß das. Aber ich habe Angst vor dem Unbekannten.«

»Haben wir das nicht alle? Aber wenn du ehrlich zu dir bist, wird sich außer deinem Nachnamen nichts ändern. Und selbst den kannst du behalten, wenn du magst.«

»Meinst du?«

»Du lebst eigentlich schon fast seit achtzehn Jahren mit Vincenzo zusammen, also denke ich, dass die Nervosität dich einfach fest im Griff hat.«

»Gott, du hast ja recht«, sagt sie und fährt sich seufzend mit den Handflächen übers Gesicht.

»Vincenzo würde dich auch weiterhin lieben, wenn du die Hochzeit abbläst. Das weißt du, oder?« Mein künftiger Stiefvater liebt meine Mutter so sehr, wie ich es nur aus Büchern oder Filmen kenne. Meine Worte entlocken ihr ein Schmunzeln, was auch auf mich übergeht. Sie mag älter geworden sein, und das honigfarbene Haar, das sie mir vererbt hat und das je nach Lichteinfall mal blond, mal rot wirkt, ist ergraut, aber sie hat nichts von ihrem Charme und ihrer natürlichen Schönheit verloren.

»Das stimmt.« Sie sieht kurz auf unsere verschränkten Finger und sucht daraufhin wieder meinen Blick. Mit der anderen Hand streicht sie sanft über meine Wange, und ich genieße die Berührung so sehr, dass ich mich gegen ihre Handfläche lehne. Mein ganzes Leben lang habe ich mich auf sie verlassen können, und mir ist klar, dass sie damals auch zurückstecken musste, um mich großzuziehen. Als Alleinerziehende hat man es nie leicht. Deswegen möchte ich ihr etwas zurückgeben, indem ich sie bei all ihren Vorhaben unterstütze und ihr zeige, wie sehr ich sie liebe.

»Wie bist du nur so schnell erwachsen geworden?«, fragt sie mit brüchiger Stimme, und ich sehe ihre Augen feucht werden, genauso wie meine.

»Ich habe mir fest vorgenommen, nicht zu weinen«, sage ich, doch kaum habe ich die Worte ausgesprochen, fallen wir uns schniefend in die Arme. Wir waren immer ein Team, Daphne und Camille, die früh auf sich selbst angewiesen waren, doch das Schicksal hat uns Vincenzo an die Seite gestellt, der unsere kleine Familie bereichert hat.

»Schluss jetzt. Wir werden morgen mit Sicherheit genug weinen«, sagt meine Mom, hört aber nicht auf zu schluchzen. Also halten wir einander fest und heulen, denn es ist okay, alles rauszulassen.

Am nächsten Morgen bin ich klug und wähle wasserfestes Make-up, um mich auf die Hochzeit meiner Mutter vorzubereiten. Ich stehe als Brautjungfer schon vor dem Altar, als mein Stiefvater mit nervöser Miene dazukommt.

»Ich bin so froh, nun offiziell ein Teil von euch zu sein«, flüstert er mir ins Ohr, woraufhin ich ihn fest drücke. Mit feuchten Augen löst er sich von mir und geht an seine Position vor dem Altar. Als meine Mutter in einem schlichten, bodenlangen Kleid in A-Linie auf uns zukommt, kann Vincenzo sich nicht zurückhalten. Der Blickfang sind die eingenähten Steine, die wie Diamanten funkeln. Tränen rinnen über sein Gesicht, während er sie mit einem verliebten Lächeln ansieht. Ihre Haare trägt sie zu einem eleganten Knoten gesteckt, wobei sich zwei

Strähnen um ihr schmales Gesicht schmiegen. Ich lasse mich mitreißen von der Liebe, die für uns alle greifbar ist.

Nach einer rührenden Zeremonie geht es auch schon in den Hochzeitssaal, der liebevoll in zarten Pastellgrün- und Rottönen geschmückt ist. Gepaart mit dem Weiß bildet die Farbkombination die italienische Flagge nach, was Mom und auch Vincenzo so wollten. Er hat uns jahrelang von seiner Heimat vorgeschwärmt, sodass auch die Liebe zu dem Land auf meine Mutter übergegangen ist, je mehr Zeit sie mit ihm dort verbracht hat. Auch ich habe mich unsterblich in die italienische Sonne und die Menschen verliebt, sodass ich, sooft ich kann, einen Teil meines Sommerurlaubs dort verbringe.

Alle bekommen ein Glas Wein aus eigenem Anbau, um auf das Brautpaar anzustoßen, doch ich hebe meines nur hoch und trinke nichts. Nach Vegas habe ich mir geschworen, keinen Alkohol mehr anzurühren. Während die Musik erklingt und alle ausgelassen feiern, lerne ich im Laufe der Nacht wieder neue Verwandte von Vince kennen. Dabei dachte ich, dass ich schon alle getroffen hätte, doch es tauchen immer wieder neue Menschen auf. Als es Zeit für die Reden ist, werde ich plötzlich nervös.

Zwar bin ich gut darin, Reden oder Vorträge zu halten, aber diesmal habe ich eine Überraschung geplant, von der nicht mal Mom etwas weiß. Schon vor dem Vegas-Trip habe ich alle Papiere zusammengesucht, Formulare gesammelt und mich noch mal über die Vorgänge informiert, sodass es jetzt auf meinen Stiefvater ankommt. Mit aller Kraft versuche ich, meine flatternden Nerven zu beruhigen, indem ich tief ein- und ausatme. Mein bodenlanges mintgrünes Brautjungfernkleid wurde, ebenso wie Moms Brautkleid, von Britney entworfen und produziert.

Ich blicke zu meinen Freundinnen, die mir ermutigend zunicken. Sie wissen von meinem Plan und befürworten ihn. Ich lege meine Handfläche nervös auf meinen Bauch, ehe ich nach dem Umschlag und dem Mikrofon greife, damit auch alle in dem großen Saal meine Worte hören können. Nachdem ich einige witzige Anekdoten über die lange Beziehung der beiden erzählt und den beiden viel Glück für die Zukunft gewünscht habe, komme ich zu dem Part, der auf mich bezogen ist. Der Part, der mein ganzes Leben und auch seines verändern wird.

»Vincenzo. Du bist der einzige Vater, den ich je gekannt habe. Du hast damals nicht nur mir das Leben gerettet, sondern insgeheim auch das meiner Mutter, die sehr unter dem Verlust ihres Mannes gelitten hat. Du hast die Sonne wieder für sie scheinen lassen, und ich kann mir niemanden vorstellen, dem ich meine Mutter lieber anvertrauen würde.« Ein gerührtes Raunen geht durch den Saal, und Moms Augen glänzen verräterisch. Ich sehe zu meinem Stiefvater, der schon den ganzen Abend gerötete Augen hat.

»Ti amo«, formt er gerührt mit den Lippen, und ich blinzle und versuche die Tränen zurückzuhalten.

»Da du in meinem Herzen immer schon mein Vater warst, möchte ich, dass du es auch offiziell bist.« Ich gehe mit zittrigen Fingern auf meine Eltern zu und reiche ihm den Umschlag, aus dem er die Papiere herausnimmt und mich daraufhin ungläubig ansieht. Er blickt auf die Dokumente und dann wieder zu mir, und ich erkenne den Moment, als er merkt, dass es mir ernst ist. Dass ich seine Tochter sein will.

»Ich möchte ein Teil deiner Familie werden, wie du immer ein Teil unserer warst.« Die Blätter zittern in seinen Händen, und er kann seine Rührung kaum verbergen. Überwältigt blickt er zu meiner Mutter, die seine Hand fest in ihre nimmt. Dann wendet er sich mir zu und lächelt ergriffen.

»Es wäre mir eine Ehre, dein Vater zu sein«, sagt er und presst einen Handballen auf die Augen, um die Tränen zu unterdrücken. Doch sie fließen ohnehin, weil heute der Tag der Freudentränen ist. Offiziell dauert es natürlich noch eine Weile, aber für mich persönlich ist heute der Tag, an dem ich zu Daphne Valenti geworden bin.

4. KAPITEL

Daphne

Acht Jahre später

»Einen Good-Morning-Tee mit Honig bitte«, sage ich am Counter und reiche der Barista meine Thermosflasche. Sie gibt mir eine Nummer, weil sie die Flasche nicht beschriften kann, und ich stelle mich zu den anderen Wartenden. Ich hole das Smartphone aus meiner Tasche und öffne die Mail, die mir die Kanzlei geschickt hat, und vergleiche sie mit meiner To-do-Liste, die ich mir für meinen ersten Arbeitstag erstellt habe.

Heute sollte ich mich mit dem Team vertraut machen, im Intranet anmelden und das Foto für meinen Ausweis machen lassen. Außerdem sollte ich die Personen, die wir vertreten, und die Unternehmensstruktur nochmals durchgehen und meinem Senior dienen. Der letzte Punkt klingt wie ein Scherz, ist aber keiner.

Leider.

Heute ist mein erster Arbeitstag an der Seite von Kurt Blackwood, dem Seniorpartner von *Blackwood & Daughtry*, der einzigen Kanzlei in ganz New York, die mich anstellen wollte. Oder besser gesagt: unter ihm. Zwar war ich Jahrgangsbeste an der *Columbia Law School* und wurde von der erfolgreichsten Kanzlei New Yorks angeworben, doch dann ging alles den Bach runter, als ich Privates mit Beruflichem vermischt habe.

Dass ich in dieser Kanzlei eine Anstellung gefunden habe, liegt allein daran, dass Bridget Daughtry meinen Dad kennt und ihm noch einen Gefallen schuldete. Nicht gerade die besten Voraussetzungen, um eine neue Stelle anzutreten, aber ich bin verzweifelt, denn diese Anstellung war meine einzige Möglichkeit, in New York als Anwältin zu praktizieren.

Allerdings bin ich durch meine künftige Tätigkeit weiter weg vom Gerichtssaal, als ich es je für möglich gehalten hätte. Ich sitze sozusagen auf der Strafbank und muss mich beweisen, wenn ich wieder die Arbeit ausüben möchte, die ich in meinem Studium erlernt habe. Mein heimlicher Traum ist es, eine eigene Kanzlei zu gründen, allerdings ist dieser Wunsch aktuell nicht greifbar. Zwar könnte ich mit Hilfe eines Darlehens von Dad eine Kanzlei gründen, doch ich bräuchte einen guten Ruf, und um den ist es nicht gerade gut bestellt.

»Nummer fünfzehn«, ruft die Mitarbeiterin des Coffeeshops und reicht mir mit einem freundlichen Lächeln meine Thermosflasche.

»Danke.«

Sie wünscht mir einen schönen Tag, und ich erwidere es, denn heute wird ein guter Tag. Etwas anderes lasse ich gar nicht zu. Ich nehme einen Schluck von meinem Tee und schließe wohlig die Augen. Die Bio-Kräuterteemischung aus Brombeerblättern, Pfefferminze- und Erdbeerblättern ist der perfekte Start in den Tag. Ich bin und werde immer ein Tea Girl bleiben, da mir Kaffee nicht schmeckt.

Ich gehe die zwei Blocks zu *Start Entertainment* zu Fuß und lasse mich von dem Menschenstrom mitziehen, während ich meinen Gedanken nachhänge. Nicht dass ich große Lust hätte, dort zu arbeiten. Meine Befürchtung ist, dass ich mein

Können als Juristin nicht voll entfalten kann, wenn ich mich um die Problemchen von Stars und Sternchen kümmern muss. Zwar weiß ich noch nicht genau, was mein Aufgabengebiet sein wird, doch mein Gefühl sagt mir, dass es anders laufen wird, als ich es mir erhoffe.

Aber ich werde heute alles geben. Das Leben hat mir Steine in den Weg gelegt, nun ist es an mir, sie zu beseitigen. Blumen brauchen Zeit, bis sie erblühen, und genauso wird es bei mir sein. Ich werde wieder die erfolgreiche und angesehene Anwältin sein, die ich gewesen bin. Nur besser. Vorsichtiger.

Als ich an dem imposanten Wolkenkratzer nach oben blicke, renke ich mir fast den Hals aus. Das Gebäude ist ein Koloss aus Stahl und Glas und wirkt einschüchternd wie die meisten Gebäude seiner Art. Ich habe zwar damit gerechnet, dass ich nervös sein werde, aber dass es mich erfasst, noch bevor ich ins Gebäude trete, hätte ich nicht gedacht. Seit meiner Geburt wohne ich hier zwischen Stahlgebäuden und Menschenmassen, und auch wenn ich mir manchmal klein und unbedeutend vorkomme, ist es doch das Gefühl von Zuhause, das mich erfüllt. Und vielleicht wird es mir guttun, heute und noch für längere Zeit anonym zu bleiben. Es wurde definitiv genug über mich gesprochen.

Mein Smartphone klingelt. Es ist meine beste Freundin Monica, und ich kann den Grund ihres Anrufs bereits erahnen.

»Guten Morgen«, flöte ich fröhlich in den Hörer und mache einen Bogen um eine Hundesitterin, die vier große Hunde spazieren führt.

»Janice hat mich mal wieder angebaggert«, murmelt sie zur Begrüßung, und ich vermute, dass mein Papagei sie mal wieder früher aufgeweckt hat als ihr Wecker. Wir haben gestern den Abend in meiner Wohnung verbracht und ferngesehen. Offiziell wollte sie nur spontan vorbeikommen, doch ich denke, sie wollte mir eine moralische Stütze sein, weil heute mein erster Arbeitstag ist und ich am Vorabend nervös war.

»Und, was geht bei dir so?«, höre ich Janice krächzen, was eine Anspielung auf Joey aus der Serie *Friends* ist, der mit einem Spruch dieser Art immer Frauen klarmacht.

Dass ich Janice, deren Name auch eine Anspielung auf eine Figur aus der Serie ist, aus dem Tierheim adoptiert habe, war eine spontane Aktion. Mit meinem damaligen Flirt war es unschön zu Ende gegangen, und ich war am Boden zerstört. Anfangs hatte ich keinen Namen für das Tier, und wenn ich ehrlich zu mir bin, hatte ich auch keine Ahnung, was ich mit ihm tun sollte.

Janice ist ein Edelpapagei und mit ihren vierzig Zentimetern ziemlich groß. Ihr Bauch und ihr Nacken sind blau und setzen sich deutlich von den restlichen Rottönen ab. Die Handschwingen sind purpurblau, während die Schwanzfedern orange funkeln und sie zu einer feurigen Schönheit machen. Alles, was ich in unserer ersten gemeinsamen Woche getan habe, war, sie zu füttern, Junkfood in mich reinzustopfen und alle Folgen von *Friends* zu gucken. Da ihr Käfig im Wohnzimmer steht, hat sie sich manche Sätze aus der Serie eher schlecht als recht angeeignet und kommuniziert nun nur über diese. Auch wenn ihre Versionen nicht immer ganz korrekt sind.

»Kein Interesse«, sagt meine beste Freundin, gefolgt von einem Gähnen. Sie war noch nie ein Morgenmensch.

»Gib ihr ihre Leckerlis und spring unter die Dusche.«

»Gott, wie sehr ich mir wünschte, du hättest eine Kaffeemaschine«, flüstert sie, während ich sie in der Küche kramen höre.

»Hast du ein Glück, dass ich Instant-Kaffee gekauft habe. Alles was du dafür brauchst, ist heißes Wasser.«

»Echt?«

»Ja, du findest ihn in der Schublade, wo ich meine Teesorten aufbewahre.«

»Es ist schon witzig, dass du eine umfassende Auswahl an Tees hast, die fein und akribisch sortiert sind, aber nur eine winzig kleine Ecke für Kaffee.«

»Man merkt, was mein Hauptgetränk ist, oder?«

»Ich bin ja schon froh, dass du überhaupt Kaffee für Brit und mich besorgt hast.«

»Kein Ding. Was steht jetzt bei dir an?«

»Ich werde mir nach dem Kaffee einen Apfel schnappen und dann zum Broadway fahren. Die Proben stehen zwar erst am Nachmittag an, aber ich kann noch ein wenig üben, wenn ich schon so früh geweckt wurde.«

»Hör auf, Janice so böse anzusehen.«

»Woher willst du denn wissen, dass ich das tue? Du bist ja nicht mal da.«

»Ich kenne dich.«

»Uff. Na schön. Ich werde Janice leben lassen, vorerst.«

»Viel Spaß beim Wachwerden, du Grummelhummel.«

»Ich bin echt kein Morgenmensch. Hau sie alle um, Girl.«

»Wird gemacht. Bye.«

Nach dem Gespräch mit Monica ist dieses nervöse Flattern in meinem Bauch etwas abgeebbt. Trotzdem bin ich immer noch aufgeregt, als ich auf den sauberen und von Security flankierten Eingang von *Start Entertainment* sehe. Hier werden Legenden gemacht, scheint mir der Wolkenkratzer sagen zu wollen. Über tausend Mitarbeitende umfasst dieses Unternehmen, und es liegt an mir, mich unter ihnen zu beweisen und zu zeigen, aus welchem Holz ich geschnitzt bin. Ein Windhauch weht mir durchs Haar. Mit einer Handbewegung streiche ich mir meine lange Mähne aus dem Gesicht, straffe die Schultern und betrete selbstbewusst das Gebäude.

Nachdem ich das Foto für den Ausweis gemacht und diesen abgeholt habe, begebe ich mich in die Rechtsabteilung. Wie groß das Team ist, weiß ich nicht genau, aber soweit mir bekannt ist, bin ich die Einzige, die direkt Kurt Blackwood zugeteilt ist. Ob das jedoch eine gute Sache ist, wage ich zu bezweifeln.

Ich begrüße die Menschen, die mir auf meinem Weg begegnen, und gehe zum Büro meines Vorgesetzten, der auch der Leiter der Rechtsabteilung ist.

»Guten Morgen, Mr Blackwood.«

Er blickt genervt von seinem iPad auf und sieht mich über den Rand seiner Brille an. Kurt hat kein Lächeln für mich übrig und begegnet mir auch sonst nicht gerade mit Freundlichkeit. Ich wusste von Anfang an, dass er gegen meine Einstellung war und Bridget ihn nur überstimmen konnte, weil sie mehr Anteile an der Kanzlei hat, aber mit dieser offenen Abweisung hätte ich nicht gerechnet.

Und vor allem nicht damit, dass sie wehtun würde und ich über die Demütigungen der letzten Monate nicht hinweg bin. Aber ich habe nicht vor, ihm zu zeigen, dass mich sein Verhalten aus dem Konzept bringt. Meinen Recherchen zufolge ist der Mann vor mir Mitte fünfzig; mit seinem glatt rasierten Gesicht, den perfekt gestylten Haaren und der selbstbewussten Haltung wirkt er wie ein Mann von Welt. Doch sein Gesichtsausdruck sieht wie der eines arroganten Arschs aus.

»Guten Morgen, Valenti. Dein Schreibtisch ist vor meinem Büro, und die Aufgaben des Tages habe ich dir schon gemailt. Das war auch schon alles«, sagt er, richtet sich mit der gebräunten Hand seine Brille und sieht wieder auf das Display. Dass er mich nicht mag, könnte er nicht deutlicher zeigen, und dass er mich nur mit meinem Nachnamen anspricht, sagt schon viel aus. Doch damit habe ich bereits gerechnet, als ich den

Arbeitsvertrag unterzeichnet habe. Mein Arbeitsalltag in der Kanzlei und *Start Entertainment* wird nicht einfach werden, doch ich gebe nicht so schnell auf.

»Okay. Danke«, sage ich fröhlich, was ihn tatsächlich aufsehen lässt. Er hat wohl gedacht, dass ich wütend schnauben oder mich beschweren werde. Das tue ich vielleicht innerlich, doch nach außen werde ich die beste Angestellte sein, mit der er je zusammengearbeitet hat. Ich werde mir sein Vertrauen erarbeiten, auch wenn es lange dauern wird. Diesmal passiert mir kein Fehler.

Als ich die Tür hinter mir schließe, blicke ich auf den kleinen Tisch, der einfach in den Gang gestellt wurde. Wortwörtlich. Darauf befindet sich ein Mac mit Maus und Tastatur und sonst nichts. Der Gang ist ohnehin schon schmal, doch der Schreibtisch blockiert den Durchgang endgültig. Zum Glück befindet sich nur eine Tür in der Nähe, an der das Wort *Lager* prangt.

Ich setze mich seufzend auf meinen quietschenden Stuhl, gebe mein Zugangspasswort ein und logge mich im Intranet ein, in das ich mich wohl während der Pause einlesen muss. Innerlich wappne ich mich, bevor ich Kurts Mail öffne.

Wie ich schon befürchtet hatte, hat er mir Aufgaben zugeteilt, die nichts mit meiner Tätigkeit als Anwältin zu tun haben, wie die Bestellung seines Mittagessens sowie die Anweisung, wie er seinen Kaffee trinkt, den ich ihm besorgen soll. Und zwar schnell – mit drei verdammten Ausrufezeichen. Ich soll Listen ergänzen, Vorladungen schreiben, Telefonate führen, auf die er keine Lust hat, und Daten im System aktualisieren.

Seufzend blicke ich ein letztes Mal auf die Liste, ehe ich tief Luft hole und mich an die Arbeit mache, die wohl kaum jemand an einem Tag erledigen könnte. Nach einer Stunde trage ich gerade die neuen Kontakte in das firmeninterne System ein, als die Tür hinter mir mit Wucht geöffnet wird, was mich heftig erschreckt.

»Komm mit. Meeting.« Das war's. Er spricht nicht mal in ganzen Sätzen mit mir, als wäre ich ein Hund, der nur einfache Kommandos versteht. Da ich damit gerechnet habe, dass er mich zu Treffen mitnehmen würde, schnappe ich mir die iPad-Hülle, die extra Stauraum für ein Notizbuch, Bluetooth-Tastatur sowie Stifte hat. Das iPad gehört zwar dem Unternehmen, aber die Hülle habe ich mir selbst gekauft. Mein Boss achtet nicht darauf, ob ich mit ihm Schritt halten kann, sondern eilt in den Fahrstuhl und würdigt mich keines Blickes. Ich schaffe es knapp hinein, ehe sich die Türen schließen. Wie erwartet, hatte Kurt keine Anstalten gemacht, sie für mich offen zu halten.

Es herrscht ein unangenehmes Schweigen im Fahrstuhl, und ich versuche, mich auf den Kalender auf meinem iPad zu konzentrieren. Dort ist ein Vertragstermin eingetragen, doch ich kann nichts über die betreffende Akte herausfinden, oder mein Boss hält sie bewusst unter Verschluss. Überraschen würde es mich nicht.

Am liebsten würde ich ihn fragen, wen wir treffen werden, doch seine steife Körperhaltung sowie der Fakt, dass er ständig auf sein Smartphone starrt, zeigen mir deutlich, dass er nicht mit mir reden möchte. Deswegen zügle ich meine Neugier und folge ihm in den Meetingraum, wo sich schon ungefähr fünf Personen befinden, die ich nicht kenne. Ein Mitarbeiter mit lockigem, schwarzem Haar und einem hellblauen Button-down-Hemd weist uns zwei Stühle zu und setzt sich danach neben mich.

»Hallo. Du bist Daphne Valenti, oder?«, fragt er mich leise und mäßigt die Stimme wie alle anderen im Raum, die sich unterhalten. Ich wende mich ihm zu und sehe in seine freundlichen braunen Augen.

»Hey. Genau die bin ich. Und du bist?«

»René Lacroix. Freut mich, dich kennenzulernen. Ich bin auch in der Rechtsabteilung, jedoch für firmeninterne Rechtsangelegenheiten zuständig.« Wir reichen uns die Hände, ehe ich mein iPad aktiviere und die Tastatur platziere.

»Man merkt, dass du neu hier bist.«

»Ach ja?«, frage ich und verkrampfe mich augenblicklich, denn ich erwarte einen spitzen Kommentar oder Vorwürfe.

Er deutet mit dem Kinn zu meinem iPad. »Wir haben alle am Anfang während der Meetings mitgeschrieben, doch mittlerweile notiert sich jeder im Anschluss ein paar Stichpunkte. Manche schreiben gar nichts.« Oh. Okay. Dann hat Kurt wohl nicht herumposaunt, dass ich eine gebrandmarkte Anwältin bin. Erleichtert atme ich aus.

»Ich kann nicht gut stillsitzen. Ich muss etwas kritzeln oder schreiben. So entfaltet sich meine Kreativität am besten.«

»Gott, diese Gabe bräuchte ich auch«, sagt er, und ich stimme in sein leises Lachen mit ein, ehe ich mich umsehe. *Nicht alle hassen mich, das muss in meinen Kopf rein.* In meiner alten Kanzlei war ich ein rotes Tuch, nachdem mir Beweisfälschung vorgeworfen wurde. Es war die schlimmste Zeit meines Lebens, aber am Ende wurde meine Unschuld bewiesen. Das hätte dazu führen müssen, dass die Leute ihre Meinung über mich ändern, doch das ist nicht geschehen.

»Um was für einen Vertragstermin handelt es sich heute?«, frage ich, weil plötzlich immer mehr Anzugträger den Raum betreten.

»Das weißt du nicht?«, fragt er irritiert. Da ich nicht möchte, dass er mich für unprofessionell hält, kläre ich die Situation sofort auf.

»Heute ist mein erster Arbeitstag, und Kurt hat es versäumt, mich ins Bild zu setzen.«

»Ah, verstehe. Heute wird der letzte Vertrag für die Hauptrolle zu *In Love and Law* unterschrieben. Es handelt sich um die Neuverfilmung eines Klassikers aus den Neunzigern. Oh, sie kommen«, sagt René und deutet auf die Tür. Drei Männer betreten den lichtdurchfluteten Raum, von dessen vier Wänden drei komplett verglast sind. Ich tippe das Datum auf mein Protokoll und schreibe stichpunktartig alles auf, was ich von René in Erfahrung bringen konnte.

»Wer ist das?«, frage ich ihn leise und deute mit dem Kopf auf den großen Anzugträger mit dem lockigen Haar und der dunkel umrahmten Brille. Er ist schätzungsweise Mitte fünfzig und hat bereits ergraute Schläfen.

»Der Ältere ist CEO Hunter Stevens von *Videocore*.«

»Dem größten *Netflix*-Konkurrenten?«

»Genau.« Ich erkenne den CEO von *Start Entertainment*, Callen Mahoney, der ihm die Hand reicht. Auch er ist groß, trägt aber eine dunkle Jeans zu weißem Hemd ohne Krawatte. Er wirkt leger, und man könnte meinen, dass er ein Mitarbeitender und nicht der Inhaber dieses milliardenschweren Unternehmens ist. Schließlich schaue ich zu den jüngeren Männern, die gerade gemeinsam den Raum betreten haben. Einer davon, ein wunderschöner Mann, der das Titelblatt jedes Modemagazins zieren könnte, ist mir völlig unbekannt. Aber der neben ihm, den würde ich überall erkennen.

»Das ist …«

»Aspen Knox«, hauche ich.

»Richtig. Du scheinst ihn zu kennen.« Ich sehe, wie er ein Schmunzeln unterdrückt, aber es wäre mir auch egal, wenn er mich für meine Schwärmerei auslachen würde.

»Wer nicht?« Ich kann nicht zählen, wie oft ich die Filme

gesehen habe, in denen er mitgespielt hat. Er hat zwar immer den Bösewicht verkörpert, aber trotzdem hat er mich dazu gebracht, ihn anzuschmachten. Britney und Monica sagen, dass ich ein *Second Lead Syndrome* habe, weil ich mich immer in die Nebenfiguren statt in die Helden verliebe.

»Nun, er hat eher durch Nebenrollen geglänzt, aber wie du jetzt gleich sehen kannst, wird sich alles für ihn verändern.« Neben René erklingt ein Räuspern, und eine junge Frau ermahnt uns, ruhig zu sein.

»Aspen, schön dich wiederzusehen«, meint Mr Mahony und reicht dem attraktiven Mann im schwarzen Hemd die Hand. Unbewusst knabbere ich an meiner Unterlippe und kann nicht aufhören, meinen liebsten Bösewicht anzusehen.

Aspen Knox wird seit Anbeginn seiner Karriere von *Start Entertainment* vertreten. Er ist hauptsächlich durch seine Rollen als attraktiver Bösewicht bekannt, was ihm den Spitznamen THV eingebracht hat. *The Hot Villain.* Tatsächlich scheinen seine geheimnisvollen Rollen sich auch auf sein Privatleben auszuwirken, denn es kreisen sehr viele unbestätigte Gerüchte und Skandale um diesen Mann.

»Zum ersten Mal hat Aspen die Hauptrolle ergattern können, und dann noch in einem millionenschweren Projekt«, flüstert René neben mir fast lautlos, doch ich verstehe jedes Wort.

»Wer ist das neben ihm?«, frage ich hinter vorgehaltener Hand und tue so, als müsste ich kurz husten.

»Das ist sein Manager und Freund Dexter Wining«, flüstert er, bevor er sich wieder aufs Geschehen konzentriert. Auch ich versuche meine Schwärmerei zurückzuhalten, doch mein Blick klebt an Aspen. Er trägt Schwarz von Kopf bis Fuß. Als er reingekommen ist, hatte er noch eine Sonnenbrille auf, die er augenblicklich abgenommen und verstaut hat. Er trägt ein schwarzes Hemd zu schwarzer Anzughose und sieht wie der

Fürst der Finsternis aus, den er sogar schon einmal in einer kleineren Rolle gespielt hat.

Nach einem kurzen Gespräch wird der Vertrag unterzeichnet, und viele Hände werden geschüttelt. Auch zwei Fotografen sind anwesend und halten diesen Moment fest. Das ist der Augenblick, in dem ich mich ausklinke und meine Notizen sowie Eindrücke fein säuberlich eintrage und ordne. Als ich Kurts Stimme vernehme, hebe ich den Kopf und sehe, wie er mit den beiden CEOs aus dem Raum geht.

»Man sieht sich. Oh, da muss ich rangehen«, meint René freundlich, winkt mir zum Abschied und nimmt einen Anruf entgegen. Da ich es nicht eilig habe, packe ich meine Sachen zusammen und atme tief durch. Kurts abweisende Art nimmt mich mehr mit, als ich gedacht habe. Ich bin stark, doch leider neige ich dazu, die Flucht zu ergreifen, wenn ich mich in die Ecke gedrängt fühle.

Auch jetzt bin ich kurz davor, alles hinzuschmeißen und beruflich neue Wege einzuschlagen. Es wäre nicht einfach, aber ich würde es schaffen, doch jedes Mal, wenn ich an diesen Punkt komme, denke ich an Alexandr Stojlinski. Meinen Mitschüler aus der Highschool, der böse schikaniert und gemobbt wurde. Ihm wurde Unrecht getan, und niemand konnte ihm helfen, weil die Eltern der Mobbenden reich und mächtig waren.

Da wurde mir klar, dass ich Anwältin werden wollte. Nicht eine, die auf Ruhm, Geld oder Ansehen aus ist, sondern eine, die für die Wahrheit kämpft, wenn es andere nicht können oder wollen. Alexandrs Schicksal hat mir einen Lebensweg eröffnet, und ich werde ihn nie vergessen. Noch heute bin ich mit ihm in Kontakt. Er ist mittlerweile bei der NASA angestellt und glücklich mit seinem Leben.

Und das werde ich auch wieder sein, sobald die Gerüchte sich verflüchtigen und die Menschen endlich sehen, dass ich niemals das Gesetz gebrochen habe. Vielleicht kann ich auch eines Tages selbst eine Kanzlei aufmachen, wenn etwas Gras über die Sache gewachsen ist. Seufzend straffe ich wieder die Schultern und sehe mich um. Während ich tief in Gedanken versunken war, hat sich der Raum geleert, und ich bin die Einzige hier. Also mache ich mich wieder auf den Weg zu meinem Schreibtisch, doch als ich durch die Tür gehen will, stoße ich mit jemandem zusammen. Zum Glück habe ich mein iPad in der linken Hand fest im Griff, sonst wäre es mir hinuntergefallen.

»Verzeihung«, sage ich, hebe den Kopf und blicke mein Gegenüber entschuldigend an. Dieser Jemand ist tatsächlich THV, Aspen Knox. Seine breiten Schultern füllen den Türrahmen beinahe völlig aus, und instinktiv frage ich mich, wie hart man trainieren muss, um so muskulös auszusehen. Ich bin nicht nur einen Kopf kleiner als er, sondern wirke geradezu winzig neben ihm.

Wäre er kein Schauspieler geworden, hätte er womöglich einen guten Quarterback in der NFL abgegeben. Mir fällt auf, dass durch seine schwarze Kleidung seine türkisfarbenen Augen klarer wirken als jeder Bergsee, den ich je gesehen habe.

Wow.

Türkis.

»Hey«, haucht er, und ich meine, eine Mischung aus Nervosität und Freude in seinen Augen zu erkennen.

»Hallo, Mr Knox. Tut mir leid, dass ich Sie angerempelt habe«, sage ich entschuldigend und lächle verlegen. Dieser Mann hat die fiktiven Figuren dargestellt, die mein Herz dazu gebracht haben, schneller zu schlagen. Und selbst jetzt – ohne Make-up oder Special Effects – hat er eine ungeheure Wirkung auf mich. Normalerweise sehe ich diesen Mann auf meinem TV-Bildschirm, ihm jetzt gegenüberzustehen fühlt sich surreal an und macht mich ehrlich gesagt nervös. Mir war klar, dass ich Prominenten begegnen werde, sobald ich in der Entertainment-Branche arbeite, aber Aspen und ich sind uns nahegekommen. Zu nah für eine erste Begegnung, und weder er noch ich machen Anstalten, die Distanz zwischen uns zu vergrößern. Während ich mich vor Überraschung nicht rühren kann, wird Aspens Miene weicher. Sanfter.

»Du bist wirklich hier«, raunt er ungläubig und lässt den Blick über jeden Winkel meines Gesichts wandern. Großer Gott im Himmel, wie schön dieser Mann ist. Mit seinen leicht verwuschelten schokoladenbraunen Haaren sieht er aus wie gerade aus dem Bett gestiegen. Verflucht sexy, genauso wie seine schön geschwungenen Lippen, die Sanftheit ausstrahlen, während seine hohen Wangenknochen rasiermesserscharf wirken.

»Verdammt, ich habe überall nach dir gesucht«, flüstert Aspen mit leiser Stimme, die beinahe liebevoll klingt. Seine Worte verwirren mich, und doch gehen sie mir nahe. Sein durchdringender Blick erzeugt eine Gänsehaut auf meinen Armen, und selbst wenn ich wollte, ich könnte mich nicht von ihm abwenden.

»Kennen wir uns?«, frage ich und versuche, die plötzlich auftretende Hitze in meinen Wangen loszuwerden. Dieser Mann ist nicht nur im Fernsehen hübsch anzusehen, mir scheint es, als wäre er hinter den Kulissen noch attraktiver, noch einnehmender, als ich es je für möglich gehalten habe.

»Ob wir uns kennen?«, fragt er perplex und stützt seinen rechten Arm auf dem oberen Türrahmen ab. Dabei beugt er sich ein wenig zu mir und dringt fast in meine Komfortzone ein. Was dies mit meinen flatternden Nerven macht, kann ich kaum in Worte fassen. Ich sollte doch eingeschüchtert sein, wenn mir ein Fremder so nahekommt, doch ich erwische mich dabei, dass ich ihm unbewusst entgegenkomme. Näher. Verboten nah.

»Ja. Mir scheint, als würden Sie mich mit jemandem verwechseln.« Das hier ist ein Klient, und ich dürfte ihn nicht attraktiv finden, aber ich tue es. Wie könnte ich auch nicht? Denn es ist so, als würde er mich mit seiner Präsenz festnageln.

»Ich bin's, Aspen. Dieses Sie können wir uns sparen, findest du nicht?« Er hebt die Brauen, als würde er darauf warten, dass es endlich klick bei mir macht. Als würde mich eine Erkenntnis erwarten, die für mich nicht greifbar ist.

»Okay, wenn das dein Wunsch ist«, sage ich, bin aber immer noch verwirrt. Diese Unterhaltung scheint zu nichts zu führen, und doch unterbinde ich sie nicht. Sein breiter Oberkörper vor mir strahlt Männlichkeit und Stärke aus, doch seine Augen sind warm und klar. Er glaubt, in mir jemanden zu sehen, der diese Reaktion in ihm ausgelöst hat, doch ich bin es nicht. Auch wenn ein kleiner Teil von mir sich wünscht, dass es so wäre. Ich bringe ihn schnell zum Schweigen.

»Valenti! Wo zum Teufel bleibst du!?«, höre ich die donnernde Stimme von Kurt Blackwood, noch bevor ich ihn sehen kann. Aspen löst seine Hand vom Türrahmen und tritt zur Seite, als auch schon mein Boss in unser Blickfeld tritt.

»Valenti?«, fragt Aspen leise, doch ich gehe nicht darauf ein. Ich konzentriere mich einzig und allein auf die Ader, die über Kurts Stirn pocht. Die bedeutet Ärger.

»Ich bin hier«, sage ich und fühle mich albern, denn schließlich kann er mich ja sehen.

»Solltest du nicht arbeiten?«, fragt Kurt und sieht von Aspen zu mir und wieder zurück. Erst als ihm klar wird, dass auch ein Klient anwesend ist, mäßigt er seine Stimme.

»Das tue ich nach wie vor, doch Mr Knox hatte eine Frage an mich.«

»Verstehe. Ist die Sache nun geklärt?«, fragt er Aspen und würdigt mich keines Blickes mehr. *Gott! Ich kann diesen Kerl einfach nicht ausstehen!*

»Nein«, antwortet er, und ich will schon frustriert die Augen schließen, doch dann klopft er mir plötzlich auf die Schulter.

»Aber das ist nicht so schlimm. Wir werden noch Gelegenheit haben, das zu besprechen, oder?«, fragt er mich, und diese verdammten türkisblauen Augen lassen mich alle Vernunft vergessen, sodass ich nur langsam nicke und einfach so tue, als wäre ich die Person, nach der er sich sichtlich gesehnt hat.

5. KAPITEL

Aspen

Ich schlage auf den Boxsack ein und lasse all meine angestaute Energie in die Schläge fließen. Mein Herz rast, und der Schweiß rinnt meinen Rücken hinab, durchnässt meine Kleidung bis auf den letzten Zentimeter. Meine Fingerknöchel beginnen zu schmerzen, aber ich kann mich nicht bremsen. Muss alles, was heute vorgefallen ist, verarbeiten, indem ich meinen Körper an seine Grenzen bringe.

»Ruhig Blut, du wirst noch ein Loch reinschlagen.« Es ist die strenge Stimme meines Managers, die an mein Ohr dringt und mich dazu bringt, vom Sack abzulassen und mich schwer keuchend umzudrehen. Dabei fallen Schweißtropfen von meinen Haarsträhnen auf den Boden. Nach Luft ringend ziehe ich die Boxhandschuhe von meinen nassen Händen und werfe sie auf eine Sitzbank in meiner Nähe.

»Hier«, ruft mir Dexter zu, und ich kann die Wasserflasche gerade noch auffangen, die er in meine Richtung wirft.

»Das hätte eine Platzwunde ergeben können, wenn ich sie nicht aufgefangen hätte«, sage ich, ehe ich die Flasche an meine Lippen führe und einen gierigen Schluck nehme.

»Vielleicht habe ich es ja drauf angelegt«, meint Dex schulterzuckend und lässt sich entspannt auf die Ledercouch sinken, die am Rand des Studios steht. Er legt lässig den Fußknöchel auf seinem Knie ab und fixiert mich mit einem amüsierten Blick. Mein Mundwinkel wandert nach oben, und ich wische mir mit dem Handrücken über die Lippen. Die Kühle des Wassers dämpft mein erhitztes Gemüt, wenn auch nur ein wenig.

»Ich habe dich hier nicht erwartet«, meint Dexter und lässt seinen Blick durch den Raum schweifen. Da ich vor meiner Schauspielkarriere als Stuntman gearbeitet habe, bin ich es gewohnt, regelmäßig zu trainieren. Mein Tag bestand daraus, meinen Körper darauf vorzubereiten, von Dächern zu fallen, aus fahrenden Autos zu springen oder in Kampfszenen, die bis ins kleinste Detail synchronisiert wurden, überzeugend zu agieren.

Eines Tages kam ein Regisseur auf mich zu und bat mich, für eine Rolle als Bösewicht vorzusprechen. Zuerst wollte ich ablehnen, weil ich fand, dass ich kein Talent dazu hatte, Schauspieler zu werden, doch dann ging ich doch zu dem offenen Casting. Und ich denke, es überraschte alle einschließlich mir, als ich meine erste Rolle ergatterte. Nach und nach habe ich Schauspielkurse belegt und hart an mir selbst gearbeitet, um in diesem Beruf die beste Leistung zu erzielen. Nun sind fünf Jahre vergangen, und ich bin im Begriff, neue Wege als Schauspieler einzuschlagen.

»Wo sollte ich sonst sein?«, erwidere ich und gehe zu meiner Tasche, die sich neben dem Sitzplatz meines Freundes befindet. Mit einem Handtuch wische ich mir Gesicht und Halspartie trocken und setze mich ebenfalls.

»Du hast einen fucking Fünf-Millionen-Dollar-Deal unterzeichnet, Mann. Ich hätte erwartet, dass du feierst und nicht in diesem stickigen Raum deine Muskeln stählst.«

»Warst du nicht derjenige, der mir gesagt hat, ich soll es langsam angehen mit dem Feiern? Wegen der ganzen Skandale?«

»Ich meinte nicht, dass du dir die Birne wegsaufen sollst,

sondern dachte einfach, du könntest dich mit Freunden treffen und diesen neuen Lebensabschnitt feiern.«

»Du weißt, dass du mein einziger Freund bist.« Und das macht mich auch gar nicht traurig, denn ich bin eher der Typ, der viele Bekannte hat, aber die Menschen, denen ich vollends vertraue, kann ich an einer Hand abzählen. Oder besser gesagt an zwei Fingern.

»Ich bin dein bester Freund, ja, aber es muss doch auch andere Menschen geben, die du magst.«

»Nicht wirklich. Dich zu ertragen ist schon anstrengend genug«, entgegne ich sarkastisch, was ihn jedoch nicht im Geringsten zu stören scheint. Deswegen mag ich Dex. Er hat Humor und sieht mich nicht nur als Einnahmequelle, sondern auch als Freund.

»Jetzt mal ehrlich, THV. Was machst du hier?« Diese Frage geht wohl tiefer, als er ahnt, denn ich kann ihm keine klare Antwort geben. Ich bin hier, weil ich das Gefühl hatte, dass ich etwas tun muss. Ich wollte mich körperlich verausgaben, nachdem Daphne plötzlich wieder in mein Leben getreten ist.

»Nenn mich nicht so, Killer«, sage ich und verwende im Gegenzug direkt seinen Spitznamen. Seitdem ich die Serie Dexter gesehen habe, wo das Leben eines Serienmörders thematisiert wurde, nenne ich ihn Killer. Mein bester Freund mag das überhaupt nicht, genauso wie ich nicht *The Hot Villain* genannt werden möchte. So piesacken wir uns gegenseitig.

»Du weißt, was ich meine.« Er verdreht die Augen und sieht auf seine Rolex, um mir so zu bedeuten, dass meine Sprüche ihn langweilen. Ich weiß, dass ich die eigentliche Frage umgehe, denn eine zufriedenstellende Antwort habe ich nicht. Nach fünf Jahren, in denen ich mir den Arsch aufgerissen habe und vom unbedeutenden Stuntman zu einem gefeierten Nebenschauspieler aufgestiegen bin, ist mir nun der große Coup gelungen.

Vor Kurzem habe ich die Hauptrolle in einer romantischen Komödie ergattern können, die beim größten Streamingdienst der Welt erscheinen wird. Endlich muss ich niemanden bedrohen, keine Kehlen aufschlitzen oder wie so oft das Zeitliche segnen, wie ich es bisher in meinen Rollen tun musste. Diesmal ist mein Charakter der Mann, der das Mädchen bekommt, und ich bin derjenige, der die Anerkennung der Zuschauenden erhält.

»Du willst feiern?«, erkundige ich mich. Seiner Frage weiche ich bewusst aus.

»Du etwa nicht?«, fragt er mich mit überraschtem Gesichtsausdruck. Ich schnaube amüsiert, denn ich weiß nicht, was ich darauf antworten soll. Nachdem ich den Vertrag mit *Videocore* unterschrieben habe, wollte ich verdammte Bäume ausreißen und in die Welt hinausschreien, dass Aspen kein Sidekick in der Schauspielerriege mehr ist, sondern das große Los gezogen hat. Dann sah ich sie, und alles rückte für einen kurzen Moment in den Hintergrund.

»Du kennst mich. Ich bin immer für einen Drink zu haben.«

»Was tun wir dann noch hier? Spring unter die Dusche. Du siehst nämlich genauso aus, wie du riechst.« Ich werfe mit dem Handtuch nach ihm, was ihn aber kaltlässt. Er zieht es sich von der Schulter und wirft es auf meine Tasche.

»Es können schließlich nicht alle aussehen wie ein fein gestriegelter Börsenmakler«, sage ich lachend und genieße es, dass er sein Gesicht verzieht. Mein Manager nimmt es mit der Professionalität sehr ernst, wenn wir beruflich unterwegs sind. Das gilt auch für seinen Kleidungsstil. Selbst wenn er keinen Anzug trägt, sieht er immer noch aus wie aus dem Ei gepellt. Auch ich muss öfter ausgefallene Kleidungsstücke tragen, wenn ich ein Shooting habe oder weil es für die Rolle nötig ist, doch privat trage ich am liebsten Jeans und T-Shirt oder Hoodie.

Unter dem warmen Strahl presse ich meine Handflächen auf die Fliesen und lasse den Kopf hängen. Jetzt wo ich allein mit meinen Gedanken bin und meinen Körper nicht mehr fordere, denke ich an den Grund, weswegen ich so aufgewühlt auf den Boxsack eingeschlagen habe.

Denn ich sah *sie*.

Daphne würde ich überall wiedererkennen, selbst zuvor, als sie einfach dagesessen ist und auf das Display ihres iPads gestarrt hat. Ich musste unzählige Hände schütteln, aber es fiel mir schwer, meinen Blick von dieser Frau abzuwenden. Jahrelang hatte ich überlegt, was ich sagen, wie ich reagieren sollte, wenn sie vor mir steht.

Ich hatte mit vielen Dingen gerechnet, allerdings nicht damit, dass sie mich nicht erkennt. Daphne schien keine Ahnung zu haben, wer ich bin oder was wir in der Vergangenheit gewesen sind.

Oder wollte sie es nicht?

Vielleicht hat sie nur so getan, als wäre ich ein Fremder, um einer peinlichen Situation zu entgehen. Dazu kommt noch, dass ihr Boss sie mit einem mir fremden Nachnamen angesprochen hat.

Selbst eine Stunde später, als Dexter und ich im Auto sitzen, lassen mich die Fragen nicht los.

»Valenti«, murmle ich, während ich mir mit der Hand übers Kinn fahre und aus dem Fenster blicke, ohne wirklich etwas wahrzunehmen.

»Was hast du gesagt?«, fragt mich Dexter, ohne den Blick von der Straße zu nehmen.

»Kennst du das gesamte Team, das heute im Besprechungsraum bei *Start Entertainment* gewesen ist?«, sage ich und umgehe seine Frage. Dexter überlegt kurz, schüttelt dann aber den Kopf.

»Nur diejenigen, mit denen wir direkten Kontakt hatten bezüglich des Vertrags.«

»Und dieser blonde, ältere Mann im dunkelblauen Anzug. Der mit der kräftigen Stimme. Kennst du ihn?«

»Kurt Blackwood?« Er nickt, bevor er weiterspricht.

»Er ist der Leiter der Rechtsabteilung. Ich habe eng mit ihm zusammengearbeitet, als wir den Vertrag durchgegangen sind. Er wirkt etwas ruppig, ist aber ein brillanter Anwalt und ein guter Kerl.«

»Rechtsabteilung sagst du«, flüstere ich und schätze, dass sie Anwältin geworden ist, wie es damals ihr Ziel gewesen ist.

»Wieso fragst du?«

»Ach ich dachte nur, dass ich jemanden aus seinem Team kenne.«

»Wirklich? Wen denn?« Dexter weiß nicht, dass Daphne und ich durch unsere gemeinsame Vergangenheit miteinander verbunden sind.

»Ich habe mich wohl geirrt. Sie sah nur jemandem ähnlich«, antworte ich und wende mich ihm ganz zu.

»Wohin fahren wir?«

»Eine neue Bar hat vor Kurzem eröffnet, und ich dachte, wir könnten sie mal auschecken.«

»Gut, dann kann die Party ja steigen.« Ich reibe die Hände aneinander, denn es ist längst überfällig, dass wir anstoßen.

»Aber in Maßen. Keine Eskapaden, keine Skandale, sonst war's das mit *Videocore*. Der Vertrag hat eine strenge Klausel, wie du gelesen hast. Ein schwerer Skandal, und alles ist vorbei. Von der Strafzahlung mal abgesehen.« Dexter erhebt sogar den Zeigefinger, um seine Worte damit zu unterstreichen.

»Chill mal. Ich habe nicht gesagt, lass uns dem Alkoholgott ein Opfer darbringen und dabei auf TikTok live gehen.«

»Ich wollte es nur mal erwähnt haben.«

»Du wirst es noch gefühlt tausendmal erwähnen.«

»Nur damit du es nicht vergisst«, meint er mit einem schelmischen Grinsen, weil er ganz genau weiß, wie sehr ich es hasse, wenn er sich ständig wiederholt und mich ermahnt.

»Ich habe ja mit dir eine Anstandsdame an meiner Seite, also mache ich mir da keine Sorgen.«

»Reiß du nur deine Witze, aber du wirst mir später danken.«

»Sagen das nicht immer Eltern zu ihren pubertierenden Kindern?«

Dexter hält an einer Ampel und dreht den Kopf belustigt in meine Richtung. »Ich sehe da keinen Unterschied.«

»Sei du nur froh, dass du fährst, sonst hättest du schon dein Fett wegbekommen.« Ich streiche mir durchs Haar, verschränke aber dann die Hände hinter dem Kopf.

»Wer's glaubt«, murmelt Dexter. Ich lehne mich zurück und genieße die Fahrt.

Ich lasse den Kopf sinken, schwenke das Glas in meiner Hand, woraufhin die goldene Flüssigkeit eine beinahe hypnotische Wirkung auf mich ausübt. Sie erinnert mich an honigblondes Haar, das mal rötlich, mal blond wirkt.

Valenti.

Hat sie womöglich geheiratet und deswegen einen neuen Nachnamen? Allein der Gedanke daran lässt mich mit dem Kiefer mahlen und das Glas fester umfassen. *Hat sie mich einfach vergessen, während ich jahrelang an sie denken musste?*

Fuck, das verletzt mein Ego mehr, als es sollte.

»Du siehst aus, als würdest du dich auf jemanden stürzen und ihm die Scheiße aus dem Leib prügeln wollen.«

Ich schnaube belustigt und drehe langsam den Kopf in Dexters Richtung. Er sieht nüchterner aus als ich und wirkt gelassen und cool. Er behält in jeder Situation einen kühlen Kopf, während ich gern durch die Decke gehe, bis er mich wieder auf den Boden zurückholt. Wir sind perfekte Gegenstücke, nur nicht im romantischen Sinne.

»Klingt verlockend, aber nein.«

»Gut, dann bleibt mein Zeigefinger unten.« *Er mit seinem Finger!*

»Ich könnte dir jetzt sagen, wo du ihn dir hinschieben sollst, aber wir sind hier in einer Bar.«

»Wann hat dich die Umgebung je gehindert zu sagen, was du denkst?«, fragt er amüsiert und nippt an seinem Gin. Wir kabbeln uns, als wären wir Brüder, und eigentlich dürfte uns niemand zuhören, da wir alles andere als professionell miteinander umgehen, aber wenn wir privat unterwegs sind, sind wir nicht der Manager und der Schauspieler, sondern einfach zwei Freunde, die eine gute Zeit haben wollen.

»Noch nie, aber meine Gedanken schwenken öfter ab, als mir lieb ist«, gebe ich zu und schnaube.

»Machst du dir Sorgen oder Gedanken um die Produktion?«, fragt er, weil dies wohl der naheliegendste Grund ist, aus dem meine Laune so schnell abgeflaut sein könnte. Dass es in Wirklichkeit um eine Frau geht, braucht er nicht zu wissen. Schlimm genug, dass ich ständig an sie denken muss.

»Nein, das nicht. Ich glaube bei *Videocore* wird alles wie am Schnürchen laufen.«

»Was beschäftigt dich denn sonst? Ich sehe ja, dass du mehr grübelst, als es gut für dich wäre.«

Eigentlich bin ich immer für eine Partynacht zu haben, und doch sitze ich hier und denke über die Frau nach, nach der ich seit acht Jahren suche. Aber da ist noch etwas, dieser kleine, fiese Teil von mir, der sich Unsicherheit nennt. Ich wünschte, ich wäre mit dem Selbstbewusstsein eines Doppeldeckerbusses gesegnet, aber ich bin ein Mensch. Das munkelt man zumindest, denn in den meisten meiner Rollen war ich das personifizierte Böse, und ich habe es geliebt, in diese Rollen zu schlüpfen.

»Ich hoffe, dass ich den Erwartungen der Menschen gerecht werde. Sie haben es geliebt, meine Charaktere zu hassen. Jetzt sollen sie mich plötzlich lieben. Ich frage mich, ob das zu viel verlangt ist.«

»Wenn jemand durch sein Talent überzeugen kann, dann bist du es.«

»Du spuckst große Töne, Dex«, sage ich und lächle in mein Glas, ehe ich einen Schluck nehme. Der Whiskey hinterlässt ein wohliges Brennen in meiner Kehle, eines, das ich heute dringend brauche.

»Wenn mich jemand kennt, dann bist das du. Ich würde niemandem Honig ums Maul schmieren, wenn ich nicht überzeugt von meinen Worten bin.«

»Aber deine Meinung spiegelt nicht die der breiten Masse wider.«

»Und das sollte sie auch nicht. Die Menschen sollen sehen, was du bist. Ein Stuntman, der es allein und ohne Vitamin B geschafft hat, ganz nach oben zu kommen.« Ich drehe den Kopf in seine Richtung und frage mich, woher er sein Selbstvertrauen nimmt. Gott, ich weiß, dass ich gut aussehe, dass ich für mich einstehen kann, wenn ich in die Ecke gedrängt werde, aber an meinem Können habe ich immer etwas zu bemängeln.

»Das mag alles stimmen, aber ich habe auch viel Mist gebaut«, sage ich und beschönige nicht die Tatsache, dass Dexter viele Aufräumarbeiten erledigen musste, nachdem mein Temperament mich auf die Titelseiten der Klatschblätter manövriert hat. Ein wilder Flirt mit einer Brünetten, die aber einen Ehemann hatte, von dem ich nichts wusste. Wilde Küsse mit Models und Kellnerinnen, die für die abenteuerlichsten Gerüchte gesorgt hatten. Als ich einen Paparazzo angeschnauzt habe, der eine Passantin angerempelt hatte, hat mich das als aggressiven B-Promi dastehen lassen. Dass ich das getan habe, weil er einer jungen Mutter unrecht getan hat, ist für die Meute nicht wichtig. Es war so viel einfacher, mich als den Bösewicht darzustellen, den ich öfter spiele.

»Du wirst keine Probleme mehr machen und dich schön zusammenreißen. Wir können uns keine negative Publicity leisten, gerade weil so viele Augen auf den Film und dich gerichtet sein werden.«

»Ich werde schön artig sein.« Das wollte ich im Grunde ja immer, doch ab einem gewissen Punkt fing es an, schiefzulaufen. Ich habe unzählige Trainings bei *Start Entertainment* absolviert, wie man sich im Falle von Beschimpfungen seitens Hater in der Öffentlichkeit verhalten soll. Dass man sein Pokerface niemals entgleiten lassen sollte und es den Profis überlassen sollte, die Sachen hinzubiegen, doch ich konnte noch nie gut schweigen, wenn ich angegriffen wurde.

»Ich meine das ernst, Aspen. Das ist dein Ticket zu einem neuen Leben und zu völlig neuen Rollen. Endlich kannst du über dich hinauswachsen und es an die Spitze schaffen.«

»Beruhige dich, Mann. Ich werde nichts tun, was du nicht auch tun würdest.«

»Na, dann bin ich ja beruhigt«, meint er mit Sarkasmus in der Stimme, was mir ein Schnauben entlockt.

»Wollen wir noch eine Runde bestellen? Du hattest nur zwei Drinks«, fragt Dex und will schon die Hand heben, doch ich schüttle den Kopf.

»Vielleicht bin ich einfach müde und gehöre nach Hause. Der Whiskey kickt heute anders als sonst.« *Gott, das sieht mir gar nicht ähnlich.* Niemand liebt es mehr als ich, den Abend mit seinem besten Freund und einem guten Drink zu verbringen. Und dann sind da noch meine Gedanken. Viel zu viele Gedanken, die sich um meine Zukunft und eine Frau aus meiner Vergangenheit drehen. Aber heute läuft nicht alles nach Plan, weswegen ich meine Hoffnungen auf morgen setze.

»Ich rufe uns ein Taxi.« Sein Auto bleibt heute Nacht auf dem Parkplatz. Er macht schon Anstalten, das Smartphone zu zücken, doch ich fasse ihn am Unterarm, um ihn zu stoppen.

»Wenn jemand heimfahren sollte, dann bin ich das. Allein.«

»Und wieso das?«

»Da ist eine dunkelhaarige Schönheit, die seit einer Stunde nicht die Augen von dir abwenden kann.«

»Die Hübsche mit dem süßen Lächeln und den voluminösen Locken?«, fragt er und greift nach seinem Glas, um über den Rand in ihre Richtung zu sehen.

»Genau die. Ich denke, du solltest sie auf einen Drink einladen, statt den Babysitter für mich zu spielen.«

»Aber eine Nanny wäre genau das Richtige, um dich von Dummheiten abzuhalten.«

»Denk nicht mal dran.«

»Gib mir keinen Grund dazu, ja?«

»Keine Sorgen, Killer. Jetzt sprich sie an, und lass mich in Ruhe.«

»Vielleicht hast du recht«, meint er mit einem leichten Lächeln in ihre Richtung und lässt langsam das Glas sinken.

»Ich habe immer recht«, bekräftige ich und reiche dem Barkeeper meine Kreditkarte.

»Alle Drinks, die dieser Mann weiterhin bestellt, gehen auf meine Rechnung«, sage ich, woraufhin er mir das Plastik aus der Hand nimmt und nickt.

»Viel Glück, Mann«, sage ich und klopfe ihm auf die Schulter, als ich meine Karte wieder verstaue und aufstehe.

»Danke«, antwortet er und erhebt sich, um auf die hübsche Frau zuzugehen. Ich sehe, wie die beiden sich lächelnd begrüßen und eine Unterhaltung beginnen, ehe ich die Tür öffne und hinaus in die frische Nachtluft trete. Ich stopfe meine Hände in die Taschen meiner Lederjacke und beschließe, mir die Füße zu vertreten. Vielleicht bekomme ich durch den Spaziergang einen klaren Kopf und muss nicht ständig an honigblonde Haare denken.

6. KAPITEL

Aspen

Ich entferne mich gerade mal ein paar Meter von der Bar, als ich fremde Stimmen in einer dunklen Gasse vernehme. Zuerst klingt es wie ein Murmeln, das ich nicht verstehen kann, doch dann werden die Stimmen lauter und auch eindringlicher.

»Komm schon. Das mit uns kann nicht vorbei sein. Man wirft nicht zwei Jahre einfach weg, Marly!« Ich verlangsame meine Schritte, weil das Ächzen, das daraufhin folgt, mich in Alarmbereitschaft versetzt. Es klingt nicht gerade wohlig.

»Ich kann dir nicht mehr als Freundschaft geben.« Das Wimmern der Frau lässt mich die Hände zu Fäusten ballen.

»Das will ich aber nicht!«

»Lass mich los!«

»Scheiße, Marly, ich will, dass du mich wieder liebst.« Die Verzweiflung in den beiden Stimmen ist greifbar, doch auf unterschiedliche Weise.

»Und ich will, dass du von mir ablässt.« Ich bleibe stehen und drehe mich in die Richtung, in der ich die beiden vermute. Es handelt sich um eine unheimliche, dunkle Gasse gleich neben der Bar. Da die Laternen dort nicht funktionieren, kann ich die Gestalten kaum erkennen. Nur durch eines der Fenster fällt gerade genug Licht, dass man die Hand vor Augen sehen kann.

Je näher ich den beiden komme, desto klarer wird die Situation für mich. Der Mann bedrängt die Frau, versucht sie zu packen, doch sie wehrt sich vehement. Kämpft, um sich von dem Arschloch zu lösen.

»Hör auf!«, murmelt sie, und ich höre ein schmatzendes Geräusch, dann erneut ein hilfloses Wimmern. Die Frau beginnt zu schluchzen, doch er hört nicht auf. Das ist der Moment, in dem ich meine Stimme erhebe, denn die Frau braucht definitiv Hilfe.

»Lass sie los«, sage ich drohend, sodass der Typ kurz seine dreckigen Lippen von ihrem Hals nimmt. Er kneift die Augen zusammen, als würde er mich nicht erkennen, auch wenn ich nur vier Schritte von beiden entfernt bin.

»Zieh Leine. Das hier geht nur uns etwas an.« Der stämmige Typ scheint sie fester zu packen als vorhin, und die junge Frau verzieht vor Schmerz das Gesicht.

»Hilfe«, formt sie stumm mit ihren Lippen, und erst jetzt erkenne ich, dass sie viel zu jung ist, um überhaupt in eine Bar gehen zu können.

»Vergiss es. Ich sage es nicht noch einmal. Lass das Mädchen los.«

»Ist er dein Neuer?«, fragt der Mistkerl nun wütend und zieht sie grob an sich. Ich mahle mit dem Kiefer, und mein Körper ist voller Anspannung, aber ich darf nicht austicken, wie ich es gern tun würde. Ich darf nicht dem Verlangen nachgeben, ihm eine reinzuhauen. Also rede ich mit ihm.

»Ich kenne euch beide nicht, also bleib locker.«

»Warum störst du uns dann?«, lallt er, und mir wird nun klar, dass er betrunken *und* gewalttätig ist. Eine schreckliche Mischung.

»Weil du ihr wehtust. Ich werde nicht tatenlos zusehen, wenn du sie bedrängst.«

»Ach, sie mag es ein wenig härter.« Er lacht, als hätte er nur einen Witz gerissen, doch das hier ist die Realität. Wer weiß, wie lange er dieser Frau schon Gewalt antut und wie lange sie gebraucht hatte, um sich von ihm zu lösen. In ihren vor Angst geweiteten Augen sehe ich auch ein Flehen, einen Ruf nach Hilfe, und ich wäre verdammt, wenn ich nichts unternehmen würde.

»Was meinst du? Möchtest du dich weiterhin mit ihm unterhalten oder nicht?«, frage ich die blonde junge Frau. Es geht um ihre Sicherheit, und ich möchte, dass auch sie zu Wort kommt.

»Ich möchte gehen. Bitte«, sagt sie und wendet sich ihrem Peiniger zu. Sie fleht ihn an, von ihr abzulassen, versucht an sein Mitleid zu appellieren, und fast glaube ich, dass sie damit Erfolg hat, doch dann tickt er völlig aus. Aber ich habe es schon vorausgesehen und bin den beiden immer näher gekommen.

»Du willst dich aus dem Staub machen? Nachdem ich dir alles gegeben habe!« brüllt er außer sich.

»Jimmy. Hör auf!«, kreischt sie, woraufhin er eine Hand hebt, um sie zu schlagen.

»Du dreckige Schlampe!«, schreit er, und seine Worte triggern etwas in mir. Verdrängte Erinnerungen an die Vergangenheit, an die ich ungern zurückdenke. Ich fälle eine Entscheidung. Sie ist vielleicht falsch und könnte mich meinen Traum kosten, doch ich würde es mir niemals verzeihen, wenn ich jetzt nichts unternehmen würde.

Mit einem großen Schritt bin ich bei ihm und schlage ihm mit aller Kraft in den Bauch. Er ächzt vor Schmerz und lässt zum Glück von der jungen Frau ab, die taumelt und im Schock vor mir auf die Knie fällt. »Danke, Aspen. Das werde ich dir nie vergessen«, flüstert sie völlig verängstigt, rappelt sich auf und läuft davon.

»Du mieser Wichser«, brüllt der Kerl vor meinen Füßen und versucht sich eher schlecht als recht aufzurappeln. Ich stemme die Hände in die Taschen meiner Jeans und sehe ihn mit erhobenen Augenbrauen an.

»Ich soll hier der Böse sein?« Ich fahre mir durchs Haar und lache verbittert auf. »Du verdammtes Arschloch wolltest gerade einer Frau Gewalt antun.«

»Sie gehört mir!«, brüllt er und wirkt auf mich wie ein Wahnsinniger. Menschen wie er, die glauben, Personen besitzen zu können, sind von der schlimmsten Sorte. Er erinnert mich an meinen Vater, der ebenfalls ein Mistkerl gewesen ist, und plötzlich bin ich so wütend, auch wenn ich im ersten Moment nicht sagen kann, wen ich vor meinem inneren Auge sehe.

»Du …«, doch das Schimpfwort bleibt mir im Hals stecken, denn ich packe ihn am Kragen, nachdem er sich mühsam erhoben hat. Er kann weder stehen noch geradeaus blicken. Ich ziehe sein Gesicht zu mir heran. So dicht, dass ich seinen vor Alkohol stinkenden Atem wahrnehmen kann.

»Du bist ein mieses Stück Scheiße. Jemand wie du sollte in der Hölle schmoren«, knurre ich und halte meine Wut besser im Zaum, als ich gedacht hätte. Der Typ hat die Nerven, überheblich zu grinsen.

»Und wirst du derjenige sein, der mich dorthin befördern wird, Sonnyboy?«, zischt er und spuckt mir die Worte förmlich ins Gesicht. Doch ich schüttle nur ruhig den Kopf und merke zu meiner Genugtuung, dass er langsam, aber sicher Respekt vor mir entwickelt, denn seine Augen weiten sich plötzlich. Als würde er den Teufel sehen, der tief in mir schlummert.

»Ich werde mir nicht die Hände schmutzig machen wegen einem Mistkerl wie dir, aber lass dir eines gesagt sein: Ich bin ein wohlhabender Mann, jemand, der Macht hat und weiß, wer du bist, Robert Strokes.«

»Woher?«, lallt er erschrocken. Offensichtlich ist er zu besoffen, um zu merken, dass er sein Namensschild auf dem Shirt trägt, doch ich nutze diesen Vorteil.

»Ich kenne Arschlöcher wie dich, hasse sie, aber ich gebe dir eine Chance. Eine einzige. Wenn du Marly je wieder kontaktierst, werde ich es erfahren. Dann werde ich dich höchstpersönlich in die Hölle führen.« Der stämmige Typ, der vorhin noch große Töne gespuckt hat, winselt wie ein Hund, wobei es eine Beleidigung wäre, ihn mit diesen loyalen Tieren zu vergleichen.

Als er den Mund öffnen will, schubse ich ihn aus der Gasse. Die Wut hat mich so fest im Griff, dass ich gar nicht nachdenke. Er fällt auf den Bordstein und genau unter die Straßenlaterne, wo er natürlich gut zu erkennen ist. Plötzlich tauchen Menschen auf und sehen nach dem Mann, weil sie denken, er sei verletzt. Sehen nicht, was für ein Abschaum er wahrlich ist.

Ich befinde mich in einer kaum beleuchteten Gasse und bezweifle, dass mich jemand erkennen könnte, doch dann erscheint in der Menschentraube auch Dexter mit der jungen Frau an der Hand. Uns trennen vielleicht ein paar Schritte, und es mag dunkel sein, doch trotzdem sehe ich, dass er die Augen zusammenkneift.

Er erkennt mich.

Ich fluche, drehe mich hastig um und gehe in die entgegengesetzte Richtung. Ich beschleunige meine Schritte, als jemand nach mir ruft. Würde man mich entdecken, könnte der Vorfall meiner Karriere schaden und mir könnte die Hauptrolle wieder abgenommen werden, nur ein paar Stunden, nachdem ich sie ergattert habe. Mein aufbrausendes Ich wird immer wieder gerne in der Presse thematisiert und ich mal wieder als der Böse dargestellt. Wenn ich Glück habe, hat mich niemand erkannt. Wenn ich Pech habe, geht all meine harte Arbeit den

Bach runter. Seufzend trete ich aus der Gasse und rufe mir ein Taxi, um endlich nach Hause zu kommen.

Als ich am nächsten Morgen die Augen öffne, wundere ich mich über den angenehmen Kaffeegeruch in meinem Schlafzimmer. Als ich mich aufsetze, erkenne ich auch den Grund dafür. Dexter sitzt in dem Ohrensessel in der Ecke meines Zimmers, in dem ich meist Drehbücher lese.

»Das warst du letzte Nacht, oder?«, fragt er, ohne mich zu begrüßen, und hält die Tasse auf seinem Schoß mit einer Hand fest umklammert. Seine Stimme ist ruhig, viel zu ruhig, wenn man bedenkt, dass ich wieder mal Scheiße gebaut habe.

»Was? Du bist hier eingebrochen, um mich das zu fragen?«, sage ich und überlege mir, wie ich mich da rausreden kann. Wie ich ihn davon überzeugen kann, mir nicht in den Arsch zu treten, denn ich sehe ihm an, dass er kurz davor ist.

»Ich habe dich angerufen, dir Nachrichten geschrieben, aber du hast nicht reagiert, also bin ich jetzt hier und verlange eine Antwort.« Er ist still und nüchtern – die Version von Dexter, mit der nicht zu spaßen ist.

»Was ich auch nicht konnte, wenn ich geschlafen habe, Klugscheißer«, schieße ich zurück, doch das hat zur Folge, dass er die Tasse auf dem Beistelltisch abstellt und sich energisch erhebt.

»Das hier ist kein Witz, du Arsch. Hier geht es um deine Karriere, die ich zu schützen versuche.« Ich presse die Lippen zusammen und mahle mit dem Kiefer, denn seine Wut trifft mich unvermittelt.

»Ich habe nichts getan, wofür ich mich schämen müsste.«

»Aber du hast es getan, oder? Du hast den Mann geschlagen, der in der Gasse gefallen ist.«

»Er ist nicht gefallen. Ich habe ihn geschubst, und ich bereue nichts.«

»Verdammt, Aspen!«, brüllt er so laut, dass ich zusammenzucke, auch wenn ich diesen Ausbruch habe kommen sehen.

»Hör auf, mich zu verurteilen. Ich habe das Richtige getan.«

»Und wieso? Wieso hast du einen betrunkenen Mann geschlagen, der zum Glück so voll war, dass er dich nicht erkannt hat?«

»Weil er ein Arschloch war.« Schon beim Gedanken an diesen Kerl balle ich die Hände zu Fäusten.

»Das hier ist kein Spiel! Ich verlange, dass du endlich die Wahrheit sagst.« Dex will sich frustriert durch die Haare fahren, doch dann scheint er sich zu besinnen und tut es nicht. Er achtet auf sein Aussehen und würde niemals seine perfekt gestylte Frisur zerstören.

»Das weiß ich auch, okay!«, brülle ich nun und balle die Hände zu Fäusten. Es fällt mir schwer, ihm von den Ereignissen zu berichten, ohne aus der Haut zu fahren.

»Er hat eine Frau bedroht und sie gegen ihren Willen geküsst. Ich habe es mit Worten versucht, aber er hat nicht von ihr abgelassen, und als er sie ohrfeigen wollte, ist bei mir eine Sicherung durchgebrannt.«

»Hast du ihn geschlagen?«

»Nur einmal in den Bauch. Danach habe ich ihn am Kragen gepackt und geschubst.«

»Direkt auf die Straße.«

»Ja, das war dumm.«

»Dass du ihn geschlagen oder auf die Straße geschubst hast?«

»Eher, dass ich ihn nicht in der Gasse bewusstlos geschlagen habe.«

»Verdammt! Es war alles dumm, Aspen. Du hättest die Polizei oder den Security-Dienst der Bar rufen können, aber du hast alles riskiert und mal wieder impulsiv gehandelt.«

»Was willst du von mir?! Ich habe eine gute Tat vollbracht, und alles, was du machst, ist, mich anzubrüllen.«

»Du hättest der Frau auch anders helfen können.«

»Dann wäre Schlimmeres passiert, glaub mir.«

»Und fühlst du dich jetzt gut? Weil du um ein Haar alles verloren hättest, für das du hart gekämpft hast?«

»Ich … ach Scheiße.« Frustriert lege ich den Kopf in den Nacken, weil ich mich in Schwierigkeiten gebracht habe, und auch wenn ich es nicht bereue, wird Dexter mir das so schnell nicht verzeihen.

»Wenn du nicht deinen Kopf einschalten kannst und dich weiterhin verhältst wie ein pubertierender Teenie, werde ich handeln müssen.«

»Willst du mir Hausarrest verpassen, oder was?«, sage ich und lache auf. Mir ist bewusst, dass ich mich ziemlich weit aus dem Fenster lehne, doch Dexters stahlharte Miene lässt mein Grinsen weichen. Zum allerersten Mal fürchte ich mich vor seinem Zorn.

»Ich werde noch andere Dinge tun als das. Du wirst dir nicht den Erfolg, den du dir so hart erarbeitet hast, verbauen, nur weil du dein Temperament nicht zügeln kannst.«

»Was meinst du damit?«, frage ich und verkrampfe innerlich. Dexter macht keine leeren Versprechungen, sondern meint seine Worte immer ernst. Todernst.

»Ich werde dir deinen verdammten Arsch retten, bevor du deine Karriere ruinierst.«

7. KAPITEL

Daphne

»Ich brauche eine Voodoo-Puppe mit Kurts Gesicht drauf«, sage ich und verschränke die Arme vor der Brust, als plötzlich eine Schüssel voll mit Erdbeeren dicht vor meinem Gesicht erscheint.

»Damit kann ich leider nicht dienen, aber ich habe Obst. Magst du?«, murmelt Monica mit vollem Mund, doch ich schüttle den Kopf, während ich versuche, meine Wut zu zügeln. Wir befinden uns in Britneys Wohnung, die eher einem Modeatelier gleicht und ziemlich chaotisch aussieht. Überall liegen Stoffe, Entwürfe und unendlich viele Scheren und Boxen mit Stecknadeln herum. Und wenn ich überall sage, dann meine ich das auch so.

»Nein danke. Aber ernsthaft, Leute. Wie kann jemand so ein Arsch sein?« Ich lasse endlich all meinen Frust raus, nachdem die ersten Arbeitstage sich wie die Hölle angefühlt haben.

»Hat er diesmal etwas Bestimmtes angestellt?«, fragt Britney mit einer Stecknadel zwischen den Zähnen, doch ich verstehe sie klar und deutlich, anders als Monica, die mit vollem Mund ein *Was?* murmelt.

»Nur das Übliche. Er hält mich für seine Sekretärin, die keine Ahnung vom amerikanischen Rechtssystem hat.«

»Hat er das wirklich gesagt?«, fragt Monica entsetzt, nachdem sie geschluckt hat. Ich schüttele den Kopf, stehe auf und gehe zu der Schneiderbüste, um Britneys aktuelle Kreation zu bewundern. Es ist ein schulterfreies, asymmetrisch geschnittenes Kleid, das am Dekolleté wellenförmig gebauscht ist. Es sieht künstlerisch aus, wie etwas, das man auf einer Gala oder vornehmen Party tragen könnte. Gedankenverloren streiche ich über den weichen Stoff und sammle mich, damit ich meinen Freundinnen von meinen Sorgen berichten kann.

»Ich bin seit einer Woche bei *Start Entertainment*, doch bis jetzt habe ich nur Mails geschrieben und bearbeitet, habe Texte und Schriften gegengelesen und Abmahnungen weitergeleitet.«

»Wieso gibt er dir keine Dinge mit mehr Fleisch dran? Du bist Anwältin, verdammt noch mal!«, beschwert sich Monica lauthals und stellt die Schüssel beiseite, und auch Britney sieht von ihrer Skizze auf, um mir ihre volle Aufmerksamkeit zu schenken.

»Weil er mich hasst. Ganz einfach.«

»Ziemlich harte Worte, Daphne. Vielleicht mag er dich nur nicht«, meint Britney wie immer diplomatisch und lehnt sich gegen den Tisch. Nein, ich irre mich nicht, denn ich fühle, dass es nicht nur Abneigung ist, die ihn gegen mich aufbringt.

»Das mag vielleicht sein, aber ich empfinde auf diese Weise. Er lässt mich tagtäglich spüren, dass er mich nicht in der Kanzlei und erst recht nicht an seinem Arbeitsplatz bei *Start Entertainment* haben möchte.«

»Das ist Mobbing am Arbeitsplatz.« Britney spricht die Wahrheit aus, und ich wünschte, dass ich mich davor schützen könnte.

»Ist es, ja.«

»Aber wieso tust du nichts dagegen?«

»Weil ich diesen Job nicht verlieren möchte.«

»Aber die Anstellung macht dich unglücklich.«

»Das tut sie, aber auch wenn er mich nicht mag, werde ich nicht aufgeben.«

»Woran, denkst du, könnte es liegen, dass er dich nicht mag?«, hakt nun Monica nach.

»Ich schätze, es liegt an der Fälschungssache.«

»Aber dieses Lügendrama mit Lee ist Monate her«, sagt Britney, legt ihr Stecknadelkissen auf dem Tisch ab und setzt sich neben Monica auf die Couch. Ich jedoch kann nicht stillsitzen und gehe in der Wohnung auf und ab.

»Das mag sein, doch mein lieber Exfreund hat meinen Ruf zerstört. Seitdem er meine Arbeit angeschwärzt hat, ist da dieses Misstrauen, das mich begleitet, wohin ich auch gehe. Und diese Skepsis ist der Untergang für alle Rechtsvertretenden. Niemand würde eine Anwältin anstellen, gegen die ein Verfahren wegen Beweisfälschung eingeleitet wurde.«

»Aber du bist unschuldig!«, sagen beide gleichzeitig, und ihre Leidenschaft, mich zu verteidigen, erwärmt mein Herz.

»Das weiß ich, und der Ausschuss weiß es auch, doch das ändert nichts an der Tatsache, dass ich ein wandelndes rotes Tuch in der Rechtsbranche bin.«

»Gott, Sweety, das tut mir so leid. Ich hätte nicht gedacht, dass du noch immer wegen diesem Arsch leiden musst.« Britney reicht mir ihre Hand, die ich ergreife. Schließlich setze ich mich zwischen die beiden.

»An Tagen wie diesen wünschte ich, dass ich ihm noch mal einen Kübel Eiswasser über den Kopf kippen kann«, meint Monica und legt grinsend ihren Arm um mich. Auch ich muss lächeln bei der Erinnerung daran, wie wir Lee eine Woche nach Einstellung des Verfahrens in einer Bar gesehen haben.

Ich wollte schon weiterziehen, doch Monica hat das getan, was ihr gerade in den Sinn gekommen ist, und für mich Rache geübt.

»Ach, ich wünschte, ich wäre so selbstbewusst und badass wie du. Du hast das getan, was ich insgeheim tun wollte«, sage ich etwas bitter.

»Du hast Feuer unterm Hintern, aber du bist ein korrekter und ordnungsliebender Mensch. Du hättest es nicht mit deinem Gewissen vereinbaren können.«

»Das klingt, als wäre ich total langweilig.«

»Ach Quatsch. Du bist unsere Hangover-Queen.« Britney presst die Lippen zusammen, um ein Lachen zu unterdrücken. Ich greife nach einem Stoffrest, der sich auf der Couch befindet, und bewerfe sie damit, doch das bringt sie nur noch mehr zum Lachen.

»Kommt schon, das ist acht Jahre her. Seitdem habe ich keinen Tropfen Alkohol getrunken.« Nach dem letzten Filmriss habe ich mir geschworen, dass ich es nie wieder so weit kommen lasse.

»Aber dass du in Las Vegas einen draufgemacht hast und dich nicht mehr erinnern kannst, ist einfach ein Running Gag.« Da hat Monica nicht ganz unrecht. Manchmal lachen wir darüber, aber ich sage ihnen nicht, dass die Was-wäre-wenn-Fragen mich manchmal in den Wahnsinn treiben.

»Ihr werdet es mich nie vergessen lassen.«

»Nope, das werden wir auf deiner Hochzeit, bei deiner Entbindung und den Hochzeiten deiner Kinder aufrollen.« Monica legt theatralisch die Hand auf die Brust.

»Und bei meiner Grabrede dann auch?«

»Worauf du wetten kannst«, sagt sie scherzhaft und zwinkert mir zu. Monica streut noch schön Salz in die Wunde. Aber auch wenn mich die Was-ist-wohl-passiert-Fragen nachts manchmal wachhalten, habe ich dennoch schöne Erinnerungen an meinen einundzwanzigsten Geburtstag.

»Ich verstehe nicht, wieso ich überhaupt mit euch befreundet bin«, murmle ich genervt und verschränke die Arme vor der Brust.

»Weil dein Leben ohne uns Grazien sterbenslangweilig wäre«, stellt Monica klar, was Britney zustimmend nicken lässt.

»Ich wäre wohl eher entspannter und müsste mich nicht immer triezen lassen.«

»Das halte ich für ein Gerücht«, widerspricht Monica, und ich sehe meine besten Freundinnen abwechselnd an.

»Jetzt mal Spaß beiseite. Was gedenkst du wegen Kirby zu tun?«

»Er heißt Kurt«, berichtige ich Monica, die jedoch nur mit den Schultern zuckt.

»Wie auch immer.«

»Ich werde einfach tun, was er mir aufträgt, und weitermachen.«

»Wieso sagst du nicht, was du denkst, und verlangst, dass er dir Fälle zuteilt?«

»Weil ich Angst habe.« Meine Stimme ist dünn und spiegelt meine Traurigkeit wider.

»*B&D* ist nicht die einzige Kanzlei in New York City.«

»Das nicht, aber die einzige, die mich nehmen wollte. Von vierzehn anderen kam eine Absage. Viele haben sich gar nicht gemeldet.«

»Nicht zu fassen. Wie kann man so engstirnig sein?«, fragt Britney, aber leider habe ich auf diese Frage keine Antwort.

»Deswegen werde ich einfach seine unsinnigen Anweisungen befolgen, und hoffe, dass er mich irgendwann akzeptiert.«

»Ich bin mir sicher, dass du es schaffst.«

»Bestimmt. Es gibt nichts, was unsere H.Q. nicht erreichen

könnte.« Ich verdrehe die Augen, weil sie mich wieder Hangover-Queen genannt hat, aber egal wie oft ich mich beschwere, sie hören nicht auf mich.

»Ich habe Hunger«, meint Monica und sieht mich daraufhin mit Welpenblick an.

»Daphne, Bellissima. Möchtest du uns nicht etwas leckeres Italienisches kochen?«, fragt Monica und zieht eine Schnute.

»Kommt darauf an, welche Zutaten Britney im Kühlschrank hat.«

»Literweise Wasser und Reste vom Lieferservice, die ich vielleicht schon vor zwei Tagen hätte entsorgen müssen«, meint diese und steht wieder auf, um sich weiter um ihre Kreation zu kümmern. Sie arbeitet meistens, wenn wir sie besuchen, außer wir besprechen ein ernstes Thema wie vorhin. Aber sie kann gut zuhören, reden und arbeiten gleichzeitig.

»Lecker, aber da passe ich. Sollen wir einkaufen gehen?«, fragt Monica, woraufhin ich nicke.

»Auf was habt ihr Lust?«, frage ich in die Runde und suche das Wohnzimmer nach meiner Tasche ab.

»Pasta!«, kommt es wie aus der Pistole geschossen, was mich zum Schmunzeln bringt.

»Egal welche?«

»Si«, meint Britney, und Monica nickt begeistert.

»Ich bin diesmal dran. Meine Kreditkarte ist im Portemonnaie«, ruft Britney, als wir unsere Schuhe anziehen. Wir teilen uns immer die Kosten fürs Essen, und meist bin ich diejenige, die es zubereitet.

»Ist gut«, ruft Monica, nimmt sie an sich, und wir verlassen die Wohnung Richtung Tiefgarage.

Als wir später durch die Reihen des Supermarkts schlendern, suche ich die Zutaten für Cannelloni mit einer Füllung aus

Ricotta und Spinat. Als wir bei dem Regal mit den gekühlten Milchprodukten ankommen, fällt mir ein Poster auf, das daneben angebracht wurde. Darauf befindet sich Aspen Knox mit einem Milchbart, der lässig in die Kamera lächelt und über dessen Namen in weißen Lettern *Got milk?* geschrieben steht.

»Gott, ist er heiß«, sagt Monica, und ich nicke nur, bin gedanklich noch immer bei unserem ersten Aufeinandertreffen vor einer Woche. Da hat er sich merkwürdig verhalten und mich völlig verwirrt. Und dass er live noch besser ausgesehen hat als im Fernsehen, hat mein Herz verräterisch schnell schlagen lassen. Er ist ein Klient, und ich hätte ihn nicht fast ansabbern sollen, aber ich bin auch nur eine Frau.

»Ich kenne diesen Blick.«

»Du meinst meinen lüsternen Blick auf Aspen Knox?«

»Nein, da ist etwas anderes. Dich beschäftigt etwas.« Manchmal frage ich mich, wie es möglich ist, dass ich mein Pokerface für den Gerichtssaal perfektioniert habe, aber bereits ein Blick meiner Freundinnen ausreicht, um sie tief in mein Inneres blicken zu lassen.

»Hmm. Das tut es.« Bis jetzt habe ich meinen Freundinnen nichts von meiner Begegnung mit dem Schauspieler erzählt. Zum einen, weil ich viel zu tun hatte und es schlichtweg vergessen hatte, wenn wir uns getroffen haben. Zum anderen, weil ich selbst nicht weiß, unter welche Kategorie in meiner Erinnerung ich dieses merkwürdige Aufeinandertreffen einordnen soll.

»Dann hau raus. Monica Freud hört dir zu.«

»Ich bin Aspen vor einer Woche tatsächlich begegnet.«

»No way!«

»Doch.« Ich deute mit dem Kinn in die Richtung des Plakats. Sie sieht von diesem zu mir und blinzelt überrascht.

»Was?! Wirklich?«, fragt sie noch mal, und ich nicke resigniert.

»Ja«, bekräftige ich und verstärke meinen Griff um den Einkaufswagen.

»Und das sagst du mir erst jetzt?« Entsetzt legt sie ihre Hand auf die Brust und sieht mich vorwurfsvoll an.

»Sorry, ich hatte so viel zu tun, und dann war da noch die Wut auf Kurt – ich habe es schlichtweg vergessen.«

»Wie kannst du vergessen, dass du einen der heißesten Schauspieler der letzten Jahre getroffen hast?«

»Weil ich in Arbeit und Wut förmlich ertrunken bin. Erst jetzt, als ich sein Gesicht auf diesem Plakat gesehen habe, ist mir unsere Begegnung wieder in den Sinn gekommen.«

»Und? Wie war er so?«

»Ich weiß es nicht.«

»Wie kann man so etwas nicht wissen? Er ist *The Hot Villain*. Ihm zu begegnen muss doch Eindruck hinterlassen haben.«

»Das hat es auch, aber sein Verhalten war sonderbar.« Monica bleibt stehen und packt den Einkaufswagen.

»Ist er ein Creep? Hat er dich dumm angemacht?«

»Nein, das nicht. Es ist schwer zu beschreiben.« Wenn ich an den Moment denke, dann ist da nur Faszination und Verwirrung. Eine Mischung, die kaum in Worte zu fassen ist.

»Er hat mich mit einem merkwürdigen Blick angesehen. Mir wurde schwummrig von der Intensität, und als er mir gegenübergestanden ist, hat er mich gefragt, ob ich ihn wiedererkenne.«

»Das verstehe ich nicht.«

»Ich auch nicht. Natürlich kenne ich ihn aus Filmen und Werbespots, aber er meinte das anders. Mir kam es so vor, als würde er *mich* kennen, nur ergibt das keinen Sinn.«

»Genau. Wo hättest du einem Superstar auch begegnen sollen, schließlich warst du in den letzten Jahren ständig am Lernen und Arbeiten. Meinst du, er wollte, dass du ihn anhimmelst? Um sein Ego zu pushen?«

»Nein, das denke ich nicht. Er klang ehrlich, und diese Hoffnung in seiner Stimme war nicht gespielt.«

»Er ist aus New York. Ist er vielleicht mit dir zur Schule gegangen? Ich meine, möglich wäre es, oder?«

»Du wirst lachen, das habe ich mich auch gefragt. Aber ich habe nachgeschaut und in all den Jahrbüchern ist sein Name nicht aufgeführt.«

»Vielleicht ist es ein Künstlername?«

»Nein, Aspen Knox ist sein Geburtsname.« Dass ich das so genau weiß, liegt wohl daran, dass ich Aspen in den letzten Tagen viel zu oft gegoogelt habe. Wenn Kurt mich mal wieder außen vorgelassen hat, hat es gutgetan, in Aspens hübsches Gesicht zu sehen. Es hat etwas Beruhigendes an sich, ihn zu betrachten oder in Videos seine Stimme zu hören. Nur ist das mein kleines Geheimnis, das ich niemandem verraten werde. Nicht mal meinen besten Freundinnen.

»Wow, der Glückliche. Ich hätte auch gern einen sexy Namen.«

»Ja, das dachte ich mir auch. Wie dem auch sei, ich frage mich nun ständig, woher er mich kennen könnte.«

»Vielleicht hat er dich nur verwechselt. Das kann passieren.« Natürlich hat sie recht, und auch ich bin schon zu dieser Schlussfolgerung gekommen, aber trotzdem werde ich das Gefühl nicht los, dass ich etwas übersehe. Etwas, das tiefgreifend ist und das ich wissen müsste.

»Du hast recht. Lass uns einfach zur Kasse gehen. Ich will ja nicht, dass ihr verhungert.«

Eine Stunde später serviere ich die Cannelloni, und ich kann gar nicht so schnell schauen, wie sich meine besten Freundinnen draufstürzen.

»Langsam, ihr verbrennt euch noch die Zunge.«

»Ach was. Dieses Gericht ist jede Verbrennung wert«, murmelt Monica, pustet und isst gleichzeitig.

»Es ist lecker, Daphne«, meint Britney, die ebenfalls viel zu schnell isst.

»Freut mich, dass es euch schmeckt.« Auch ich nehme einen Bissen und nicke zufrieden. Der Spinat ist cremig, und der Ricotta war zwar teuer, schmeckt aber unglaublich gut.

»Habt ihr Lust auf einen Film?«, frage ich, als die Mädels den Tisch abräumen und das Geschirr in die Spülmaschine stellen. Ich sitze schon auf der Couch und überkreuze meine Beine, fühle mich pappsatt und zufrieden.

»Ja, das klingt gut.«

»Welchen möchtet ihr sehen?« Ich greife nach der Fernbedienung, die praktischerweise schon auf der Couch liegt.

»Etwas mit Aspen Knox!«, ruft Monica aus, und während ich amüsiert durch die Vielzahl der Filme scrolle, erzählt sie Brit davon, dass ich Aspen kennengelernt habe.

»Wusstet ihr, dass er früher Stuntman war?«, flüstert Monica, als Aspen als Dealer gegen einen Polizisten kämpft. Die Szenen sehen überzeugend und realistisch aus, auch wenn ich weiß, dass es nur Schauspielerei ist. Trotzdem ertappe ich mich dabei, wie ich Aspens gestählten Körper betrachte, um den sich sein Hemd spannt.

»Das erklärt, wieso er so heiß ist«, murmle ich und merke nicht sofort, dass ich mich versprochen habe.

»Ich meinte, das erklärt, wieso er so durchtrainiert ist«, erkläre ich ertappt. Normalerweise sage ich geradeheraus, wenn mir ein Mann gefällt, da ich mich bei meinen Freundinnen nicht zurückhalten muss, aber Aspen ist ein Klient. Meine Professionalität ist mein Markenzeichen. Ich weiß, was sich in der Kanzlei gehört und was nicht, weil meine Eltern mich so erzogen haben. Und Aspen Knox anzuhimmeln ist das Letzte, was ich tun sollte.

»Egal ob als Stuntman oder Schauspieler, er hat etwas an sich, das mich anspricht«, sagt Britney und greift in die Schüssel voll Popcorn. Das ist es ja, was ihn vom Stuntman zum Schauspieler gemacht hat. Sein Charisma und das Talent, verschiedene Rollen glaubhaft darzustellen.

»Ich weiß, was du meinst«, sage ich und unterdrücke ein Seufzen. Als er vor mir stand, war es wirklich schwer, sich nicht von seiner Ausstrahlung anziehen zu lassen. Es ist, als wäre er ein natürlicher Magnet.

»Hat er eigentlich eine Freundin?«, fragt Monica und greift nach ihrem Smartphone.

»Keine Ahnung«, meint Britney, doch ich bleibe still. Denn ich weiß sehr wohl, dass er offiziell keine Freundin hat. Aber er hatte Affären, viele Frauen – vorzugsweise dunkelhaarige Schönheiten –, mit denen er schon oft abgelichtet wurde.

»Offiziell hat er keine Frau gedatet. Auch wenn ihm viele Liebeleien angedichtet wurden. Bestätigt wurde keine einzige.«

»Ich weiß«, flüstere ich leise, zu leise, als dass sie es verstehen könnten.

»Daphne, du musst ihn dir krallen«, sagt Monica schließlich und sieht vom Display auf.

»Na klar.« Ich verdrehe die Augen.

»Als würde ein Superstar sich auch nur einen Funken für mich interessieren. Habt ihr nicht die Frauen gesehen, mit denen ihm Affären nachgesagt werden oder mit denen er fotografiert wurde?«, frage ich und hebe eine Braue.

»Nein, aber du anscheinend«, meint Britney mit einem wissenden Lächeln. Es war klar, dass ich mich irgendwann verraten würde. Aber es ist keine Schande, einen Mann attraktiv zu finden, also was solls.

»Ich muss mich informieren, weil er ein Klient ist.«

»Klar.« Monica grinst breit. Ich erwarte schon, dass sie weiter darauf herumreiten, doch ausnahmsweise schweigen sie. Aber wir können alle nur schwer ein Seufzen unterdrücken, als Aspen mal wieder hervorragend den Bösewicht spielt und dabei unglaublich sexy aussieht.

Am nächsten Arbeitstag wartet ein Stoß Akten auf meinem Schreibtisch, die ich durchgehen und zusammenfassen soll, sodass Kurt alle nötigen Informationen auf einen Blick hat. Ich setze mich auf meinen Stuhl und seufze betrübt auf. Gestern Abend hatte ich so viel Spaß mit meinen Freundinnen, dass ich kurz meine Sorgen vergessen konnte, doch nun holen sie mich ein. Oder erschlagen mich, denn wenn dieser Stapel umfallen würde, würde er mich wohl unter sich begraben.

»Guten Morgen, Daphne.« Ich sehe über den Stapel hinweg und entdecke René, der mit einer Kaffeetasse auf meinen Tisch zukommt.

»Guten Morgen. Schön dich zu sehen.« Heute trägt er ein perlweißes Hemd zu dunklen Jeans, aber das freundliche Lächeln ist dasselbe wie vor ein paar Tagen.

»Wie geht's dir? Eine Woche ist ja schon rum. Hast du dich gut einleben können?«, fragt er mich und setzt sich auf die Tischkante, wobei da nicht so viel Platz ist, da die gesamte Arbeitsfläche mit Akten bedeckt ist.

»Lieb, dass du fragst. Ich habe durchgehend gearbeitet und Dinge für Kurt erledigt, sodass ich die anderen kaum kennenlernen konnte.«

»Ja, jeder fragt sich schon, wieso er dich auf dem Kieker hat, aber vielleicht ist das auch so ein Neuling-Ding und legt sich mit der Zeit.«

»Das hoffe ich«, sage ich, weiß aber, dass es ein langer Weg für mich sein wird.

»Möchtest du dir auch einen Kaffee aus der Küche holen?«

»Ich bin eher der Tee-Typ, aber gern. Ich habe meine Thermosflasche heute noch gar nicht aufgefüllt.«

»Hat dein Tag stressig begonnen?«

»Kann man so sagen. Ich bin auf der Couch bei meiner besten Freundin eingeschlafen und musste ganz früh aufstehen und in meine Wohnung, um zu duschen und meinen Papagei zu füttern.«

»Du hast einen Papagei? Kann er oder sie auch sprechen?«, fragt er, wie es alle tun, wenn sie von meinem Haustier erfahren.

»Ihr Name ist Janice, und sie kann sprechen.«

»Ist das inspiriert von der Serie *Friends*?«

»Exakt. Du hast da den Nagel auf den Kopf getroffen.«

René öffnet mir die Tür zur Kaffeeküche, wo zwei Kolleginnen am Tisch Kaffee trinken und uns kurz begrüßen.

»Ich habe sie aus dem Tierheim adoptiert, als ich eine kleine Down-Phase hatte. Da habe ich wochenlang nur geschlafen, gegessen und die Serie *Friends* geguckt. Und jetzt unterhält sie sich nur mit Zitaten aus der Serie mit mir. Allerdings vertauscht sie die Worte, und es stimmt immer nicht zu hundert Prozent«, ergänze ich schließlich.

»Nicht dein Ernst!«, ruft René lachend, und auch die Frauen in der Kaffeeküche kichern, weil sie unser Gespräch wohl ebenfalls mitbekommen haben.

»Doch, und wie.«

»Was sagt sie, wenn du sie fragst, wie ihr Tag war?«

»Irgendwas mit Frauen und Brot.« Das bezieht sich auf eine

Stelle in der Serie, wo es darum geht, ob die Charaktere lieber auf Essen oder Sex verzichten würden. Und weil die Entscheidung so schwer ist, sagt Joey schließlich, dass er Frauen *auf* seinem Brot haben möchte.

Das Lachen, das daraufhin erklingt, lässt auch mich lächeln. Meine Janice ist schon ein Original. Ich setze Wasser auf und wähle aus der großen Auswahl einen Apfel-Feigen-Tee. Gerade als wir uns weiter über Haustiere unterhalten wollen, erscheint Kurt Blackwood im Türrahmen und ruft nach mir. Nicht freundlich, eher klingt es aus seinem Mund wie ein Befehl, als wäre er der General und ich ein kleiner, unbedeutender Soldat.

»Ja bitte?«, sage ich freundlich, aber innerlich schreie ich ihn nach allen Regeln der Kunst an.

»Mitkommen.« Das war's. Dann verschwindet er wieder aus meinem Sichtfeld, und ich seufze erneut auf. Das ist gefühlt das Einzige, was ich tue, seitdem ich hier angestellt bin. Das – und die Drecksarbeit von Kurt übernehmen.

»Oh Mann, der lässt dich aber ganz schön leiden, was?«, meint René, der mir wohl nicht geglaubt hat, dass der Boss mich verabscheut. Er musste es wohl mit eigenen Ohren hören.

»Jap, aber das verkrafte ich«, sage ich selbstbewusst, auch wenn ich mich manchmal gar nicht so fühle. Ich verschließe meine Thermosflasche und eile ihm nach. Ich folge ihm in sein Büro, wo ich mich drauf gefasst mache, erneut Dinge zu tun, die nicht weiter von meinem Traumberuf entfernt sein könnten.

8. KAPITEL

Daphne

»Setz dich«, weist Kurt mich an und nimmt auf seinem gepolsterten Stuhl Platz. Während er die Arme vor der Brust verschränkt, lässt er es sich nicht nehmen, mich missbilligend zu betrachten. Augenblicklich straffe ich die Schultern. Den Teufel werde ich tun, ihm zu zeigen, wie sehr mich seine Taten und Worte verletzen.

»Du wirst ab heute einer neuen Tätigkeit nachgehen.« Mir war klar, dass er mich nicht um sich haben möchte, deswegen bin ich nicht sehr überrascht, dass er mich anweist, in eine andere Abteilung zu wechseln. Ehrlich gesagt finde ich die Vorstellung, ihn nicht jeden Tag sehen zu müssen, wunderbar.

»Was für eine?«, frage ich schließlich, denn gefühlt alles ist besser, als die Sekretärin von Kurt Blackwood zu sein. Bei jemand anderem in der Rechtsabteilung kann ich zeigen, aus welchem Holz ich geschnitzt bin. Kann beweisen, dass mein Ruf zwar gelitten hat, ich aber dafür geboren wurde, Anwältin zu sein.

»Es geht um Aspen Knox.« Verwirrt runzle ich die Stirn.

»Was soll mit ihm sein?« Er hat nichts mit der Rechtsbranche am Hut, weswegen mir nicht einfallen will, wieso ich mit ihm zusammenarbeiten sollte.

»Er wird in seiner neuen Serie einen Anwalt spielen und

braucht Rechtsberatung. Da er sich auf seine Rollen immer gut vorbereitet, möchte er dich als Beratende an seiner Seite haben.«

»Aber ich habe keine langjährige Berufserfahrung. Wärst du da nicht die bessere Wahl?«

»Vielleicht wäre ich das, nur habe ich keine Lust darauf. Ich habe schon genug zu tun.« Damit ein Arsch zu sein. Diese Worte kleben mir auf der Zunge, aber ich bin nicht so dumm, sie auszusprechen. Ich sehe schnell ein, dass es nichts bringen würde, sich gegen diese Aufgabe zu sträuben. Da er seine Meinung wohl nicht ändern wird, ergebe ich mich meinem Schicksal. Und wenn ich ehrlich bin, gibt es schlimmere Dinge, als ein paar Stunden mit einem attraktiven Schauspieler zu verbringen.

»Ich kann mir sicher ein oder zwei Stunden pro Tag freischaufeln, um ihn zu beraten und …«

»Du wirst ihm rund um die Uhr zur Seite stehen«, fordert er, und die Tatsache, dass er mich unterbricht, macht mich unglaublich wütend.

»Darf ich bitte mal ausreden?«, frage ich mit bebender Stimme.

»Egal was du sagst, es wird nichts an der Tatsache ändern, dass du ab heute auf Aspen Knox aufpassen wirst.« Ein boshaftes Grinsen breitet sich auf seinem Gesicht aus, weil er den Schockzustand, in dem ich mich befinde, genießt. Er ist ein Arsch, wie er im Buche steht.

»Wie bitte? Soll ich ihn nun beraten oder seine Nanny spielen?«, zische ich und unterdrücke die Worte, die ich wirklich sagen möchte. Diese wären nicht jugendfrei und würden im Fernsehen mit einem Piep kaschiert werden. Und zwar durchgehend.

»Eher Zweiteres, denn ich kann mir kaum vorstellen, dass er von dir etwas Brauchbares lernt.« Ich bin bereit, einiges zu ertragen, um meinen Job zu behalten, doch diesmal ist der Bogen überspannt. Es reicht, und das sieht mir Kurt wohl an, denn er runzelt die Stirn, als ich mich fuchsteufelswild erhebe.

»Was soll dieser Scheiß?«, frage ich wütend und balle meine Hände zu Fäusten. Es ist ein Punkt erreicht, an dem es nicht mehr weitergeht. So sehr ich meinen Job liebe, so wenig kann ich jetzt ruhig sein.

»Bist du etwa wütend?«, fragt er dümmlich, und ich schwöre, dass er es drauf anlegt, mich tagtäglich zu provozieren. Es bereitet ihm offensichtlich Spaß, dass ich nun aus der Haut gefahren bin. *Sadistisches Schwein.*

»Verdammt, ja!«

»Dann würde ich an deiner Stelle aufpassen, was ich von nun an sage oder tue. Denn wenn mir deine Worte nicht gefallen, fliegst du hier schneller raus, als du blinzeln kannst.« Er hebt provozierend eine Braue und fordert mich heraus. Und ich tappe geradewegs in seine Falle.

»Ich bin Anwältin und keine Babysitterin!«

»Du kannst von mir aus die Köchin sein, es wird meine Entscheidung nicht ändern. Aspen wollte dich als Aufpasserin, und das bekommt er auch.«

»Aspen wollte das?«, frage ich verwundert. Das ist doch nicht auf seinem Mist gewachsen. Er kennt mich nicht mal!

»Ja, er hat persönlich nach dir gefragt, auch wenn mir schleierhaft ist, warum.«

»Warum tut er das?«, frage ich mich selbst, doch Kurt fühlt sich angesprochen und antwortet.

»Er tut mir damit einen Gefallen, dann muss ich dich nicht länger um mich haben.« Sein geballter Hass trifft mich hart. Es ist ein Unterschied, jemanden nicht zu mögen oder Spaß daran zu haben, eine Person zu triezen, doch das hier geht eine Spur zu weit.

»Wieso bin ich überhaupt hier, wenn du mich so sehr hasst? Wäre es nicht besser, wenn ich in der eigentlichen Kanzlei bei Bridget arbeiten würde? Du willst mich sowieso nichts lehren oder mir gar Aufgaben zuteilen, die im weitesten Sinn mit juristischen Dingen zu tun haben.«

»Genauso ist es. Du bist gegen meinen Willen hier, weil Bridget es so entschieden hat, und ich sehe dich nicht als Kollegin an, das müsstest du schon mitbekommen haben.« Ich presse die Lippen zusammen und unterdrücke die Tränen, die sich einen Weg an die Oberfläche bahnen wollen. Ich werde nicht vor ihm heulen.

Niemals.

»Was hast du eigentlich für ein Problem mit mir?«, sage ich, und meine Wut scheint einfach nicht abflauen zu wollen. Seine Worte verletzen mich tief.

»Du hast nichts mehr in der Rechtsbranche verloren. Das hat niemand, der Beweise fälscht.«

»Aber ich bin unschuldig, und das wurde nachgewiesen.« *Warum zum Teufel muss ich mich immer wieder wiederholen!* Fakten sollten mehr wiegen als Lügen und Gerüchte.

»Das sagen dein Daddy und du. Nur weil er den Ausschuss bestochen hat, heißt das noch lange nicht, dass du es nicht getan hast.« Fassungslos öffne ich den Mund und kann ihn nur anstarren. *Wie kann jemand mir so feindlich gesinnt sein, ohne mich überhaupt zu kennen?* Er glaubt Gerüchten, anstatt mich anzuhören und mir die Chance zu geben, mich zu verteidigen. Kurt müsste als mein Boss eine Respektsperson sein. Jemand, zu dem ich aufsehe und der mich an seiner langjährigen Erfahrung teilhaben lässt. Doch er verachtet mich, auch wenn ich insgeheim hoffe, dass er mich eines Tages akzeptiert.

»Egal was ich sage, es wird deine Meinung über mich nicht ändern. Oder?« Die Resignation lässt meine Verteidigung bröckeln, bis sie in sich zusammenfällt und nur Daphne übrigbleibt, die einfach nur eine Chance bekommen möchte.

»Mit Sicherheit nicht.«

»Okay, das ist dein gutes Recht, aber ich werde dir beweisen, dass ich keine Verbrecherin bin. Ich werde deine Zweifel zerstreuen.«

»Wie auch immer«, sagt er und macht eine wegwerfende Geste. Ich möchte ihm meine Kündigung vor den Latz knallen, ihm sagen, dass er mich mal kann, und erhobenen Hauptes nach draußen gehen, aber das wäre ein großer Fehler. Einer, den ich bereuen würde. Also atme ich tief ein und aus, ehe ich spreche.

»Ab wann werde ich Aspen assistieren müssen?«

»Sofort.«

»Gut, dann werde ich das tun«, sage ich gefasster, als ich mich fühle. Ich straffe die Schultern und drehe mich um, doch als er meinen Namen sagt, halte ich inne, ohne mich umzudrehen.

»Und wehe, du baust Mist, denn dann wird dich niemand vor einem Rauswurf bewahren können.«

»Keine Sorge, Kurt. Ich habe nicht vor, Fehler zu machen.« Er schnaubt verächtlich, und die Wut in mir flammt wieder auf. Ich schließe die Tür hinter mir und fange plötzlich an zu zittern. Meine Finger umschließen den Knauf fester, und ich kann meine Hand nicht von dem kühlen Metall lösen.

Nachdem mich Lee angeschwärzt hat, bin ich auf viel Gegenwind gestoßen, habe mich an die Gerüchte und das Getuschel gewöhnt. Aber das hier … Diese offene Abneigung, dieser Hass mir gegenüber, den Kurt an den Tag legt, lässt mich fassungslos zurück. Ich kann kaum atmen und habe das Gefühl, als würde sich eine schwere Last auf meinem Brustkorb befinden.

Mit geschlossenen Augen atme ich mehrmals aus und wieder ein, bis ich das Gefühl habe, mich wieder gefasst zu haben. Als ich meine schweren Lider wieder öffne, sehe ich plötzlich Aspen, der aus dem Fahrstuhl unweit von meinem Arbeitsplatz steigt. Mit langen Schritten kommt er auf mich zu, und als er den Mund zu einem Lächeln verzieht, spüre ich wieder die Wut in mir. Auch er ist teilweise schuld daran, dass meine Zeit bei *Start Entertainment* gerade noch mehr aus den Fugen gerät.

»Ist alles in Ordnung?«, fragt er mich, weil mich meine Miene verrät. Allerdings kann ich nicht antworten. Alles, wozu ich fähig bin, ist, ihn missmutig anzusehen.

»Nein«, sage ich nach einer Weile und tue mich schwer, mich zurückzuhalten. Je länger ich Zeit habe nachzudenken, desto mehr frustriert es mich, dass ich eine Marionette von Kurt geworden bin. Er weiß, dass *Blackwood & Daughtry* meine einzige Chance in der Rechtsbranche ist, und verwendet dieses Wissen, um mir zu schaden.

»Kann ich dir irgendwie helfen?« Seine Worte lassen mich schnauben, denn auch er hat einen Beitrag dazu geleistet, dass ich tief unten angekommen bin. Unbewusst, aber er hat es getan. Und da niemand sonst in der Nähe ist, bekommt er meinen Frust zu spüren.

»Du hast schon genug getan, glaub mir.«

»Ich?«, fragt er überrascht, und seine Unwissenheit macht alles nur noch schlimmer.

»Ja, du«, sage ich und gehe unbewusst einen Schritt auf ihn zu. Ich muss meinen Kopf in den Nacken legen, um ihm in die Augen sehen zu können. Sobald ich ihm gegenüberstehe, fällt es mir schwer, die Worte zurückzudrängen, die ich sagen möchte.

»Geht es um unsere Zusammenarbeit?«, fragt er, und vielleicht liegt es am Streit mit Kurt und den ungesagten Worten, die noch in meiner Kehle brennen, aber der Knoten im mir löst sich, und die Sätze entweichen mir, ohne dass ich sie stoppen kann.

»Es geht um die Tatsache, dass ich mir den Arsch abarbeite, damit ich als Anwältin wahrgenommen werde: Ich schreibe mir die Finger wund, um zu zeigen, dass ich dieses Diplom verdient habe, das ich nicht mal aufhängen kann, weil ich in den Flur verfrachtet wurde.«

»Ich verstehe nicht«, meint er verwirrt.

»Natürlich tust du das nicht, denn was soll ein Superstar wie du über das Leid von Normalos wissen? Du tust, wie dir beliebt, ohne an die Konsequenzen zu denken.«

»Was …?«

»Ich muss plötzlich deine Nanny spielen, und ich hasse es. Alles daran.« Mit meinem Wutausbruch hat er wohl nicht gerechnet, denn er zieht die Stirn in Falten und sieht mich einfach nur an. Erst nach ein paar Augenblicken breitet sich Erkenntnis auf seinem Gesicht aus.

»Ah, darum geht es hier in deinem Wutausbruch.«

»Ja, du willst mit mir zusammenarbeiten, aber ich habe kein Interesse daran.«

»Wieso lehnst du dann nicht ab?«, fragt Aspen neugierig und stopft seine Hände in die Hosentaschen. Ihn scheint meine Abneigung zu treffen, das sehe ich ihm an, aber ich habe auch eine Seite in ihm geweckt, die mich an die dämonischen Rollen erinnert, die er gespielt hat.

»Weil ich mir diesen Luxus nicht leisten kann.«

»Jeder hat das Recht, Nein zu sagen.«

»Ich aber nicht. Meine berufliche Zukunft hängt am seidenen Faden, und wenn ich weiterhin meinen Job machen möchte, muss ich deine Babysitterin spielen.« Meine Worte lösen etwas in Aspen aus, denn plötzlich reckt er das Kinn und funkelt mich wütend an. Als hätte ich ihn genau da getroffen, wo es wehtut.

»Glaubst du, mir gefällt das?«, fragt er leise, während er mir tief in die Augen sieht. Nicht auf die Art, wie sich Liebende ansehen würden. Dieser Moment hat nichts Romantisches an sich. Eher das Gegenteil. Wir sind wie zwei Raketen, die aufeinanderprallen und alles versengen, was sich in unmittelbarer Nähe befindet.

»Denkst du, es ist für einen erwachsenen Mann angenehm, wenn eine Frau damit beauftragt wird, ständig Bericht über seine Tätigkeiten zu erstatten? Wenn sie ihn auf Schritt und Tritt verfolgen muss?«

Auch wenn wir uns erst einmal begegnet sind, geben wir in der Wut mehr preis, als wir wollten.

»Du hast es vorgeschlagen, verdammt noch mal!« Ich weiß, dass das hier falsch ist, ich darf einen Klienten nicht anfahren, nur weil er mit mir zusammenarbeiten möchte, doch ich bin an einem Punkt angekommen, an dem mir alles egal ist. Meine Wut auf Kurt wurde gebündelt, und die lasse ich nun an Aspen aus.

»Das weiß ich, aber du kannst es mir nicht verübeln.«

»Ach ja?«, frage ich, und stemme die Hände in die Hüften.

»Ich stelle dir mal eine Gegenfrage. Bist du eine gute Anwältin?«

»Das bin ich. Eine verdammt gute sogar.«

»Und genau so eine Frau brauche ich als Beraterin für meine neue Rolle.«

»Das ist ja schön und gut, aber ich kann nicht verstehen, wieso du gerade nach mir gefragt hast. Es gibt andere Rechtsberatende, die weit erfahrener sind als ich. Du hättest unter mehr als zwanzig anderen Personen wählen können.«

»Das ist mir bewusst.«

»Wieso hast du dann mich genommen?«

»Das kann ich jetzt nicht genau sagen.«

»Willst du nicht oder kannst du nicht?«

»Warum spielt das eine Rolle?«

»Ich muss es wissen! Warum zum Teufel hast du mir die einzige Chance genommen weiterzukommen?«

»Ich habe dir nichts genommen.«

»Das hast du, indem du meinen Namen genannt hast.« Plötzlich legt sich ein Schalter in Aspen um. Ich kann förmlich spüren, wie nun seine Wut mit meiner kollidiert. Wie zwei Naturgewalten blicken wir einander drohend an, und niemand von uns wird nachgeben.

»Weißt du was? Manche Frauen würden sich darum prügeln, mir so nah zu kommen. Eigentlich solltest du mir danken.«

»Danken?«

»Komm schon! Du kannst nicht leugnen, dass du mich heiß findest. Man sieht es dir an«, sagt er mit einem überheblichen Lächeln auf den Lippen.

»Ehrlich? Du denkst, mein Höschen geht in Flammen auf, nur weil du wie ein Vollarsch vor mir stehst. Da bist du bei mir an der falschen Adresse.«

»Ach ja?«

»Ja. Und wenn du mir jetzt mit irgendeinem süffisanten Scheiß kommst, drehe ich wirklich durch.«

»Mehr als ohnehin schon?«, meint er und verschränkt die Arme vor der Brust, sodass er noch muskulöser und gefährlicher wirkt. Seine Augen sind zu Schlitzen verengt, während die Dunkelheit darin mich zu verschlingen droht.

»Du hast es heraufbeschworen, als du mich lächerlicherweise als Beratende genannt hast. Ich verlange, dass du eine andere Person wählst.« Ich sehe ihn herausfordernd an, doch er schüttelt nur den Kopf. Seine Miene ist entschlossen, und in mir macht sich die Befürchtung breit, dass an seiner Entscheidung nicht zu rütteln ist. Verdammt noch mal!

»Nein.«

»Was?!«

»Ich werde einen Scheiß tun. Du denkst, du kannst mich herumkommandieren? Da hast du den Falschen erwischt, Baby.«

»Ich bin nicht dein verdammtes Baby.«

»Nein, das bist du mit Sicherheit nicht«, meint er und macht ein Gesicht, als würde der Kosename einen unangenehmen Geschmack auf seiner Zunge hinterlassen. »Das interessiert mich nicht. Das Gleiche gilt für dich, also wähle jemand anderes, der darauf aufpasst, dass du dich nicht durch ganz Manhattan vögelst.«

»Träum weiter«, sagt er rau, was ein Ziehen in meiner Bauchgegend auslöst, das so ganz und gar nicht zu meiner erhitzten Gefühlslage passt.

»Wenn ich von dir träume, dann deshalb, weil ich dem Teufel dafür applaudiere, dass er dich vierteilt«, keuche ich und verfluche mich selbst, weil seine Worte einen Effekt auf mich ausüben. Das Grinsen, das dann in seinem Gesicht erscheint, ist beinahe animalisch, spiegelt das Arschloch wider, das er ist. Ich balle die Hände zu Fäusten, während ich ihn wütend anfunkle, aber das lässt ihn völlig kalt. Plötzlich neigt er den Kopf, zu schnell, als dass ich reagieren könnte, also stehe ich einfach stocksteif da, als er mir ins Ohr flüstert.

»Lass mir dir eines sagen, Baby.« Ich höre geradezu, wie sein Mund sich zu einem Lächeln verzieht.

»Ich *bin* der Teufel.« Mit einem selbstgefälligen Gesichtsausdruck lehnt er sich zurück, und für eine Sekunde glaube ich ihm. Ich hätte es nicht für möglich gehalten, dass ein Mensch eine so teuflische Ausstrahlung besitzen kann, doch genau in diesem Moment stehe ich ihm gegenüber.

»Schön. Wenn du mich wirklich quälen wirst, dann nur zu. Ich werde deine verdammte Babysitterin, und ich werde jede Sekunde davon hassen.«

»Du willst es auf die harte Tour machen?«, fragt Aspen mich kühl und wirkt auf mich wie einer der Bösewichte, die er bis jetzt immer gespielt hat. Gefährlich, zwielichtig und böse.

»Ich habe die harte Tour erfunden, Knox«, sage ich mit einem verächtlichen Lächeln, denn das hier ist der Anfang vom Ende, und ich will, dass er das weiß. Aspen neigt langsam den Kopf, kommt meinem Gesicht gefährlich nah. Mein ganzer Körper bebt vor Wut. Doch da ist noch etwas, was leise in mir schlummert. Etwas, das ich nicht benennen kann, aber ich fühle, dass es mich um den Verstand bringen könnte.

Seine blaugrünen Augen sind auf mich gerichtet, sein Blick wandert langsam von meinen Lippen zu meinen Augen, und ich halte die Luft an, als ich seinen Atem auf meinem Mund spüren kann.

»Dann bin ich gespannt, was du so draufhast, Valenti.«

Aspen weicht einen Schritt zurück, dreht mir den breiten Rücken zu und geht in Kurts Büro.

Sobald er außer Sichtweite ist, schnappe ich mir meine Tasche und eile auf die Damentoilette. Ich wasche mein Gesicht mit kaltem Wasser und stelle fest, dass meine Finger immer noch zittern. Doch diesen Effekt hat mehr der Streit mit Aspen ausgelöst als der mit Kurt. Überwältigt von all den Gefühlen, die mich in der letzten Stunde heimgesucht haben, umfasse ich den Rand des Waschbeckens und blicke mein Spiegelbild an. Meine Wimperntusche ist verschmiert, in meinen Augen schimmern ungeweinte Tränen, und mein roséfarbener Lippenstift ist nicht mehr existent. Ich sehe genau so aus, wie ich mich fühle.

»Was zum Teufel ist nur geschehen?«, flüstere ich und betrachte die Frau im Spiegel. *Wie konnte mein fein geordnetes und durchstrukturiertes Arbeitsleben nur so aus der Bahn geraten?*

Ich habe Blut und Wasser geschwitzt, um mein Studium mit Auszeichnung zu beenden. Habe alles gegeben, was ich hatte, für meine Fälle und die Menschen oder Konzerne, die ich vertreten habe, doch all das scheint nun so weit entfernt, als wären meine Erinnerungen kleine Filmausschnitte aus dem Leben einer anderen Person. Als wäre dies gar nicht mir passiert. Dann sehe ich Lees Gesicht vor mir und unterdrücke ein Würgen, weil dieser Typ nicht die Person war, die er zu sein vorgegeben hat.

Ich möchte ihn erwürgen, Kurt schlagen und Aspen anschreien. Gerade Letzterer hat noch Salz in meine offenen, blutigen Wunden gestreut. Ich habe ihm den Krieg erklärt, obwohl er ein Klient ist. Aber das ist mir mittlerweile so was von egal. Er hat mich als Babysitterin haben wollen, doch ich werde sein schlimmster Albtraum sein.

9. KAPITEL

Daphne

In einer E-Mail wird mir mitgeteilt, dass ich mich um elf Uhr zu Dexter Winings Büro aufmachen muss, dort werde ich alle Informationen zu meinen künftigen Tätigkeiten erhalten. Erleichtert, *Start Entertainment* hinter mir lassen zu können, trete ich auf den belebten Gehweg. Es hat etwas Tröstendes an sich, wenn mich niemand in der Masse erkennt und ich einfach allein mit meinen Empfindungen bin. Die Taxifahrt zur Agentur, die Dexter leitet, verläuft ruhig, sodass ich die turbulenten letzten Stunden reflektieren kann.

Ich bereue kein einziges Wort, das meine Lippen verlassen hat. Weder bei Kurt noch bei Aspen, denn beide sind verdammte Arschlöcher, die mir das Leben schwer machen. Außerdem war es die Wahrheit, und es fühlt sich befreiend an, dass ich sie endlich ausgesprochen habe. Dass ich Kurt die Stirn geboten habe, war längst überfällig, und Aspen zu sagen, was ich von seinem Vorschlag und ihm halte, hat sich gut angefühlt. Er ist ein verdammtes Arschloch, wie eine junge Ausgabe von Kurt selbst, mit einem Ego größer als die Staaten. Als er mir ins Ohr geflüstert hat, dass er der Teufel sei, habe ich ihm geglaubt, wusste, dass diese Seite von ihm von mir geweckt wurde. Es kann mir nur recht sein, denn auch er hat das Schlimmste in mir zum Vorschein gebracht.

Als ich gesagt habe, dass ich ihm das Leben zur Hölle machen würde, war das nicht gelogen. Genauso wie er sich geweigert hat, mich von der Verpflichtung als Babysitterin zu befreien, denke ich nicht dran, ihn damit davonkommen zu lassen. Er wird es noch bereuen, dass er meinen Namen genannt hat.

Aspen hat mit Sicherheit bereits mit seinem Manager über meine Kampfansage gesprochen und mich angeschwärzt, woraufhin Dexter mich nun sehen möchte. Auch ihm werde ich sagen, was ich von meinem neuen Arbeitsbereich halte, in der Hoffnung, dass er mich von dieser Aufgabe entbindet. Selbstbewusst betrete ich das Gebäude und lasse mich von Dexters Sekretärin in sein Büro führen.

»Miss Valenti. Schön, dass Sie hier sind.«

»Nenn mich bitte Daphne.«

»Gut, dann bin ich Dexter, okay? Bitte setz dich.«

Ich nicke und setze mich auf den weich gepolsterten Stuhl, woraufhin er mit eleganten Bewegungen um seinen grauen Tisch herum geht und selbst Platz nimmt. Kurz lasse ich den Blick schweifen und stelle fest, dass alles hier perfekt platziert ist. Die Bücher in einem weißen Bücherregal in der Ecke stehen in Reih und Glied an ihrem Platz. Seine schwarz umrahmten Diplome hängen akkurat nebeneinander, und auch die Dinge auf seinem Tisch sind fein säuberlich aufgereiht. Dexter scheint nach Ordnung und Perfektion zu streben. Es riecht nach Leder und einem holzigen Afershave.

»Wie du ja heute erfahren hast, wird sich dein Arbeitsbereich in den nächsten Monaten ändern.«

»Hmm. Das habe ich, und es gefällt mir ganz und gar nicht«, sage ich und verschränke die Arme vor der Brust. Er soll ruhig wissen, wie sehr ich es hasse, an der Seite von Aspen sein zu müssen.

»Mir ist bewusst, dass es zu plötzlich kommt und du nicht gerade begeistert bist, aus deinem gewohnten Umfeld gerissen zu werden, zumal du erst vor ein paar Tagen angefangen hast, bei *Start Entertainment* zu arbeiten.«

»Wie Aspen dir sicher schon mitgeteilt hat, ist das Letzte, was ich will, Zeit mit ihm und seinem aufgeblasenen Ego zu verbringen.« Die Brauen seines Managers wandern in die Höhe, doch ich bin gerade in Fahrt und bereit, jedem, der mich auf das Thema anspricht, die Wahrheit ins Gesicht zu schleudern.

»Tatsächlich haben wir uns noch gar nicht gesprochen, aber ich bin ganz Ohr. Bitte wiederhole, was du auch zu ihm gesagt hast.« In seinem Gesicht sehe ich keine Wut, sondern … Neugier. Als würde es ihn nicht stören, dass ich ihm Saures gegeben habe.

Ich verkneife mir ein Schnauben und schüttle nur lächelnd den Kopf. »Glaub mir, das wäre keine gute Idee.«

»So schlimm?«, sagt er und beginnt daraufhin zu lachen. Dieser Typ verhält sich nicht so, wie ich es von ihm erwartet hätte.

»Sagen wir es mal so. Ich habe lautstark gesagt, was ich davon halte, dass er mich als Beraterin vorgeschlagen hat, und ich habe ihn als Teufel bezeichnet.« Ich hoffe ja darauf, dass Dexter nun wütend wird, dass er sieht, dass ich Aspen nicht ausstehen und somit auch nicht mit ihm zusammenarbeiten kann, doch er nickt nur.

»Das ist gut.« *Hä? Was stimmt denn bloß nicht mit den beiden?*

»Wie bitte? Das war etwas Gutes?« Er blinzelt, verhakt die Finger ineinander, legt sie auf den Tisch. Seine Miene ist immer noch professionell, nicht wie Aspens, bei dem ich vorhin alle Emotionen herauslesen konnte. Und die waren eine Spiegelung von meinen. Wir wären uns am liebsten an die Gurgel gegangen.

»Die Sache ist die. Aspen ist sehr impulsiv, und sein Temperament schäumt öfter über, als es gut für seine Karriere wäre. Jetzt wo er mit *Videocore* einen Millionendeal an Land gezogen hat, möchte ich ihn vor weiteren Skandalen bewahren. Und da kommst du ins Spiel.«

»Ich möchte aber nicht ins Spiel kommen, denn ich habe kein Interesse an einer Zusammenarbeit mit Aspen.« Ich möchte lediglich der Tätigkeit nachgehen, für die ich ausgebildet wurde, aber das scheint unerreichbar.

»Wieso?«

»Weil er ein Arsch ist.«

»Das ist er in der Tat, aber hinter dieser Fassade steckt ein Mann, den ich gern beschützen und unterstützen möchte.«

»Das finde ich auch ganz rührend. Aber ich denke, eine andere Person wäre besser geeignet, die rechtliche Beratung zu übernehmen.«

»Das denke ich nicht, denn ich brauche jemanden, der ihm die Stirn bietet. Jemanden, der ihm die Zeit zur Hölle macht, sodass er künftig nachdenkt, bevor er handelt.«

Ich will widersprechen, möchte einfach aufstehen und gehen, aber ich bleibe sitzen und höre mich fragen: »Woraus wird meine Tätigkeit bestehen?« Denn dass ich es sein könnte, die ihm eine unangenehme Zeit beschert, kitzelt die teuflische Seite in mir heraus. Außerdem habe ich ihm den Krieg erklärt, und wenn ich sogar die Erlaubnis von seinem Manager bekomme, kann ich ihm zeigen, was ich von seinen egomanischen Sprüchen und seiner unausstehlichen Art halte.

»Deine Aufgabe wird es sein, mir Bericht zu erstatten, was Aspen macht, wenn ich nicht da bin. Egal ob privater oder beruflicher Natur. Ich vertraue ihm so weit, dass er keine illegalen Dinge anstellt, aber er soll ruhig denken, dass du ihn überwachst. Er soll wissen, dass es Konsequenzen hat, wenn er nicht auf seinen Ruf achtet und Dummheiten anstellt.«

»Und du denkst, dass die Zeit unter meiner Beobachtung ihm eine Lehre sein wird?« Irgendetwas in mir sagt mir, dass Aspen unbelehrbar ist, ein Vulkan, der zwar schlummert, aber jederzeit ausbrechen kann.

»Das ist der Plan. Und außerdem können wir nur profitieren, wenn du ihm auch noch beim Ausarbeiten seiner neuen Rolle hilfst.«

»Ach ja?« Diese Worte nehme ich ihm nicht ganz ab. Als würde er das vermuten, greift er nach seinem iPad und wischt ein paarmal übers Display.

»Ich habe mir deine berufliche Laufbahn angesehen und bin mehr als beeindruckt. Du warst Jahrgangsbeste im Abschlusssemester und hast in deiner alten Kanzlei alle Fälle gewonnen, auch wenn es noch nicht viele waren.«

Als er von meiner Glanzzeit erzählt, breitet sich eine Schwere in meiner Brust aus, die ich jetzt nicht gebrauchen kann. Nicht nach diesem aufwühlenden Vormittag, der mir bereits so viel Kraft geraubt hat.

»Ja, das waren gute Zeiten, aber sie sind vergangen.« Und werden sich wohl so schnell nicht mehr wiederholen, wenn man bedenkt, in welcher beruflichen Situation ich mich gerade befinde.

»Ich bin mir sicher, dass sie wiederkommen werden. Wenn du die Beraterin für Aspens Rolle wirst, werden wir das bei Interviews natürlich angeben.«

»Vielleicht sollte ich erwähnen, dass es Gerüchte über mich gibt, die euch möglicherweise schaden könnten.«

»Dass du angeblich Beweise gefälscht hast?«, fragt er geradeheraus und überrascht mich erneut. Dieser Mann weiß, wie man Nachforschungen anstellt, und scheint gut in seinem Job zu sein. Wobei das auch ein offenes Geheimnis ist, wenn man in der Branche die richtigen Menschen fragt.

»Du weißt davon?«

»Ich wäre ein schlechter Manager, wenn ich die Personen, die mit meinem besten Klienten arbeiten, nicht genauer unter die Lupe nehmen würde.«

»Und dann lässt du mich ihn trotzdem beraten?« Er beobachtet mich neugierig, und ich winde mich unter seinem Blick, weil mir dieser Schandfleck in meinem Leben wohl immer nachhängen wird.

»Ich glaube Beweisen mehr als Gerüchten, und deine traurigen Augen geben mir die Bestätigung, dass ich richtig gelegen habe.« Seine Worte gehen runter wie Öl und bauen mich auf, auch wenn ich gedacht habe, dass dies nach dem schrecklichen Start in den Tag unmöglich wäre.

»Danke.« Das ist alles, was ich dazu sagen kann.

»Mir ist zu Ohren gekommen, dass Kurt es dir nicht leicht macht, und ich bin mir sicher, Aspen hat wieder mal geredet, bevor er nachgedacht hat, sodass du wütend auf ihn bist. Aber ich versichere dir, dass du als Siegerin aus dieser Zeit hervorgehen wirst. Dein Ruf wird durch die Zusammenarbeit mit uns wiederhergestellt werden.«

Kann das sein? Hat Dexter so viel Macht, dass er die öffentliche Meinung über mich beeinflussen könnte? Mein Widerstand bröckelt, und als er dann auch noch nett und höflich um meine Hilfe bittet, wage ich den Sprung ins kalte Wasser. Die Aussicht, dass mein schlechter Ruf verschwinden könnte, lässt mich zusagen. Es wird sich zeigen, ob ich eine glänzende Zukunft vor mir habe oder mir mein eigenes Grab schaufle.

Dexter gibt mir seine Telefonnummer und teilt mir mit, welche Informationen für ihn wichtig sind und an ihn weitergeleitet werden sollten. Außerdem bittet er mich, auch während meiner Pausen in Aspens Nähe zu bleiben, und bestätigt mir, dass mein Gehalt erhöht wird, während ich für und mit Aspen arbeite.

»Wird es ein Problem sein, wenn wir uns im Grunde nicht ausstehen können? Ich meine, das wird dem restlichen Team womöglich auffallen.«

»Solange es nicht an die Presse geht, habe ich kein Problem damit. Es kann nicht schaden, wenn ihm zum ersten Mal eine Frau nicht an die Wäsche gehen will, wenn er ihr näher kommt.« Er verdreht die Augen, als wäre das schon viel zu oft passiert.

»Wer sagt, dass das bei Mrs Valenti nicht der Fall sein wird?«, fragt plötzlich eine tiefe Stimme hinter mir. Ich drehe mich um und sehe Aspen, wie er im Türrahmen lehnt, die Hände vor der breiten Brust verschränkt. Bei seinem Anblick flammt sofort wieder Wut in mir auf. Habe ich vor ein paar Tagen noch behauptet, dass ich mich zu ihm hingezogen fühle? Mein Verstand muss in dieser Zeit ausgesetzt haben. Sein T-Shirt spannt sich um seine Muskeln, fast als wäre es ihm zu klein. Ich wäre beeindruckt von der Männlichkeit, die er ausstrahlt, wenn ich ihn ausstehen könnte.

»Miss Valenti«, berichtige ich ihn und verdrehe die Augen, bevor ich mich wieder Dexter zuwende. Dieser blickt nur amüsiert drein und nickt mir anerkennend zu. Er hat kein Problem mit meiner bissigen Art, und das wird mir die nächsten Wochen erleichtern. Wir zwei haben alles besprochen, was für meine Tätigkeit als Nanny von Aspen Knox von Belang ist. Ich verlasse sein Büro und lächle der Sekretärin zu, während Aspen und sein Manager sich laut unterhalten, sodass wir draußen alles verstehen können.

Aspen beschwert sich, weil er es sich plötzlich anders überlegt hat und mich nicht mehr als Beraterin an seiner Seite haben möchte, doch Dexter teilt ihm mit, dass es nun zu spät ist, woraufhin Aspen noch lauter wird. Auch ich wollte noch bis vor einer Stunde nicht mehr mit diesem Möchtegern-Bad-Boy zusammenarbeiten, nichts mit ihm zu tun haben, doch dass er es nun ist, der die Sache beenden möchte, lässt mich boshaft grinsen.

»Ist das immer so?«, frage ich Lynn, deren Name auf dem Schild vor dem Tresen steht. Sie ist eine hübsche junge Frau mit roten, streng zusammengebundenen Haaren, und einer schwarz umrandeten Brille. Sie zuckt unbeeindruckt mit den Schultern, als wäre das ein Dauerzustand.

»Leider ja, aber ich steige da immer auf Kopfhörer um – die ich heute leider zu Hause vergessen habe.« Sie lächelt mich etwas unsicher an, als wisse sie nicht, wie viel sie preisgeben sollte.

»Ein Jammer«, sage ich belustigt. In dem Moment knallt Aspen die Tür hinter sich zu und sieht mich wütend an. Lasset die Spiele beginnen.

»Hello again«, sage ich mit der süßesten Stimme, die ich auf Lager habe, um ihn zu reizen. Er stutzt, schüttelt den Kopf und geht genervt an mir vorbei. Ich eile ihm nach, wobei die Heels allerdings ein Hindernis darstellen, doch ich hole ihn trotzdem ein.

»Was steht heute an?«, frage ich ihn, weil meine Arbeit als Anwältin derzeit auf Eis gelegt ist, außer wenn wir uns auf die Rolle vorbereiten. Und da ich merke, dass er es nicht mag, wenn ich in süßlichem Tonfall spreche, tue ich es erst recht. Das wird ein Riesenspaß.

»Tonstudio«, murmelt er, sieht über die Schulter und lässt seinen Blick über meinen Körper gleiten. Ich betrachte mein Outfit, das aus einem schwarzen Rock, einer beigefarbenen Bluse und körperbetontem Blazer besteht.

»Gibt's ein Problem?«, frage ich genervt. Ich kann seinen abschätzigen Blick nicht ertragen.

»Nicht im Geringsten, aber vielleicht solltest du dir künftig Turnschuhe anziehen. Wenn du mir am Rockzipfel hängen willst.« Er geht absichtlich schneller, um mich ins Schwitzen zu bringen.

»Um mich und meine Füße brauchst du dir keine Sorgen zu machen. Im schlimmsten Fall steige ich auf Rollschuhe um«, sage ich etwas außer Atem, als er plötzlich stehen bleibt und ich gegen seinen Rücken knalle. Fast gerate ich ins Taumeln, doch ich fange mich schnell wieder.

»Hast du sie noch alle? Du hast mich erschreckt«, rufe ich aus, als er sich langsam umdreht. Er steht breitbeinig vor mir, mit dem T-Shirt, das sich um seine Muskeln spannt, den dunklen Jeans und schwarzen Schuhen. Wenn er nicht so ein Arschloch wäre, würde ich bei seinem Anblick schwach werden. Das Shirt ist in der Bewegung ein wenig hochgerutscht, sodass ich das berühmte V an seiner Hüfte erspähen kann. Nicht dass es mir nicht schon in seinen Filmen aufgefallen wäre, doch es ist etwas anderes, es live und in Farbe zu sehen.

»Wie war das noch mal mit den Füßen? Für mich hat es so ausgesehen, als wärst du ziemlich wackelig in den sündhaft hohen Heels.«

»Weil du nicht mit fairen Mitteln gespielt hast. Du wolltest mich auflaufen lassen.«

»Du übertreibst. Ich wollte dir nur vor Augen führen, wie gefährlich es sein kann, mich zu unterschätzen.«

»Es wird für dich gefährlich, wenn du nicht endlich weitergehst«, knurre ich und funkle ihn wütend an.

»So feindselig heute, Valenti? Bist du das auch bei deinem Mann?«

»Mann?«

»Bist du etwa nicht verheiratet?«

»Ich wüsste nicht, was dich das angeht.«

»Jetzt machst du es aber spannend«, sagt er belustigt, doch ich sehe auch Neugier in seinen Augen aufblitzen.

»Ich mache gar nichts, also setz dich in Bewegung, oder ich sage Dexter, dass du eine Orgie planst, und dann bekommst du Hausarrest.« Er hebt den Mundwinkel an und neigt den Kopf nach unten, um mir näher zu kommen.

»Sollte ich diesen aufgebrummt bekommen, dann würde er auch für dich gelten, Baby. Stell dir vor, was passieren könnte. Du und ich, allein in meiner Wohnung.«

»Dein Baby kannst du dir sonst wo hinstecken, und das Zweite wird niemals passieren. Selbst dann nicht, wenn du der letzte Mann auf Erden wärst«, sage ich ernst, doch er lacht nur, steckt seine Hände in die Jeanstaschen und geht auf die Fahrstühle zu.

Wir fahren zu einem Tonstudio, wo Aspen den Text für eine Rasiererwerbung einspricht. Ich befinde mich in einem Raum mit gedimmter Beleuchtung, helles Licht fällt auf die Instrumente des Mitarbeiters im Studio. Aspen befindet sich in einem separaten Raum, der durch eine Glaswand von unserem abgetrennt ist. Er steht mit Kopfhörern vor einem Mikrofon und liest seinen Text.

Alle sehen sich den Werbespot an, der wie üblich aufgebaut ist: Ein Mann wacht mit Bartschatten auf, geht perfekt gestylt und natürlich oben ohne ins Bad und agiert mit dem beworbenen akkubetriebenen Rasierer, ohne ihn wirklich zu benutzen. Auch wenn ich schon unzählige dieser Werbeclips gesehen habe, muss ich gestehen, dass Aspen gute Arbeit abliefert. Sein Aussehen und die Ausstrahlung ergeben ein ansprechendes Gesamtbild, und sobald seine Stimme zum Einsatz kommt, verspüre ich den Wunsch, Dad den Rasierer zum Geburtstag zu kaufen.

Der Ton-Dude, wie ich ihn nenne, weil ich mir seinen Namen nicht gemerkt habe, verlangt ein paar Takes von Aspen, bis die richtige Erzählstimme gefunden ist, die Aspen dem Charakter in der Werbung verpasst. Ich sitze auf einer bequemen, aber abgesessenen Couch und lausche den beiden. Früher habe ich geglaubt, dass Tonaufnahmen für kurze Werbespots schnell abgedreht werden, doch wir sitzen schon zwei Stunden hier, und langsam meldet sich der Hunger.

Es ist bereits vierzehn Uhr, und ich habe noch nicht mal gefrühstückt, was mir mein Magen lauthals mitteilt. Um mich abzulenken, schnappe ich mir mein Smartphone und ertappe mich dabei, wie ich Aspens Namen google. Zuerst wird mir ein Wiki-Beitrag angezeigt, dann der große Deal mit *Videocore*, aber die meisten Artikel drehen sich um die Skandale und Gerüchte, die in den letzten Wochen die Runde gemacht haben. Ich klicke auf einen von ihnen, woraufhin mir ein Bild von Aspen angezeigt wird. Er hat den Arm um eine hübsche dunkelhaarige Frau gelegt und drückt sie an sich.

Er ist ein Bär von einem Mann, muskulös, groß, einnehmend, selbst auf einer Fotografie, und sie eine kleine und zierliche Frau, die fast komplett in seinem Arm verschwindet. Den Artikel lese ich nicht, stattdessen gehe ich zum nächsten, um in Erfahrung zu bringen, welches Ausmaß seine Skandale angenommen haben. Die meisten sind privater Natur, und es gibt keinen einzigen Artikel, der sich negativ auf seine Arbeit bezieht. Ich sehe sogar, dass er als bester Nebendarsteller für einen Golden Globe nominiert war.

Er ist der geborene Schauspieler, das sieht man ihm an, denn wenn er in eine Rolle schlüpft, dann gibt er sich ihr völlig hin. Da ich die meisten Filme von ihm bereits kannte, bevor ich ihm begegnet bin, kann ich sagen, dass ich seine Arbeit schätze. Dass ich ihn privat nicht mag, sei nun dahingestellt, aber aus professioneller Sicht finde ich, dass man noch Großes von Aspen zu erwarten hat.

»Na? Was ist so spannend, dass du es nicht mal hörst, wenn ich deinen Namen rufe?«, fragt Aspen plötzlich und lässt sich neben mir auf die Couch plumpsen. Sofort weicht meine Bewunderung für seine Leistung, als ich sehe, wie er mich abschätzig mustert. Als würde er mich verurteilen, was wie ein Schlag in die Magengrube ist. Ich verberge das Display vor seinem neugierigen Blick.

»Du guckst doch nicht einen Porno? Ich habe dich eher für prüde gehalten.«

»Und ich habe dich nicht für die Ausgeburt der Hölle gehalten, aber sieh mal an. Genau das bist du«, zische ich leise und sehe zum Ton-Dude, der allerdings Kopfhörer aufhat und unser Gespräch wohl nicht hört.

»So gereizt heute, was?«

»Das ist ein Dauerzustand, wenn du in der Nähe bist.«

»Aber so lange kennen wir uns doch gar nicht, dass ich so einen Einfluss auf dich haben könnte.«

»Sag das mal meiner Migräne«, gebe ich augenrollend zurück. Er streicht sich belustigt mit dem Daumen über die Unterlippe, während er mich von der Seite betrachtet, doch er sagt nichts.

»Was?«, frage ich, weil mir sein Blick auf die Nerven geht.

»Hätte dich nicht für so eine Nervensäge gehalten, Baby.«

»Du kennst mich nicht.«

»Nein, das tue ich wirklich nicht«, sagt er seufzend, als würde ihn diese Tatsache traurig stimmen.

»Aber es gibt etwas, was du über mich wissen musst«, sage ich, drehe mich zu ihm um und beuge mich etwas vor, um seine volle Aufmerksamkeit zu bekommen.

»Ach ja?«, fragt er mit ungefiltertem Sarkasmus.

»Wenn du mich noch einmal Baby nennst, wirst du künftig bei den Wiener Sängerknaben mitsingen können.«

»So nah würde ich dich niemals an mich ranlassen.« Seine Stimme ist leise, aber die Intensität seiner Worte lässt mich jede Silbe glauben.

»Pass mal auf, Cowboy. Du und dein Ding könnt mich mal. Du hast keinerlei Effekt auf mich.«

Plötzlich neigt er den Kopf, verharrt unmittelbar vor meinem Gesicht. Sein lodernder Blick beschert mir eine Gänsehaut. Ich spüre die Hitze in meinen Wangen, die sich zum ungünstigsten Zeitpunkt zeigt.

»Du siehst unglaublich gut aus, wenn du lügst«, flüstert er, sodass ich die Vibration seiner Worte an meinen Lippen spüren kann. Ich hasse meinen Körper dafür, dass er genau dann reagiert, wenn ich es nicht gebrauchen kann. Doch ich bin nicht so dumm zu glauben, dass seine Worte liebevoll gemeint waren. Sie sind so kalt wie der Ausdruck in seinen Augen, als er sich zurückzieht. Wenn mich dieser Tag eines gelehrt hat, dann, dass ich Aspen Knox niemals zu nah an mich ranlassen sollte.

10. KAPITEL

Aspen

»Zum Teufel mit dieser Frau!«, knurre ich, werfe das Drehbuch auf den Schminktisch vor mir und erschrecke die arme Georgie, die gerade in den Raum getreten ist, um mich für den Fernsehauftritt zurechtzumachen.

»Soll ich später wiederkommen?«, fragt sie verunsichert, doch ich schüttle nur den Kopf und lächle, auch wenn mir eigentlich nach Schreien zumute ist. Das Smartphone, das ich immer noch fest umklammert halte, vibriert erneut.

»Entschuldige mich bitte. Ich bin sofort wieder da, okay?«, sage ich freundlich, warte aber ihre Antwort gar nicht ab, sondern stürme regelrecht aus dem Raum. Ich eile durch den Flur und muss einen mörderischen Blick draufhaben, denn alle, die mir entgegenkommen, weichen erschrocken zur Seite, aber das ist mir egal. Im Studio angekommen sehe ich mich um und erkenne Daphne in der Ecke des Raums, wo sie auf ihrem Handy herumtippt.

Ich nähere mich ihr mit schnellen, gezielten Schritten und bleibe eine Armlänge vor ihr stehen. »Was soll das?«, knurre ich und halte demonstrativ mein Smartphone hoch.

»Ein iPhone. Schickes Ding, aber ich bin eher der Android-Typ.«

»Lass diesen Scheiß. Du weißt genau, was ich meine.«

»Ach, meinst du deine Zusage zur freiwilligen Müllbeseitigung am Highway? Wirklich tolle Sache. Ich wusste gar nicht, dass du so ein aufopfernder Umweltschützer bist.«

»Bin ich auch nicht, also wirst du meine Teilnahme absagen. Das ist doch nicht auf Dexters Mist gewachsen.«

»Nein, ist es nicht, aber nachdem ich ihm gesagt habe, wie gut es für die Publicity wäre, bekam er leuchtende Augen.« Sie macht ein verträumtes Gesicht, das ihren Sarkasmus verschleiern sollte, aber es verfehlt seine Wirkung. Ich sehe ganz genau, was für eine Schlange sie ist.

»Er kann von mir aus auch Glitzer gepupst haben, es wäre mir scheißegal. Ich werde morgen mit Sicherheit nicht meinen freien Tag opfern, um Müll aufzusammeln.«

»Du hast doch die Überschrift des Artikels gesehen, den ich dir geschickt habe. Die Presse weiß, dass du dort sein wirst, und sieht dich nun in einem neuen, besseren Licht.« Diese Frau hat Mumm, denn sie verzieht keine Miene und lässt sich von meinen wütenden Worten nicht umstimmen.

»Ich wiederhole mich nur ungern, aber zieh diese Aktion zurück.«

»Sorry, aber ich habe keinerlei Macht darüber. Ich bin nur deine Nanny, und als diese sage ich dir, dass du zu spät zu deinem Fernsehauftritt kommen wirst, wenn du nicht gleich in der Maske verschwindest.« Sie lächelt mich süffisant an und klimpert albern mit den Wimpern. Offensichtlich genießt sie es, dass Dexter und sie mich quasi in die Ecke gedrängt haben.

»Das hier ist noch nicht vorbei«, knurre ich leise, weil die umstehenden Menschen uns beobachten. Meine Miene ist neutral, und auch Daphne sieht so aus, als würde sie mich freundlich anlächeln, doch wir beide wissen es besser. Nur wir sehen die wahre Botschaft unserer Worte, und diese ist voller Wut und Argwohn.

»Fuck!«, rufe ich aus und ernte verwirrte Blicke, ziehe mich aber zurück und gehe wieder zu Georgie. Im Gehen überlege ich, wie ich mich aus dieser Sache rauswinden kann, denn allein schon, weil der Vorschlag von Daphne kommt, lehne ich ihn aus Prinzip ab.

Am nächsten Tag stehe ich mit braunen Gummistiefeln, einem kotzgrünen Overall und dicken Handschuhen vor Ort und tue alles in meiner Macht Stehende, um mein Lächeln echt wirken zu lassen. Egal wie sehr ich auf Dexter eingeredet habe, ich konnte mich nicht mehr aus der Sache rauswinden und stehe nun hier auf der Grünfläche neben dem Highway. Durch all die Fahrzeuge, die an uns vorbeirasen, ist es unglaublich laut. Wir sind durch eine dicke, hüfthohe Betonschicht von ihnen abgeschirmt, doch trotzdem bekomme ich eine Gänsehaut, als ein schwerer Truck dicht an uns vorbeifährt.

Der Luftzug, der dabei entsteht, schüttelt uns Freiwillige und die anderen kräftig durch. Insgesamt sind wir zwanzig Menschen, die ihre Freizeit opfern, um den Müll, den irgendwelche Arschlöcher aus dem Fenster geworfen haben, aufzusammeln. Ausgestattet mit dicken Handschuhen, Müllgreifzangen und Säcken stehen wir neben der Leiterin der *Clean-Steam*-Gruppe, die für die Reinigungen in ganz Manhattan verantwortlich ist.

Margaret Charlyle ist eine über siebzig Jahre alte Frau, die nicht nur engagiert ist, sondern auch noch Feuer unterm Hintern hat. Woher ich das weiß? Weil sie, seitdem wir uns vorgestellt wurden, mit mir flirtet und mir geradeheraus sagt, dass sie mich für einen Leckerbissen hält. Sie streift meinen Arm, während wir der Presse für Fotos bereitstehen, und als ich mich überrascht zu ihr umdrehe, zwinkert sie mir zu.

Bevor ich mich wieder den Kameras zuwende, sehe ich aus

dem Augenwinkel, wie Daphne ihre Hand vor den Mund hält, um ihr Lachen zu kaschieren. Sie scheint es wohl zu genießen, dass ich gegen meinen Willen hier bin. Als sich unsere Blicke kreuzen, blecke ich die Zähne, ehe ich mich wieder dem Blitzlichtgewitter aussetze.

Die Nachricht, dass ich den Anwalt Michael Crane spielen werde, hat hohe Wellen geschlagen. Nur wenige Stimmen finden, dass ich die falsche Wahl für die Rolle sei, doch der Großteil ist mir wohlgesinnt. Auch wenn ich befürchtet habe, dass die Skandale der Vergangenheit ihr Übriges getan haben, so übersehen die Menschen doch die schlimmen Seiten einer Person, wenn sie gut aussieht und ihre Aufmerksamkeit auf etwas anderes lenkt. So wie heute auf meine nicht vorhandene Seite als Umweltschützer.

In den nächsten drei Stunden sammle ich fünf Säcke Müll ein, was ziemlich traurig ist. Mich schockiert, wie viel Müll entlang der Straßen herumliegt. Je mehr ich finde, desto energischer werde ich. Die Wut treibt mich an, die Grasfläche so sauber wie möglich zu bekommen. Und mit jedem weiteren Stück Müll, das ich finde, wünsche ich demjenigen, der es weggeworfen hat, den Teufel an den Hals. Nachdem wir die Säcke auf den Truck geladen haben, kommt Margaret auf mich zu. Immer wieder hat sie das Gespräch mit mir gesucht oder mir anzügliche Blicke zugeworfen.

Nicht dass ich es ihr verübeln würde, denn gefühlt alle Frauen, die hier sind, haben mich immer wieder verstohlen angesehen. Alle außer Daphne, die mich entweder schadenfroh oder wütend gemustert hat. Ich habe gedacht, dass sie abseits stehen und sich an meiner nicht gewollten Situation erfreuen würde, doch sie hat mich überrascht, als sie sich selbst einen Overall übergezogen und angefangen hat, Müll zu sammeln.

Wir sind fast gleichzeitig fertig, als auch schon Burt, unser heutiger Fahrer, aufkreuzt, um uns abzuholen. Der Himmel zieht sich zu, und dunkle, schwere Regenwolken schweben über uns, als wir in die Limousine steigen. Auf dem Rücksitz sitzt Dexter und begrüßt uns.

»Du trendest auf X«, sagt er erfreut und hält mir sein iPad hin.

»Der Hashtag #AspenCleans und deine Visage dazu scheinen den Leuten zu gefallen.« Daphne schnaubt und sieht aus dem Fenster, während ich mit dem Kiefer mahle und sie mit einem wütenden Blick strafe, den sie jedoch gar nicht bemerkt.

»All das Müllsammeln hat sich also doch gelohnt.«

»Und wie. Der Fakt, dass du den meisten Müll gesammelt hast, hat die Sache noch besser gemacht. Wie konntest du mehr als das Doppelte als die anderen beseitigen?«

»Die Wut hat mich angetrieben.« Daphne wirft mir einen bösen Blick über die Schulter zu, sagt aber nichts.

»Ruhig Blut, ihr beiden. Auch wenn du diese Sache erst nicht machen wolltest, hat sie sich als kluger Marketingschachzug herausgestellt, denn nicht nur du persönlich bist in den Trends gelistet, sondern auch der Film selbst.«

»War deswegen so viel Presse anwesend?«

»Ich schätze schon. Auch viele Fans haben sich um die Absperrung getummelt. Mehr als sonst.«

»Das ist gut«, murmle ich und fahre mir müde übers Gesicht. Ich habe letzte Nacht lange gezockt, um mich abzulenken, und bin erst um drei Uhr ins Bett gefallen. Nichts ist besser, als in *Call of Duty Warzone* zu versinken, einem Online-Shooter-Spiel. Meine Gedanken waren trotzdem unruhig, kreisten ständig um Daphne und die Frau, zu der sie geworden ist. Damals in Las Vegas habe ich mich auf den ersten Blick in ihr Lächeln verliebt, den Sonnenschein, der sie gewesen ist. Aber die

Frau, die sie jetzt ist, hat nichts mit der Version gemeinsam, die meine ganze Welt auf den Kopf gestellt hat.

»Habt ihr Hunger?«, fragt Dexter in die unangenehme Stille hinein, und während ich verneine, übertönt mich Daphnes Ja.

»Ihr zwei seid euch auch nie einig, oder?«, meint Dexter amüsiert und sieht zwischen Daphne und mir hin und her, doch ich sage nichts dazu, sondern lasse die beiden nach einem Restaurant suchen, in dem wir zu Mittag essen können.

Nachdem Dexter zuerst Daphne und dann mich zu Hause abgesetzt hat, springe ich unter die Dusche und wasche mir den Schweiß des Müllsammelns vom Körper. Nur in Jogginghose und mit feuchtem Haar lasse ich mich aufs Bett fallen und schlafe augenblicklich ein.

Ein Klingeln reißt mich unsanft aus dem Schlaf. Blinzelnd sehe ich mich um. Das warme Dämmerlicht der untergehenden Sonne erhellt mein Schlafzimmer. Es hat eine beruhigende Wirkung auf mich, sodass ich mich auf die Seite drehe und die Augen schließe. Ich bin gerade dabei, wieder einzuschlafen, als es erneut klingelt. Mir entweicht ein frustriertes Knurren, als das Sturmläuten beginnt. Auf meinem Smartphone sowie an der Türklingel. Da es Daphne ist, die mich anruft, drücke ich sie einfach weg, werfe mein Smartphone aufs Bett und stehe auf.

»Verdammt, ich komme ja schon!«, brülle ich, doch das Sturmläuten bricht nicht ab.

»Fuck, Killer, ich werde dir den Arsch aufreißen, weil …« Ich unterbreche meine Schimpftirade, als mir klar wird, dass es nicht Dexter ist, der vor meiner Tür steht, sondern Daphne.

»Was zur Hölle willst du hier? Und wie bist du überhaupt an der Security vorbeigekommen?«, frage ich nicht gerade freundlich und verstärke meinen Griff um den Türknauf.

»Auch dir einen schönen Abend, Aspen. Ich bin hier, weil

du auf einer Veranstaltung erscheinen musst, und ich habe eine Passiererlaubnis am Hauseingang bekommen, die Dexter angeordnet hat.«

»Warte mal, was?« Mein Verstand braucht noch ein wenig, um das Gesagte zu verarbeiten.

»Darf ich reinkommen? Ich möchte mich nicht im Flur unterhalten.« Auch wenn es mir widerstrebt, trete ich zurück und lasse sie in meine Wohnung. Sie macht ein paar Schritte in den Flur hinein, und erst jetzt wird mir klar, was sie anhat. Ihre langen Beine stecken in roten Riemchensandalen mit sündhaft hohen Absätzen. Mein Blick wandert ihre gebräunten, kräftigen Beine hinauf zu ihrem Kleid mit halblangen Ärmeln. Es ist weiß und an den Seiten mit rot-blauen Stickereien verziert.

Der weiße Stoff glitzert je nach Lichteinfall, doch was mir die Luft aus den Lungen drückt, ist der Fakt, dass der Stoff überhalb ihres Bauchnabels durchsichtig ist. Ihr langes Haar hat sie locker zusammengebunden, zwei dickere Strähnen umrahmen ihr hübsches Gesicht. Als sie sich mir ganz zuwendet, werde ich in die Vergangenheit katapultiert.

Zu dem Moment, als ich sie zum ersten Mal am Brunnen vor dem *Caesars Palace* gesehen habe. Als sie mit ihren Freundinnen um die Wette gestrahlt hat und mich mit ihrer fröhlichen Art förmlich angezogen hat. Ich war nach Vegas gekommen, weil ich Abstand von meinem Onkel Calvin, ein Ziel im Leben und einen neuen Ansatz brauchte. Als ich Daphne sah, fühlte ich, dass ich die letzten zwei Dinge in einer Person gefunden hatte.

Doch nun sind acht Jahre vergangen, und wir sind beide nicht mehr die Menschen, die wir damals gewesen sind. »Jetzt noch mal von vorn. Welche Veranstaltung meinst du?«

»Heute steht Josh Kerrs Cluberöffnung auf dem Plan. Hast du das etwa vergessen?« Stimmt, da war doch noch was. Ich war so müde von der Anstrengung und von den Wortgefechten mit Daphne, dass ich Joshs Party total vergessen habe. Josh ist ein Country-Star, der es in wenigen Jahren nicht nur mit der Musik an die Spitze geschafft hat, sondern auch als Geschäftsmann.

Er hat all seine Einnahmen in seine *Kerr's-House-of-Music-*Kette investiert, einen Shop für Musikinstrumente. Aufgrund einer cleveren Marketingstrategie und qualitativ hochwertigen Instrumenten besteht seine Kette mittlerweile aus über siebzig Stores, die über die gesamten Staaten verteilt sind. Er war bereits in seinen Dreißigern Multimillionär, ist aber bescheiden geblieben. Ich mag Joshs Zielstrebigkeit und Humor, weswegen ich seine Party auf keinen Fall verpassen möchte.

»Das habe ich tatsächlich.« Ich will auf meine Armbanduhr sehen, doch erst dann fällt mir auf, dass ich sie nicht trage. Genau genommen stehe ich nur in Jogginghose vor Daphne, deren Wangen einen leichten Rotton angenommen haben. Ich unterdrücke den Drang, meine Muskeln spielen zu lassen und sie so noch mehr in Verlegenheit zu bringen.

»Wann müssen wir dort sein?«, frage ich stattdessen und versuche nicht auf ihre langen Beine zu starren.

»In einer Stunde werden die Promis auf dem roten Teppich von der Presse abgelichtet, bevor dann das Abendprogramm startet.«

»Okay«, sage ich und kann ein Seufzen nicht unterdrücken. Eigentlich ist meine soziale Batterie immer noch leer, aber ich möchte Josh nicht hängen lassen. Die Einladung hat er mir persönlich bei einem Besuch übergeben, und ich habe ihm versprochen zu kommen, also wende ich mich wieder Daphne zu.

»Ich bin in einer halben Stunde fertig. Also sei ein braves Mädchen und wühl nicht in meiner Unterwäsche herum, während ich nicht da bin«, sage ich und zwinkere ihr zu, bevor ich mich umdrehe und in mein Ankleidezimmer verschwinde.

11. KAPITEL

Daphne

»Zum Teufel mit dir«, murmle ich leise, als Aspen sich von mir abwendet, und doch hasse ich mich selbst, weil mein Blick förmlich an seinem breiten Rücken klebt. Das Muskelspiel hat fast eine hypnotische Wirkung auf mich. Aspen ist mit Abstand der durchtrainierteste Mann, mit dem ich jemals zu tun hatte. Für mich wäre tägliches Krafttraining die reinste Folter, denn ich bin eher der Jogging-Typ. Sei es auf meinem Laufband, das ich im Schlafzimmer habe, oder im Freien – ich liebe es, mit lauter Musik auf den Ohren zu rennen, bis mein ganzer Körper von einer Schweißschicht überzogen ist. Zusätzlich habe ich zweimal die Woche Volleyballtraining, und das ist genug Sport für mich.

Aspen trainiert jeden Morgen in einem kleinen, unscheinbaren Fitnessstudio in Lower Manhattan, wo er schon zu seinen Zeiten als Stuntman Kunde war. Da ich ihm am Rockzipfel hängen muss, begleite ich ihn unfreiwillig zu diesen Trainingseinheiten. Meist sitze ich in der Ecke, arbeite meine E-Mails ab oder lese ein eBook, bis er mit dem Training fertig ist und unter der Dusche verschwindet. Häufiger als mir lieb ist, habe ich ihm in den letzten Tagen Seitenblicke zugeworfen, während er Gewichte gestemmt hat und seine Muskeln sich unter seinem Shirt abgezeichnet haben. Vor allem die Adern auf seinen Unterarmen haben eine hypnotische Wirkung auf mich ausgeübt.

Heute sehe ich ihn das erste Mal oben ohne, und nichts hätte mich auf das Sixpack oder die wohlgeformte Brust vorbereiten können. Ich möchte aus Höflichkeit den Blick abwenden, doch ich kann es nicht. Starre ihn an wie eine ausgehungerte Nymphomanin und verfluche mich innerlich dafür. Erst als er die Tür hinter sich schließt, atme ich tief durch und trete in den offenen Wohnbereich.

Ja, ich kann ihn wirklich nicht ausstehen, aber ich bin auch nicht blind. Immerhin ist er ein äußerst attraktiver Mann. Einer, den ich bereits heiß fand, bevor ich ihm persönlich begegnet bin.

Sein Penthouse ist lichtdurchflutet und hat einen eher rustikalen Flair. Wohin man auch sieht, befinden sich Backsteinwände, die einen herrlichen Kontrast zu den vielen Fenstern bieten. Das Apartment befindet sich in einer wohlhabenden Gegend, und die Einrichtung überrascht mich. Statt hochmodern und minimalistisch ist seine Wohnung heimelig und gemütlich. Offensichtlich hat Aspen eine Schwäche für Vintage-Möbel.

Ein wenig erinnert mich der Flair an das Haus in der Toskana, und augenblicklich fühle ich mich wohl in dieser Umgebung. Die Küche ist im altamerikanischen Landhausstil gehalten – neu, aber mit altem Charme.

Die mit Stoff überzogene Couch ist riesig, sodass man locker in den vielen Kissen darauf versinken könnte. Unter seinem an der Wand befestigten Fernseher befindet sich ein Kamin mit einer rustikalen Steinverkleidung. Auf der dunkelgrauen Vintage-Kommode unter einem Fenster befinden sich Grünpflanzen und ein alt aussehender Plattenspieler, der vermutlich eher aus Dekogründen hier steht, denn ich kann nirgendwo Schallplatten ausmachen. Geschickt platzierte Kunstwerke lassen die grauen Wände lebendiger wirken.

Sein Wohnzimmer und der durch eine halb aufgezogene Wand abgetrennte Küchenbereich sind vermutlich genauso groß wie meine gesamte Wohnung. Der dunkle Holzboden bietet einen schönen Kontrast zu den hellen Möbeln. Alles hat einen blaugrauen Touch, was mir unheimlich gut gefällt. Vielleicht mag ich ihn nicht, aber ich muss gestehen, dass Aspen einen guten Geschmack in puncto Inneneinrichtung hat. Ich gehe auf den Kamin zu und betrachte die Fotos auf dem Sims.

Eines zeigt ihn als Kind, das neben einem stämmigen Mann mit Schnurrbart posiert. Beide tragen eine grüne Latzhose, befinden sich am Ufer eines Sees und lächeln in die Kamera. An Aspens Angelhaken baumelt ein Fisch, den er wohl gefangen hat. Er grinst wie ein Honigkuchenpferd, sodass man eine Zahnlücke erkennen kann. Ein anderes Foto zeigt Aspen bei seinem Highschool-Abschluss, er wirkt schlaksig und unscheinbar, anders als jetzt. Einige Schnappschüsse sind wohl am Set entstanden, weitere mit Dexter bei einer Wanderung, aber nirgends ist eine weitere Person zu sehen.

Es scheint, als wären die beiden Männer die einzigen Bezugspersonen für ihn – eine Erkenntnis, die mich ein wenig traurig stimmt. Meine Familie ist so groß, dass ich manchen Verwandten aus der Toskana noch nicht mal begegnet bin, und nun stehe ich in der Wohnung eines Mannes, bei dem eher das Gegenteil der Fall ist. Vielleicht ist das von Aspen so gewollt, doch irgendwie kann ich mir das nicht vorstellen.

Als ich meine kleine Tour fortsetze, finde ich ein Gästezimmer, einen Entertainment-Raum mit einem großen Fernseher, einem teuer aussehenden PC, einer Wand voller Computerspiele, die ich nicht kenne, einer Sitzecke sowie einem Billardtisch in der Mitte des Raums.

Dann komme ich an Aspens Schlafzimmer vorbei, werfe aber keinen genaueren Blick hinein und gehe weiter, bis ich wieder im hellen Wohnzimmer stehe. Bei der kleinen Wohnungstour ist mir aufgefallen, dass in gefühlt jede Wand Lautsprecher eingebaut wurden und dass es kaum Türen gibt. Offensichtlich mag Aspen keine geschlossenen Räume. Aber es hat auch etwas Schönes, wenn alle Bereiche offen sind und es keine Barrieren gibt. Als würde Aspen sich hier sicher und wohl fühlen.

Als Aspen aus einem Raum tritt, stelle ich durch einen kurzen Blick fest, dass es sich um das Ankleidezimmer handelt. Das Licht und die Größe des Zimmers, aus dem er gekommen ist, lenken mich kurz ab, sodass ich nicht weiter auf Aspen achte. Erst als er den Arm hebt, wandert mein Blick zu ihm. Er legt sich gerade eine teuer aussehende Uhr um, und als ich seinen flinken Bewegungen folge, muss ich unweigerlich schlucken. Er trägt eine dunkle Anzughose, ein schwarzes Hemd und ein Jackett, das dieselbe Farbe hat wie der Rest seiner Kleidung.

»Was ist?«, fragt er, als sich ein Gedanke in meinem Kopf manifestiert.

»Du siehst wirklich aus wie ein Teufel«, sage ich, ohne es wirklich zu beabsichtigen, aber es stimmt. Durch seine imposante Größe, den leichten Bartschatten, diesen Mir-ist-alles-egal-Blick, den er gerade draufhat, und die dunkle Kleidung sieht er aus wie der Fürst der Finsternis.

»Habe ich nicht gesagt, dass ich einer bin?«

»Ja, aber ich habe dir eher den Teufel an den Hals gewünscht, als ihn wirklich in dir zu sehen.« Meine Worte entlocken ihm ein kehliges Lachen. Eines, das tief aus dem Inneren kommt. Dieser Klang stellt etwas in meiner Bauchgegend an, dem ich nicht näher auf den Grund gehen möchte.

»Ich denke, deswegen habe ich immer dieses Kribbeln auf der Haut gespürt. Weil du mich verfluchen wolltest.«

»Hat es denn geklappt?«, frage ich amüsiert und vergesse für den Moment, ihn unausstehlich zu finden.

»Ich stehe noch, oder?«, sagt er und breitet seine starken Arme aus. Ich frage mich plötzlich, ob man mich noch sehen könnte, wenn er die Arme um mich schlingen würde. Der Gedanke kommt wie aus dem Nichts und irritiert mich, sodass ich den Blick abwende und mir eine Haarsträhne hinters Ohr streiche.

»Ja, fragt sich nur, wie lange noch, denn ich war sehr fleißig und aufopferungsvoll bei meinem Vorhaben«, sage ich scherzhaft, doch es kommt eher halbherzig über meine Lippen.

»Sollte ich jetzt vor Angst zittern?«, fragt er leise, und auch wenn uns eine Armlänge trennt, fühlt es sich an, als wäre er mir zu nah gekommen.

»Eigentlich nicht, wenn du wirklich der Teufel bist.«

»Der bin ich, B…«, sagt er, wobei sich einer seiner Mundwinkel hebt. Dabei sieht er so umwerfend aus, dass mein Herz bei diesem Anblick einen Satz macht. Ich habe sehr wohl mitbekommen, dass er mich Baby nennen wollte, es sich aber anders überlegt hat. Womöglich besteht für diesen Mann doch noch die Hoffnung, nicht von mir erwürgt zu werden.

»Ich wusste es schon immer, denke ich«, sage ich, und plötzlich fällt es mir schwer, zu atmen, als er mir näherkommt. Sein schokoladenbraunes Haar, das vorhin vom Schlafen zerzaust war, hat er mit Gel gebändigt. Eine wohlduftende Mischung aus Aspen und einem aromatisch-holzigen Parfüm umschmeichelt, umhüllt mich.

»Das ist gut«, sagt er leise mit weicher Stimme, die einen starken Kontrast zu dem heißkalten Blick bildet, den er mir zuwirft.

Ich stehe auf dem roten Teppich in dem Bereich, der der Presse vorbehalten ist. Wieder ist ein Anstieg seiner Fangemeinde zu bemerken, denn bei dem letzten öffentlichen Auftritt vor einer Woche war lediglich eine Handvoll Fans anwesend, die nur Augen für den Schauspieler hatten. Nun hat sich die Zahl verdreifacht, und ich sehe junge Frauen, die begeistert Schilder in die Höhe halten und aus vollem Halse Aspens Namen rufen.

Vorher in seiner Wohnung hätte ich fast vergessen, dass wir keine Sympathie füreinander haben. Denn um mir den Job als Nanny so schwer wie möglich zu machen, hat er mich nicht auf die Liste setzen lassen, die mir Zugang zum VIP-Bereich verschaffen würde. *Dieser fiese Arsch!*

Das bedeutet für mich, dass ich ihn aus der Ferne beobachten muss, falls es mir überhaupt gelingt, ihn im Blick zu behalten. Wenn Aspen mir einen Strich durch die Rechnung machen will, kann sogar Dexter nichts dagegen tun, auch wenn er mir geschrieben hat, dass ich heute besonders auf ihn achtgeben muss, damit er keine negativen Schlagzeilen macht.

Es dauert eine geschlagene Stunde und vier Interviews, bis wir endlich ins *House of Kerr* reinkommen. Wie all seine Gebäude trägt auch dieses den Namen von Josh. Ich zeige meinen Presseausweis vor und betrete mit ein paar Mitarbeitenden des Clubs das Lokal, während Aspen sich mit einem Mann unterhält und so tut, als wären wir nicht gemeinsam hier. Wobei – so stimmt das auch nicht. Ich bin nicht seine Begleitung, sondern seine Anstandsdame, die aus sicherer Entfernung aufpasst, dass er keinen Blödsinn anstellt. Und er will mich nicht bei sich haben. Aspen wird nicht müde, mir das ständig unter die Nase zu reiben.

Ich schnappe mir ein Getränk und stelle mich an den Teil der Bar, von dem aus ich einen guten Blick auf den VIP-Bereich habe. Der Laden wird immer voller, und schon bald kann man sich kaum noch bewegen, also lasse ich mich auf einem Barhocker nieder und bin froh, einen Sitzplatz ergattert zu haben. Ich verrenke mir den Hals, um Aspen im Blick zu behalten. Und das merkt er, denn er hat die Nerven, mir mit dem Bier in der Hand zuzuprosten, während er die Freiheit genießt, nicht in der dichten Menge zu sein.

Ich zeige ihm den Stinkefinger, was ihn auflachen lässt. Der Anblick ist nicht zu verachten, denn Aspen hat ein schönes Lachen, doch da wäre noch der klitzekleine Fakt, dass ich ihn nicht mag. In der nächsten Stunde beobachte ich, wie er sich mit einer hübschen Dunkelhaarigen unterhält und schamlos flirtet. Die Anzahl seiner Drinks nimmt zu, und Sorge macht sich in mir breit. Ich kann es nicht gebrauchen, dass er sich betrinkt und vielleicht etwas anstellt. Immer wieder wandert sein Blick zu mir. Es sind nur wenige Sekunden, aber ich merke es jedes Mal. Als würde er sich absichtlich als Casanova geben, um mich auf die Palme zu bringen.

Und es gelingt ihm auch. Nicht nur dass langsam Wut in mir aufflammt, ich fühle mich auch ziemlich fehl am Platz. Vielleicht liegt es daran, dass ich allein hier bin. Normalerweise stürze ich mich mit Britney und Monica ins Nachtleben und hänge nicht an der Bar herum, wie ich es jetzt tue.

Josh Kerr tritt neben das DJ-Pult, begrüßt die Anwesenden und hält eine Rede über seinen Wunsch, einen Club zu eröffnen, in dem jeder willkommen ist. Es soll ein Safe Space für alle Besuchenden sein. Deswegen werden auch alle Taschen überprüft, und man muss durch einen Metalldetektor gehen, um ins Innere zu gelangen. Sicherheit steht für Josh an erster Stelle.

Nach der Rede wird ein Song von Novalee Wells abgespielt, die seit Jahren meine Lieblingssängerin ist. Ich lasse mich von der Musik mitreißen, trinke zwei Gläser Champagner und tanze sogar mit einem Fremden, der richtig Feuer unterm Hintern hat. Er verabschiedet sich winkend von mir, als ich mich wieder zur Bar begebe, wo ich überraschenderweise Aspen vorfinde, der an meinen Platz getreten ist.

»Na, Baby. Amüsieren wir uns prächtig?«, fragt er mich mit glasigem Blick, was mir zeigt, dass er schon einige Drinks intus haben muss. Seine Augen funkeln mich herausfordernd an. Ich ignoriere, dass er mich mit meinem verhassten Kosenamen angesprochen hat, und recke das Kinn.

»Natürlich. Es ist Freitagabend, also genieße ich das, was die Nacht so zu bieten hat. Nicht dass es dich etwas angehen würde.«

»Ich sehe, dass deine Nacht eine ziemlich üble Auswahl bereithält«, meint er und deutet mit dem Kinn auf den Mann, mit dem ich vorhin noch getanzt habe.

»Es ist gerade schlimmer geworden«, sage ich und schenke ihm ein falsches Lächeln.

»Ach ja? Eigentlich solltest du ein Auge auf mich haben und nicht auf irgendeinen dahergelaufenen Typen.«

»Entschuldige bitte? Erst sträubst du dich, dich von mir begleiten zu lassen, und dann, wenn ich dir ein paar Minuten Freizeit gebe, kommst du her und wirfst mir vor, dass ich ein wenig Spaß haben wollte.« *Was stimmt denn nicht mit diesem Kerl?* Natürlich ist es für ihn nicht angenehm, dass ihn jemand auf Schritt und Tritt verfolgen muss, aber wenn er nicht so impulsiv in gewissen Situationen handeln würde, dann wäre er gar nicht in diese Lage gekommen.

»Wir sind beide nicht zum Spaß hier.« Seine tiefe Stimme ist für mich trotz der Musik klar rauszuhören, und ich hasse den Fakt, dass sie mir unter die Haut geht. Aus dem Augenwinkel sehe ich die Dunkelhaarige, die auf uns zukommt, und unterdrücke ein Schnauben. Dieser Typ hat vielleicht Nerven. Mich verurteilen, weil ich mit einem Mann tanze, wenn er selbst vorhin herumgeflirtet hat. Der Bass wummert durch meinen Körper und schürt die Wut, die sich mehr und mehr verstärkt. Auf Aspen, auf die Situation, auf die ganze Welt. Er hat nicht das Recht, mich zu verurteilen oder mein Handeln in Frage zu stellen. Ich habe Aspen Knox so satt und frage mich, ob es nicht die falsche Entscheidung war, der Zusammenarbeit zuzustimmen.

»Also für mich sieht es so aus, als hättest du mit Brownie ziemlich viel Spaß gehabt. Sie hat förmlich an dir geklebt, und die Sehnsucht treibt sie dir erneut in die Arme.« Auch Aspen entdeckt nun die Frau, die nur langsam vorankommt, weil mittlerweile ein Gedränge an der Bar herrscht.

»Höre ich da etwa Eifersucht raus, Valenti?«, fragt er mit erhobenen Brauen und verschränkt die Arme vor der Brust.

»Ich? Täusch dich da mal nicht, Knox. Ich würde lieber einen Haufen glühende Kohlen fressen, als hier mit dir zu sein.« Die Worte sind raus, bevor ich mich stoppen kann, und vor allem sind sie härter, als ich es beabsichtigt habe. Aspens Miene verändert sich schlagartig, und mir scheint, als würde die Wut in Wellen von ihm ausgehen. Das zeigt sich noch deutlicher, als ich sehe, wie er die Hände zu Fäusten ballt. Er blickt kurz hinter mich, ehe er sich mir wieder zuwendet. Die Musik ist laut, aber ich verstehe jedes seiner Worte.

»Ist das so? Dann bin ich gespannt, wie du mit den morgigen Konsequenzen zurechtkommen wirst.«

»Konsequenzen?«, frage ich und öffne erschrocken den Mund, als Aspen Brownie an sich zieht, sich mit ihr dreht und so tut als ob er sie küssen würde. Er hat ihr Gesicht mit seinen Händen umfasst, sodass es zwar aussieht, als wäre es echt, doch seine Lippen berühren ihre nicht … Als daraufhin Blitzlicht zu sehen ist, wird mir klar, dass ich ziemlich am Arsch bin.

12. KAPITEL

Daphne

Die Leute von der Presse werden schnell von dem Security-Personal des Club fortgebracht, sodass ich nichts tun kann, als Aspen und Brownie fassungslos anzustarren. Als er sie von sich schiebt, sehe ich Enttäuschung in ihrem Gesicht. Beide scheren sich nicht um den Fakt, dass sie gerade in einer intimen Pose abgelichtet wurden.

»Ernsthaft? Du benutzt eine Frau als Spielzeug, um mich in Schwierigkeiten zu bringen? Was für ein Arschloch bist du denn?«, fahre ich ihn an und unterdrücke den Drang, mit dem Finger auf seine Brust zu tippen.

»Halt mal die Luft an, Schätzchen. Aspi hat nichts getan, was ich nicht zulassen würde.« Brownie hebt den Zeigefinger und sieht mich an, als wäre ich ein Kleinkind, das zurechtgewiesen werden muss.

»Aspi?«, will ich verwundert wissen und frage mich, ob ich mich im falschen Film befinde. Aspen hat diesen Fake-Kuss bewusst angezettelt, weil er wusste, dass die Presse sich reingeschmuggelt hat. Er wollte mir Ärger machen.

Wer bitte macht denn solch einen Bullshit, nur weil er betrunken oder sauer auf mich ist?

»Sheila, lässt du uns kurz allein? Danke, dass du mitgespielt hast.«

»Ich wäre auch weiter gegangen, als es nur vorzutäuschen. Das weißt du«, meint sie mit süffisanter Stimme und schenkt mir einen herablassenden Blick, ehe sie wieder zum VIP-Bereich geht, wo sie sofort durch die Absperrung gelassen wird.

»Worüber regst du dich denn auf? Weil ich sie nicht geküsst habe? Hätte ich es drauf ankommen lassen sollen?«, fragt er mich neugierig und hebt eine Braue. Ich blinzle, sehe ihn einfach wütend an, weil mir schlichtweg die Worte fehlen. Dieser unmögliche Typ hat womöglich einen Skandal heraufbeschworen, um mich in die Scheiße zu reiten.

Wer macht denn so was?

Genau, Aspen, aka Arschloch Knox.

»Weißt du was? Es ist mir egal. Von mir aus kannst du jeder Frau in den Staaten die Zunge in den Hals schieben, aber Brownie als Spielzeug zu benutzen ist ein beschissener Move.« Nichts hasse ich mehr als Männer, die Frauen wie Objekte behandeln. Mein Ex mag nicht der Richtige gewesen sein und mir Ärger gemacht haben, aber er hat mich während unserer Beziehung mit Respekt behandelt.

»Sheila hätte mich mit Sicherheit von sich geschoben, wenn es ihr zu viel gewesen wäre.«

»Das ändert nichts an der Tatsache, dass du aus einer Laune heraus eine weitere Erwähnung in der Klatschpresse heraufbeschworen hast.«

»Wen kümmert es schon.«

»Gott!« Ich raufe mir die Haare und ziehe daran.

»Ich verstehe nun, was Dexter gemeint hat, als er meinte, dass dein Temperament einen um Kopf und Kragen bringen kann.«

»Du verstehst gar nichts!«, knurrt er und stellt sich dicht vor mich. *Gott, wie sehr ich ihm eine scheuern möchte!*

»Nein. Das tue ich nicht, und ich möchte auch überhaupt nicht wissen, was in deinem Kopf vor sich geht. Sheila mag vielleicht bei diesem Fast-Kuss, den die Presse als Zungenwrestling darstellen wird, mitgemacht haben, aber meinst du ernsthaft, dass die Konsequenzen, von denen du gesprochen hast, nur für mich gelten?«

»Ich bin in der Klatschspalte kein Unbekannter. Ich werde es überleben.« Seine arrogante Haltung lässt mich in Frage stellen, wie ich ihn jemals sympathisch finden konnte. *Der hat sie doch nicht mehr alle!*

»Unglaublich! Denkst du nicht, dass du dir ins eigene Fleisch geschnitten hast? Du hast seit Jahren hart dafür gekämpft, diese Hauptrolle zu bekommen, und jetzt, wo sie endlich greifbar ist, wirfst du es weg, um mir die Hölle heiß zu machen? Sorry, aber ich kann dich nicht mehr ernstnehmen.«

»Das musst du auch nicht«, blafft er und mahlt so kräftig mit dem Kiefer, dass ich glaube, ihn über den Lärm hinweg mit den Zähnen knirschen zu hören.

»Nein, du hast recht. Ich muss mir diesen Scheiß nicht geben. Tu doch, was du willst. Ich bin raus!«, rufe ich aus und ignoriere die neugierigen Blicke um uns herum. Einige Personen greifen nach ihren Smartphones, und ich befürchte, dass sie uns gleich filmen werden. Er hat schon dafür gesorgt, dass ich in Schwierigkeiten stecke, also tue ich das, was ich für richtig halte. Ich schnappe mir meine Tasche, wende ihm den Rücken zu und gehe.

»Wir hatten doch eine Pause eingelegt!«, krächzt Janice, als ich mit einer Tasse Tee am Frühstückstisch sitze. Wieder ein – wenn auch nicht ganz korrekter – Spruch aus *Friends*. In der Szene, in der Rachel herausfand, dass Ross sie eine Nacht nach der Beziehungspause betrogen hatte, war das seine Erklärung gewesen. Für ihn war es kein Betrug, weil sie sich ja vorläufig getrennt hatten. Meistens bekomme ich diesen Spruch morgens zu hören, wenn meine Papageiendame sich darüber beschwert, dass ich im Schlafzimmer geschlafen habe, während sie allein im Wohnzimmer bleiben musste.

»Wie sehr ich mir wünschte, dass ich mich von ihm trennen könnte, Janice«, murmle ich und scrolle mich durch die Klatschspalten, wo selbstverständlich Aspens Fake-Kuss mit Sheila Bronwick thematisiert wird. Sie ist eine reiche Erbin eines Juweliermagnaten, was natürlich für reichlich Zündstoff sorgt. Der Playboy und das Mädchen aus gutem Hause.

»Oh mein Gott!«, antwortet sie mir mit schriller Stimme, und ich pflichte ihr bei, denn der Kuss erscheint auf jeder verdammten Seite, die ich anklicke. Vielleicht wäre es vor ein paar Monaten noch nicht so schlimm eskaliert, doch Aspen ist gerade durch seine neue Filmrolle in aller Munde, und dieser Skandal wird sich nicht gut auf sein Image auswirken.

Es dauert nicht lange, bis Dexter mich anruft und ich ein lautes Seufzen von mir gebe. »Hallo Daphne«, begrüßt er mich, und es ist unmöglich, Emotionen aus seiner Stimme herauszuhören.

»Hey Dexter«, sage ich etwas unsicher, weil ich mich im Zwiespalt befinde. Einerseits kann ich nichts dafür, dass sich Aspen wie ein Affe verhält, der sich bei jeder Gelegenheit in der Öffentlichkeit am Po kratzt und somit nur Ärger bedeutet. Andererseits wurde ich dazu beauftragt, seine Babysitterin zu spielen und hätte es nicht so weit kommen lassen dürfen.

»Was ist denn gestern passiert?«, fragt er mich ohne Umschweife. Egal wie ich es drehe oder wende, ich kann die Wut, die mich erfasst, wenn ich an gestern Nacht denke, nicht aufhalten oder abschütteln. Und weil Dexter genau weiß, wie Aspen sein kann, sage ich ihm die Wahrheit und beschönige nichts. Trotzdem gebe ich auch zu, dass ich Fehler gemacht und ihn provoziert habe.

»Verdammt«, ist alles, was Dexter sagt, ehe er eine Weile schweigt. Ich höre ihn nur schnell atmen und gebe ihm die Zeit, die er offensichtlich braucht.

»Danke für den ausführlichen Bericht. Ich versuche Schadensbegrenzung zu betreiben. Ich habe diesbezüglich ja schon Erfahrung.« Er klingt alles andere als erfreut über diesen Umstand. Ich frage mich, wie oft er wohl schon hinter Aspen aufräumen musste. Was für ein anstrengendes Leben Dexter hat.

»Okay. Es tut mir leid, dass ich ihn nicht aufhalten konnte.«

»Niemand kann ihn aufhalten. Mir war bewusst, dass du keine Wunder vollbringen wirst. Aspen ist … schwierig. Er hatte eine harte Kindheit, und die Trotzphase begleitet ihn immer noch, als wäre er ein Kleinkind.«

»Das heißt, ich bin nicht gefeuert?«

»Natürlich nicht. Deine Aufgabe ist es weiterhin, ihn zu seiner Rolle zu beraten. Das du ein Auge auf ihn hast, war ehrlich gesagt meine letzte Hoffnung, dass er endlich die Kurve kriegt.«

»Okay. Danke.«

»Nein, ich danke dir. Ich weiß, er hat sich wie ein Arsch verhalten, aber er ist kein übler Kerl. Wenn er sich endlich zusammenreißt, kann er dir das auch beweisen.«

»Ist gut«, sage ich zwar, doch ich bezweifle, dass er mich je davon überzeugen wird, dass er nicht die Ausgeburt der Hölle ist.

»Dann sehen wir uns am Montag.«

»Bis dann.«

Nach dem Gespräch fühle ich mich nicht wirklich besser. Da ist immer noch die Wut, die tief in mir schlummert und die ich unbedingt loswerden muss. Da ich erst morgen Volleyballtraining habe, ziehe ich mir meine Sportsachen an und schlüpfe in meine Laufschuhe. Da heute ein warmer Sommertag ist, creme ich mich mit Sonnencreme ein und gehe nach draußen. Ich setze mir meine Kopfhörer auf, starte meine Laufplaylist und setze mich in Bewegung.

Zwar versuche ich, ein schnelles Tempo an den Tag zu legen, doch ich werde alle paar Meter von Bekannten aus der Nachbarschaft gegrüßt. Ich winke ihnen zu, begrüße sie auf Italienisch und laufe zum Sara-D.-Roosevelt-Park, wo ich am liebsten jogge. Während ich in einen schnelleren, aber gleichmäßigen Laufschritt verfalle, frage ich mich, wie meine Zusammenarbeit mit Aspen weitergehen wird.

Da ich nicht gefeuert bin, muss ich ihn in zwei Stunden zu einem Set begleiten. Da die Szene leider in New Jersey gedreht wird, werden er und ich stundenlang gemeinsam Auto fahren und in einem Hotel übernachten müssen, bevor es am Montag wieder nach New York geht. Vor dem Streit hat mir der bevorstehende Aufenthalt in Connecticut kein Kopfzerbrechen bereitet, doch das Blatt hat sich gewendet.

Mit seinem aufgeblasenen Ego kann ich umgehen, und seinen Sprüchen gebe ich Kontra, aber sein Handeln von gestern kann ich nicht nachvollziehen. Um mir zu schaden, war ihm jedes Mittel recht, und wieso sollte ich in diesem Fall mit ihm sympathisieren? Er hat gestern gezeigt, dass er wahrlich der Teufel ist, und es würde mir guttun, diesen Job einfach aufzugeben.

Ich sollte gehen, einen anderen Job finden, aber meine Eltern haben mich nicht zu einem Feigling erzogen, sondern zu einer Kämpferin geformt. Lee hat mich verletzt und mir beruflich geschadet, und ich werde nun nicht wegen eines Möchtegern-Badboys das opfern, was von meiner Karriere noch übrig ist.

Völlig verschwitzt, aber glücklich laufe ich meine Straße entlang und kann es kaum erwarten, ein großes, kaltes Glas Wasser zu trinken. Nach dem Lauf sind meine Schritte leichtfüßig, und der Druck von gestern ist gewichen. Ich werde mein Ziel im Blick behalten und mich nicht von türkisfarbenen Augen ablenken lassen.

Doch als ich mein geliebtes, rotes Backsteingebäude erreiche, sehe ich den schwarzen SUV, der davor parkt. Ich verdrehe die Augen, atme aber erleichtert aus, als niemand aus dem Wagen mit den getönten Scheiben steigt. Doch ich habe mich zu früh gefreut, denn vor der Eingangstür lehnt niemand Geringeres als Aspen Knox.

Er sieht überhaupt nicht so aus, als hätte er gestern Party gemacht, sondern wirkt frisch und bereit, sich in die Arbeit zu stürzen. Ich schüttle den Kopf und greife in die kleine Tasche in meiner Laufhose, um meinen Schlüssel herauszufischen. »Hey«, begrüßt mich Aspen, doch ich bringe nur ein Schnauben zustande. Zwar ist die erwartete Rüge von Dexter ausgeblieben, aber trotzdem hat Aspen sehr viel falsch gemacht.

»Können wir reden?«, fragt er mich und klingt tatsächlich reumütig, doch er ist Schauspieler, und ich war noch vor ein paar Tagen ein großer Fan von ihm.

»Wenn es um die Arbeit geht, gerne, wenn nicht, habe ich dir gerade nichts zu sagen.«

»Bitte Daphne. Ich möchte mich ehrlich bei dir entschuldigen.«

»Das brauchst du nicht. Entschuldige dich lieber bei Dexter, dass du seine harte Arbeit mit Füßen trittst, oder bei Sheila, weil du sie als Mittel zum Zweck benutzt hast.« All diese Worte sage ich, ohne ihn anzusehen. Ich gehe an ihm vorbei, und er ist so klug, einen Schritt zur Seite zu weichen, weil er genau weiß, dass ich es nicht dulden würde, wenn er mir den Weg versperrt.

»Schon erledigt. Aber ich wollte die Wogen glätten, bevor wir zum Dreh fahren.«

»Diese Tsunami-Wellen könntest du niemals glätten, mein Freund.«

»Bitte Daphne. Hör mich wenigstens an«, jammert er wie ein Kleinkind, als ich endlich die Tür aufgeschlossen habe. Aber anstatt ihn einfach stehen zu lassen, drehe ich mich energisch um. Mir ist es egal, dass ich wie ein gerupftes Huhn aussehe und völlig verschwitzt bin.

»Nein, du hörst mir zu. Lass uns klarstellen, dass ich gegen meinen Willen mit dir zusammenarbeiten muss. Denn wenn ich es nicht tue, wird mir Kurt mit Freuden die Kündigung auf den Tisch knallen, und das ist das Letzte, was ich will. Für dich ist das alles ein Spiel, dessen Regeln du jederzeit ändern kannst, aber für mich ist es mein Leben. Und ich lasse nicht zu, dass du es durcheinanderbringst. Verstanden?«

»Ja. Ich verspreche, mich ab jetzt zu benehmen.« Mein Blick gleitet von seinem Gesicht, das zum Teil von einer Baseballcap bedeckt ist, über sein weißes T-Shirt zu seinen Khaki-Shorts. Er wirkt wie ein Mann von nebenan und nicht wie der Schauspieler, der auf roten Teppichen unterwegs ist und in die Kamera lächelt, doch gleichzeitig ist er der Mensch, der mich gestern unsagbar wütend gemacht hat.

»Ist es nicht traurig, dass ein erwachsener Mann solch ein Versprechen geben muss? Und dann auch noch einer Frau, die dafür sorgen soll, dass er keinen Unsinn anstellt?«

»Ja, das ist es, aber es wird das letzte Mal sein.« Diesmal blicke ich ihm in die Augen und sehe nichts als Ehrlichkeit darin. Er mag jetzt vielleicht die Wahrheit sagen, aber niemand kann dafür garantieren, dass sein Temperament nicht bald wieder überschäumt, also schüttle ich nur den Kopf und lasse ihn stehen.

13. KAPITEL

Aspen

Ich habe ihre geballte Wut und das Misstrauen verdient. Dexter musste mir nicht den Kopf waschen, um mir klarzumachen, dass ich Mist gebaut habe. Ach, was rede ich da, ich habe Scheiße gebaut und meine berufliche Zukunft wegen meines Egos aufs Spiel gesetzt. Die Schimpftirade meines besten Freundes hat mich allerdings nicht so hart getroffen wie die Enttäuschung in Daphnes Augen. Ja, sie kocht vor Wut, doch sie ist auch verletzt, weil ich ihr mit meinen Taten schaden wollte.

Wir sind nicht befreundet. Scheiße, wir sind nicht mal Kollegin und Kollege, denn weder sie noch ich möchte in dieser Situation feststecken. Ich befinde mich an einer unsichtbaren Grenze, und ein Fehler würde mich für Daphne ins Aus stoßen.

Dabei wollte ich all das. Ich persönlich habe sie als meine Beraterin ausgewählt, und Dexter hat sie darum gebeten, gleichzeitig ein Auge auf mich zu haben und mich vor Dummheiten zu bewahren. Ihre aufmüpfige Art hat mich provoziert, hat aus der Frau, die ich geglaubt hatte zu kennen, jemanden gemacht, der mich zur Weißglut treibt. Aber auch das gibt mir nicht das Recht, mich derart danebenzubenehmen.

Aber ich konnte Daphne nicht sagen, dass ich es nicht ertragen konnte, dass sie einen Wildfremden angelächelt hat, während sie mir mit spitzen Kommentaren und Augenverdrehen begegnete. Ich war eifersüchtig, das ist mir nun klar. Und auch wenn ich nicht alles dem Alkohol zuschieben kann, hat er mich doch fahrlässig handeln lassen.

Ein Wort von mir würde genügen, und Sheila würde mit Freuden zu mir fahren, und wir könnten die Nacht zum Tag machen. Wir beide wüssten, dass es nur Sex wäre und danach jeder seine eigenen Wege geht, aber ich wollte Sheila nicht. Das wollte ich noch nie. Ich genoss das Flirten genauso sehr wie sie, habe mir aber nichts dabei gedacht, als ich sie für diesen falschen Kuss an mich gezogen habe.

Das, was ich für einen klugen Schachzug gehalten habe, hat sich als Fehltritt herausgestellt. Jetzt sitze ich mit Daphne im SUV und bin dankbar, dass ich mein Team in New Jersey antreffen werde. Es ist gut, dass ich selbst hinterm Steuer sitze und somit eine Beschäftigung habe.

Andernfalls würde ich Daphne Seitenblicke zuwerfen oder sie vielleicht erneut um Verzeihung bitten, was aber auf taube Ohren stoßen würde. Ich habe Daphne als willensstarke und zielstrebige Frau in Erinnerung, und auch wenn sie sich nach acht Jahren verändert hat, sind diese Eigenschaften ein Teil von ihr geblieben.

Deswegen weiß ich, dass ich sie in Ruhe lassen sollte, bis sie sich beruhigt und das Gespräch mit mir sucht. Irgendwann wird sie wohl oder übel mit mir sprechen müssen. Spätestens dann, wenn es um den juristischen Teil meiner neuen Rolle geht. Wir sind eine halbe Stunde auf der Straße, als Daphne sich vorbeugt und auf dem Touchscreen des Autos die Playlisten durchscrollt.

»Würde es dir etwas ausmachen, wenn ich Musik anmache?«, fragt sie mich schließlich höflich, sieht mich dabei jedoch nicht an.

»Nein. Tu, was immer du willst«, antworte ich, denn alles ist besser als dieses erdrückende Schweigen, das lauter in meinen Ohren hallt als ein Hardstyle-Technosong bei voller Lautstärke. Ich persönlich bevorzuge kein bestimmtes Musikgenre. Ich höre alles quer durch die Bank, und wenn ich einen Song mag, ist es mir egal, ob es sich um Rockmusik, Hip-Hop oder Metal handelt.

Sie entscheidet sich für das letzte Album von Novalee Wells, das etwas rockiger ist als die Alben zuvor. Wir lauschen zwei Songs, als mir ein Anruf auf dem Display angezeigt wird. Als ich auf den Namen schiele, lache ich auf. Es handelt sich um die Frau, deren Stimme gerade durch die Boxen des Autos dringt.

»Hey Nova.« Aus dem Augenwinkel bekomme ich mit, wie Daphne große Augen bekommt.

»Hi Aspen. Wie geht's dir?« Wie immer höre ich geschäftiges Treiben im Hintergrund, weil sie als Weltstar einfach nie eine ruhige Minute für sich hat. Das ist ein Dauerzustand bei Novalee Wells.

»Na ja, man lebt«, antworte ich der Wahrheit entsprechend. Ich fühle mich wegen der letzten Schlagzeilen furchtbar und wünschte, ich könnte die Zeit zurückdrehen und alles anders machen.

»Und dir?«, erkundige ich mich, um das Thema zu wechseln.

»Ich bin gerade in Chile auf Tour und habe nach einer Social-Media-Pause von den Ereignissen der letzten Wochen gelesen, und da sah ich, dass du die Hauptrolle bei *In Love and Law* ergattert hast. Herzlichen Glückwunsch. Endlich hast du es nach all der harten Arbeit als Amerikas heißester Bösewicht geschafft, eine große Rolle zu bekommen.« Die Skandale muss sie unweigerlich auch gesehen haben, aber sie schweigt diesbezüglich.

»Danke Nova. Deine Worte bedeuten mir sehr viel.« Und

das ist die Wahrheit. Ich denke, niemand im Showbusiness ist erfolgreicher als Nova, und alles, was sie anfasst, wird zu Gold, aber sie ist immer noch die schüchterne, sympathische Frau, die ich vor Jahren kennengelernt habe. Verschlossener, ja, aber immer noch sie selbst.

»Ich sage nur die Wahrheit. Normalerweise habe ich kaum Zeit, meine Mutter anzurufen, aber ich musste dich wissen lassen, dass ich mich unheimlich für dich freue.« Das Gefühl von Wärme durchflutet mich, gepaart mit einem riesigen schlechten Gewissen, denn ich habe meine neue Rolle durch mein Handeln gefährdet.

»Lass uns mal was essen gehen, wenn du wieder in der Stadt bist.«

»Gott, wie sehr ich mir das wünschen würde, aber ich arbeite an meinem neuen Album, und wir bereiten gerade die Marketing-Kampagnen vor. Aber ich tue, was ich kann, um mir Zeit für einen alten Freund freizuschaufeln.«

»Ist gut. Mach's gut, Rockstar.«

»Bye THV.«

Als Novalee wieder auflegt, erfüllt ihre kräftige Stimme erneut das Auto. Ich weiß, dass Daphne ein großer Fan von ihr ist, und vielleicht könnte ich mir Pluspunkte verdienen, wenn ich die beiden miteinander bekanntmachen würde, aber wie Nova schon sagte, ertrinkt sie nahezu in Arbeit. Ein Treffen in der nächsten Zeit ist nicht realistisch.

»Seit wann kennst du Nova Wells?«, fragt mich Daphne ein paar Minuten später, als ich in Gedanken bereits wieder bei der morgigen Stuntszene bin.

»Wir haben uns auf einer Spendengala von *Start Entertainment* kennengelernt. Ich hatte damals meine erste Nebenrolle und habe mich etwas fehl am Platz gefühlt, aber dann kam Nova auf mich zu und hat sich mit mir unterhalten. Das war der Start unserer Freundschaft.« Zwar ist Dexter mein bester und engster Freund, aber wenn ich Nova mal treffe, was leider nicht besonders häufig passiert, dann können wir uns stundenlang unterhalten, ohne dass das Gespräch ins Stocken gerät.

Manche wirken eingeschüchtert, wenn ein Weltstar wie Nova vor ihnen steht, aber sie ist auch nur ein Mensch. Und noch dazu ein wunderbarer, auch wenn ihr Ruhm ihr öfter die Luft zum Atmen raubt.

»So habe ich sie mir auch vorgestellt. Dass sie nicht nur vor der Kamera, sondern auch dahinter ein netter Mensch ist.«

»Das kann ich bestätigen.« Sie sieht wieder aus dem Fenster und dreht mir den Rücken zu. Was sie dazu verleitet hat, mit mir zu sprechen, obwohl sie mir die kalte Schulter gezeigt hat, weiß ich nicht, aber auch wenn wir uns öfter zanken, als mir lieb ist, habe ich es vermisst, mich mit ihr zu unterhalten.

Ich mochte noch nie die Stille. Es muss der Fernseher oder das Radio laufen, damit ich mich entspannen kann. Deswegen ist auch meine Wohnung mit Lautsprechern in jedem Zimmer ausgestattet. Aber zwischen Daphne und mir war es zuvor noch nie unangenehm still. Wenn sie bei mir ist, dann kann ich sogar in Ruhe meinen Gedanken nachhängen, ohne dass mich dieses verhasste Gefühl überkommt.

Einsamkeit.

In den letzten Jahren habe ich einen Job nach dem anderen angenommen, sodass ich manchmal für mehrere Projekte gleichzeitig Texte auswendig lernen muss. Dexter war unheimlich froh über meinen Arbeitseifer, und zum Teil hatte er recht mit der Annahme, dass ich mehr als nur ein Sidekick in der Schauspielriege sein möchte, doch den anderen Grund habe ich niemandem verraten. Weil es mir peinlich war zuzugeben, dass ich das Gefühl hatte, allein auf der Welt zu sein.

Sobald wir im Hotel eingecheckt haben, werde ich auch schon von meinem Styling-Team, meiner Visagistin und den Verantwortlichen für PR-Management sowie dem Produktionsteam des Filmes regelrecht in die Mangel genommen und in einen Besprechungsraum geführt, wo wir auch zu Abend essen werden.

Daphne wurde eingeladen, uns Gesellschaft zu leisten, doch sie hat sich entschuldigt und ist in ihr Zimmer gegangen. Ich habe ihr lange nachgesehen, ehe mich Joshua, der Regieassistent abgelenkt hat. Drei Stunden habe ich mit ihnen über den morgigen Dreh gesprochen, ehe wir in eine lockere Unterhaltung übergingen.

Doch egal wie viel Mühe ich mir gebe, bei der Sache zu bleiben – meine Gedanken wandern immer wieder zu Daphne. Ich sehe auf mein halb aufgegessenes Dessert und frage mich, ob auch sie daran gedacht hat, zu Abend zu essen. Als wir uns endlich verabschieden und den Raum verlassen, gehe ich zur Rezeption, wo eine junge Frau mich mit großen Augen und einem breiten Lächeln begrüßt.

»Mr Knox. Was kann ich für Sie tun?«, fragt sie mich, ohne dass ich die Möglichkeit hatte, mich vorzustellen.

»Meine …«, sage ich und halte inne, weil mein Team von *Start Entertainment* zwar weiß, dass sie Beraterin und Aufpasserin zugleich ist, ich aber vor anderen unsere Beziehung nie erläutern musste.

»Meine Begleitung. Miss Valenti aus Zimmer sechshundertdrei. Bitte schicken Sie ihr die Crème Brûlée mit Passionsfrucht aufs Zimmer, und eine Tasse Früchte-Tee.«

»Wird gemacht.«

»Vielen Dank.«

In meinem Zimmer wechsele ich meine Klamotten gegen Sportshorts und Achselshirt und begebe mich in den hoteleigenen Fitnessraum. Nach dem späten Mittagessen bin ich satt, aber unruhig, weswegen ich aufs Laufband steige und eine halbe Stunde laufe, ehe ich mich an die Gewichte wage.

Eine Stunde nach dem Krafttraining fühle ich mich gerädert, aber auch ruhig und ausgeglichen. Das Workout hat nicht nur meinem Körper, sondern auch meinem Geist gutgetan. Für die morgige Szene muss ich von einem Pferd springen und mich gemeinsam mit einem Schauspielkollegen einem Schwertkampf stellen.

Früh am Morgen werden wir noch mal mit Übungsschwertern trainieren, ehe es mittags ans Set geht. Etwas in mir möchte sich jetzt schon in die Vorbereitungen stürzen, nur um nicht mehr nachdenken zu müssen.

Als ich verschwitzt den Fitnessraum verlasse, gehe ich am Indoor-Pool vorbei, wo ein honigblonder Schopf meine Aufmerksamkeit auf sich zieht. Daphne steigt gerade mit eleganten Bewegungen aus dem Wasser. Das lange Haar hat sie zu einem Dutt zusammengebunden, um es trocken zu halten.

Sie trägt einen waldgrünen Bikini, der ihren weiblichen Rundungen schmeichelt. Ihr heller Teint und die mit Sommersprossen besprenkelte Haut sehen weich und geschmeidig aus. Ich möchte sie nicht angaffen, also löse ich den Blick von ihr und will schon weitergehen, als sie meinen Namen ruft.

Ich drehe mich zu ihr um, während sie sich ihren Bademantel überstreift und auf mich zukommt. »Gehst du auch nach oben?«, fragt sie mich, was mich nur nicken lässt.

»Darf ich dich begleiten?«

»Selbstverständlich«, antworte ich und bin überrascht, dass sie überhaupt ein Wort mit mir wechselt. Immerhin hat sie überaus deutlich gemacht, dass sie am liebsten nichts mehr mit mir zu tun haben möchte. Ich schweige immer noch, außer wenn sie mir eine Frage stellt, weil ich mein Glück nicht überstrapazieren möchte.

Ich befürchte, dass bereits ein unüberlegtes Wort von mir ausreichen könnte, um Daphne zu vertreiben, dabei ist es das Letzte, was ich will. Nach acht Jahren habe ich sie endlich wiedergefunden, und etwas in mir möchte sie nie wieder gehen lassen.

Wir gehen gemeinsam in den Fahrstuhl, wo ich auf den Knopf für die sechste Etage drücke. Als die Türen zugleiten, wendet sich Daphne mir zu. Ein paar vereinzelte Strähnen haben sich aus ihrer Frisur gelöst und umrahmen ihr hübsches Gesicht. Ihre Wangen sind vom warmen Wasser noch gerötet, aber ihre Augen sind klar.

»Hör zu. Wir sollten uns nicht bekriegen, denn das würde die Zusammenarbeit noch schlimmer machen, als sie ohnehin schon ist. Also sollten wir uns auf einen Waffenstillstand einigen.«

»Haben wir je mit verbalen Waffen gekämpft?«, möchte ich wissen, was sie nur mit einem Schulterzucken beantwortet. Dabei verrutscht der Bademantel und entblößt ihre Schulter, ohne dass Daphne es merkt. Um nicht auf ihre Haut zu starren, lasse ich den Blick zu den leuchtenden Zahlen wandern, die mir zeigen, dass wir zwei Stockwerke von unserer Etage entfernt sind.

»Ich weiß, dass du es hasst, an meiner Seite zu sein, und auch ich habe es zum Teil getan. Aber ich habe aus meinem Fehler gelernt. Die Aktion von gestern war die Letzte dieser Art.«

»Versprich nichts, was du nicht halten kannst«, meint Daphne mit einem ungläubigen Lächeln, und ich kann ihr die Skepsis nicht verübeln. Wer würde schon einem Badboy glauben, der häufiger auf den Titelseiten der Klatschpresse als an einem

Filmset anzutreffen ist? Aber ich möchte mich bessern. Für meine Fans, und für mich.

»Ich weiß, dass ich meilenweit davon entfernt bin, mir dein Vertrauen zu verdienen, aber du hast mein Wort. Ich werde artig sein.« Daphne senkt nachdenklich den Blick, dabei lässt sie ihre Augen an meinem Körper herab- und wieder hinaufwandern, als würde sie erst jetzt bemerken, dass wir beide nur luftig gekleidet sind.

Als sie mir wieder in die Augen sieht, hat die Röte in ihren Wangen zugenommen, und auch mein Herzschlag hat sich beim Anblick ihrer langen Beine, ihrer nackten Schulter und diesem wunderschönen, herzförmigen Gesicht beschleunigt.

Wir mögen nicht miteinander klarkommen und haben noch einen langen Weg vor uns, aber diese körperliche Anziehung zwischen uns war von Anfang an da. Nicht nur bei unserem Wiedersehen bei *Start Entertainment*, wo mich Daphne nicht erkannt hat, sondern auch damals in Las Vegas. Als eine Nacht ausreichte, um ihr unweigerlich zu verfallen. Sie mag sich nicht daran erinnern, aber ihr Körper tut es. Das hat er immer.

»Ich werde versuchen, dir zu vertrauen. Aber spiel nicht damit, Knox.«

»Das werde ich nicht.« Doch mir ist bewusst, dass ich vermutlich der Letzte bin, dem sie ihr Vertrauen schenken sollte. Denn diese fette Lüge steht noch zwischen uns, und sie hat das Potenzial, diesen Waffenstillstand in eine blutige Schlacht zu verwandeln.

14. KAPITEL

Daphne

Der Wecker klingelt um fünf Uhr morgens, und ich erwarte schon, dass sich Janice lauthals mit einem halbkorrekten *Friends*-Spruch bei mir beschwert, weil ich ihren Schönheitsschlaf gestört habe. Blind taste ich nach meinem Smartphone, wische über das Display und drehe mich auf den Rücken. Es dauert eine Weile, bis mir klar wird, wo ich mich befinde und wieso ich so müde bin.

Gestern, als Aspen und ich im Aufzug miteinander gesprochen und uns auf einen Waffenstillstand geeinigt haben, gab es diesen Moment. Einen Augenblick, in dem mein Herz schneller schlug und ich dieses Flattern in meiner Bauchgegend gespürt habe. Eines, das ich bis in die frühen Morgenstunden analysiert habe.

Natürlich bin ich immer noch sauer auf seine geschmacklose Art und den folgenreichen Fake-Kuss, aber ich glaube ihm, dass es ihm leidtut und er sich ändern möchte. Ich denke, dass er endlich einen Punkt erreicht hat, an dem er merkt, was für ihn auf dem Spiel steht.

Je länger ich darüber nachdachte, desto mehr verblasste meine Wut, und ich fragte mich, was wohl passiert war, dass er überhaupt solch ein Hollywood-Badboy geworden ist. *Aber wieso kümmert es mich überhaupt?*

Ich wollte die Zeit, die wir gezwungenermaßen miteinander verbringen werden, einfach hinter mich bringen. Wollte keinerlei Beziehung mit ihm eingehen. Weder kollegial noch freundschaftlich, und doch kann ich den Gedanken nicht abschütteln, dass es da gestern im Aufzug diesen Moment gab. Einen, der mir das Herz bis zum Hals schlagen ließ.

»Sei nicht so naiv, Daphne«, murmle ich und stehe kopfschüttelnd auf. Ich putze mir energisch und wütend über meine Gedankengänge die Zähne, ziehe mir ein schlichtes, grünes Sommerkleid an, das ich mit Ballerinas kombiniere.

Da es heute mal wieder ein heißer Sommertag werden wird, binde ich mir meine langen Haare zu einem hohen Pferdeschwanz zusammen. Zu meiner BB-Cream trage ich etwas Mascara auf, ehe ich mir meine Tasche schnappe und das Hotelzimmer verlasse. Zu meiner Überraschung steht Aspen im Flur und stößt sich von der Wand ab, als ich die Tür hinter mir schließe.

Wir frühstücken gemeinsam, ehe wir von einem Wagen abgeholt werden, der uns zum Set bringen wird. Kaum ist Aspen aus dem Wagen gestiegen, wird er schon von seinem Team in die Mangel genommen. Aspen geht in die Maske und schlüpft dann in sein mittelalterliches Kampfkostüm. Reiterstiefel, Kettenhemd und ein schwer aussehender Umhang.

Als es dann zum Außendreh geht, folge ich ihm, fasziniert von der Atmosphäre und den Eindrücken. Ich setze mich auf einen Baumstamm, um nicht im Weg zu stehen, habe aber eine hervorragende Sicht auf den Platz, auf dem die Kampfszene gedreht wird.

Mir war klar, dass es authentisch dargestellt wird, weil Aspen ein guter Schauspieler ist und die Produktionskosten in die Millionenhöhe gehen, aber als der Regisseur Action ruft, starre ich gebannt auf Aspen, der gar nicht wie der arrogante

Typ aussieht, den ich kenne, sondern wie ein komplett anderer Mensch.

Er ist in seine Rolle geschlüpft, und wie die anderen ist diese nicht gut, sondern er spielt mal wieder einen Bösewicht. Er springt vom Pferd, und die Szene wird so oft wiederholt, bis alle am Set zufrieden sind. Der eigentliche Schwertkampf sieht täuschend echt aus – auch wenn mir bewusst ist, dass er nur gespielt ist, halte ich unweigerlich den Atem an.

Stunden vergehen, in denen jede noch so kleine Szene immer wieder wiederholt wird. Die Sonne scheint erbarmungslos auf das Team, doch das Make-up der Schauspielenden wird immer wieder aufgefrischt, sodass es nicht aussieht, als würden sie sich in den dunklen und schweren Kostümen die Seele aus dem Leib schwitzen.

Ich sehe Aspen an, dass jeder neue Take ihn mehr Kraft kostet, doch er leistet hervorragende Arbeit, und als der Regisseur endlich zum letzten Mal Cut ruft, atme ich erleichtert aus. Denn das ganze Team wirkt erschöpft und ausgelaugt. Aspen hat während der ganzen Zeit nicht einmal gejammert oder sich über die Umstände des Drehs beschwert.

Erst eine Stunde später ist Aspen mit dem Dreh und der Verabschiedung vom Filmteam fertig. Es ist kurz vor neunzehn Uhr, als wir ins Hotel gefahren werden. Auf dem Heimweg verdunkelt sich der Himmel, und ein plötzlicher Platzregen sorgt dafür, dass wir nur noch im Schneckentempo vorankommen. »Möchtest du hier zu Abend essen, oder fahren wir in die Stadt?«, fragt er mich, als der Wagen vor dem Hotel parkt, auch wenn er so aussieht, als würde er vor Müdigkeit im Sitzen einschlafen.

»Du willst ausgehen?«, frage ich skeptisch, als der Fahrer aussteigt und mir die Tür öffnet, wo der Regen mein Kleid in kürzester Zeit durchnässt. Ich bedanke mich, und Aspen und ich eilen hastig ins Innere des Hotels. Er sieht mich abwartend an, als wir die Drehtür hinter uns lassen. Nach dem anstrengenden Tag hätte ich gedacht, dass er sich in seinem Zimmer erholen wollen würde.

»Du warst den ganzen Tag am Set, also sollten wir zum Essen ausgehen«, fügt er an. *Er denkt, dass ich mich dort gelangweilt habe,* kommt es mir in den Sinn.

»Weißt du was? Wie wäre es, wenn wir uns einfach eine Pizza aufs Zimmer bestellen?«

»Pizza?«

»Ja, dann könnten wir sie … Huch.« Durch eine Pfütze auf dem Boden, die sich durch den Regen vor dem Eingang gebildet hat, rutsche ich aus und drohe auf den Hintern zu fallen, doch Aspen reagiert schnell, greift nach meiner Taille und verhindert so, dass ich auf dem nassen Boden lande.

Mit aufgerissenen Augen sehe ich zu ihm auf. Es mag nur ein paar Sekunden gedauert haben, dass er mich gehalten und wieder losgelassen hat, doch es hat ausgereicht, um mich wieder dieses Flattern im Bauch spüren zu lassen.

»Alles in Ordnung?«, fragt er mich. Ich möchte so gerne den Kopf schütteln, denn nichts ist mehr in Ordnung, seitdem ich ihm begegnet bin, doch natürlich spreche ich das nicht laut aus.

Als wir am nächsten Morgen wieder nach New York kommen, ist alles wie immer. Nur dass wir uns nicht mit jedem Wort den Kampf ansagen, sondern die Existenz des jeweils anderen akzeptieren. So vergehen die Tage, an denen ich seine Nanny bin, ohne ihm bei seiner Rolle geholfen zu haben. Der Umstand macht mir zu schaffen, doch es ist nicht mehr so schlimm wie am Anfang unserer Zusammenarbeit.

Eine Woche später unterhalten wir uns mit Dexter über die kommenden Termine.

»Nach dem Mittagessen steht ein Live-Interview an. Es findet auf dem YouTube-Channel von *Viki-the-Leak* statt«, meint Dexter und blickt konzentriert auf sein iPad, während Aspen und ich auf der Rückbank des Wagens sitzen.

»Ist das nicht diejenige, die einen Schauspieler dazu gebracht hat, live auszuticken?«, frage ich, weil ich schon einige Videos dazu auf TikTok gesehen habe. Die Person war mir von Anfang an unsympathisch.

»Bingo. Diese Frau ist mit Vorsicht zu genießen. Sie stellt gern provokative Interviewfragen und wartet nur drauf, dass ihr Gegenüber mehr preisgibt als ursprünglich geplant.«

»Oder sie beschimpft«, meint Aspen ruhig. Auf seinem Smartphone läuft ein Interview mit einer Popsängerin aus den Neunzigern, die fast handgreiflich wird.

»Wäre es nicht besser, wenn Aspen gar nicht zu diesem Interview geht? Ich meine, wir wissen beide, dass der Grat zu Aspens Temperamentausbrüchen so schmal ist wie die Tangas von Playboy-Models.« Wir mögen uns zwar auf einen Waffenstillstand geeinigt haben, aber die spitzen Kommentare können weder er noch ich uns verkneifen. Es liegt uns einfach im Blut, den anderen auf die Palme bringen zu wollen.

»So schmal sind die gar nicht«, wirft Aspen mit einem dreckigen Grinsen ein, doch ich rolle nur mit den Augen und konzentriere mich wieder auf Dexter. Dieser Typ ist unausstehlich aber auch wahnsinnig attraktiv.

»Viki ist in meinen Augen ein gefährlicher Mensch, aber ihre Interviews haben eine große Reichweite, und die kann jeder gebrauchen, der im Showbusiness tätig ist. Die Masse will gute Filme sehen, aber sie lieben private Schlagzeilen«, meint Dexter sachlich. Natürlich erzählt er uns damit nichts Neues.

»Alles für die Publicity?«, sage ich mit Verbitterung in der Stimme.

»Das ist der unangenehme Nebeneffekt. Nur gute Rollen zu spielen reicht nicht aus. Die Menschen müssen einen mögen, und je beliebter man bei der Masse ist, desto erfolgreicher werden die Filme oder Serien. Niemand möchte einen Film sehen, dessen Darstellende man nicht ausstehen kann. Dafür ist den Menschen ihr Geld zu schade.« Dexters Worte ergeben Sinn, trotzdem finde ich dieses ganze Konzept nicht in Ordnung.

Unweigerlich frage ich mich, ob diese Schattenseiten diesen Beruf, das Geld und den Ruhm überhaupt wert sind. Ich habe Aspen diesbezüglich nie gefragt, denn wir sind bei Weitem noch nicht an dem Punkt angekommen, einander unsere tiefsten Geheimnisse anzuvertrauen. Er ist der Schauspieler, der nach und nach immer mehr Aufmerksamkeit auf sich zieht, und ich bin seine Nanny. Nicht mehr und nicht weniger.

Also habe ich mich darauf konzentriert, Mr Superstar zu Terminen zu begleiten, und wir haben still die Existenz des anderen akzeptiert.

»Kannst du heute nicht bei dem Gespräch dabei sein?«, frage ich Dexter, der daraufhin den Kopf schüttelt.

»Leider muss ich meine Mutter aus Jersey abholen, zum Arzt und dann wieder nach Hause bringen. Und wie ich sie kenne, wird sie heute Vormittag schon einiges vorgekocht haben, damit sie mich nach dem Termin mästen kann.« Ein warmes Lächeln erhellt seine sonst so professionell kühle Miene.

»Klingt, als würde sie dich nicht so schnell gehen lassen wollen.«

»Stimmt, aber hauptsächlich will sie darüber reden, wie Dad sie in den Wahnsinn treibt«, meint er amüsiert und schüttelt den Kopf.

»Und dafür reicht die lange Autofahrt nicht?«, frage ich nach.

»Bei Weitem nicht. Die beiden zanken sich ständig, sodass

ich mir manchmal, wie ein Elternteil vorkomme, weil ich sie ständig in Schach halten muss.«

»Ich kenne das«, sage ich und sehe kurz zu Aspen, der jedoch mit versteinerter Miene dasitzt und schweigt. Er sieht weder in Dexters noch in meine Richtung und scheint seinen Gedanken nachzuhängen.

»Auch eine laute Familie zu Hause?«, fragt Dexter mich. Zwar kennt er meine Lebensumstände und weiß, dass mein Vater Vizebürgermeister von New York ist, aber über private Dinge wie die Größe meiner Familie haben wir noch nicht gesprochen.

Ich ignoriere den gequälten Ausdruck in Aspens Gesicht, der immer noch tief in seinen Gedanken gefangen ist. »Ja, es ist so ähnlich wie bei dir. Doch statt zwei Personen sind es zwanzig Italienerinnen und Italiener, die wild durcheinanderreden.«

»Klingt turbulent.«

»Und nervtötend. Können wir jetzt über etwas anderes sprechen?«, meint Aspen und steckt frustriert sein Smartphone in seine Jeanstasche. Dexter und ich sehen einander verwundert an, nicken aber. Im einen Moment ist er still und grüblerisch, im nächsten wütend und ausgehungert. *Dieser Mann ist mir ein Rätsel.*

Aspen hinterlässt so viele Fragezeichen in meinem Kopf, dass mir ganz schwindelig wird. Dexter und Aspen unterhalten sich, während ich mich ausklinke und meinen eigenen Gedanken nachhänge. Immer wieder werfe ich Aspen Seitenblicke zu, und immer wieder erwischt er mich dabei, sagt jedoch nichts.

Und das ist auch gut so, denn so habe ich genug Zeit, unsere merkwürdige Zusammenarbeit zu analysieren. Mittlerweile arbeite ich seit mehreren Wochen mit Aspen zusammen, doch die kurze Zeit hat sich angefühlt wie ein Jahr. Durch seine provokante Art treibt er mich in den Wahnsinn, aber er bringt mich auch dazu, die Sorgen, die mich in den letzten Wochen geplagt haben, zu vergessen.

Auch wenn ich mich über ihn ärgere, fühle ich mich zum ersten Mal nicht so, als würde ich in einer Sackgasse stecken, sondern wie gebündelter Sprengstoff, der jederzeit explodieren könnte. Ich fühle mich lebendig.

Das ist das Wort, das Monica benutzt hat, als ich mit ihr über die Zusammenarbeit mit Aspen gesprochen habe. Selbst Britney meinte, dass die jetzige Version meines Ichs positiver auf sie wirkt. Ich bin anderer Meinung, aber was Aspen angeht, bin ich generell anderer Meinung. Wenn er kalt sagt, sage ich aus Prinzip heiß. Wenn er mexikanisch essen gehen möchte, will ich in ein Deli. So geht es ständig hin und her mit einer Prise Wut in jedem Wort, das wir miteinander wechseln.

Leider führt unsere Zusammenarbeit auch dazu, dass ich in der Presse ein paar Mal als die neue Frau an seiner Seite bezeichnet wurde. Aspen hat sich köstlich über meinen Unmut darüber amüsiert. Ich möchte nicht in der Presse erwähnt werden, doch mir ist klar, dass dies unvermeidbar ist. Und ein kleiner Teil tief in meinem Inneren kann sich schlimmere Dinge vorstellen, als von diesem Mann umgarnt zu werden. Aber diese Gedanken verbanne ich meist so schnell, wie sie auch gekommen sind, aus meinem Kopf.

Seitdem ich erfahren habe, wie diese Viki drauf ist, frage ich mich unweigerlich, ob Aspen ihre Fragen über sich ergehen lassen kann, ohne an die Decke zu gehen. Wenn ich ihm einen Spruch an den Kopf werfe, kontert er in der Regel, doch manchmal flirtet er auch und verwirrt mich damit.

Auch wenn ich es nicht will, reagiert mein verräterisches Herz auf seine Worte und schlägt ungewollt schneller. Es macht mich wahnsinnig, denn ich will ihn nicht attraktiv finden. Ganz und gar nicht.

Vorgestern stand Aspen für das Modemagazin *Elle* vor der Kamera. Dort hat er die neue Frühlingskollektion verschiedener Designlabels, die wohl erst nächstes Jahr käuflich erwerbbar ist, getragen. Aspen geht mir mit seinen Sprüchen und seinem aufgeblasenen Ego auf die Nerven, doch als er vor der Kamera posiert hat, war nichts mehr von dem Ekelpaket übrig.

Aspen weiß genau, wie er sich bewegen muss und welche Pose er einnehmen muss, um einen perfekten Job abzuliefern. Ich denke, ganz Amerika ist sich einig, dass Aspen unglaublich gut aussieht, doch es ist sein Blick, der mir immer wieder den Atem raubt. Bei einem solchen Shooting lächelt er oft, aber meistens setzt er diesen sexy Blick auf, bei dem sich der Puls beschleunigt und die Fantasie verrücktspielt.

Seit dem Fake-Kuss und seiner Entschuldigung hat er nichts getan, das ihm Schwierigkeiten eingebracht hätte. Aspen hat sein Wort gehalten, als er mir versprach, dass er sich bessern würde.

Trotz des Neckens und der frechen Sprüche habe ich begonnen, ihn mit anderen Augen zu sehen. Besonders beim Shooting, als er provokativ sexy in meine Richtung geblickt hat, bekam ich heiße Wangen. Davor bin ich nicht gefeit, und ich habe den Anblick mehr als genossen. Sagen wir es mal so: Als ich ihn angesehen habe, wurde mir so heiß, dass ich an die frische Luft gehen musste. Zwar weiß ich nicht, ob Aspen diese seltenen Momente wahrnimmt, aber ich bete dafür, dass das nicht der Fall ist.

Nach dem Mittagessen, bei dem ich mächtig zugelangt habe, fahren wir direkt zum Studio, wo Viki ihre Streams dreht. Da sie mehr als vier Millionen Abonnentinnen und Abonnenten hat, ist auch ein Team in die Organisation und Durchführung des Streams eingebunden … Aspen unterhält sich mit einem Tontechniker, der ein Mikrofon an seinem schwarzen T-Shirt fixiert, als es in meinem Magen zu rumoren beginnt.

Ich lege mir die Hand auf den Bauch und frage mich, was los ist, als ich das ungute Gefühl wieder spüre. Es verstärkt sich, als der Livestream startet, ist aber noch nicht so akut, dass ich leiden müsste. Viki hat ein Lächeln im Gesicht, doch ich lasse mich nicht davon täuschen, denn ihre Augen funkeln teuflisch, und alles an ihr zeigt, dass sie es kaum erwarten kann, mit ihren fiesen Fragen zu starten.

Anfangs verläuft es wie immer. Aspen erzählt etwas über seine neue Rolle und plaudert ein wenig über die bald anstehende Filmpremiere seines zuletzt abgedrehten Films, in dem er wieder mal einen Bösewicht spielt. Was danach kommt, macht mich sprachlos.

Viki haut unverschämte Fragen raus. Ob Aspen jemals Probleme hatte, einen hochzubekommen. Welcher Teil des weiblichen Körpers ihn am meisten erregt und ob er jemals daran gedacht hat, seinen Job an den Nagel zu hängen, weil er ja fünf Jahre lang nur unbedeutende Rollen gespielt hat. Ob er als Kind Bettnässer war oder ob er beziehungsgestört ist, weil er offiziell noch nie eine Freundin hatte. Und das sind noch die netteren Fragen. Vieles ist unter der Gürtellinie, doch Viki verpackt alles geschickt, sodass man die Beleidigungen auf den ersten Blick nicht heraushört.

Die Wut auf sie macht mich rasend, und ich muss mich zurückhalten, um nicht laut auszurufen, dass sie durch ihre Fragen eine Klage wegen Verleumdung kassieren könnte. Doch Aspen sitzt gelassen da und überlegt nicht mal eine Sekunde, bevor er eine selbstbewusste und vor allem ruhige Antwort gibt. Ich hätte erwartet, dass er an die Decke geht wie ich gerade, doch er bleibt beherrscht. Nichts an ihm deutet darauf hin, dass ihn die Fragen in irgendeiner Weise treffen. Er geht sogar so weit und flirtet mit Viki, was ihn für mich noch unsympathischer macht.

Wieso verteidigt er sich nicht?

Hat er denn keinen Stolz?

Mit seinem Charme schmiert er Viki Honig ums Maul, sodass sie sogar kurz errötet und den Faden verliert. Sie stellt immer noch unverschämte Fragen, aber sie lässt es sich nicht nehmen, schamlos mit Aspen zu flirten. Mir dreht sich der Magen um, weil mich der Umstand wütend macht, dass dieser unmöglichen Frau mit ihren geschmacklosen Anspielungen nicht Einhalt geboten wird. Und dann ist da noch der Teil von mir, der ihn verteidigen und Viki an die Gurgel springen möchte, weil sie sich so schamlos an ihn ranschmeißt.

Als die Frage aufkommt, wer die Frau ist, die in den letzten Wochen an seiner Seite gesichtet wurde, überlege ich, ob sie Brownie meint, doch als sie in meine Richtung schaut, wird mir klar, dass von mir die Rede ist. Sie sieht mich mit einem überheblichen Grinsen an, ehe sie sich wieder voll und ganz Aspen zuwendet. Er blickt nicht in meine Richtung, doch ich merke, dass er sich kurz versteift und die Muskeln anspannt.

»Wie du ja weißt, werde ich in meiner nächsten Rolle einen gewieften Anwalt spielen. Das Gewiefte bekomme ich schon allein gut hin«, sagt er mit einem charmanten Lächeln und zwinkert in Vikis Richtung. Meine Übelkeit nimmt unweigerlich zu, doch Aspen ist noch nicht fertig mit seiner Antwort und fährt fort.

»Aber für das Fachwissen wurde mir eine talentierte Expertin zur Seite gestellt, die mich intensiv bei den Vorbereitungen unterstützen wird.«

Das Rumoren in meinem Bauch nimmt zu, während Viki

ihm erneut eine Frage stellt, die allerdings nicht zu mir durchdringt. Das hier wird nicht nur durch das Interview ausgelöst. Mir ist tatsächlich schlecht.

Ich lege die Hand auf meinen Bauch, der mittlerweile ein Knurren verlauten lässt. Ich bekomme kaum noch Luft, also eile ich fluchtartig nach draußen und nehme vor dem Gebäude einen tiefen Atemzug. An der frischen Luft zu sein macht es für eine kurze Weile leichter, doch dann wird mir heiß und kalt, und mein Körper scheint verrückt zu spielen.

Ich betrete die Gasse neben dem Studio und lehne mich gegen die kalte Ziegelwand. Dabei konzentriere ich mich auf meine Atmung und reibe mir über den Bauch, um ihn zu beruhigen. Wieder schließe ich die Augen in der Hoffnung, dass sich mein Unwohlsein legt.

Nach einer Weile verliere ich jegliches Zeitgefühl. Was ich weiß, ist, dass es mir ganz und gar nicht gut geht. Ich kann mich keinen Meter bewegen, ohne das Gefühl zu haben, dass sich alles um mich herum dreht. Ein Geräusch lässt mich meine Augen wieder öffnen. Aspen tritt in mein Blickfeld, und in seiner Miene sehe ich Besorgnis, oder bilde ich mir das nur ein? Er steht am Gehweg und schaut sich suchend um. Ich will seinen Namen rufen, doch sobald ich den Mund öffne, wird die Übelkeit noch schlimmer. Als Aspen mich in der Gasse entdeckt, atmet er erleichtert aus. Die Besorgnis weicht aus seinem Gesicht, der überhebliche Ausdruck kehrt zurück.

Erneut überkommt mich eine Welle des Unwohlseins, als er mit großen Schritten auf mich zukommt. »Na, wie war ich?«, fragt er mich mit einem sexy Lächeln, das mir eine Gänsehaut verschaffen könnte, wenn mir nicht so schlecht wäre. Ich öffne den Mund, um zu antworten, doch dann passiert es. Ohne Vorwarnung kapituliert mein rumorender Magen, und ich entleere ihn direkt vor Aspens Füßen.

Aspen weicht überrumpelt zurück, als ich mich übergebe. Ich krümme mich, beuge mich nach vorn, mein offenes Haar fällt mir ins Gesicht, doch da ist Aspen wieder an meiner Seite und hält meine Mähne zurück, damit ich sie nicht einsaue.

Eine Stunde später geht es mir immer noch miserabel, doch jetzt befinde ich mich in meiner Wohnung. Aspen hat jemanden angerufen, der die Sauerei beseitigen soll, und hat mich nach Hause gebracht. Zum Glück konnte ich die Übelkeit während der Fahrt zurückdrängen, doch kaum war ich in meiner Wohnung, ging es wieder los. Als es endlich vorbei ist, will ich mich mühsam aufrappeln, doch Aspen ist sofort bei mir, um mir aufzuhelfen. Egal wie sehr er mir auf die Nerven geht, er ist an meiner Seite geblieben, auch wenn sich alles in mir gesträubt hat, ihn hier zu haben.

Nachdem ich mir das Gesicht gewaschen und die Zähne geputzt habe, springe ich unter die Dusche und bin froh, dass ich den Wäschekorb mit der sauberen und gefalteten Wäsche noch nicht in den Schrank geräumt, sondern im Badezimmer vergessen habe. Ich schlüpfe in Unterwäsche, Yogapants und ein Tanktop und gehe in diesem Outfit ins Wohnzimmer. Dort finde ich Aspen vor, der sich mit Janice unterhält.

15. KAPITEL

Daphne

»Ich will Brötchen mit Frauen drauf!«, krächzt Janice und sieht Aspen mit geneigtem Kopf an.

»Wollen wir das nicht alle? Aber das ist nicht so einfach«, meint Aspen schmunzelnd.

»Du bist ja immer noch hier«, flüstere ich und erschrecke selbst darüber, wie kratzig meine Stimme klingt. Sie hört sich so an, wie ich mich fühle, und das ist ganz und gar nicht gut.

»Selbstverständlich. Ich bin ein Arschloch, aber ich hätte dich niemals allein gelassen, wenn du Hilfe benötigst.« Er klingt ein wenig beleidigt – oder bilde ich mir das ein? Ich traue meiner Wahrnehmung noch nicht, solange ich nichts getrunken habe.

»Wie ich sehe, hast du Janice schon kennengelernt.«

»Sie ist ein Weibchen?«, fragt er erstaunt.

»Das ist sie.«

»Wieso will sie dann Frauen auf Gebäck? Ich dachte, sie ist ein strammer Bursche«, sagt er mit einem breiten Grinsen, und steckt einen Finger in den Käfig, um über ihr Gefieder zu streichen.

»Weil sie nur in Form von *Friends*-Sprüchen kommuniziert, die aber meist nur so halb richtig sind. Von Frauen und Brötchen spricht sie meist, wenn sie Hunger hat.«

»Okay. Was für ein interessantes Tier.« Fasziniert blickt er zu meiner Janice, die seine Streicheleinheiten zu genießen scheint. *Verräterin!*

»Möchtest du etwas trinken?«

»Gerne.« Ich umrunde meine Kücheninsel und gehe zum Kühlschrank, um mir zwei Flaschen Wasser zu schnappen. Aspen folgt jeder meiner Bewegungen und bedankt sich leise, als ich ihm eine der Flaschen reiche.

Nachdem ich einen kleinen Schluck getrunken habe, ist da wieder das ungute Gefühl in meiner Bauchgegend, das diesmal aber nicht so stark ausgeprägt ist. Ich schließe erschöpft die Augen, als ich plötzlich etwas Warmes neben mir spüre. Ich hebe langsam meine Lider und sehe auf Aspens feste, muskulöse Brust. Er trägt immer noch sein schwarzes T-Shirt. Mein Blick wandert langsam zu seinem Schüsselbein, über seinen Hals und die markante Kinnpartie zu seinen blaugrünen Augen.

»Du solltest dich hinlegen und ausruhen.« Es ist kein Befehl, sondern ein gut gemeinter Ratschlag, das höre ich aus seiner Stimme heraus.

»Das werde ich auch«, sage ich und sehe mich nach meiner Tasche um, in der sich mein iPad befindet.

»Denk ja nicht daran, jetzt zu arbeiten.« *Woher wusste er, dass ich das tun wollte?*

»Aber …«

»Nichts aber. Dir geht es nicht gut, und dein Workaholic-Gen sollte jetzt mal die Klappe halten.« Ich hebe erstaunt eine Braue und verschränke die Arme vor der Brust.

»Red nicht so mit meinen Genen«, sage ich und kann mir ein leichtes Schmunzeln nicht verkneifen. Dabei wollte ich seine Worte nicht amüsant finden, sondern ihn aus meiner Wohnung jagen. Dass er sich in meinem persönlichen Reich befindet, wühlt mich auf.

»Das werde ich wohl oder übel tun müssen, wenn sie nicht auf mich hören wollen.«

»Unser Gespräch nimmt alberne Züge an«, sage ich leise und stelle fest, dass wir zum ersten Mal miteinander scherzen, ohne uns den Teufel an den Hals zu wünschen. Es ist ein ebenso erfrischender wie seltener Moment.

»Albern ist gut, denn das lenkt dich von deinem Unwohlsein ab.«

»Nun, dann hättest du von Anfang an albern sein sollen und kein Arsch, dann wäre mir bei unserer Zusammenarbeit nicht immer so unwohl gewesen.« Für diesen Seitenhieb werde ich direkt mit einem Rumoren meines Magens bestraft.

»Haha. Sehr witzig. So lustig du auch bist, sollten wir Schluss für heute machen und dich ins Bett bringen.«

»Was?«

»Bett. Jetzt.«

Auch wenn ich mich nicht von ihm bevormunden lassen will, sehe ich ein, dass er recht hat. Außerdem hat alles in mir friedlich aufgeseufzt, als er mein weiches, geliebtes Bett erwähnt hat. Ich bin froh, dass mein Schlafzimmer aufgeräumt ist, als wir es betreten und ich die Nachttischlampe anmache. Das weiche Licht erhellt meinen Lieblingsraum. Auf der linken Seite steht mein nicht gerade breites Bett. Darüber sind zwei Wandboards befestigt, auf denen sich Dekoelemente befinden, die ich je nach Saison austausche.

An der Wand, an der sich mein Bett befindet, habe ich all meine ausgedruckten Lieblingsfotos so platziert, dass sie ein großes Herz bilden. Sowohl meine Lieblingsmenschen als auch meine liebsten Musik-, Buch- und Filmcover sind darunter zu finden. Diese Collage zeigt den Menschen, der ich wirklich bin. Zu dem ich durch die Erfahrungen der Vergangenheit geworden bin.

Neben dem Bett ist ein kuscheliger, weißer Teppich ausgerollt, der so weich ist, dass ich mich manchmal einfach drauflege und dort in meinem aktuellen Buch lese. Außer einem Nachttisch, einem kleinen rosafarbenen Ohrensessel und einem weißen Ikea-Schrank ist das Zimmer sonst leer.

Seufzend lege ich mich aufs Bett und lasse mich von Aspen zudecken. Es ist eine groteske Szene, wenn man bedenkt, dass wir uns heute Morgen noch angegiftet haben. Als ich es gemütlich habe, erwarte ich, dass er geht, doch er bewegt sich nicht, sondern sieht mich einfach mit undurchdringlicher Miene an.

»Stört es dich, wenn ich noch bleibe, bis du eingeschlafen bist?«, fragt er und wirkt beinahe verlegen. Fast will ich fragen, wo denn sein aufgeblasenes Ego abgeblieben ist, aber das wäre unpassend und gemein. Ich bin es leid, ständig zu streiten, denn es ist albern und kindisch, also schüttle ich den Kopf und lasse es zu, dass er den Ohrensessel neben mein Bett schiebt und Platz nimmt. Es hat etwas Beruhigendes an sich, dass ich nach den kräftezehrenden letzten Stunden nicht allein bin. Auch wenn wir uns nicht richtig leiden können, vertraue ich darauf, dass er niemand ist, der meine Situation ausnutzen würde. Wir sehen aneinander vorbei, beide tief in Gedanken versunken.

»Geht's wieder?«

»Jetzt wo ich liege, ja. Ich glaube, ich habe mir beim Mittagessen den Magen verdorben.«

»Du hattest Fisch bestellt, oder?«

»Genau, und ich schätze, das war die falsche Wahl. Dir geht's gut, oder?«

»Ich kann nicht klagen. Dexter hat sich übrigens gemeldet, er ist bereits auf dem Weg nach Hause, also bist du die Einzige, die es erwischt hat.«

»Okay, dann habe ich wohl Pech gehabt.«

»Deswegen ist es umso wichtiger, dass du viel trinkst und dich ausruhst.«

»Danke, Aspen«, sage ich, drehe mich zur Seite und ziehe mir die Decke bis ans Kinn. Aspen sieht aus wie ein Riese in meinem eher kleinen Ohrensessel, doch er scheint es gemütlich zu haben.

»Gern geschehen«, antwortet er sanft, fast zärtlich. Seine Worte legen sich um mich wie eine weitere Decke, sie lassen mich aufseufzen und meine Lider schwer werden.

»Darf ich dich was fragen?«, murmle ich. Ich glaube schon, dass er mich nicht verstanden hat, doch dann nickt er.

»Klar.«

»Wieso hast du dich nicht verteidigt, als Viki dir diese unmöglichen Fragen gestellt hat?« Er reibt sich übers Kinn, was ein kratzendes Geräusch erzeugt und seinen Bartschatten verrät.

»Weil ich zum Teil froh war, dass jemand mir diese Fragen direkt ins Gesicht gestellt hat. Ich weiß, das klingt vielleicht schwachsinnig, aber ich habe online schon Schlimmeres über mich gehört oder gelesen. Die Menschen denken, nur weil sie sich im Internet anonym bewegen, können sie all den Bullshit verzapfen, der ihnen in den Sinn kommt. Es hat gutgetan, dass Viki sie ausgesprochen hat und ich endlich eine Antwort geben konnte.«

»Weil du es online nicht tun konntest?«, frage ich leise, und mein Herz wird schwer, als ein gequälter Ausdruck auf Aspens Gesicht erscheint.

»Genau.«

»Es muss hart sein, von allen kritisiert zu werden, ohne sich wehren zu können«, sage ich, werde aber immer leiser. Die Müdigkeit reißt mich langsam, aber sicher fort in einen hoffentlich erholsamen Schlaf.

»Es ist erträglich, wenn man die richtigen Menschen an seiner Seite hat«, höre ich ihn noch sagen, bevor ich einschlafe.

Am nächsten Morgen lässt mich mein innerer Wecker die Augen pünktlich um sechs Uhr öffnen. Ich verspüre einen riesigen Durst und mächtigen Hunger. Ich will gerade aufstehen und mir Wasser aus dem Kühlschrank holen, als ich zwei Flaschen auf meiner Nachtkommode vorfinde. Daran befindet sich ein Post-it. Ich greife danach und lese die Nachricht.

Sollte es dir nicht besser gehen, bleib bitte zu Hause. Trink viel und iss eine Kleinigkeit. Liebe Grüße Aspen

In meiner Brust breitet sich Wärme aus, als ich die Zeilen lese. Mir fällt es schwer, Aspen mit diesen Worten zu verbinden. Aber ich hinterfrage es nicht, sondern freue mich einfach darüber, dass er doch nicht so kaltherzig ist, wie ich angenommen habe. Die Wärme in mir wird aber schnell durch Unwohlsein ersetzt, und ich lege mir die Hand auf den Bauch.

Mir ist noch immer schlecht, weswegen ich mir einen Kräutertee mache und mir dann Klamotten für den heutigen Tag raussuche. Das Hungergefühl nimmt immer mehr zu, und ich überlege mir schon, was ich essen könnte, das schnell zuzubereiten ist und meinem Bauch guttut, bevor ich zur Arbeit gehe. Ich trage immer noch meinen Pyjama, als es plötzlich an der Tür läutet. Verwundert gehe ich zur Gegensprechanlage.

»Hallo?«

»Guten Morgen, spreche ich mit Miss Valenti?«

»Ja.«

»Ich habe hier eine Lieferung von A. Knox für Sie.«

»Oh. Okay? Kommen Sie hoch«, sage ich und betätige den

Türöffner. *Was könnte Aspen mir um diese Uhrzeit schicken?* Es ist nicht so, dass wir uns in den letzten Wochen mit Geschenken überhäuft hätten.

»Danke, und aufpassen, es ist heiß. Schönen Tag noch«, sagt der Lieferant, bevor er mir eine Tüte in die Hand drückt. Ich greife nach einem Fünfdollarschein, der sich auf der Kommode befindet, und reiche ihn dem freundlichen Lieferanten als Trinkgeld. Dieser bedankt sich, indem er sich an die Baseballcap tippt, und verschwindet wieder im Treppenhaus. Ich schließe die Tür hinter mir und bin noch verwirrter als zuvor. Heiß? Was meint er damit? Leider ist das Ganze in Folie verpackt, sodass ich keinen Hinweis sehen kann. Also stelle ich die Tüte auf den Couchtisch und packe sie aus. Ich finde einen Thermobehälter mit lecker duftender Suppe darin. Mein Magen knurrt laut, aber diesmal vor Hunger. In der Box sind Suppenbeilagen, und auch eine Nachricht liegt bei, diesmal in ausgedruckter Form.

So wie ich dich kenne, willst du mit Sicherheit arbeiten gehen, aber ich hoffe, du bist vernünftig genug, zu Hause zu bleiben, wenn es dir noch nicht besser geht. Ich verspreche, ein braver Junge zu sein und nichts anzustellen, also kannst du dich in Ruhe auskurieren. Versprochen!
x Aspen

Schmunzelnd lege ich die Karte auf den Tisch und greife nach meinem Smartphone. Ich möchte Aspen eine Nachricht schreiben, überlege es mir dann aber anders. Es ist lieb von ihm, dass er bei mir gewesen ist und dass er mir die Suppe geschickt hat, aber ich darf nicht vergessen, wie fies er in den letzten Wochen zu mir war. Eine gute Tat löscht nicht die vielen Fehler aus, die er begangen hat. Also esse ich die Suppe und nehme mir vor, seinen Rat zu befolgen und ihm morgen zu danken.

Am nächsten Tag geht es mir schon wesentlich besser, sodass ich sogar als Erste im Gebäude von *Start Entertainment* ankomme. Normalerweise treffen Aspen und ich uns in seiner Arbeitswohnung, die ihm zur Verfügung gestellt wurde, damit wir dort an seiner Rolle arbeiten können. Leider war sein Terminkalender so voll mit anderem Kram, dass wir noch gar nicht zur rechtlichen Beratung gekommen sind, für die ich eigentlich versetzt wurde. Ich vermisse es, mich mit dem amerikanischen Recht zu befassen, sodass es mich heute an meinen Flurschreibtisch zieht, den ich hasse, aber irgendwie auch liebe. Er ist der einzige Platz, der mir in der Rechtsbranche geblieben ist. Wehmütig fahre ich mit der Hand über das Holz. Was würde ich dafür geben, wieder meiner eigentlichen Tätigkeit nachzugehen.

Den Nervenkitzel zu spüren, wenn man vor dem Richter steht, die Schlagfertigkeit, die man an den Tag legen muss, um sich vor dem Staatsanwalt zu behaupten, und den altehrwürdigen Geruch der Gerichtssäle. Ich vermisse all das so sehr, dass mir die Tränen in die Augen treten.

»Daphne? Was tust du denn hier?«, höre ich Kurts polternde Stimme hinter mir. Ich war so in Gedanken vertieft, dass ich ihn nicht gesehen habe. Ich wische mir die Tränen weg, die ohne mein Wollen gefallen sind, und wende mich ihm mit gestrafften Schultern zu.

»Ich wollte nur kurz mein Reserveladegerät holen.« Die Lüge kommt mir erstaunlich leicht über die Lippen. Als er meine feuchten Augen sieht, wirkt er kurz überrumpelt. Ich bin mir sicher, dass jedes Wort, das er an mich richten wird, vor Spott nur so triefen wird, also gehe ich, ziehe mal wieder die Flucht vor, statt mich der Situation emotional zu stellen. Mit hängenden Schultern steige ich in den Aufzug und wende mich dem Spiegel darin zu.

Ich sehe gut aus. Mein honigblondes Haar leuchtet rötlich, mein Make-up betont mein Gesicht an den richtigen Stellen, und mein sommerliches Etuikleid steht mir ausgesprochen gut. Mein Äußeres wirkt makellos, doch im Inneren blutet mein verräterisches Herz. Es leidet, weil mir so vieles genommen wurde und weil das, was es wirklich will, unerreichbar erscheint.

»Guten Morgen«, sagt Aspen, als ich schließlich die Tür zu seiner Arbeitswohnung hinter mir schließe. Ich erwidere den Gruß mit einem schwachen Lächeln, in der Hoffnung, dass meine trüben Gedanken verschwinden.

»Wie geht es dir heute?«

»Ganz gut. Die Suppe hat wohl geholfen. Danke dafür.«

»Gern geschehen. Ich muss ja dafür sorgen, dass meine Anstandsdame auch fit genug ist, um mich zu beschatten.«

»Sonst wäre es ja langweilig, oder?«, frage ich und lächle tatsächlich. Dieser Mann schafft es, mich mit seinen Sprüchen abzulenken, und nie habe ich diese Fähigkeit mehr geschätzt als heute.

»Genau. Dexter ist seit gestern auf einer Tagung, und heute steht auch nichts weiter an, als dass wir uns endlich der Arbeit widmen, für die du eigentlich versetzt wurdest.«

»Du meinst, dass ich nach Wochen endlich mal die Anwältin sein darf, die ich bin?«, sage ich und lege dabei den nötigen Sarkasmus in meine Stimme, was Aspen zum Schmunzeln bringt.

»Du hast es erfasst. Also sag mir, welchen Tee du möchtest, und mach es dir gemütlich, dann können wir starten.«

»Hast du etwa deinen Teevorrat aufgestockt?« Noch vor ein paar Tagen hatte er nur Früchtetee da.

»Ich war gestern zufällig einkaufen und habe eine kleine Auswahl besorgt.«

»Darf ich mal sehen?«

»Klar. Du könntest mir sonst auch schlecht sagen, welchen du willst.« Ich trete neben ihn und blicke in die Schublade, die voll mit Teebeuteln ist. Sie sind ordentlich in kleinen Holzfächern gestapelt und beschriftet. Ich entscheide mich für einen Fenchel-Anis-Tee, während Aspen das Wasser aufsetzt. Er selbst hat sich einen Erdbeer-Vanille-Tee ausgesucht, dabei ist er eigentlich Kaffeetrinker.

Mit dampfenden Tassen setzen wir uns auf die Couch und unterhalten uns kurz über Dexter und den bald anstehenden Table Read von *In Love and Law*, und während er über die Abläufe und den Drehplan redet, wird mir plötzlich klar, dass ich noch gar nichts über den Film selbst weiß. Nach dem emotionalen Moment von vorhin wird es nun definitiv Zeit für Ablenkung, für die Aspen hoffentlich sorgen wird.

16. KAPITEL

Aspen

Das schlechte Gewissen nagt an mir, weil ich Daphne immer noch nicht reinen Wein eingeschenkt habe. Am Anfang wollte ich es tun, aber dann haben wir uns angegiftet, und ich habe ihr aus Trotz die Wahrheit verschwiegen. Jetzt wird mir jedoch klar, dass dies ein Fehler war. Wenn mir der Tag, an dem es ihr schlecht ging, eines gezeigt hat, dann, dass Daphne mir nicht egal ist. Als sie während des Livestreams aus dem Raum gestürzt ist, wollte alles in mir ihr sofort nachlaufen.

Daphne ist regelrecht geflüchtet, und ich wollte unbedingt wissen, weshalb. Ich dachte, dass Vikis Fragen sie aus der Bahn geworfen haben oder dass etwas in ihrem privaten Umfeld passiert ist. Dass ihr schlecht war habe ich erst gemerkt, als sie sich vor mir übergeben hat. Sie hat mir unendlich leidgetan, und ich wollte alles in meiner Macht Stehende tun, damit es ihr besser geht. Deswegen bin ich bei ihr geblieben, nachdem ich sie in ihre Wohnung begleitet habe.

Meine Ausrede ist, dass ich es moralisch nicht vertreten konnte, zu gehen, bevor sie eingeschlafen ist, doch ich habe mich selbst belogen. Ich wollte bleiben, um mehr Zeit mit ihr zu verbringen, und war unglaublich dankbar, dass sie es erlaubt hat. Als sie eingeschlafen ist, habe ich sie lange angesehen, so wie ich es in Las Vegas getan habe. In dieser Nacht habe ich kein Auge zugetan, weil ich den Moment nicht verblassen lassen wollte. Sie war der Funke, der in meinem Leben gefehlt hatte, und ich wollte ihn so lange halten wie möglich.

Ich hatte etwas getrunken, doch als die Sonne am Horizont aufging und auf ihre entblößte Schulter schien, wusste ich tief in mir drin, dass Daphne die Frau ist, die ich glücklich machen will. Mit der ich gemeinsam wachsen möchte. Alles in mir war unsicher, vage, doch mit Daphne an meiner Seite schien alles so klar. Mit diesem Gedanken hat mich die Müdigkeit übermannt, woraufhin ich schließlich am Boden einschlief. Und genau solch einen Moment hatte ich in ihrer Wohnung. Ich war so erschrocken über das plötzliche Aufflammen alter Gefühle, dass ich hastig aufstand und nach Hause fuhr.

Das war vielleicht auch der Auslöser, wieso ich es jetzt wieder in Betracht ziehe, Daphne alles über Las Vegas zu erzählen. Sie sieht mich mit ihren großen azurblauen Augen an und wartet darauf, dass ich ihr mehr über die Rolle meines Lebens erzähle. Eigentlich möchte ich aber über uns sprechen, doch dafür ist Daphne nicht bereit.

Noch nicht.

»Ich werde einen Eliteanwalt spielen, der nur seiner Arbeit nachgeht, arrogant und zynisch ist. Einen Eigenbrötler, der über Nacht zum Familienvater und Pro-bono-Anwalt wird«, erkläre ich Daphne, die interessiert lauscht.

Gerade wirken wir wie gute Freunde, die sich unterhalten. Dabei ist es erst eine Woche her, dass ich eine Flasche Bourbon gekauft und sie zum Spaß unter meiner Jacke versteckt habe, als würde ich sie vor ihr geheim halten wollen. Natürlich hat sie Dex alles brühwarm gepetzt, auch wenn ich die Flasche nie geöffnet habe. Aber es hat mir Spaß gemacht, die zwei in die Irre zu führen.

»Also ist er genau wie du, außer das mit dem Anwalt und

Familienvater«, erwidert Daphne, ehe sie plötzlich ihren Kopf ruckartig in meine Richtung dreht.

»Warte mal. Das klingt so ähnlich wie im Film *Family Man*«, meint sie mit aufgeregter Stimme.

»Ja genau, es ist ein Remake des Klassikers.«

»Wow. Große Fußstapfen, in die du treten musst«, meint sie – wie auch schon nach dem Dreh der Kampfszenen in New Jersey liegt Anerkennung in ihren Worten. Mir fällt auf, dass sich unser Umgang miteinander geändert hat, seit wir den Waffenstillstand ausgemacht haben. Wir haben hinter die Fassade geblickt, die wir in unserer Wut heraufbeschworen hatten.

»Das stimmt, und gerade weil ich das Original mag, möchte ich mich bestens vorbereiten und den Erwartungen gerecht werden, die an mich gestellt werden.«

»Meine Mutter und ich lieben den Film. Seit *Con Air* ist Nicolas Cage mein Lieblingsschauspieler. Ich habe jeden seiner Filme gesehen und mag seine Vielschichtigkeit. Er legt sich mit seinen Rollen nicht auf einen bestimmten Typ fest, sondern stellt sich stets neuen Herausforderungen.«

»Ja, er hat ein großes Repertoire, und ich hoffe, dass ich ihn mit meiner Darbietung nicht enttäusche.« Daphne blinzelt, als hätte sie Probleme, meine Worte zu verstehen. »Guck nicht so. Auch ich zweifle an mir.«

»Dabei dachte ich, dass du dich stundenlang selbst vorm Spiegel anhimmelst.«

Ihre Aussage bringt mich zum Schmunzeln. »Nur montags und mittwochs. Oder sollte ich noch einen Tag dranhängen? Was sagst du?«, frage ich und lege all meine Überzeugung in meine Worte. Ich beuge mich etwas herab, sodass ich ihr direkt in die Augen sehen kann, und ernte ein amüsiertes Augenrollen. Während wir gemeinsam über meinen Witz kichern, beginnt unser Zwist langsam, aber stetig zu zerfallen. Als würde nun ein neues Kapitel beginnen. »Hast du ein Lieblingsgenre?«, frage ich Daphne schließlich und fühle mich plötzlich, als könnte ich freier atmen.

»Ich habe einen breit gefächerten Geschmack, was Filme und Serien angeht. Ich lege mich nicht auf ein Genre fest.«

»Wie bei mir also. Derzeit gucke ich die alten Filme mit Elvis Presley, und auch wenn sie teilweise cringe sind, ist da doch das Kultpotenzial.«

»Gott, ja, und diejenigen, die auf Hawaii spielen, habe ich früher so geliebt.« Daphne strahlt, wenn sie über etwas redet, das sie mag. Es ist, als würde sie all ihre Leidenschaft in ihre Worte legen.

»Viele Filme von damals kannst du heute kaum gucken, ohne die Augen zu verdrehen. Die Welt hat sich gewandelt, und das merkt man.«

»Inwiefern?«, fragt Daphne neugierig.

»Früher hat man viel mit rassistischen, homophoben und transfeindlichen Witzen punkten wollen. Damals hat man das Thema noch belächelt, schätze ich. Deswegen bin ich froh, dass man heute toleranter geworden ist, auch wenn wir noch einen langen Weg vor uns haben«, erkläre ich und erwidere Daphnes interessierten Blick.

»Ich schaue mir alte Filme bewusst an, um verschiedene Facetten des Schauspiels zu entdecken. Wenn ich meine Darstellungen authentisch gestalten will, muss ich wissen, wie Schauspiel damals war, wie es heute ist und in welche Richtung ich beruflich gehen möchte.«

»Das klingt so, als würdest du dich immer weiterentwickeln wollen«, meint sie und greift nach ihrer Tasse, stellt aber fest, dass diese mittlerweile leer ist.

»Möchtest du noch etwas trinken?«, frage ich sie und stehe von der Couch auf, um in die Küche zu gehen. Die Wohnung, die mir zugeteilt wurde, ist minimalistisch eingerichtet und nur mit dem Nötigsten ausgestattet, doch die Einrichtung ist hochwertig und luxuriös. Auch die Küche ist modern, hat weiße Hochglanzfronten und schwarze Elektrogeräte.

Als ich den Wunsch geäußert habe, dass ich einen Raum brauche, um mich mit Daphne in Ruhe auf die Rolle vorzubereiten, wurde mir diese Firmenwohnung im *Start-Entertainment*-Gebäude angeboten. Ich benutze sie hauptsächlich, um mit Daphne in einem gemütlicheren Ambiente arbeiten zu können.

»Gefällt dir die Wohnung?«, fragt sie mich und folgt mir in die Küche, wo sie ihre Ellbogen auf der Arbeitsplatte der Kücheninsel abstützt. Daphne scheint es wohl auch leid zu sein, mir ständig den Kampf anzusagen.

»Sie ist anders als meine Wohnung, aber fürs Arbeiten reicht sie.«

»Hast du sie nur angenommen, weil wir zusammenarbeiten?«, fragt sie mich, woraufhin ich nicke und Teewasser aufsetze.

»Wir brauchen Zeit, um mich auf die Rolle vorzubereiten, und ich wollte nicht von einem Meetingraum zum anderen gehen. Ich möchte niemandem den Platz wegnehmen oder Räume belagern, die von Mitarbeitenden genutzt werden könnten.«

»Wie aufmerksam von dir«, meint sie lächelnd und sucht sich diesmal dieselbe Teesorte wie ich aus.

»Hättest du nicht gedacht, dass ich das draufhabe, was? Dabei bin ich teuflisch gut im Süßholz raspeln«, sage ich und kann nicht anders, als wieder in einen flirtenden Ton zu verfallen.

»Nein. Es scheint, als wärst du weniger teuflisch als sonst, oder bilde ich mir das nur ein?«

»Immer nur böse zu sein ist auf Dauer anstrengend, also muss ich auch mal die seltenen guten Seiten zeigen.«

»Wer hätte das gedacht«, meint sie belustigt, und irgendwie gefällt es mir, wenn sie mich neckt. Es ist eine völlig neue Erfahrung, tatsächlich mit ihr zu flirten und nicht gleich einen Stinkefinger als Antwort zu erhalten.

»Irgendwo tief in mir drin bin ich ein guter Kerl. Also, ganz tief.«

»Ach ja?«

»Hmm. Du wärst überrascht, wie gut.«

Sie ist einen Kopf kleiner als ich und muss sich mir entgegenstrecken, um mir herausfordernd in die Augen blicken zu können. Ihre honigblonden Haare wirken feuerrot durch die Sonnenstrahlen, die durch die bodentiefen Fenster dringen. Ich weiß nicht genau, wann sich die Stimmung verändert hat, doch die Leichtigkeit ist einer sexuellen Spannung gewichen, die unter die Haut geht. Daphne öffnet ihre vollen Lippen und sieht mich durch dichte Wimpern an, als ich ihr näher komme. Auch sie spürt diese Anziehung, das erkenne ich daran, dass ihre Augen dunkel werden.

»Du genießt es wohl sehr, mich zu reizen«, flüstere ich und bin plötzlich heiser, weil ihr Anblick mich mal wieder verzaubert. Vor allem wenn sie mich aufzieht und mir so das Gefühl gibt, lebendig zu sein. Sie vertreibt die Einsamkeit, die mich seit Jahren fest umklammert hält.

»Ich gedenke, es zu einer olympischen Disziplin zu machen«, murmelt sie atemlos und leckt sich über die Unterlippe.

»Dabei ahnst du gar nicht, wie böse ich wirklich sein kann.« Ich stelle mir plötzlich vor, wie sie ihre Hand auf meine Brust legt, bevor sie mich sanft küsst. Die Fantasie lässt mein Herz noch schneller schlagen, als sie plötzlich weiterspricht.

»Ich habe all deine Filme gesehen, also habe ich da schon so eine Ahnung.« Durch ihre Worte intensiviert sich der Drang, sie zu berühren.

»Die Art von böse, die ich meine, geht tiefer, Daphne.« Meine Worte sind unbeabsichtigt zweideutig, aber beim Anblick dieser schönen Frau sind meine Gedanken wirr, weil ich in ihrem Bann stehe.

»Immer schön professionell bleiben«, murmelt sie und schluckt. Wieder leckt sie sich über die Lippen und ahnt nicht, was sie durch diese kleine Geste mit mir anstellt. Denn wir sind nicht mehr die zwei Streithähne, die jede Gelegenheit nutzen, um dem anderen eins auszuwischen. Plötzlich ist da mehr.

Das Piepen des Wasserkochers zerstört den knisternden Moment, und Daphne weicht einen Schritt zurück.

»Was kannst du mir noch über den Charakter erzählen, den du spielst?«, fragt sie und setzt sich wieder auf die Couch. Sie wirkt peinlich berührt und hat gerötete Wangen, was sie unglaublich süß aussehen lässt.

»Madison Crane ist ein richtiges Arschloch. Er ist unfreundlich, geizig, arrogant und ein Egoist«, sage ich schließlich und setze mich mit viel Distanz ebenfalls auf die Couch. Ich flirte mit ihr, wenn sie es erwidert, doch wenn sie wie jetzt unsicher wirkt und Abstand will, gebe ich ihr diesen auch.

»Wow, netter Kerl«, sagt Daphne mit Sarkasmus in der Stimme, doch ihr Lächeln ist nervös. Unser Moment von vorhin hat dazu geführt, dass sie durch den Wind ist.

»Das ist er ganz und gar nicht. Am Anfang ist er ein schlechter Mensch. Korrupt, machtbesessen und unfair zu seinen Mitmenschen. Alles, was ihn interessiert, ist Geld und Macht. Als er einen Straßenjungen davor bewahrt, überfahren zu werden, wacht er am nächsten Morgen in einem fremden Bett auf und befindet sich plötzlich als Pro-bono-Anwalt und Familienvater in Michigan.«

»Geht die Charakterentwicklung also noch tiefer als damals im Original?«, fragt sie, während sie mit ihrem Apple Pencil handschriftliche Notizen auf ihrem iPad macht, das sie sich auf die Knie gelegt hat.

»Verschreibst du dich auch nicht, wenn du nicht aufs Display siehst und trotzdem handschriftliche Notizen machst?«, frage ich sie fasziniert und weil ich sie ein wenig ablenken will. Sie wirft kurz einen Blick drauf, ehe sie mir das Display zeigt. Alle Wörter sind richtig geschrieben und fast gerade in einer Linie.

»Beeindruckend.«

»Das ist jahrelange Übung, mit der ich während der Highschool angefangen habe, damals noch mit einem Notizbuch.«

»Richtig gut. Um auf deine Frage zurückzukommen: Ja, diesmal ist die Rolle düsterer und verkorkster, was mir allerdings gefällt. Ich mag es, komplexe Charaktere zu spielen.«

»Gut, dann haben wir das geklärt. Was weißt du über Probono-Vertretende?«, will sie schließlich wissen und wirkt nun entspannter.

»Generell impliziert der Begriff freiwillig geleistete, professionelle Arbeit für das Gemeinwohl – unentgeltlich oder mit stark reduzierter Bezahlung.« Ich bin froh, dass ich vorab etwas recherchiert habe und nicht wie ein absoluter Anfänger rüberkomme.

»Du hast es richtig erfasst. Jedoch ist das nicht in jedem Land gleich. Hier in den Staaten kommt es auf die Vertretenden an. Manche berechnen gar nichts, andere verrechnen die Gerichtskosten und Servicegebühren, die jedoch nur ein paar hundert Dollar betragen.«

»Es gibt ja auch das *Global Pro Bono Network*, das sich um die Vermittlung von Pro-bono-Beratenden kümmert«, füge ich hinzu, und mein Herz springt, als ich Daphnes anerkennenden Gesichtsausdruck sehe.

»Das stimmt, es gibt auch Kanzleien mit einer eigenen Abteilung, in der man sich um diese Fälle kümmert. Es ist also eine breit gefächerte Tätigkeit, und ich glaube, das Drehbuch sieht vor, dass allgemeine Fälle behandelt werden.«

»Bei drei Fällen wird ins Detail gegangen«, erkläre ich und stütze meine Ellbogen auf den Knien ab. Meine volle Aufmerksamkeit liegt auf Daphne, die mit jedem Wort über ihre Arbeit mehr zu strahlen beginnt.

»Gut, dann können wir dies gern noch vertiefen, wenn wir so weit sind.« Danach erzählt sie mehr über die Aufgaben, die sie als Anwältin bewältigen musste, und ich ertappe mich dabei, wie ich an ihren Lippen hänge, denn wenn sie mich mal nicht als Teufel beschimpft, ist sie einfach wunderschön und unwiderstehlich. Doch je mehr sie über ihre Arbeit redet, desto trauriger wird sie. Ich möchte gern wissen, was sie beschäftigt, sage aber nichts. Wenn Daphne so weit ist, wird sie sich mir öffnen. Da bin ich mir sicher.

»Ist es möglich, dass einen eine Frau in den Wahnsinn treibt und man sie gleichzeitig heiß findet?«, frage ich später meinen Onkel Calvin über Facetime, der wissend in die Kamera grinst. Ich sitze in meinem Wagen und sehe auf Daphnes hübschen Po, als sie beim Eisverkäufer ihre Bestellung aufgibt.

»Natürlich kann man die Person, die einen reizt, attraktiv finden. Die besten Geschichten fangen so an. Wer ist denn die Frau, die dich diese Frage überhaupt stellen lässt?«

»Meine Nanny.«

»Deine was?«, fragt er verblüfft, was nicht weiter verwunderlich ist, denn keine erwachsene Person bekommt eine Nanny – außer ich.

»Ich hab mal wieder Mist gebaut …«

»Und Dexter hat dir eine Aufpasserin aufgebrummt«, beendet er den Satz, als er auch schon losprustet und sich aufs Knie haut, weil er sich kaum halten kann vor Lachen. Er amüsiert sich köstlich auf meine Kosten. Seine tiefe Stimme erfüllt mein Auto und setzt ein warmes Gefühl von zuhause in mir frei. Meine Kindheit war nur bedingt schön, und erst als ich zu meinem Onkel Calvin gezogen bin, habe ich erfahren, was Geborgenheit wirklich bedeutet.

»Das ist so typisch für Dex«, sagt er und wischt sich die Lachtränen aus dem Gesicht. Seit ich ihn kenne, hat er eine Glatze, einen kugelrunden Bauch und einen dunklen Schnäuzer, der mit der Zeit ergraut ist.

»Stimmt. Er ist echt der Burner«, antworte ich, während ich wieder zu Daphne sehe, die noch immer auf die Eisbecher wartet. Wir verachten einander nicht mehr, doch richtig miteinander angefreundet haben wir uns auch nicht. Wir brauchen Zeit.

»Was hast du denn angestellt?«

»Ich habe jemanden geschlagen, der es verdient hat.«

»Gewalt ist nie eine Lösung, mein Junge«, sagt er mitfühlend und lässt mich kurz an meinen Vater denken, der meine Mom und mich zwar nie geschlagen hat, uns aber mit seinen hasserfüllten Worten mindestens genauso verletzt hat.

»Ich habe meinen Fehler eingesehen, aber das hat Dexter nicht daran gehindert, mir eine Frau an die Seite zu stellen, die mich verrückt macht.« *Und die meine Welt auf den Kopf gestellt hat,* füge ich in Gedanken hinzu.

»Ah, daher weht der Wind. Du stehst auf deine Nanny?«

»Nun …« Es ist nicht einfach, die richtigen Worte für das zu finden, was in mir vorgeht. Aber mir wird klar, dass ich das Geheimnis nicht länger für mich behalten kann.

»Es ist Daphne.« Ihr Vorname kommt mir beinahe liebevoll über die Lippen, während ich an unsere erste Begegnung denke. Am Brunnen vor dem *Caesars Palace*. Ich habe sie gesehen und dachte nur: *Wow.*

»Moment mal.« Plötzlich setzt er sich in seinem Fahrersitz

auf, und sein amüsierter Gesichtsausdruck ist einem ernsten gewichen.

»*Die* Daphne?«, fragt er. Er ist der erste und einzige Mensch, dem ich von ihr erzählt habe. *Von uns.*

»Genau die«, sage ich und fahre mir durchs Haar, weil die Erinnerung an unsere gemeinsame Nacht mich schwer seufzen lässt.

»Wow, okay, das ist mal ein Plot Twist.«

»Oh ja. Ich war selbst geschockt, sie acht Jahre später hier wiederzusehen.« Es ist beinahe, als hätte das Schicksal seine Hände im Spiel gehabt.

»Und habt ihr euch ausgesprochen? Weißt du nun, wieso sie all die Jahre so unauffindbar war?«

»Nein.« Ein trauriges Lächeln breitet sich auf meinem Gesicht aus, weil ich sie noch immer als hübsche einundzwanzigjährige Frau vor mir sehe, in diesem wunderschönen weißen Kleid und mit dem fröhlichen Lächeln im Gesicht, in das ich mich verliebt habe.

»Sie erinnert sich nicht mehr an mich.« Ich klopfe mit dem Finger auf das Lederlenkrad und schaue bewusst nicht in die Kamera. Ich habe Angst, dass mein Onkel Calvin mir ansieht, wie hart mich dieser Umstand trifft, während ich sie niemals vergessen konnte, egal wie sehr ich es versucht habe.

»Moment mal. Sie weiß nicht, dass ihr beide in Las Vegas zusammen wart?«

»Nein. Sie scheint sich an nichts aus dieser Nacht mehr erinnern zu können.«

»Auch an dich nicht?« fragt er ungläubig. Ich sehe zu Daphne, die in ihrem Sommerkleid mit je einem Eisbecher in jeder Hand und einem fröhlichen Lächeln aufs Auto zusteuert. Genau in dieses Lächeln habe ich mich verliebt. Ich habe es nie vergessen können, egal wie viel Mühe ich mir gegeben habe.

»Nein, sie erinnert sich an gar nichts. Auch nicht daran, dass wir in Vegas geheiratet haben – und immer noch verheiratet sind.«

17. KAPITEL

Daphne

»Machen wir dort weiter, wo wir aufgehört haben?«, fragt Aspen an diesem Morgen gut gelaunt, als ich gerade meinen Teebeutel in die Tasse gebe. Mittlerweile fühle ich mich in dieser Wohnung wie zu Hause und hole mir meine Getränke selbst.

»Nein, wir gehen heute mehr aufs Gesetz ein, und du bekommst einen Crashkurs in Sachen Jura.« Aspen macht einen Schmollmund und zieht eine süße Schnute.

»Wie schön trocken das klingt.«

»Das ist es auch, aber es ist wichtig, dass du einen Einblick in die Grundlagen bekommst. Nur so kannst du auch authentisch rüberkommen.«

»Und genau deswegen bin ich froh, dass du mich berätst. Du bist genau die Richtige für diesen Job.« Sein Lob geht runter wie Öl, denn seitdem ich mit meiner Beratungstätigkeit angefangen habe, fühle ich mich mehr wie ich selbst. Ein Gefühl, das ich seit Wochen nicht mehr gespürt habe.

Ich greife nach dem Notizbuch, das ich während meines Studiums vollgeschrieben habe, und lege es vor mir auf den Tisch. »Ach ja? Was macht dich da so sicher?«, frage ich und klappe es vorsichtig auf, damit die Post-its, die handgeschriebenen Zettel und Zeitungsartikel über Präzedenzfälle nicht herausfallen.

»Dein Gesichtsausdruck«, sagt er plötzlich mit sanfter Stimme, sodass ich mich vom Notizbuch losreiße, um ihn anzusehen. Mir fällt auf, dass seine Frisur heute nicht so perfekt sitzt wie sonst. Beinahe wirkt es, als wäre er sich mit seinen Fingern mehrmals durchs Haar gefahren.

»Und was sagt dieser aus?«, frage ich, weil ich wissen will, wie er zu so einer Schlussfolgerung kommt.

»Du bist voller Leidenschaft für deinen Job.« Seine Aussage klingt albern, aber sie entspricht wohl der Wahrheit.

»Okay, da könntest du recht haben.«

»Sag ich doch«, erwidert er und hebt seinen Mundwinkel an. Dabei sieht er genauso aus wie in den Filmen, nur dass dieses Lächeln üblicherweise den Schauspielerinnen zuteilwird, die seine große Liebe spielen. Dass er mich mal so ansehen würde, hätte ich nicht zu träumen gewagt. Tief in meinem Inneren weiß ich, dass auch ich mein Herz an die Männer verloren habe, die er verkörpert hat. All die Rollen hat er so authentisch und individuell gespielt, dass ich das Gefühl hatte, er wäre tatsächlich jemand anderes als Aspen Knox.

»Ich denke, wir teilen diese Leidenschaft. Wenn ich an die Rollen denke, die du verkörpert hast, bekomme ich eine Gänsehaut.«

»Weil du eine Vorliebe für böse Typen hast?«

»Weil du den Charakteren dieses gewisse Etwas gegeben hast. Du hast sie lebendig werden lassen.«

»Welcher Charakter hat dir am besten gefallen?«, will er wissen, und ich muss nicht lange überlegen.

»Alessandro Pucci. Du hast die Verletzlichkeit, aber auch die Brutalität des Mafioso-Anwärters unglaublich gut getroffen. Ich habe so schlimm geweint, als er erschossen wurde.«

»Ich weiß nicht, ob ich mich bedanken oder dich trösten sollte.«

»Ach, die Wunden sind geschlossen, aber es war meine Lieblingsrolle von dir und auch von vielen anderen, wie ich gelesen habe.«

»Ja, diese Rolle war wohl mein Sprungbrett hierher. Sie hat mir einige Türen geöffnet.«

»Ich bin mir auch sicher, dass mir dein neuer Film gefallen wird. Nicht weil ich involviert bin, sondern weil ich sehe, wie tief du in die Materie eintauchen willst. Du gibst dich nicht damit zufrieden, einfach einen Tag lang zuzusehen, wie die Arbeit abläuft, sondern möchtest alles verinnerlichen und es glaubwürdig darstellen.«

»Ich bin der Ganz-oder-gar-nicht-Typ. Wenn ich etwas tue, dann mit ganzem Herzen. Halbe Sachen gibt es bei mir nicht.«

»Das gilt auch für das amerikanische Gesetz«, sage ich schmunzelnd, sodass er auflacht.

»Ich sehe, du willst endlich arbeiten?«

»Möglich.«

Nachdem ich ihn zwei Stunden lang mit Informationen zum amerikanischen Rechtssystem versorgt habe, bettelt Aspen beinahe um eine Pause. Zwar hat er sich anfangs Notizen gemacht, doch je mehr Paragrafen ich erwähne, desto verwirrter blickt er drein.

»Hast du vielleicht Lust auf einen Spaziergang?«, frage ich, nachdem ich den letzten Schluck von meinem Tee getrunken habe. Die letzten Stunden haben meine Kehle ausgetrocknet und meinen inneren Frust verstärkt, weil ich all das wiedergebe, was ich nun nicht mehr ausführen darf. Da kann es nur helfen, wenn wir uns die Beine vertreten und vielleicht in den Park gehen.

»Ja. In Großbuchstaben und mit drei Ausrufezeichen«, sagt er erschöpft und fährt sich mit der Hand übers Gesicht. Ich sollte das nicht attraktiv finden, doch ich tue es. Vielleicht ist es gut rauszukommen. Eventuell finde ich dann wieder mehr zu mir und höre auf, einen Superstar anzuschmachten, bei dem ich niemals eine Chance haben werde und der eigentlich keine Option für mich ist.

Nach dem Spaziergang holen wir uns frisches Obst im Becher und gehen wieder an die Arbeit, die daraus besteht, dass ich ihm bei der Körperhaltung und der Aussprache der Fachbegriffe helfe. Danach liest Aspen in seinem Drehbuch, während ich mich in einen Artikel über eine Verhandlung vertiefe. Es ist angenehm still, sodass wir uns wirklich konzentrieren können. Irgendwann seufzt Aspen und wendet sich mir zu.

»Ich brauche deine Hilfe.«

»Das ist mir aber neu«, erwidere ich belustigt, was ihn grinsen lässt. Aspen wirkt gelöst und zufrieden. Etwas, das ich vorher noch nie bei ihm wahrgenommen habe. Mal war er verschlossen, wütend oder freundlich, und doch war da eine unsichtbare Mauer, die er um sich herum errichtet hat. Je mehr er in den Medien durch seine neue Rolle, seinen Charme und sein gutes Aussehen glänzt, desto mehr Fans bekommt er.

Fast jeden Tag nimmt seine Bekanntheit zu, sodass er ohne Security keinen Fuß mehr vor die Tür setzen kann. Seine Filme sind in die Top drei bei *Videocore* hochgeklettert, und sein beruflicher Aufstieg ist jetzt schon immens, noch bevor der Film überhaupt erschienen ist. Jetzt, wo ich sehe, wie hart Aspen arbeitet, um in seine Rolle zu finden, bin ich mir sicher, dass er die Erwartungen der Leute erfüllen kann.

»Wobei kann ich dir noch helfen?«, sage ich schließlich, denn egal was in der Vergangenheit passiert ist, sind wir nun ein Team. Er erklimmt Stück für Stück die Karriereleiter, und ich möchte meinen Teil dazu beitragen.

»Ich brauche Hilfe bei einer Szene.«

»Inwiefern kann ich dir da behilflich sein?«

»Kannst du mit mir den Text üben?«

Ich breche in schallendes Gelächter aus und klopfe mir sogar auf den Oberschenkel, weil ich den Witz einfach zum Schießen finde, doch als er nicht in mein Lachen einstimmt, blinzle ich verwirrt. »Das war kein Scherz?«

»Nein. Es ist eine emotionale Szene, die anders ist als die, die ich bis jetzt gespielt habe.«

»Ich denke nicht, dass ich dir da eine große Hilfe sein kann«, sage ich und verkrampfe mich innerlich.

»Du musst einfach vorlesen und dabei gut aussehen. Das hilft mir schon unheimlich weiter.«

»Sehe ich sonst etwa nicht gut aus?«, frage ich, um ihn zu necken und in Erklärungsnot zu bringen, doch er reagiert prompt.

»Ich kann dir mit Sicherheit sagen, dass du jeden Tag gut aussiehst, selbst wenn du nur einen Pyjama trägst«, sagt er und erinnert mich augenblicklich an meine halbe Lebensmittelvergiftung, die er hautnah miterleben durfte.

»Okay, dann ist ja alles geklärt. Zeig mir, was ich lesen soll.« Ich würde alles tun, um von der unschönen Erinnerung abzulenken.

Wir gehen in die Mitte des lichtdurchfluteten Wohnzimmers, wo Aspen am liebsten Texte übt. Er braucht Raum, um in seine Rolle zu schlüpfen. Ich bekomme eine Kopie des Skripts, das plötzlich schwer in meiner Hand liegt. Schließlich haben es nur wenige Menschen zu Gesicht bekommen. Meine Hände zittern, als Aspen näherkommt und ich sein Aftershave einatme, das mir mittlerweile so vertraut ist.

»Diese Textstelle ist es.« Er deutet darauf und scheint mein Zittern nicht mitzubekommen. Vor einer Horde Anwälte mein Plädoyer zu halten ist einfach, doch eine Textpassage vor

Aspen zu lesen, erweist sich gerade als ziemliche Herausforderung.

»Ist gut«, sage ich nervös, doch Aspen bekommt das kaum mit, denn er ist schon in seiner Rolle und völlig fokussiert.

»Wieso gehst du mir aus dem Weg?«, fragt er mit sanfter Stimme, und alle Alarmglocken in mir fangen an zu schrillen. *Wir proben doch nicht allen Ernstes eine Liebesszene?* Das ist nicht gut. Vor allem, weil ich angefangen habe, ihn mit anderen Augen zu sehen. Er ist nicht länger Arschloch-Aspen, sondern wieder THV – *The Hot Villain*. Mein persönlicher, attraktiver Bösewicht.

»Weil die letzten Wochen nicht leicht für mich waren. Du hast dich verändert, bist ein völlig neuer Mensch. Es ist, als würde ich dich neu kennenlernen«, sage ich, und je mehr ich lese, desto besser wird mein Gespür für den Text. Und doch frage ich mich, ob ich mich nicht gerade bis auf die Knochen blamiere.

»Es tut mir leid, dass ich mich wie ein Arschloch aufgeführt habe. Ich wusste nicht, wer ich bin, und habe jetzt erst gesehen, wie gut wir es haben. Wie sehr ich dich brauche.«

»Du brauchst mich jetzt, aber in all den Wochen, in denen ich dich berühren wollte, war ich dir nicht gut genug?« Plötzlich überbrückt Aspen die Distanz zwischen uns und greift nach meiner freien Hand. *Das ist nur gespielt! Also sei still, Herz!*

»Ich war nicht ich selbst, doch glaub mir, Sherry, dass ich dich nie wieder enttäuschen möchte. Ich will mir deine Liebe verdienen.« *Sind das nicht die Worte, die jede Frau hören will? Dass ein Mann seine Fehler einsieht, und für die Frau, die er liebt, kämpft?* Nicht dass Aspen je romantische Gefühle für mich hegen würde, aber irgendwie erwische ich mich dabei, mir zu wünschen, dass dieser unglaublich facettenreiche Mann sich für mich interessiert. Dass das ein Fehler ist, tut nichts zur Sache.

»Du hattest sie bereits«, flüstere ich und sehe dann in Aspens

Augen, wo der Bergsee mich wieder einlässt, mich umhüllt, sodass mein Atem sich beschleunigt. Türkis. Die Farbe fühlt sich so vertraut an, als würde sie mir den rechten Weg weisen. Auch Aspen schweigt – ist die Textstelle schon vorbei? Er sieht zum Drehbuch und dann wieder zu mir, und in seinen Augen ist etwas auszumachen, das ich nicht benennen kann.

»Was ist los?«, flüstere ich mit aller Kraft, die ich noch habe, weil auch ich aufgewühlt bin, obwohl wir nur einen Text geprobt haben.

»Jetzt sollte ich dich küssen«, raunt er und schluckt schwer, als sein Blick zu meinen Lippen gleitet. Augenblicklich befeuchte ich sie mit der Zunge, weil sie sich plötzlich sehr trocken anfühlen. Allein der Gedanke, diesen Mann zu küssen, lässt meine Knie weich werden und treibt mir die Röte ins Gesicht. Mein Kopfkino sollte schweigen, aber es zeigt mir Bilder, die Hitze in mir aufwallen lassen.

»Oh«, sage ich mit einer Mischung aus Aufregung und Begehren. Aspen lässt meine Hand los, und plötzlich habe ich wieder das Gefühl, freier atmen zu können. Mehr Raum für meine Gedanken zu haben, denn wenn er in meiner Nähe ist, wird mein Kopf leer und mein Herz voll.

Aspen weicht einen Schritt zurück und sieht wieder auf das Drehbuch in seiner Hand. Der Moment, den das Sprechen des Textes ausgelöst hat, wird somit unterbunden, und ich sollte froh sein, oder? Doch ich sehne mich danach, dass er erneut meine Hand in seine nimmt.

»Ich glaube, ich fange an, Aspen zu mögen«, gestehe ich meinen Freundinnen später auf Monicas Balkon. Wir haben uns in der Sitzecke dicht aneinandergekuschelt, jede mit einem Glas in der Hand. Während die Mädels Weißwein trinken, habe ich zu einem Traubensaft gegriffen.

»Das ist keine Überraschung. Mich wundert es ja, dass du es so lange ausgehalten hast, ihm zu widerstehen«, meint Monica, wendet sich mir zu und überkreuzt die Beine.

»Für mich ist es tatsächlich überraschend. Am Anfang konnte ich ihn nicht ausstehen und hätte lieber ein Eiswürfelbad genommen, als Zeit mit ihm zu verbringen.« Eine angenehme Brise weht uns ins Gesicht, die die Hitze des Tages vertreibt. Trotz meines Tanktops und meiner kurzen Jeansshorts ist mir immer noch heiß. *Oder liegt es an den Gedanken an Aspen?* Ich traue meinem Körper langsam alles zu.

»Gefühle sind unberechenbar und ändern sich. Das ist nur natürlich«, meint Britney, die wie immer rational an die Sache herangeht.

»Aber auch wenn sie sich verändern, wäre es vergebens.«

»Wieso denn?« Monica legt die Stirn in Falten.

»Dieser Mann ist ein Superstar, oder besser gesagt auf dem Weg dorthin. Eine Freundin ist das Letzte, was er braucht.«

»Woher willst du das wissen? Vielleicht will er ja genau das.«

»Ich glaube nicht, Brit. Er macht mir nicht den Eindruck, als wäre er der Beziehungstyp, und ich bin mir zu schade für eine Affäre. Also sollte ich es sein lassen, solange ich kann, oder?«, frage ich beide, die allerdings mit den Schultern zucken. Meine Zwickmühle hat epische Ausmaße angenommen und macht mir das Leben schwer, aber wenn ich an Aspen denke, dann fühle ich mich frei und losgelöst, und dieses Gefühl will ich nicht aufgeben.

»Ich würde dir wünschen, dass du es schaffst, aber die Erfahrung hat uns gezeigt, dass man Gefühle schwer loswird, sobald sie sich entwickeln«, meint Monica und streicht mir sanft über den Oberarm. Sie will mir Trost spenden, weil sie mich kennt. Wenn ich einmal anfange, etwas für jemanden zu empfinden, halten diese Gefühle meist an. Deswegen habe ich mich auch nicht von Lee getrennt, als ich gespürt habe, dass er sich verändert. Er musste erst meine Karriere zerstören, damit ich begriff, dass er nicht der Mann war, den ich einst geliebt hatte.

18. KAPITEL

Daphne

»Jenny! Hier!« Ich werfe den Ball in die Luft und sehe aus dem Augenwinkel, dass Jennifer zum Sprung ansetzt und mit aller Kraft dagegenschlägt, sodass die andere Mannschaft keine Chance hat, ihn abzufangen, bevor er auf dem Boden aufkommt. Wir jubeln euphorisch und geben den umstehenden Teammitgliedern ein High Five. Schweiß rinnt meinen Rücken hinab, doch ich neige mich konzentriert nach vorn und beobachte das andere Team mit Argusaugen.

Beim Volleyball ist Teamwork das A und O, und genau das liebe ich an diesem Sport. Ich kenne meine Mannschaft seit Jahren, weiß, was sie draufhaben und wo ihre Stärken und Schwächen liegen. Norah hatte eine Knieoperation, die zwar erfolgreich verlief, doch bei Sprüngen verspürt sie trotzdem noch ein Ziehen im Bein. Lillybeth ist die Strategin und teilt uns mit Handzeichen mit, wo wir stehen und auf wen wir achten müssen. Deswegen ist sie auch unsere Kapitänin.

Kristin und Sandra sind unsere Energiebündel, deren Treffsicherheit alle in den Schatten stellt. Jennifer und ich sind vorn positioniert und federn so viele Bälle ab, wie wir können. Jennys und meine Schläge sind berüchtigt, weshalb die gegnerischen Teams uns fürchten. Wir sind schon seit einer ganzen Weile dabei, und es herrscht Gleichstand. Dieser Satz entscheidet, und uns fehlt nur noch ein Punkt, um dieses Match gegen die Mannschaft aus Detroit zu gewinnen.

»Dein Fanclub ist lauter als das ganze Publikum zusammen.« Aufgrund von Jennys Worten sehe ich in die Richtung der Tribüne, wo meine Eltern, Britney, Monica und mein Cousin Leo sitzen.

»Sie sind unsere persönlichen Cheerleader«, sage ich und winke ihnen zu, woraufhin der Jubel noch zunimmt.

»So gehört sich das«, sagt Lillybeth, bevor sie sich wieder auf das gegnerische Team konzentriert.

»Nicht quatschen, Ladys«, meint Kristin, sodass wir unsere Positionen einnehmen und uns wieder aufs Geschehen vor uns konzentrieren. Norah schlägt auf, und das andere Team blockt, woraufhin der Ball wieder bei uns landet.

Kristin passt mir zu, und ich gehe in Position und befördere den Ball in einer geraden Linie in die Luft, woraufhin Jen den Treffer landet und uns zum Sieg verhilft.

Ich laufe zu Jenny, die ihre Arme um mich schlingt, gefolgt von allen anderen, die sich auf uns stürzen. Wir lachen, jubeln und sind ein Haufen von Glück und Gelächter. Wir lösen uns auf, reichen den Spielerinnen des gegnerischen Teams die Hand und gehen gemeinsam in die Umkleide. »Gute Arbeit, Ladys. Ein tolles Spiel.« Die Worte unserer Trainerin gehen runter wie Öl – gerade weil wir beim letzten Match verloren haben, ist dieser Triumph ein richtiger Motivationskick.

»Danke, Coach.«

»Geht duschen. Old Schweiß ist nicht gerade eure beste Duftnote«, scherzt sie.

Unser Volleyballverein ist relativ klein, er wird von dem Unternehmen unserer Trainerin Harriet Kline gesponsert. Die Reservespielerinnen sind noch in der Halle, die sich langsam leert, als wir mit unseren Sporttaschen aus dem Umkleideraum kommen. Nach der Verabschiedung gehe ich zu meinen Eltern und meinem Cousin.

»Hey, mein Schatz. Herzlichen Glückwunsch«, meint Mom stolz. Sie trägt das Haar heute offen, die sanften Wellen fallen ihr bis zur Schulter. Wir nehmen uns in den Arm, und ich spüre auch Dads Hand auf meinem Oberarm.

»Bravo, Daphne. Denen hast du es gegeben. Ich soll dir von der Familie ausrichten, dass du unglaublich warst und sie sehr stolz auf dich sind«, meint Dad.

»Woher können sie das wissen?«

»Dein Dad hat einen Gruppenchat gestartet«, meint Leo belustigt. Ich schüttle amüsiert den Kopf, weil mein Vater mich wieder mal stolz der Familie präsentieren musste.

»Hey Leo.« Ich begrüße meinen Lieblingscousin mit unserem Handschlag, den wir uns in der Highschool angewöhnt haben.

»Hallo Daph-Paff. Tolles Spiel. Ihr habt zum Schluss echt Gas gegeben.« Ich ignoriere den Fakt, dass er wieder meinen ungeliebten Spitznamen verwendet hat. Seine schwarzen Locken hat er wie immer versucht, mit Gel zu bändigen. Er ist seit Jahren Teil meines Freundeskreises und versteht sich auch mit meinen besten Freundinnen. Mehr oder weniger.

»Danke euch.«

»Wir müssen leider schon zum Flughafen und unseren Flug nach Hause erwischen«, informiert mich Dad, auch wenn ich das schon wusste. Dass er sowohl die Toskana als auch New York sein Zuhause nennt, zeigt, wie tief er in beiden Orten verwurzelt ist.

»Ist gut. Passt auf euch auf und meldet euch, wenn ihr angekommen seid.« Dann höre ich Freudenrufe, und wir drehen uns zur Treppe um, die zur Tribüne führt. Dort jubelt Monica, die von einer lächelnden Britney begleitet wird.

»Da sind deine Minions«, meint Leo belustigt, wobei sein Blick nur auf Britney ruht, wie immer, wenn sie den Raum betritt.

»Das habe ich gehört«, meint Brit und sieht Leo mit einem genervten Gesichtsausdruck an, aber da ist auch noch mehr.

»Vielleicht war das auch meine Absicht.«

»Und möglicherweise werde ich dir deswegen in den Arsch treten.«

»Wieso so kratzbürstig?«

»Das liegt wahrscheinlich nur an deinem Anblick«, kontert Britney, während wir uns ein Kichern verkneifen. *It's a neverending story.*

»Gott, wieso schlaft ihr nicht einfach miteinander?«, meint Monica und spricht das aus, was wir uns schon seit Längerem denken. Die beiden kabbeln sich ständig, doch da ist auch eine sexuelle Spannung, die die beiden umgibt. *So wie bei Aspen und mir.*

Warte mal!

Was?

Wo kommt denn dieser Gedanke her?

»Womit sie recht hat«, meint Dad belustigt, was Leo lachend den Kopf schütteln lässt, während Britney empört nach Luft schnappt.

»Vincenzo! Nicht du auch noch!«, meint sie frustriert.

»Scusa, bella mia«, meint Dad entschuldigend.

»Das ist dann unser Stichwort, schnell zu verschwinden. Mach's gut, mein Schatz. Ti amo. Bis bald«, meint Mom lachend, küsst mich auf die Wange und geht mit Dad aus der Halle.

»Wie steht ihr zu einem Drink?«, fragt Monica und ignoriert die Tatsache, dass Britney und Leo sich wütend anfunkeln.

»Ich könnte einen vertragen«, sage ich. Gerade will ich am

Handy die Uhrzeit checken, doch als ich in meine Tasche greife, kann ich mein Smartphone nicht finden. Ich krame noch mal herum, doch vergebens.

»Ich hab's doch nicht … Fuck.« Mir wird klar, dass ich es wohl bei Aspen in der Unternehmenswohnung vergessen habe. Ein ganzes Wochenende ohne Smartphone wird ganz schön hart. Unsere Streithähne beginnen wieder zu diskutieren, doch ich höre nicht hin. Das tue ich schon seit Jahren nicht mehr.

»Mist, verdammter«, fluche ich und bin froh, dass sich außer uns niemand mehr in der Sporthalle befindet. Ich muss wieder zu *Start Entertainment* und hoffen, dass Aspen noch dort ist, damit ich in das Apartment hineinkann. Während Britney und Leonardo sich zanken und Monica etwas auf ihrem Smartphone checkt, entdecke ich einen Mann, der geradewegs auf uns zusteuert. Er trägt Jeans, ein weißes T-Shirt, Mundschutz und eine Baseballcap. Aus irgendeinem Grund kommt er mir bekannt vor, auch wenn man sein Gesicht nicht erkennen kann. Doch dann werfe ich einen Blick auf seine Hand, in der er ein Smartphone hält.

Mein Smartphone, um genau zu sein. Ich habe eine selbst gestaltete Handyhülle, die Schnappschüsse von mir, den Mädels und meiner Familie zeigt.

»Aspen?«, frage ich, woraufhin sich plötzlich Stille ausbreitet.

»Hey Daphne.« Er hebt sein Cap ein wenig an, sodass ich seine außergewöhnlichen türkisfarbenen Augen erkennen kann, und nimmt den Mundschutz ab.

»Was machst du hier?«, frage ich überrascht. Er hebt die Hand und reicht mir mein Handy. In Aspens Augen sehe ich etwas aufblitzen, und ich kann es mir nicht erklären, aber die Situation fühlt sich seltsam vertraut an.

»Du hast dein Smartphone in der Wohnung vergessen, und bevor ich nach Hause fahre, wollte ich es dir vorbeibringen.«

»Woher wusstest du, dass ich hier bin?«, gebe ich etwas skeptisch zurück, obwohl ich dankbar sein sollte.

»Dein Kalendereintrag zum Spiel wurde als Benachrichtigung angezeigt. Und dann wusste ich, wo ich dich finden kann.«

»Ah okay. Danke dir.«

»Möchtest du mit uns was trinken gehen?«, fragt Monica, die plötzlich neben mir erscheint. Sie klimpert mit den Wimpern und nickt langsam, als könnte sie ihn so dazu bringen, ihrem Vorschlag zuzustimmen.

»Ähm«, meint Aspen und wirkt etwas überrumpelt, doch seine Augen ruhen auf mir, als hätte ich das Sagen in dieser Entscheidung.

»Ja, das Team unserer Daphne hat gewonnen, und das wollen wir feiern. Komm doch mit«, sagt auch Britney. Meine Freundinnen sehen Aspen mit einem verträumten Blick an, der wohl meinem ähnlich ist, denn diese Woche habe ich ihn öfter gemustert, als es gut für mich wäre. Von den Schmetterlingen in meinem Bauch und dem immer schnelleren Schlagen meines Herzens ganz zu schweigen. Selbst Leo ist erstaunt und wirkt aufgeregt, Aspen Knox hier zu treffen.

Meist sorgt ein Bodyguard für Aspens Sicherheit, und bei Events wird das Team ergänzt, doch heute scheint er ohne Begleitung unterwegs zu sein, und ich frage mich, ob das klug von ihm ist.

»Bist du allein hier?«, frage ich schließlich, woraufhin Aspen nickt.

»Ich habe Boyd in den Feierabend geschickt. Irgendwann brauche auch ich Raum zum Atmen.«

»Aber ist das nicht gefährlich?«

»Solange mich keine Meute belagert, nein.«

»Okay.« Es ist immerhin seine Entscheidung, wie und mit wem er seinen Tag verbringen möchte.

»Und? Hast du Lust, uns zu begleiten?«, fühlt ihm Monica wieder auf den Zahn.

»Nun, das muss Daphne entscheiden. Generell hätte ich Zeit«, sagt er mit seiner tiefen Stimme, und augenblicklich breitet sich ein wohliger Schauer auf meinem Körper aus. Wir verbringen jeden Arbeitstag zusammen, doch nach Feierabend gehen wir getrennte Wege. Am Anfang war ich froh darüber, aber mittlerweile erwische ich mich dabei, dass ich die Zeit mit ihm in die Länge ziehen möchte.

»Was meinst du, Daphne? So können wir uns alle besser kennenlernen«, sagt Monica.

Er macht ein Kreuz über seiner Brust und schenkt mir dieses umwerfende Lächeln, das mich verrückt macht. Mein Herz macht einen Satz, und ich bin froh, dass man mir das nicht ansieht, denn alle schauen mich an.

»Ich gelobe, artig zu sein. Versprochen«, sagt er frech, was mich nur die Augen verdrehen lässt. Vor allem diese verdammten Adern auf seinem Unterarm. Sie sehen aus wie eine Landkarte, die wohl in mein Verderben führen wird, wenn ich nicht aufhöre, ihn heimlich anzuschmachten. Unter seinem T-Shirt-Ärmel blitzen Ranken auf, die zu seinem Tattoo führen, das ich in seiner Wohnung nur kurz betrachten konnte. Es erstreckt sich von seinem Bizeps über die Schulter zu seiner linken Brust. Fabelwesen, Dornen und Edelsteine wurden in schwarzer Tinte auf seiner schönen Haut verewigt.

Als Aspen und ich gestern die Szene geprobt haben, habe ich später unbewusst seine Krawatte gerichtet, als er vor mir stand. Dann spürte ich, dass sich etwas veränderte, ein elektrisches Knacken und Knistern, das sich aufgebaut hat, als ich ihm in die Augen gesehen habe. Wir waren gefangen im Moment, sodass ich meine Hände auf seine Brust gelegt habe.

Nicht mal eine Hand hätte zwischen uns Platz gefunden,

was die Sache gefährlich für mich machte. Seine Wärme an mir zu spüren und dabei seinen vertrauten männlichen Duft einzuatmen haben mich verführt. Ich wollte auf die Zehenspitzen gehen und ihn küssen. Hätte es womöglich auch getan, wenn nicht sein Handy gepiept hätte und den Bann gebrochen hätte.

»Okay. Du kannst gern mit uns feiern«, hauche ich schließlich, auch wenn ich nicht sicher bin, ob ich mit dieser Entscheidung nicht einen großen Fehler begehe.

»Du wohnst ganz oben?«, meint Monica erstaunt, während sie den Kopf weit in den Nacken legt. So wie wir alle, denn selbst ich sehe hinauf in den zehnten Stock, wo sich Aspens Penthouse im belebten Künstlerviertel in SoHo befindet, auch wenn ich schon mal hier war.

»Nicht so glamourös wie erwartet, was?«, meint Aspen und überrascht mich damit, weil er zum ersten Mal unsicher klingt. Ich blicke in seine Richtung, als er sich verlegen am Hinterkopf kratzt. Bis jetzt hat er den coolen Typen gemimt, den nichts aus der Ruhe bringen kann, doch nun sehe ich ihn verletzlich, beinahe schüchtern. Ich stutze, als er meinen Blick einfängt und leicht lächelt.

»Das macht dich noch sympathischer«, meint Leo und klopft ihm auf die Schulter. Monica, Britney und Leo haben Aspen auf der Autofahrt hierher unzählige Fragen gestellt. Da Aspen der Einzige von uns ist, der mit dem Auto hergekommen ist, hat er uns netterweise mitgenommen. Jede einzelne der Fragen, die sich meist um seine Schauspielkarriere gedreht haben, hat er freundlich und geduldig beantwortet.

Die anderen sind höflich genug, ihn nicht auf sein Privatleben anzusprechen, anders als viele der Menschen, denen ich im Laufe der Termine, die Aspen wahrnehmen musste, begegnet bin. Deren Fragen waren manchmal unterste Schublade, sodass ich Aspen dafür bewundert habe, dass er so ruhig und höflich bleiben konnte.

»Tut es das?«, fragt er und sieht mich direkt an. Diese Frage war an mich gerichtet, doch ich antworte nicht, sondern wende mich ab, weil da wieder dieses Flattern in meinem Bauch ist, das mich verwirrt. *Wieso wirft mich sein Flirten so aus der Bahn?* Ist ja nicht so, als wäre es das erste Mal.

»Schon cool, dass ein so angesagtes Restaurant sich in deinem Wohngebäude befindet«, meint Monica, doch ihr Blick springt immer wieder zwischen Aspen und dem Restaurant hin und her.

»Müsstest du hier nicht ständig vermummt durch die Gegend laufen? Was ist, wenn dich jemand erkennt?«, fragt sie schließlich.

»Die Menschen hier kennen mich nur als Aspen, und sollte sich eine Traube um uns bilden, können wir jederzeit in meine Wohnung flüchten.«

»Heiß und bescheiden. Die perfekte Mischung, oder, Daphne?«, fragt mich Monica flüsternd und stupst mich mit der Schulter an.

»Wieso fragst du mich das?«, gebe ich leise zurück und tue alles, um nur nicht in Aspens Gesicht blicken zu müssen.

»Nun, vielleicht liegt es daran, dass er dich ansieht, als wärst du ein saftiger Cupcake, in den er reinbeißen möchte«, meint sie.

»Du träumst doch. Wir mögen einander nicht.« Obwohl das nicht mehr ganz stimmt. Vielleicht habe ich mich immer auf diese Aussage gestürzt und sie mir eingeredet, aber das ist schon längst vergangen. Er berührt etwas in mir, was eigentlich seit Lee erkaltet war. Aber ich fühle es. Fühle so viel, wenn er in meiner Nähe ist, und das ist ein kompletter Widerspruch zu den Worten, die ich gerade ausgesprochen habe.

»Das sieht und hört man an euren Seitenhieben, doch eure Körpersprache sagt etwas anderes. Es ist wie das zwischen Britney und Leo, nur intensiver.« Ich blinzle heftig und suche fieberhaft nach einer Erwiderung, um ihr zu sagen, dass sie auf dem Holzweg ist, doch ich sehe kurz zu Aspen, der über etwas lacht, was Britney gesagt hat, und mein Herz … Dieses verräterische Organ reagiert natürlich. Er lacht nicht oft, und ich sollte mir keine Gedanken darüber machen, wieso das der Fall ist, sondern es einfach ignorieren.

»Ich muss dich enttäuschen, Monica. Da ist nichts zwischen uns. Aber …«, sage ich zu ihr, sehe aber weiterhin Aspen an, der sich gerade am Oberarm kratzt und dessen Muskeln sich wieder unter seinem T-Shirt spannen. Wenn er diese Bewegung macht, kann ich nicht mehr klar denken, sondern ihn nur anstarren.

»Aber?«, fragt sie mich, sodass ich den Blick von Aspen abwende und erneut meine Freundin ansehe. Sie weiß, dass etwas in mir passiert, dass ich drauf und dran bin, mich in Aspen zu vergucken, und auch, dass das niemals passieren darf.

»Aber ich denke, dass du ein klitzekleines bisschen recht haben könntest. Ich mag ihn.« Denn ich bin machtlos gegenüber der Anziehung, die von THV Aspen Knox ausgeht.

19. KAPITEL

Daphne

»Da sitzt Keanu Reeves«, flüstert Britney atemlos und sieht in den Restaurantbereich, wo eben genannter Schauspieler mit seiner Freundin zu Abend isst. Die beiden sind in ein Gespräch vertieft, sodass es ihnen gar nicht auffällt, als meine Freundinnen und ich uns in die Richtung der beiden drehen.

»Und dort ist Adele«, meint Monica leise, während Leo und Aspen sich über ein Game unterhalten, von dem ich noch nie gehört habe.

»Ich war noch nie in einem VIP-Bereich. Das fühlt sich unglaublich cool an«, sagt Britney aufgeregt und fährt sich durch ihr haselnussbraunes Haar.

»Hey! Du warst öfter in einem, wenn ich Premiere hatte«, beschwert sich Monica, die als Musicalstar auch gewisse Privilegien genießt.

»Aber das ist Keanu fucking Reeves. Der war noch nie auf einer deiner Premieren.«

»Na gut, du hast gewonnen.«

Ich schüttle belustigt den Kopf und sehe mich weiter um. Wir befinden uns in einem Séparée des Restaurants, das vor neugierigen Augen geschützt ist, doch durch eine große Glaswand können wir das Geschehen dahinter beobachten. Hier befindet sich eine kleinere Bartheke, die neu aussieht und nur für eine einzige Bedienung Platz bietet. Davor gibt es fünf Barhocker, die unbesetzt sind, und in der Ecke befinden sich gedeckte Tische, die durch einen Raumteiler mit Efeuranken teilweise abgeschirmt sind. Wir sitzen in einer der drei Sitzgruppen im Barbereich des großen Raums, der sich langsam füllt. Einige Gesichter sagen mir nichts, doch ich erkenne einige Prominente.

»Richtig schön hier«, sage ich und streiche über die weiche, weiße Baumwolltischdecke.

»Ich liebe es. Danke noch mal für die Einladung«, sagt Britney und sieht Aspen mit einem freundlichen Lächeln an. Dieser wirkt entspannt und zufrieden. Von dem überheblichen Typen ist nichts mehr übrig. An seine Stelle ist ein sympathischer junger Mann getreten, dessen Anwesenheit mir unter die Haut geht.

»Es ist mir ein Vergnügen. Ich freue mich, euch kennenzulernen.«

»Erzählt Daphne viel von uns?«, will Monica plötzlich wissen. Aspen sieht kurz in meine Richtung und schmunzelt, was mich die Augen verdrehen lässt.

»Ich wusste bis heute überhaupt nichts von ihren besten Freundinnen. Daphne hält sich etwas bedeckt«, sagt er und hat damit völlig recht. Ich war es so gewohnt, ihn auf Abstand zu halten oder ihm das Leben schwer zu machen, dass es nicht dazu gekommen ist.

»Ich will nur Privates vom Beruflichen trennen«, sage ich und habe das Gefühl, mein Verhalten verteidigen zu müssen. Es wäre von Vorteil, wenn mir das auch gelingen würde, doch wenn ich in Aspens Richtung sehe, spüre ich, dass diese von mir gezogenen Grenzen verschwimmen.

»Und daran ist nichts verwerflich«, meint Aspen beschwichtigend und hebt abwehrend die Hände. Er ist heute besonders aufmerksam und überraschend lieb. Vielleicht will er Eindruck schinden.

»Du hättest trotzdem mal von uns erzählen können. Wir sind doch deine ganze Welt.« Monicas Worte berühren mich und setzen eine Wärme in meiner Brust frei.

»Das seid ihr, und das wisst ihr auch«, gebe ich zurück, was sie zufrieden grinsen lässt.

»Aber jetzt genug von mir«, sage ich peinlich berührt.

»Was heißt da ›genug von dir‹? Du und der Sieg deines Volleyballteams sind der Grund, wieso wir überhaupt hier sind.« Leo hat vollkommen recht. Nicht zu fassen, dass ich das vergessen habe. Ich war voller Euphorie und Freude, und kaum ist Aspen auf der Bildfläche erschienen, hat mich seine Anwesenheit schon wieder abgelenkt.

»Dann lasst uns endlich drauf anstoßen«, sage ich schließlich und bin mir des intensiven Blicks von Aspen völlig bewusst. Seit er aufgetaucht ist, ist da etwas in seinem Blick, das mich nervös macht und gleichzeitig meine Neugier schürt.

»Heute mal mit Alkohol?«, fragt Britney erstaunt, doch ich schüttle den Kopf, denn ich werde nach acht Jahren sicher nicht mehr anfangen, dieses Teufelszeug in mich reinzuschütten.

»Nein«, sage ich entschlossen und denke mal wieder an diese verlorene Nacht und an die Fragen, die damit einhergehen. All die Jahre haben sie mich gequält und mir schlaflose Nächte beschert, doch Antworten werde ich wohl nie darauf bekommen.

Zwei Stunden später sind zwei Flaschen Champagner geleert, und einige Zungen haben sich gelockert. Monica unterhält sich mit Aspen angeregt über ihre Karriere am Broadway, während Leo und Britney sich ankeifen, sich dabei körperlich aber immer näherkommen. Ich stelle erstaunt fest, dass Aspen sich gut in unsere Gruppe einfügt. In den letzten zwei Wochen war ich so erpicht darauf, ihn nicht zu mögen und ihn auf die Palme zu bringen, dass ich den Mann hinter dem Schauspieler nicht sehen wollte.

Er erzählt den anderen so einiges über sich, das ich nicht wusste – oder nicht wissen wollte. Aspen lebt für seine Arbeit, verbringt viel Zeit damit, sich auf seine Rollen vorzubereiten. Er hat ursprünglich als Stuntman in der Filmbranche angefangen, mit der Zeit reiten gelernt, ist geübt im Schwertkampf, spricht acht verschiedene Akzente und fließend spanisch. Doch er erzählt auch, dass er gern Games zockt und dass er keine Haustiere hat, weil er viel unterwegs ist und nicht möchte, dass sein Haustier über lange Zeit allein ist.

All diese Dinge machen ihn sympathischer und interessanter für mich. Dabei ist das das Letzte, was ich zulassen sollte. Aspen übt ohnehin eine Anziehung auf mich aus, und jetzt wird es noch schwieriger, all das zu ignorieren und so zu tun, als würde er mich kaltlassen. Denn das tut er nicht, und ich hasse alles daran.

Da meine Gedanken verrücktspielen und es mir im Raum plötzlich zu stickig ist, gehe ich durch die Hintertür nach draußen und setze mich auf die oberste Steinstufe.

Der schwarze Nachthimmel, die funkelnden Sterne und die herrlich frische Sommerluft lassen mich tief ein- und ausatmen. Jetzt, wo es nicht mehr so laut ist, bin ich allein mit meinen Gedanken, und ich weiß gar nicht, ob das eine so gute Idee ist. Ein Pärchen geht händchenhaltend an mir vorbei. Die beiden sind so sehr ins Gespräch vertieft, dass sie mich gar nicht wahrnehmen. Sie lachen über etwas, und als sie ihren Kopf auf seine Schulter bettet, wende ich schnell den Blick ab.

Plötzlich überkommt mich eine Welle der Einsamkeit. Sie trifft mich unvorbereitet und führt mir vor Augen, dass ich sie schon eine Weile ignoriere. Selbst wenn meine Familie und

Freundinnen bei mir sind, ist da diese Leere, die sich ab und an ankündigt und durch nichts gefüllt werden kann. Wie viele Menschen möchte ich geliebt werden, von der Person, die mich nimmt, wie ich bin. Die mir das Gefühl gibt, verstanden zu werden, und mich dabei unterstützt, meine Ziele zu erreichen.

Ich dachte, dies in Lee gefunden zu haben, dem Mann, der mich im Park einfach angesprochen hat und mir ein Kompliment für mein umwerfendes Lächeln gemacht hat. Sein Charme und sein gutes Aussehen haben mich begeistert, mich geblendet, sodass ich das Arschloch hinter dem hübschen Gesicht nicht sehen konnte. Denn nichts anderes ist er. *Wäre mein Leben anders verlaufen, wenn ich damals in Las Vegas zurück in das Hotelzimmer gegangen wäre?* Vielleicht wäre aus einem One-Night-Stand mehr geworden und eine Beziehung entstanden. *Oder ist meine Fantasie mal wieder mit mir durchgegangen?*

Ich bin ein Kopfmensch und hinterfrage viele Dinge, gehe Strategien durch, ehe ich sie im echten Leben anwende, was sich in meinem Job bewährt hat. Aber was den privaten Bereich betrifft, wird mein Kopfkino immer verrückter. Das heißt, dass ich manchmal ganze Filme abspiele und Szenarien erschaffe, mit fiktiven und realen Menschen. Und zu meiner Schande muss ich gestehen, dass in letzter Zeit Aspen meist der Hauptdarsteller in meinen Filmen war.

Anfangs waren es Splatter und Horrorfilme, in denen ich mir überlegt habe, wie ich ihn dafür büßen lassen kann, dass er sich in mein Leben eingemischt und es gehörig durcheinandergebracht hat. Aber dann veränderte sich etwas, und plötzlich fing ich an, ihn heiß zu finden. Dabei kannte ich ihn gar nicht. Ich weiß, dass er seinen Kaffee schwarz trinkt, Mayonnaise verabscheut, vor Interviews immer eine Flasche Wasser trinkt und dass er täglich trainiert. Im Fitnessstudio, im Bürogebäude oder zu Hause. Aber wer Aspen Knox wirklich ist, war mir nicht bewusst, und ich wollte es auch nicht wissen.

Bis vor Kurzem. Denn sobald wir die Waffen niedergelegt hatten, erkannte ich den wahren Aspen. Nicht den, den er der Öffentlichkeit zeigt, sondern den Menschen hinter den Kulissen.

Wenn er über Dreharbeiten und seine Erfahrungen spricht, hängen alle an seinen Lippen. Selbst ich, die sich anfangs vorgenommen hat, ihn nicht zu mögen. Ich habe ihn mitverantwortlich dafür gemacht, dass ich nicht mehr als Anwältin praktizieren kann. Aber wenn ich ehrlich zu mir bin, trifft ihn keine Schuld. Kurt hätte früher oder später einen Weg gefunden, um mich daran zu hindern, das zu tun, was ich liebe. Dass ich nun eng mit Aspen zusammenarbeite und ihn davor bewahre, in der Klatschpresse zu landen, hat zwar nichts mit meinem erlernten Beruf zu tun, ist aber immerhin besser, als mich tagtäglich von Kurt demütigen zu lassen.

»Da bist du ja, Baby«, höre ich Aspens tiefe Stimme hinter mir, und augenblicklich breitet sich eine Gänsehaut auf meinem Körper aus. Da ich ein Tanktop aus Seide trage, kann man das auch deutlich sehen. Er setzt sich dicht neben mich, sodass ich seitlich aufblicken muss, um ihm in die Bergsee-Augen sehen zu können.

»Habe ich nicht gesagt, dass du mich nicht mehr so nennen sollst?«, frage ich, doch meinen Worten fehlt es an Schärfe.

»Wieso aufhören, wenn es dir doch diese herrliche Röte ins Gesicht zaubert.«

Ertappt lege ich mir eine Hand auf die Wange, doch als er zu lachen beginnt, merke ich, dass er gelogen hat und ich gar keine heißen Wangen habe. Ich haue ihm gegen den Oberarm, doch er bewegt sich kein Stück. Neben seinem muskulösen Körper sehe ich wie eine zierliche Fee aus, auch wenn ich alles andere als schwach bin.

»Du bist ein Arsch.«

»Und laut Monica auch umwerfend.«

Ich verdrehe die Augen, denn wenn sie das gesagt hat, ist das ein Zeichen. »Ich würde mir nicht zu viel drauf einbilden, denn wenn sie betrunken ist, verteilt sie an alle Komplimente. Selbst an Bäume und Hydranten.«

»Ach komm schon«, sagt er amüsiert und stupst mich mit seinem Bein an. »Willst du allen Ernstes behaupten, dass mein Charme keine Wirkung auf dich hat?«

»Nein.« *Doch.* In letzter Zeit schon.

Er lächelt wissend und ist dann ein paar Herzschläge still, ehe er sich mir wieder zuwendet. »Tolle Leistung vorhin.«

»Was meinst du?«, frage ich, denn wir haben nur gegessen und uns unterhalten.

»Beim Volleyball. Dein Team und du habt euch wacker geschlagen. Ich mochte es, wie gut ihr aufeinander eingespielt wart.«

»Du hast unser Spiel gesehen?«, frage ich verwirrt, denn ich dachte, dass er erst nach dem Spiel in die Halle gekommen ist.

»Ich habe etwas abseits gestanden, und bin wieder ins Auto gegangen, als die Zuschauenden aufgestanden sind. Ich wollte nicht erkannt werden.«

»Oh. Danke. Ich hätte eher gedacht, dass du im Auto warten und mich dann abfangen würdest, um mir das Smartphone wiederzugeben.«

»Und die grandiose Chance verpassen, dich in Action zu sehen? Niemals. Du hast ja immer schon ein gewisses Feuer unterm Hintern gehabt, aber diesmal warst du ein Waldbrand.«

»Ich war tatsächlich großartig.« Mein Gefühl sagt mir, dass ich heute eine besonders gute Leistung abgeliefert habe.

»Und du sahst auch so aus.«

»Gott, ja. Diese knappen sexy Shorts sind viel ansehnlicher als mein Talent«, gebe ich sarkastisch zurück, denn Sprüche wie diese habe ich mir schon von vielen Männern anhören müssen, die erfahren haben, dass ich Volleyball spiele.

»Ich schwöre, dass ich dein Lächeln gemeint habe.«

»Was? Wieso denn?«

»Du lachst nicht oft, wenn du bei mir bist. Ich bekomme zynische Kommentare, Seitenhiebe und ab und zu ein halbes Lächeln. Heute beim Spiel hast du richtig gestrahlt, das war faszinierend für mich.«

Habe ich nicht vorhin denselben Gedanken gehabt? »Okay«, murmle ich, weil ich nicht weiß, was ich darauf antworten soll. Ich spiele mit meinen Fingernägeln, und mir fehlen nun tatsächlich die Worte.

»Also nicht falsch verstehen. Du sahst auch rattenscharf in diesem Outfit aus. Es hat deine Augen betont.« Er lügt wie gedruckt, schafft es aber tatsächlich, mich zum Lachen zu bringen, und löst so meine Anspannung.

»Hör auf, mit Komplimenten um dich zu werfen, sonst bilde ich mir noch ein, dass du mit mir flirtest.«

»Tun wir das nicht immer?«

»Flirten? Ähm … nein. Wir werfen uns Beleidigungen an den Kopf und triezen den jeweils anderen. Das kommt für mich keinem Flirt gleich. Sorry.«

»Schade, denn ich würde es genießen, mit einer H.Q. zu flirten«, sagt er, was mich erstarren lässt. *Monica hat doch nicht …?*

»Gott, nein«, stöhne ich und vergrabe die Finger in meinem Haar. Ich will daran ziehen und um mich schlagen.

»Was ist denn? Es klingt doch süß und erklärt so einiges.«

»Okay, verdammt. Ja, ich bin die Hangover-Queen und habe durch den Alkohol eine Nacht meines Lebens komplett ausgelöscht. Applaus bitte.« Ich verschränke frustriert die Arme vor der Brust, doch Aspen lacht nicht, sondern sieht mich einfach nur mit diesen intensiv glühenden türkisfarbenen Augen an.

»Ah. Jetzt verstehe ich.«

»Was meinst du?«

»Na ja, Monica meinte, sie nennen dich H.Q., wollte mir aber den Grund nicht verraten.«

»Oh. Das heißt, du wusstest nichts von meiner Jugendsünde?«

»Nein, aber ich verurteile dich auch nicht, wenn du das befürchtet hast.« Das wird ja immer schlimmer. Ich habe mich selbst verraten und fälschlicherweise meiner Freundin die Schuld daran gegeben.

»Nein, die Sache macht mir schon seit Jahren zu schaffen, und dass die Mädels es ständig ausgraben, macht es für mich nicht leichter.« Sie meinen es nicht böse, und das weiß ich auch, sonst hätte ich ihnen schon längst Einhalt geboten.

»Darf ich fragen, um was genau es geht? Manchmal hilft der Rat von einer unvoreingenommenen Person am besten.«

Ich sehe Aspen tief in die Augen und erkenne weder Belustigung noch Verurteilung in seinem Blick, nur Verständnis und Neugier.

»Du willst, dass ich dir einen Einblick in meine Seele gebe, Knox?«, frage ich, doch er lacht nicht, sondern sieht mich nur weiterhin ernst an.

»Lass es doch drauf ankommen, Valenti. Vielleicht gefällt mir ja, was ich sehe.« Allein die Vorstellung, dass ich Aspen gefallen könnte, setzt dieses Flattern in meinem Bauch frei, das ich ganz und gar nicht gebrauchen kann, mittlerweile aber immer häufiger spüre, wenn er in meiner Nähe ist. *Wäre es ein Fehler, Aspen zu vertrauen?* Mit Lee bin ich auf die Schnauze gefallen, und das hat mich in Bezug auf Männer vorsichtig werden lassen. Aber wegen einer einzigen schlechten Erfahrung sollte ich nicht jedem Mann misstrauen. Möglicherweise liegt es an meiner guten Laune nach dem Sieg, dass ich mich dazu entschließe, mich ihm zu öffnen.

»Ich hatte die glorreiche Idee, meinen Geburtstag in Las Vegas zu feiern. Das an sich war aufregend und toll. Doch mit einundzwanzig haben wir es mit dem Alkohol übertrieben.«

»Trinkst du deswegen keinen mehr?«, fragt er nach, als ich eine kurze Gesprächspause einlege, um mir die nächsten Worte zurechtzulegen.

»Genau, denn dass ich viel getrunken habe, hat mich leichtsinnig gemacht. Ich habe meine Freundinnen im Laufe der Nacht verloren, bin in einem fremden Hotelbett aufgewacht und kann mich an nichts aus jener Nacht erinnern.«

»Gar nichts? Nicht mal einen kurzen Moment?«, fragt Aspen eindringlich nach. Er scheint sehr großes Interesse an meiner Geschichte zu haben.

»Nein, egal wie sehr ich mich angestrengt habe, da war nur Schwärze.« Und ein türkiser Nebel, der aber nichts zu bedeuten hat. Vielleicht hat einfach nur der Alkohol meine Gehirnzellen zerstört.

»Oh. Das muss hart gewesen sein.« *Bilde ich es mir ein, oder wirkt er etwas enttäuscht?*

»War es. Ist es. Dabei bin ich selbst schuld, dass ich nun unwissend bin.«

»Inwiefern?«

»Als ich in diesem Zimmer aufgewacht bin, lag da ein Mann, der mir aber den Rücken zugekehrt hatte. Ich war nicht allein in dieser Nacht, doch ich habe mich für diesen Filmriss geschämt und bin abgehauen. Ich hätte auch bleiben und mit dem Mann reden können, doch ich bin geflohen und habe mich entschieden, der Sache nicht weiter auf den Grund zu gehen.«

»Und bereust du es?« Die Antwort darauf ist komplex, denn es gibt vieles, was ich bereue, aber dann auch wieder nicht.

»Manchmal. Ich wünschte, ich würde mir nicht immer diese Was-wäre-wenn-Fragen stellen, aber andererseits ist mir die Tatsache, nichts mehr davon zu wissen, so peinlich, dass ich froh bin, ihm nicht mehr begegnet zu sein.«

»Was würdest du sagen, wenn er jetzt neben dir sitzen würde? Wenn ich derjenige wäre, mit dem du diese Nacht verbracht hast?«, fragt mich Aspen mit kehliger Stimme und sieht mich erwartungsvoll an. *Ist er so gefangen in meiner Erzählung?* Denn er wirkt, als würde er die Antwort unbedingt hören wollen.

»Dass es mir leidtut, einfach gegangen zu sein. Ich denke, er hat mehr verdient, als dass ich ohne ein Wort verschwinde, aber ich war jung, und mir war die Tatsache, dass ich mich an nichts mehr erinnern kann, unangenehm und sie hat mir Angst gemacht.« Ich lasse enttäuscht den Kopf sinken, denn ich merke, dass mich die Erlebnisse von damals immer noch mitnehmen, auch wenn ich es wohl nicht wahrhaben wollte.

Sanft legt Aspen Daumen und Zeigefinger unter mein Kinn und neigt meinen Kopf in seine Richtung, sodass ich ihn ansehen muss. Seine Berührung lässt die vertrauten Schmetterlinge in meinem Bauch aufwirbeln.

»Wäre ich er, dann würde ich dir verzeihen, dass du gegangen bist, aber ich würde dich auch wiederhaben wollen. Diese Nacht, die wir geteilt haben, immer wieder erleben wollen, nur um dir nah zu sein. Ich würde mich immer für dich entscheiden.« Die Worte sind so intim und wirken so ehrlich auf mich, dass ich Aspen beinahe glaube. Er sagt genau das, was ich gern gehört hätte. Vielleicht liegt es an seinem guten Schauspiel, aber möglicherweise will ich ihm einfach glauben, dass der Fremde dies hätte zu mir sagen können.

Meine Gedanken und die Einsamkeit haben mich wehmütig gemacht, diese Traurigkeit bricht nun aus mir heraus, ohne dass ich etwas dagegen tun könnte. Ausgerechnet vor dem Mann, mit dem ich zusammenarbeiten muss. Ich bin eine starke Frau, die ihre Gefühle und Emotionen unter Kontrolle behalten will, aber diesmal lasse ich zu, dass mir diese Kontrolle abhandenkommt. Lege meine Verletzlichkeit frei.

»Aspen«, flüstere ich, als mir plötzlich Tränen der Rührung in die Augen treten. Er zieht mich in eine Umarmung. Ich vergrabe meine Finger in seinem T-Shirt und dränge mich eng an seine Brust. In seinen Armen fühle ich mich plötzlich, als könnte ich befreiter atmen, als wären all meine Sorgen nicht so schlimm, solange er in meiner Nähe ist.

Doch das ist ein Trugbild meiner Einsamkeit, dem ich mich nicht ausliefern werde. Trotzdem löse ich mich nicht von Aspen, sondern atme seinen mir vertrauten Duft tief ein, lasse mich von ihm halten, bis es wieder Zeit wird, Distanz zu wahren und mein Herz zum Schweigen zu bringen.

20. KAPITEL

Aspen

»Das ist übel«, murmelt Dexter, als er mal wieder auf sein Smartphone starrt. Ich könnte schwören, dass dieses Ding an seiner Hand festgeklebt wurde, denn er hat es ständig in der Hand. Ich sehe auf meine Hände, die vor ein paar Tagen Daphne gehalten haben. Ich muss unweigerlich lächeln, wenn ich an mein rasendes Herz denke, das gegen meine Rippen gehämmert hat. Es hat sich angefühlt wie damals vor acht Jahren.

Doch ich war nicht so dumm, in Nostalgie zu verfallen, sondern habe das Hier und Jetzt genossen. War froh, dass Daphne sich alles von der Seele reden konnte und dass ich es war, dem sie in diesem Moment vertraut hat. Und ja, mir ist bewusst, dass dieses Vertrauen sehr schnell zerstört werden könnte, weil ich ihr noch immer nichts über unsere Vergangenheit gesagt habe.

In den letzten Tagen haben wir uns kaum gesehen, da ich beim Table Read für *In Love and Law* alle Hände voll zu tun hatte. Die Nervosität hat man mir angesehen, als ich meinen Text gesprochen habe. Ich wollte wie immer cool und unnahbar wirken, doch dass ich mich kollegialer gezeigt habe, hat mich bei dem Team sympathischer wirken lassen.

Es war das erste Mal, dass ich mich bewusst auf die Menschen zubewegt habe und sie kennenlernen wollte. Die Nebendarstellenden sind jung, und ich war so voreingenommen, dass ich dachte, dass sie noch nicht viel Erfahrung haben, doch drei von ihnen sind Kinderstars und beinahe so lange im Business wie ich selbst.

Daphne hat während unserer Streitphase Seitenhiebe ausgeteilt und gemeint, dass ich mich anders gebe, als ich wirklich bin. Zuerst habe ich ihr nicht geglaubt und ihre Worte als eine weitere Beleidigung abgetan, aber wenn ich ehrlich bin, hatte sie recht. Bis jetzt habe ich mich emotional von dem Team abgekapselt, ohne es selbst zu merken. Ich habe meine Arbeit gemacht und mich gut mit den anderen verstanden, doch das war alles oberflächlich. Weil ich dachte, dass man nur so in diesem Business weiterkommt, doch langsam wird mir klar, dass das so nicht stimmt.

Ich sollte nicht zu viel von mir preisgeben, mich aber auch nicht verschließen. Wie ich diese Balance finden werde, weiß ich noch nicht, doch ich bin mir sicher, dass ich das richtige Mittelmaß finden werde. Wenn ich mit der Arbeit fertig bin, fahre ich meist in meine Arbeitswohnung, in der Hoffnung, irgendwo im Gebäude auf Daphne zu treffen. Wenn wir uns über den Weg laufen, unterhalten wir uns über die Arbeit, doch ich wünschte mir, dass wir dort anknüpfen könnten, wo wir auf der Treppe aufgehört haben. Doch das ist nicht passiert. Noch nicht zumindest, denn unsere gemeinsame Zeit ist eher spärlich, was ich morgen aber zu ändern gedenke.

Ich bin aufgeregt wie ein Kind am Weihnachtsmorgen, als ich mich am nächsten Tag in der Arbeitswohnung mit Daphne treffe. Sie trägt heute schicke Leinenshorts zu einem weißen, ärmellosen Shirt, darüber einen lockeren Blazer mit halblangen Ärmeln. Sie sieht unglaublich gut aus, sodass ich bei ihrem Anblick schlucken muss.

»Guten Morgen«, meint sie fröhlich und trinkt einen Schluck aus ihrem Thermobecher.

»Morgen. Ist das Tee?«, frage ich sie, auch wenn ich mir die Antwort schon denken kann.

»Jap, aber diesmal ist es ein selbst gemachter Eistee meiner Tante Mariella.«

»Okay – ich wollte schon fragen, ob du's gern heiß hast, wenn du bei dieser Hitze heißen Tee getrunken hättest.«

»Ist diese Zweideutigkeit beabsichtigt?«, fragt sie mich amüsiert.

»Natürlich nicht. Was denkst du von mir? Ich bin brav wie ein Pfadfinder«, sage ich und finde die Worte selbst lächerlich. Als Daphne in schallendes Gelächter ausbricht, macht mein Herz einen Satz.

»Das halte ich für ein Gerücht«, meint sie, immer noch mit einem Kichern in der Stimme.

»An was arbeiten wir heute?«, fragt sie, während ich langsam auf sie zutrete.

»Heute wird nicht gearbeitet.«

»Wie bitte? Was sollten wir denn sonst machen?«, fragt sie verwirrt, und ich sehe ihr an, dass ihr diese Planänderung ganz und gar nicht zusagt. Sie ist nicht gerade ein Fan von Überraschungen, da sie gern ihren Tag durchplant und strukturiert arbeitet.

»Ich mache dich heute zu einer Stuntfrau.«

»Zu einer was?«

»Wenn du möchtest ... Ich habe uns einen Termin in meiner alten Stuntschule organisiert. Da wir in den letzten Wochen ziemlich viel Theorie durchgekaut haben, dachte ich mir, dass es nun Zeit für ein wenig Spaß und Action ist.«

»Du willst, dass ich aus fahrenden Autos oder aus Flugzeugen stürze?«, fragt sie erschrocken, doch ich schüttle nur amüsiert den Kopf.

»Diese Dinge überlassen wir den Profis, okay? Es handelt

sich eher um einen kleinen Crashkurs, sozusagen ein Reinschnuppern in den Beruf.«

»Und du glaubst, dass ich das schaffen könnte?«, fragt sie unsicher und sieht mich aus azurblauen Augen an.

»Du kannst alles schaffen, Daphne. Und ich bin ja da. Ich werde nicht zulassen, dass dir etwas passiert.« Meine Worte lassen sie lächeln, als wäre die wahre Bedeutung zu ihr durchgedrungen. Sie waren nicht nur auf den heutigen Tag bezogen, und das weiß Daphne auch.

Wir befinden uns mit einer kleinen Menschengruppe in der Trainingshalle. Daphne hat sich Sportklamotten von zu Hause besorgt und steht in einem Tanktop sowie Shorts neben mir, während mein alter Mentor Bradley Norrington etwas über den Beruf des Stuntmans erzählt.

»Um eine professionelle Stuntwoman oder ein professioneller Stuntman zu sein, braucht man ein gutes Gespür für Timing und Koordination. Kraft und Kondition, um die Stunts selbst auszuführen, sind ebenfalls ein Muss, wenn man in diesem Beruf überleben möchte. Das Ganze hat nichts mit dem Glanz und Glamour der Stars zu tun, sondern ist ein tägliches Bestreben, durch Risikoanalyse Unfälle auf dem Filmset zu vermeiden.«

Es sind tatsächlich zwei Welten, in denen ich mich bewegt habe. Ich hatte ohne Groll akzeptiert, dass ich als Stuntman stets im Hintergrund sein und weder berühmt noch erkannt werden würde. Jetzt bin ich ein Schauspieler, der wie Jackie Chan, der Held meiner Kindheit, all seine Stunts selbst ausführt. Aber hier hat alles angefangen. Genau genommen vor acht Jahren, als mich eine Frau dazu ermutigt hat, meinen Traum wahr werden zu lassen. Es ist schon ein Wink des Schicksals, dass ich heute genau mit dieser jungen Frau an meiner Seite hier bin.

»Charlie Norton war einer der erfahrensten Stuntmen in der Branche. Er pflegte zu sagen: Wenn du keine Angst hast, bleibst du als Stuntman nicht am Leben. Der Tag, an dem ich aufhöre, Angst zu haben, ist der Tag, an dem ich in Rente gehen sollte.« Als Bradley mit seiner Ansprache fertig ist, übernimmt einer seiner Mitarbeitenden, während er auf mich zukommt.

»Aspen. Lange nicht gesehen«, sagt er zur Begrüßung und klopft mir auf die Schulter.

»Hallo Brad. Stimmt, es ist schon viel zu lange her.«

»Was führt dich zu uns? Willst du auf deine alten Tage mal wieder aus einem fahrenden Auto springen?«, fragt er mich belustigt, denn er weiß, dass dies mein Lieblingsstunt gewesen ist.

»Nein, diesmal habe ich eine Kollegin mitgebracht, die mal Actionluft schnuppern möchte.« Daphne reicht Brad die Hand.

»Du bist auch Schauspielerin?«, fragt Brad sie, doch sie schüttelt heftig den Kopf.

»Nein, ich bin Anwältin. Verbale Action ist wohl eher mein Ding.«

»Verstehe, also wenn du Aspen an deiner Seite hast, kannst du alles aus erster Hand erfahren. Er war einer meiner Besten im Team, ehe er die andere Seite erkunden wollte.«

»Sag bloß, du vermisst mich, nachdem du mir jahrelang in den Arsch getreten hast.«

»Diese Tritte waren wichtig, mein Sohn, denn nur so konntest du lernen, ihnen auszuweichen«, meint er lachend, bevor wir uns verabschieden und in den Außenbereich treten.

»Er wirkt nett«, meint Daphne, als wir zu Trainingsgebäude zwei kommen.

»Nur wenn er nicht mit dir trainiert. Sobald du mit ihm arbeitest, ist er erbarmungslos.«

»War das nicht hart?«

»Und wie, aber es ist auch lebenswichtig. Man kann sich

ernsthaft verletzen, wenn man die Gefahren unterschätzt, und das wollte Bradley uns mitgeben. Viele Mitglieder des Stuntteams kommen aus dem Profisport oder haben ein Studium in dem Bereich absolviert, manche sind Rookies, die das Handwerk durch Mitarbeit und viele Workshops erlernen.«

»Wie war es bei dir?«, will sie wissen, als wir in den Fahrstuhl treten, der uns aufs Dachgeschoss bringen soll. Daphne wirkt aufgeregt, aber ich merke, dass sie durch das Gespräch ihre Nerven beruhigen möchte, also öffne ich mich ihr.

»Mein Onkel ist Kameramann, und ich bin auf Filmsets groß geworden. Als Teenie war ich eher auffällig und hatte den falschen Freundeskreis. Nach der Highschool gingen die meisten in den Knast oder aufs College, während ich kein richtiges Ziel vor Augen hatte. Ich wollte mich nicht der Masse unterordnen, sondern etwas anderes machen. Jedoch befand ich mich bald in einer Sackgasse und wusste nichts mit mir anzufangen. Erst als jemand mir Mut gemacht und mich motiviert hat, einen neuen Weg einzuschlagen, veränderte sich alles. Ich habe all meine Zeit und mein Geld in die Workshops und mein mentales und körperliches Training investiert, außerdem hat mein Onkel mich unterstützt. Es hat sich schlussendlich ausgezahlt.«

»Ich hatte immer viel Respekt vor dieser Berufssparte, doch zu wissen, wie viel hartes Training erforderlich ist, um ihn überhaupt auszuführen, sprengt meine Vorstellungskraft.«

»Sobald ich die nötige Kraft und Ausdauer hatte, konnte ich auch die Risiken, die mit den Aktivitäten verbunden sind, gut einschätzen. Das hilft mir heute noch, auch wenn ich nun nicht nur Stunts mache.«

»Und du erwartest von mir, dass ich dieses Können heute an den Tag lege?«, fragt sie mich amüsiert, als wir auf die Dachterrasse treten, wo das Team schon bereitsteht.

»Gott, nein. Ich erwarte gar nichts von dir, außer dass du dich gut amüsierst. All unsere Arbeit war trocken und voller Theorie. Deswegen wollte ich dir eine außergewöhnliche Auszeit ermöglichen.«

»Das ist ja lieb von dir. Aber wenn ich mir das so ansehe, glaube ich eher, dass du mich loswerden möchtest«, sagt sie ehrfürchtig, als sie realisiert, dass wir uns im fünfzehnten Stock befinden und die Dachterrasse damit ganz schön hoch ist …

»Wie ich schon sagte, werde ich auf dich aufpassen, aber wenn du bereit bist, wirst du dich von diesem Gebäude abseilen können.«

»Ich bin mir noch nicht ganz sicher, ob ich dazu fähig bin.«

Ich platziere sanft meine Hände auf ihre Schultern und suche ihren Blick. Ich lege all meine Überzeugungskraft hinein. »Du kannst alles erreichen, Daphne. Du schlägst Wege ein, die niemand vor dir je gewagt hat zu betreten. Du kannst das«, sage ich und spüre, wie mein Herz schwer wird, denn das sind genau die Worte, die sie in Vegas an mich gerichtet und damit mein Leben für immer verändert hat.

21. KAPITEL

Daphne

Zum Glück muss ich mich nicht sofort abseilen, sondern sehe zunächst nur den Profis und Rookies beim Üben zu. Die Aufregung und das Adrenalin machen mich jedoch ganz zappelig. Und dann ist es plötzlich so weit. Ich muss selbst einen Stunt vollführen.

Ich lausche noch mal den Anweisungen, doch mein letzter Blick gilt Aspen, der mich mit einem strahlenden Lächeln ansieht, ehe ich mich mit einem Schrei abseile.

Mein Kreischen verwandelt sich in ein Jubeln, und als ich wieder festen Boden unter den Füßen spüre, sind meine Knie für einen Moment so weich wie Pudding, ehe ich mich wieder fange. Mir wird das Sicherheitsgeschirr abgeschnallt, als auch schon Aspen auf mich zukommt.

»Ich fasse es nicht, dass ich das getan habe!«, rufe ich laut aus und spüre immer noch das Adrenalin durch meinen Körper rauschen. Fast werfe ich mich vor lauter Euphorie in Aspens Arme, doch ich kann mich gerade noch bremsen.

»Ich wusste, dass du es schaffst. Auch wenn ich kurz Angst hatte, dass du ohnmächtig wirst.«

»Um ehrlich zu sein, ich hatte auch das Gefühl. Ich wollte einen Rückzieher machen, aber dann habe ich mir einen Ruck gegeben. Im wahrsten Sinne des Wortes«, sage ich und hüpfe wie ein Kleinkind neben Aspen herum, als wir ein paar Stockwerke tiefer gehen.

»Du hast eine gute Figur abgegeben«, meint er und öffnet mir die Tür zum Treppenhaus.

»Ich wünschte, ich hätte es gefilmt.«

»Dann wird es dich freuen, dass ich diesen Part übernommen habe.«

»Wirklich?«, frage ich ungläubig. Ich kann nicht aufhören zu grinsen, und das Rauschen in meinen Ohren lässt mich meine eigenen Worte kaum hören, aber das war es mir wert.

»Klar. Ich wünschte, jemand hätte meinen ersten Stunt damals gefilmt. Es wäre ein kostbares Erinnerungsstück gewesen, aber so weit hat niemand von uns gedacht. Deswegen wollte ich diesen Fehler bei dir nicht machen.«

»Das ist lieb von dir, Aspen. Danke.« Ich glaube nicht, dass er versteht, wie gut mir dieses Erlebnis getan hat. In den letzten Monaten habe ich mich eingeigelt, wollte nichts tun, außer zu arbeiten. Dates? Urlaube? Aufregende Dinge wie Stunts? Das war nicht greifbar für mich, denn ich steckte all meine Energie in das Unterfangen, meinen Ruf zu retten. Um wieder eine Anwältin zu sein, über die nicht hinter vorgehaltener Hand getuschelt wird.

»Gern geschehen. Aber der Tag ist noch nicht vorbei, und du hast noch einiges vor.«

»Habe ich das?«, frage ich, als wir in einen anderen Raum auf derselben Etage treten, in dem sich ebenfalls bereits einige Menschen befinden.

»Was hältst du davon, aus einem Fenster zu springen?«, fragt mich Aspen belustigt und erwischt mich eiskalt. Ich bin kurz davor, in Panik zu verfallen, doch das Adrenalin lässt es nicht zu. Ich will mehr. Viel mehr.

Den gestrigen Tag werde ich nie wieder vergessen. Ich habe mich von einem Gebäude abgeseilt, bin durch ein Fenster und von einem Autodach gesprungen. Selbst tief in der Nacht stand ich noch unter Strom und konnte erst spät eingeschlafen. Ich denke, ich werde Aspen niemals ausreichend für diese unvergesslichen Momente danken können.

Auch wenn wir gestern blau gemacht haben, ist sein Terminkalender an diesem Tag rappelvoll. Ich begleite Aspen zu einem Radiointerview, wo er über den neuen Film und sich selbst erzählen soll. Diese Art von Fragen hat er bis jetzt über fünfzig Mal beantwortet, und er wirkt kein einziges Mal so, als würden sie ihn langweilen. Während er mit Kopfhörern in einem kleinen Raum bei einer Moderatorin sitzt, befinde ich mich im Nebenraum und sehe ihm durch einen Monitor dabei zu, wie er erneut mit seinem Charme die Menschen für sich einnimmt. Aspen beantwortet alle Fragen souverän, ist witzig, wenn es die Situation erfordert, und ernst, wenn über seine Zukunft als Schauspieler gesprochen wird.

Als ich schon denke, dass das Interview beendet ist, fragt die Moderatorin, ob Aspen eine Freundin hat. Ich ertappe mich dabei, wie ich die Luft anhalte. Ich bin ebenfalls gespannt auf die Antwort, denn das ist eine Sache, die ich auf Google nicht rausgefunden habe. Und ja, ich habe mich, seitdem er mich auf der Treppe getröstet hat, immer weiter in der Suchmaschine verloren, wo ich seinen Namen eintippe und alle privaten Informationen aufsauge wie ein Schwamm. Natürlich habe ich mir auch seine Fotos angesehen. In Filmszenen, im Anzug, im T-Shirt, oben ohne – wobei Letzteres mir den Rest gegeben hat.

»Nein, ich bin in keiner Beziehung, aber wenn die Richtige mich endlich wahrnehmen würde, dann würde ich keinen Zweifel an meinen Gefühlen zulassen.«

»Wie romantisch das klingt. Dann hoffe ich, dass du diese Frau schnell triffst.«

»Ich auch«, antwortet er und sieht sich zum ersten Mal um, als würde er nach etwas Ausschau halten. Als sich unsere Blicke treffen, lächelt er mich an, ehe er sich wieder auf sein Gegenüber konzentriert. Dieser Moment hat vielleicht nur eine Sekunde gedauert, doch er schafft es, mir unter die Haut zu gehen. *Hatte dieser Blick womöglich eine Bedeutung?*

Niemals. *Aspen und ich kennen uns kaum, wieso sollte er dann seine Worte auf mich bezogen haben?* Meine Gedanken spielen mir einen Streich, also schüttle ich den Kopf und sehe auf mein iPad, das mir eine neue E-Mail von Kurt anzeigt. Da ein Anwaltsgehilfe krank geworden ist, braucht er Unterstützung bei der Sichtung von Dokumenten. Er erwartet mich am Dienstag in der Früh, und da es ein wichtiger Fall ist, soll ich pünktlich sein.

Ich unterdrücke ein Seufzen, denn ich kann mir bessere Dinge vorstellen, als einen Vormittag mit meinem Boss zu verbringen, der mich nicht ausstehen kann. Aber ich antworte ganz professionell, dass ich da sein und helfen werde, und speichere den Termin gleich danach in meinem Kalender ab. Nicht dass ich eine andere Wahl hätte. Je länger ich mich in der Welt von Aspen bewege, desto faszinierter bin ich, doch sie ist nicht die meine. Als ich jung war, wollte ich nichts anderes tun, als für Gerechtigkeit zu sorgen und die Wahrheit ans Licht zu bringen, für die, die es selbst nicht können.

Als wir das Gebäude des Radiosenders über den Hinterausgang verlassen, werden wir von einem Blitzlichtgewitter überrascht. Sofort schirmt er mich schützend von den Paparazzi ab.

»Aspen! Wer ist diese Frau an Ihrer Seite?«

»Ist das Ihre Freundin?« Wir versuchen uns einen Weg durch

die Menschenmenge zu bahnen, was uns nur gelingt, weil Langdon, Aspens Bodyguard, uns den Weg frei macht.

»Daphne! Sehen Sie hierher!«, sagt plötzlich jemand, sodass ich mich erschrocken in die Richtung dieser Stimme drehe. Es sind so viele Personen hier, dass ich sie nicht ausmachen kann, aber allein, dass sie meinen Namen kennen, erschreckt mich. Natürlich wurde ich bereits davor gewarnt, dass sie mich mit Namen ansprechen könnten oder mich irgendeinen Unsinn fragen würden, nur um eine Reaktion von mir zu bekommen. Mit einem einzigen Gesichtsausdruck kann man Dutzende Schlagzeilen erfinden, das hat Aspen einmal gesagt, und ich frage mich unweigerlich, wie meine wohl lauten würden.

Als wir im SUV sitzen, fährt dieser augenblicklich los, doch ich fühle mich immer noch wie gelähmt. Langdon sieht mich besorgt an, genauso wie Aspen.

»Daphne? Geht's einigermaßen?«, fragt er, und ich sehe, dass er nach meiner Hand greifen will, es sich aber anders überlegt. Die kurze Hoffnung, die ich gespürt habe, verpufft augenblicklich und setzt Frust frei.

»Die kennen meinen Namen.«

»Was nicht ungewöhnlich ist, da du offiziell als Teil des Teams giltst.«

»Aber sie denken, dass etwas zwischen uns läuft«, sage ich mit schwacher Stimme und wende mich ihm zu. Aspen sieht mich entschuldigend an, als wäre er für all das verantwortlich. Aber ihn trifft keine Schuld, sondern ich hätte mir ein dickeres Fell zulegen müssen. Doch obwohl ich tough bin, klafft in meinem Inneren eine Wunde der Unsicherheit. Was würde passieren, wenn die Presse vom Vorwurf der Beweisfälschung erfährt? Was ist, wenn sie diese Information gegen mich verwendet und Aspen mit schlechter Publicity zu kämpfen hätte?

Zwar hat Dexter mir geglaubt und mich angestellt, aber das könnte auch nach hinten losgehen.

»Sie würden auch etwas Unanständiges vermuten, wenn ich mit meiner Tante herumlaufen würde. Das sind Geier, die sich auf alles stürzen, das im Entferntesten nach einer Story riecht. Mach dir keine Sorgen, okay?«

»Hmm. Ich glaube, ich brauche nur ein wenig frische Luft.«

»Okay, dann lass uns eine Runde spazieren gehen.«

»Hast du nicht in einer Stunde einen Termin?«, frage ich und will schon in die Kalender-App wechseln, doch er greift sanft nach meiner Hand und hindert mich so daran, übers Display zu wischen. Seine Berührung lässt mich nach Luft schnappen und beschleunigt meinen Herzschlag, den ich seit dem Moment auf der Treppe nicht mehr unter Kontrolle habe.

»Man kann alles verschieben.«

»Aber doch nicht wegen mir.«

»Wer sagt, dass es wegen dir ist? Ich habe Durst und möchte etwas trinken.« Es ist eine billige Ausrede, und das weiß ich auch. Natürlich tut er dies wegen mir, und auch wenn ich es nicht wollte, freut mich die Tatsache, dass Aspen mir diese Pause, die ich dringend brauche, gewährt. Er ist doch nicht der Teufel, für den ich ihn gehalten habe. Ich hätte nur ein wenig tiefer hinter die Fassade des Badboys blicken sollen. Aber meine Wut hatte mich daran gehindert. Wie kleinlich von mir.

»Oh. Okay«, murmle ich schließlich.

»Mir ist es nicht recht, dass ihr zwei allein spazieren geht. Ich werde euch begleiten«, meint Langdon sachlich, aber Aspen schüttelt den Kopf.

»Es wird schon nichts passieren. Die haben gewusst, wo ich war, und haben uns überrumpelt, aber niemand ist uns gefolgt, und ich werde einen Mundschutz tragen.«

»Aber …«

»Kein Aber. Dexter wird dir schon nicht den Kopf abreißen.«

»Da bin ich mir aber nicht so sicher«, murmle ich leise, sodass Aspen sich zu mir neigt.

»Das ist nicht hilfreich«, flüstert er mit Belustigung in der Stimme. Er möchte mit mir spazieren gehen. Allein. Mit einem Schaudern erinnere ich mich an die Situation auf der Treppe. Daran, wie er seinen Arm um mich gelegt und mich getröstet hat.

»Okay, aber ich erwarte euch in einer Stunde wieder.« Langdon ist eine harte Nuss, doch Aspen wirkt zufrieden.

»Ist gut. Gönn dir auch eine Pause.«

Aspen setzt sich einen Mundschutz auf, als wir die Straße entlanggehen. Gemeinsam betreten wir einen Laden, in dem man Aspens Meinung nach den besten Bubble Tea der Stadt bekommt, und auch wenn uns niemand erkennt, blicke ich trotzdem immer wieder über die Schulter. Ich entscheide mich für einen Jasmin-Grüntee mit Pfirsichsirup und Mango-Popping Boba, während Aspen einen Matcha-Milchtee wählt. Da wir keinen Sitzplatz mehr bekommen, gehen wir wieder auf den Gehweg und sehen uns um.

»Lass uns einfach in den Park gehen und uns ein ruhiges Plätzchen zum Trinken suchen«, schlägt Aspen vor, der sich in der Gegend offensichtlich gut auskennt. Aspen erklärt mir, dass der Park nur zwei Gehminuten von hier entfernt ist, als wir uns auch schon auf den Weg machen. Ich sehe mich erneut um, und die Luft scheint rein zu sein.

»Bleib locker, uns wird keine Horde wildgewordener Fans überfallen.«

»Sorry, ich denke, der Moment vorhin hat eine leichte Paranoia ausgelöst.« Dabei sollte ich diese Menschenmengen gewohnt sein. Immerhin bin ich schon seit einigen Wochen an Aspens Seite.

»Für mich ist es auch neu. Bis jetzt war meine Fanbase eher klein.«

»Wieso warst du am Anfang unserer Zusammenarbeit ohne Bodyguard unterwegs?«, frage ich Aspen.

»Bei großen Auftritten oder Events in überfüllten Umgebungen habe ich Security-Personal um mich, aber privat bin ich gern ohne Aufpasser. Bevor du kamst, natürlich. Mittlerweile finde ich es gar nicht so übel, dass du auf mich achtest«, sagt er und schenkt mir ein freches Grinsen. Früher hätten mich seine Worte provoziert, jetzt lassen sie Schmetterlinge in meinem Bauch herumtanzen.

»Glaubst du, es wird für dich gefährlich, wenn dein Ruhm weiter wächst?«, frage ich, ohne auf seine Aussage einzugehen.

»Das Leben selbst ist gefährlich, egal ob Prominenz oder nicht. Ich kann jederzeit auf der Straße überfahren werden, und da könnte mir niemand mehr helfen.«

»Aber das hier ist anders. Die Fans waren bis jetzt nicht aufdringlich, doch das kann sich jederzeit ändern. Was sagt Dexter eigentlich dazu?«, frage ich belustigt und weiche einer Passantin aus.

»Nun, sagen wir es mal so, er war nie begeistert von der Idee, mich allein herumlaufen zu lassen«, antwortet er und muss selbst lachen. Sein bester Freund und Manager möchte immer alles perfekt inszenieren, und dann hat er einen Klienten wie Aspen, der spontaner nicht sein könnte. Manchmal weicht er vom Drehbuch ab, lässt spontan Texte einfließen, die sich gut anhören, aber vom Skript abweichen.

Dann beschließt er, zwanzig Minuten nachdem wir morgens mit der Arbeit begonnen haben, mit mir ins interne Fitnessstudio zu gehen, wo er trainiert, während ich Mails bearbeite. Aspen möchte mich dazu bringen, auch mit ihm zu trainieren, doch mir reicht das wöchentliche Volleyballtraining.

Manchmal greift er zu seinem iPad und spielt UNO, ärgert sich aber ständig, wenn er verliert. Ich wundere mich zwar darüber, aber ich sehe auch, dass er so seine Kreativität fördert. Wenn er seine Energie mithilfe anderer Dinge abbauen kann, hat er den Kopf frei fürs Schauspielern, und da ich seine Filme kenne, ist es für mich unheimlich interessant, ihm dabei zuzusehen, wie er sich auf seine wichtigste Rolle vorbereitet. All diese Dinge habe ich ignoriert oder nicht wahrgenommen, als ich aus ihm einen Sündenbock gemacht und ihn angekeift habe.

Wir finden tatsächlich eine Bank, die den Bäumen zugewandt ist und Sichtschutz bietet. Aspen nimmt die Maske ab und atmet einmal tief durch, bevor er einen großen Schluck von seinem Tee nimmt. Dann wendet er sich mir zufrieden zu.

»Was sagen deine Eltern zu deiner Berufswahl?«, frage ich vorsichtig nach, da ich bei meiner Recherche nichts über seine Familie herausgefunden habe.

»Die sind bei einem Autounfall ums Leben gekommen, als ich fünf war, also haben sie es nicht erlebt.«

»Das tut mir wirklich leid«, sage ich und könnte mir in den Arsch treten, weil ich das Thema angesprochen habe. Ich wollte mit meiner Neugier keine alten Wunden aufreißen.

»Muss es nicht. Meine ersten Lebensjahre mit meinen Eltern waren nicht schön. Viel Geschrei von toxischen Menschen, die keinerlei Bindung zu ihrem Sohn aufbauen konnten. Mein Leben begann erst, als ich in die Obhut meines Onkels kam. Ich hatte eine wunderbare Kindheit mit ihm an meiner Seite. Und ich bin froh, dass ich nicht in fremde Obhut gekommen bin, denn wer weiß, wo ich ohne seine Hilfe jetzt wäre.« Er blickt auf seine Hände, ballt sie zu Fäusten und streckt sie danach wieder aus. Kurz ist er in Gedanken vertieft, bevor er sich mir wieder zuwendet.

»Wie sieht es bei dir aus? Hast du ein gutes Verhältnis zu deinen Eltern?«

»Mein Dad ist gestorben, als ich klein war.«

»Du hast also auch jemanden verloren? Das tut mir leid«, sagt er mitfühlend und streckt seinen Arm auf der Lehne hinter mir aus. Ich spüre die Wärme, die von seiner Hand ausgeht, in meinem Nacken. Sie breitet sich in meiner Brust aus, was die Flügelschläge der Schmetterlinge in meinem Bauch verstärkt. Ich atme tief durch, ignoriere diese Gefühle, die er in mir auslöst, und erzähle meine Geschichte.

»Ja, ich war drei, als er plötzlich einen Herzinfarkt erlitt und auf der Arbeit verstorben ist. Meine Mutter hat schrecklich unter seinem Tod gelitten. An ihr markerschütterndes Schluchzen kann ich mich erinnern, an die Momente mit meinem Vater gar nicht.« Ich senke beschämt das Gesicht, denn ich sollte mich an ihn erinnern. Er war immerhin mein leiblicher Vater.

»Mach dir keine Vorwürfe, weil du dich nicht erinnerst. Du warst erst drei Jahre alt, und es ist nicht unüblich, dass wir an diese frühe Zeit unseres Lebens keine bewussten Erinnerungen mehr haben.«

»Du hast wahrscheinlich recht. Mein Vater war laut den Erzählungen meiner Mutter ein toller Mensch, der mich vergöttert hat. Doch ich musste nicht ohne Vaterfigur aufwachsen. Ich habe einen tollen Stiefvater, der meine Mutter und mich liebt, als wären wir von Anfang an ein Teil von ihm gewesen. Durch Vincenzo habe ich nicht nur einen Vater bekommen, sondern auch eine ganze Familie dazu.«

»Eine Patchworkfamilie mit Stiefgeschwistern?«, fragt er, doch ich schüttle den Kopf.

»Nein. Dad hat keine leiblichen Kinder, dafür seine vielen Brüder und Schwestern. Einige von ihnen wohnen in der Toskana, doch die meisten sind in den Staaten.«

»Toskana? Er ist Italiener?«

»Genau, geboren und aufgewachsen in Poppi, einem Dorf in der Provinz Arrezzo.«

»Wow. Deshalb kannst du italienisch sprechen?«

Verwirrt über seine Worte stelle ich eine Gegenfrage: »Habe ich jemals in deiner Gegenwart italienisch gesprochen?« Ich bin verwundert, da ich meist nur mit Dads Verwandten italienisch spreche.

»Du hast mal etwas auf Italienisch gemurmelt, als du verärgert warst. Deshalb habe ich angenommen, dass du die Sprache gut sprichst.«

»Ach so, dann hast du recht. Ich fluche viel zu oft auf Italienisch.«

»War es schwer, die Sprache zu lernen?«

»Nicht wirklich. Ich habe die Sommer immer auf dem Weingut verbracht, wo ich mit Nonna – Dads Mutter – sehr oft im Dorf unterwegs war. Wenn sie mit Freundinnen gekocht oder auf der Terrasse gegessen hat, habe ich mit den Nachbarskindern gespielt oder den Älteren so lange beim Schachspielen zugesehen, bis es langweilig wurde. Ich fand immer Zerstreuung und Ruhe. Man wurde nicht gehetzt und lebte in den Tag hinein. Jedes Mal, wenn ich wieder nach New York zurückgekommen bin, war ich überfordert, weil das Leben hier so schnelllebig ist.«

»Es ist schön, einen Ort zu haben, an dem man abschalten kann. Wo die Welt einfach stehen bleibt und die Sorgen weit weg erscheinen.«

»Hast du auch so einen Ort?«, frage ich nach, und er lächelt traurig, doch dann verändert sich sein Gesichtsausdruck. Er starrt vor sich hin, und es wirkt, als wäre er in einer schönen Erinnerung gefangen. Aspen seufzt sehnsüchtig, aber durch und durch glücklich. Sein Anblick löst in mir den Wunsch aus, auch diese Erfahrungen und Gefühle zu durchleben, die Aspen gerade durch seine Mimik ausdrückt.

»Ich glaubte, dass ich eine Frau hatte, die für mich diesen Ort darstellt. Jemanden, der mich verstanden hat, als ich nicht wusste, was ich mit meinem Leben anstellen sollte.«

»Das gibt es wirklich? Dass ein Mensch so was verkörpern kann?«, frage ich, denn allein die Vorstellung davon klingt so unwirklich und auch wunderschön. Dann wendet er sich mir zu und sieht mich an. Nicht wie sonst, sondern mit einer Tiefe, die meine Welt aus den Angeln heben könnte, wenn ich es zulassen würde. Plötzlich will ich diejenige sein, die all die Sorgen von ihm genommen hat.

»Ich dachte immer, dass es Liebe auf den ersten Blick nur in der fiktiven Welt gibt. Doch dann stand diese junge Frau vor mir, und alles in mir wurde ruhig. Sie wurde zu meiner Mitte, die ich selbst nicht finden konnte.«

Plötzlich sammeln sich Tränen in meinen Augen, weil seine Worte mich tief ergreifen. Er hat jemanden geliebt, wie ich es immer wollte. Ich hasse den Fakt, dass Aspen mich mit seinen Worten immer zu Tränen rührt, doch ich bin machtlos.

»Hey«, sagt er schwermütig und lehnt sich zu mir, sodass er mir mit der Hand die Tränen von der Wange streichen kann.

»Ich wollte dich nicht zum Weinen bringen«, sagt er mit brüchiger Stimme, denn auch seine Augen glänzen verräterisch.

»Alles gut«, sage ich und schniefe ganz unelegant, aber das ist mir egal. Aspen und ich sind keine Feinde mehr, sondern wurden zu einem eng zusammenarbeitenden Team, und ich denke, dass wir drauf und dran sind, Freunde zu werden.

»Ich nehme an, mein Romantikerinnenherz hat bei deinen Worten einfach auf die Emotionstaste gedrückt.« Ich versuche zu scherzen, doch die Tränen versiegen nicht.

»Das ist doch völlig in Ordnung, Daphne. Ich finde, wir

sind es uns nach dem schwierigen Start schuldig, dem anderen einen Einblick in unser wahres Ich zu geben. Und die Seite, die du mir gerade von dir zeigst, finde ich unheimlich schön.«

»Danke«, sage ich und befehle meinem närrischen Herz, langsamer zu schlagen. Das Türkis seiner Augen ist wie mein persönlicher klarer, kalter Bergsee, der bereits äußerlich eine Schönheit darstellt, doch Schätze offenbart, je tiefer man eintaucht. Jetzt und hier wünsche ich mir erneut, von ihm gehalten zu werden, seine warmen Finger um meine Hand zu spüren, seine Lippen auf meinen.

Ich befinde mich in einem gefährlichen Zustand, denn nun vermische ich mal wieder Privates mit Beruflichem, doch aus irgendeinem Grund fühlt es sich diesmal richtig an.

22. KAPITEL

Daphne

Einen Tag später treffe ich mich in meiner Mittagspause mit meinen Freundinnen in einer Boutique, die von einer Bekannten von Britney geführt wird. Ich bin froh über die Ablenkung, da Aspens Nähe mich verrückt macht. Und wenig macht mich glücklicher, als mein hart verdientes Geld für schöne Dinge auszugeben.

»Das sieht gut aus.« Ich greife nach der Bluse, die aus einem seidigen Stoff gefertigt ist. Sie ist schwarz und übersät mit goldenen Punkten, die ein Eyecatcher sind und dem Stück einen edlen Hauch verleihen. Sie würde gut zu meinen weißen Ankle Pants passen, die ich mir letzte Woche gekauft habe.

»Schick, aber ziemlich teuer«, meint Brit, als sie auf das Preisschild schielt.

»Eigentlich ist das noch günstig, wenn ich mir die anderen Klamotten in meinem Schrank ansehe.« Ich trage gern Designerklamotten, weil ich die Qualität der Stoffe liebe und für diese auch gewillt bin, tiefer in die Tasche zu greifen.

»Ja, und wenn man all die Kleidung aus deinen Schränken nehmen und die Preise zusammenzählen würde, dann könntest du dir locker ein eigenes Apartment kaufen. Zwar nicht in Manhattan, aber für die Bronx würde es reichen.« Monica könnte in der Tat recht haben, allerdings habe ich kein Verlangen danach, in Immobilien zu investieren, und vor allem nicht um den Preis, meine Klamotten dafür zu verkaufen.

»Meine Schätze hergeben? Niemals.«

»Ich sehe, wir kommen hier nicht weiter«, meint Monica lachend und wendet sich wieder den Kleiderstangen zu.

»Wie läuft es eigentlich mit Aspen? Habt ihr endlich eingesehen, dass ihr aufeinander steht?«, fragt sie mich und ahnt gar nicht, wie durcheinander ich mich fühle. Ich denke an die Momente, wo er mir einen Einblick in den wahren Aspen gegeben hat, und fühle wieder diese Wärme in meiner Brust. Es ist keine sexuelle Hitze, sondern eine Verbundenheit, die ich spüre, und die tiefer geht als reiner Sex.

»Erde an Daphne!« Monica wedelt belustigt mit der Hand vor meinem Gesicht herum.

»Entschuldige, was?«

»Er geht dir unter die Haut, was?«

»Wer? Geht wohin?«, fragt Britney, die mit einem Kleid in der Hand zu uns gekommen ist.

»Ja, und es wird mit jedem Tag schlimmer. Ich denke, ich habe mich schon längst in ihn verknallt«, gebe ich zu, was Monica ein Quietschen entlockt.

»Ich fasse es nicht. Du und *The Hot Villain!*«

»Vielleicht. Oder auch nicht. Ich habe keine Ahnung«, erwidere ich frustriert.

»Von wem reden wir hier eigentlich?«, fragt Brit noch mal nach.

»Aspen Knox, Baby!«, meint Monica stolz, als hätte ich einen Preis ergattert.

»Es ist nichts zwischen uns passiert. Nur meine Gefühle spielen verrückt.«

»Nein! Echt? Ihr seid nicht nur optisch ein schönes Paar, sondern harmoniert auch gut. Zumindest soweit ich das beurteilen kann, und da dachte ich, dass bereits etwas passiert sein könnte.«

»Witzig, dass du das sagst, denn eigentlich haben wir uns bis jetzt immer angegiftet.«

»Ach Süße, die besten Liebesgeschichten fangen so an. Meinen letzten Freund habe ich auf diese Weise kennengelernt.«

»Aber Chase war kein Schauspieler. Ihr wart in derselben Liga.«

»Willst du etwa sagen, dass du nicht gut genug für ihn wärst?«, fragt Monica empört, und ich sehe schon, wie sie Luft holt, um mir zu sagen, wie großartig ich bin.

»Ich weiß, dass ich mir einen Prinzen angeln könnte, wenn ich wollte, okay? Meine Worte rühren nicht vom Mangel an Selbstbewusstsein her, sondern daher, dass seine Welt und meine nicht harmonieren.«

»Lebt er in Mordor?«, fragt Monica und rollt dabei mit den Augen.

»Nein, im Auenland, was denkst du denn?«

»Er ist nicht fiktiv. Ihn gibt es wirklich, Daphne. Ich weiß, dass Lee dich verletzt hat und du nun alle Absichten von Männern hinterfragst, aber du solltest deiner Vergangenheit nicht die Macht geben, deine Zukunft zu lenken. Das solltest immer noch du selbst tun.«

»Und das tue ich auch, indem ich meine Gefühle für Aspen unterdrücke.«

»Nicht alle Männer sind Schweine wie Lee.«

»Das ist mir auch bewusst, aber ich glaube, ich habe Angst vor den Wellen, die es auslösen würde, wenn ich mich auf ihn einlassen würde. In der Kanzlei und bei *Start Entertainment* würde man über mich reden, die Presse würde mein Leben durchleuchten, und seine Fans könnten mich ächten.«

»Oder in der Kanzlei würde man dich beneiden, in den Medien käme es gut an, dass Aspen eine Frau datet, die mit beiden Beinen im Leben steht, und die Fans würden seine Wahl unterstützen?«, meint Monica, und ihr Enthusiasmus lässt mich schmunzeln.

»Und mit Sicherheit glaubst du auch noch an den Weihnachtsmann«, sage ich sarkastisch, denn ich kann mir nicht vorstellen, dass die Menge überaus positiv reagieren würde, sollte ich Aspen mein Herz schenken und er meine Gefühle erwidern.

»Du weißt, was ich meine. Deine negative Einstellung könnte schuld an deinem Gefühlschaos sein.«

»Vielleicht hast du recht.« *Ich suche immer nach Ausflüchten, um meine Gefühle nicht zuzulassen.*

»Denk nicht zu viel nach. Fühle mehr«, meint Britney und lächelt mich liebevoll an.

»Okay, ich werde es versuchen.«

»Was sagst du zu diesem Kleid für den roten Teppich vor der Musicalpremiere?«, will Monica wissen und hält ein dunkelviolettes, knöchellanges Kleid in die Höhe.

Ich blinzle, fange mich aber schnell wieder. »Das sieht elegant und doch sexy aus, aber ich kann es besser beurteilen, wenn du es anhast.«

»Okay, dann sollte ich es mal mitnehmen. Aber stellt euch auf eine lange Anprobephase ein. Ich muss mich heute für eines entscheiden.«

»Hmm, mach das«, sage ich, bin aber nur halbherzig anwesend. Meine Gedanken kreisen immer noch um Aspen. Tief in mir weiß ich, dass ich da nicht viel hineininterpretieren sollte, denn eine Beziehung zwischen uns ist unmöglich. Wir arbeiten zusammen, und ich passe auch nicht in sein Beuteschema, wenn ich mir die Frauen mit den dunklen Haaren ansehe, die die Presse auf Fotos festgehalten hat. Keine einzige von ihnen hatte wie ich helles Haar.

Ich schüttle den Kopf und zwinge mich dazu, mich wieder auf meine Freundinnen zu konzentrieren, die ein Outfit für Monicas Musicalpremiere kaufen möchten.

»Weißt du schon, was du anziehen wirst?«, fragt mich Britney. Wir sitzen auf der Couch, die sich gegenüber der Umkleidekabine befindet. Weil Brit langweilig ist und sie ihr Smartphone im Auto vergessen hat, hat sie begonnen, mir die Haare zu flechten. Sie muss ihre Hände immer beschäftigt wissen. Sie flicht sogar das halblange Haar von Leo, wenn er bei uns ist und sich die Situation ergibt. Ihre Kreativität spornt sie immer an, schöne Dinge zu kreieren.

»Wenn ich ehrlich bin, würde ich am liebsten das weiße Kleid tragen, das du mir damals zum Geburtstag geschenkt hast.« Ich lächle traurig, weil ich mich so über diese Kreation, die sie für mich angefertigt hat, gefreut habe. »Aber das ist in Vegas verschollen«, vollende ich meinen Satz.

»Das ärgert dich immer noch?«

»Und wie. Als hätte es nicht gereicht, dass ich die gesamte Erinnerung an diese Nacht verloren hab …«

»Mach dir keinen Kopf mehr deswegen. Ich habe dir viel schönere Kreationen geschenkt.«

»Aber es hat mir viel bedeutet.«

»Das Leben ist unberechenbar, deswegen solltest du es einfach vergessen.«

Dann schiebt Monica den Vorhang zur Seite und steht in einem silberfarbenen Abendkleid vor uns. Es hat nur einen breiten Träger, ist enganliegend und fällt locker bis zu ihren Füßen.

»Das ist es«, meint Britney und umrundet unsere Freundin. Mit geschultem Blick prüft sie jede Naht, und ganz offensichtlich gefällt ihr, was sie sieht.

»Es ist kein Britney Walsh, aber es ist schön«, sagt Monica und lächelt unsere beste Freundin an.

»Ach, ich wünschte, ich hätte euch die Kleider nähen können, doch ich komme kaum aus dem Atelier raus, weil mir die Deadline im Nacken sitzt.«

»Wann muss deine Kollektion fertig sein?«, frage ich und spüre wieder die Aufregung in mir aufsteigen. Britney fertigt ihre Mode schon lange selbst und verkauft sie im Internet. Schnell war sie so gefragt, dass sie kaum noch mit der Produktion hinterherkam. Dann kam ein Modehaus auf sie zu, das ihre Modelle kaufen will. Sie arbeitet nun an der Fertigstellung ihrer Frühjahrskollektion, und wenn einige der Kleidungsstücke eingekauft werden, wird sie einen Batzen Geld bekommen und die Anerkennung, die sie immer schon verdient hat.

»In einem Monat, und auch wenn das nach einer langen Zeit klingt, habe ich noch eine ellenlange To-do-Liste, die sich nicht nur auf das Fertigen der Kleider beschränkt.«

Monica nickt. »Und deswegen solltest du auch kein schlechtes Gewissen haben, weil du uns diesmal nichts nähen kannst. Du hast schon genug um die Ohren. Ich bin froh, dass du überhaupt kommen wirst. Oh, und – Daphne, ich wollte dich noch um einen Gefallen bitten. Glaubst du, du kannst Aspen überreden, auf meine Premiere zu kommen? Er auf dem roten Teppich wäre eine großartige Publicity.«

»Ich kann ihn gern fragen.«

»Das wäre lieb von dir. Auch wenn ich nicht damit rechne, dass er Ja sagt.«

Also frage ich Aspen zwei Stunden später, ob er Monica die Freude machen würde.

»Klar hätte ich Lust auf das Musical. Es ist eine Weile her, dass ich am Broadway war.«

»Gott, meine Ohren werden leiden, wenn ich ihr das sage.« Meine Worte entlocken ihm ein heiteres Lachen. Der Klang beschert mir eine Gänsehaut, die er aufgrund meines Blazers, den ich im Büro trage, nicht sehen kann. Doch ich spüre das intensive Gefühl bis in die Zehenspitzen.

»Wieso das denn?«

»Weil sie vor Freude quietschen und herumhüpfen wird.«

»Sollte ich die Einladung dann lieber ablehnen, um dein Gehör zu schützen?«, fragt er und stellt eine Tasse Tee vor mir auf dem Tisch ab. Ich habe ihn zwar nicht bestellt, nehme ihn aber dankend an.

»Nein, dann müsste ich mir ihr Geheule anhören, und das klingt wie das eines Wolfs«, sage ich. Natürlich übertreibe ich ein wenig, denn Monica würde es einfach akzeptieren, wenn er keine Zeit für ihre Premiere hätte.

»Ich sehe schon, wir befinden uns in einem Teufelskreis«, meint er belustigt und trinkt einen Schluck von seinem Kaffee, bevor er sich neben mich setzt.

»Das stimmt, aber ich werde das Gequietsche wohl ertragen müssen. Zum Wohl meiner Freundin.«

»Sehr nobel von dir.«

»So bin ich eben«, sage ich und zucke mit den Schultern, was Aspen schmunzeln lässt. Nachdem wir ein wenig gescherzt haben, gehen wir wieder das Drehbuch durch und widmen uns den juristischen Begriffen. Als wir ungefähr zehn Seiten abgearbeitet haben, gähnt er und streckt sich dabei. Dabei verrutscht sein T-Shirt, und ich kann wieder dieses V seiner Muskeln bestaunen. Doch da ich mich nun in seiner unmittelbaren Nähe befinde, erkenne ich auch eine dünne, lange Narbe neben seinem Bauchnabel.

»Hast du dich hier verletzt, oder ist die Narbe von einer OP?«, frage ich und müsste nur die Hand anheben, um sie berühren zu können. Aber das tue ich selbstverständlich nicht, auch wenn es mir in den Fingern kribbelt.

»Welche genau meinst du?«, fragt er und hebt sein T-Shirt bis zur Brust an. Neben seiner Narbe am Bauchnabel erblicke ich auch noch welche an seiner Seite sowie unterhalb des Brustkorbs.

»Gott. Ich wusste gar nicht, dass es mehrere gibt. Ich meinte die neben deinem Bauchnabel.«

»Die stammt von einer Verletzung bei einem Stunt. Beim Aufprall auf der Wiese hat die Crew einen Nagel übersehen, der mich aufgeschlitzt hat.«

»War es ein tiefer Schnitt?«, frage ich besorgt. Ich kann mich nicht zurückhalten und streiche mit den Fingern behutsam über die dünne Narbe. Aspen zuckt kurz zusammen, ehe sein Atem sich beschleunigt. Seine Haut ist weich und warm, und ohne dass ich es beabsichtigt hätte, streicheln meine Finger die dünne Narbe.

»Es war nicht tief. Die hier schon eher.« Er deutet auf die unter seinem Rippenbogen. Ich streiche auch über diese Stelle. Diesmal zuckt Aspen nicht zusammen, sondern scheint meine Berührungen zu genießen.

»Auch von einem Stunt?«

»Genau«, antwortet er mit kehliger Stimme, und ich schaue erstaunt auf. Meine Hand ruht immer noch auf seiner Haut, und plötzlich weiß ich gar nicht mehr, was ich gefragt habe oder was ich überhaupt sagen will. Ich sehe in das Türkis seiner Augen und fühle, wie sich mein Herzschlag beschleunigt. Und da ist wieder dieses Déjà-vu-Gefühl, das mich beim Anblick seiner Augen schon häufiger überkam.

»Du hast mir immer gesagt, dass es gefährlich ist, aber die Narben tatsächlich zu sehen, lässt es real erscheinen.«

»Sie sind längst verheilt«, flüstert Aspen und sieht mir tief in die Augen. Ich möchte etwas erwidern, doch als ich ihn ansehe, vergesse ich, was ich sagen wollte. Ich lasse mich in diesen

Moment fallen, der sich zwischen uns aufgebaut hat. Mir wird heiß, dann kalt, dann breitet sich ein Kribbeln in mir aus, das mich dazu verleiten will, mich Aspen zu nähern. Mich an ihn zu schmiegen oder zu küssen. *Ich könnte das tun, aber was wäre, wenn er mich abweisen würde?* Ich glaube nicht, dass ich eine Zurückweisung gut verkraften könnte. Also siegt die Vernunft über das Verlangen. Ich räuspere mich und breche so den Bann.

»Ich bin froh, dass sie nicht mehr wehtun. Wo sind wir vorhin noch mal stehen geblieben?«, frage ich und sehe auf die Drehbuchkopie, die ich auf meinem Schoß abgelegt habe. Mittlerweile helfe ich ihm gern beim Üben der Szenen. Es ist aufregend und macht Spaß, außerdem ist es ein guter Vorwand, um das Thema zu wechseln.

»Beim Eröffnungsplädoyer in Szene zwanzig.«

»Genau. Hier sind einige Dinge zu beachten. Die Betonung, die Körperhaltung und der Blickkontakt. Die Jury wird über den Fall oder die Freiheit deines Mandanten entscheiden, also ist es wichtig, ihnen in die Augen zu sehen, während du sprichst.«

»Bei der Zeugenbefragung auch? Sollte ich da den Fokus auf die Jury legen?«

»Es sollte eine gesunde Mischung sein. Du willst ja schließlich den Zeugen oder die Zeugin der Gegenseite durch deine Fragen dazu bringen, die Wahrheit zu sagen. Das schwören am Anfang zwar alle, doch nicht jeder hält sich daran.«

»Ich bin quasi guter und böser Cop in einem?«

»Genau, es läuft wie bei einer Befragung durch die Polizei ab. Wichtig ist, dass du auch deine Körpersprache nutzt, um deinen Worten Gewicht zu verleihen. Gestikuliere, wenn es die Situation erfordert, erhebe die Stimme, wenn du Unklarheiten ansprichst, und lege Sprechpausen ein, bevor du die wichtigen Fragen stellst.«

»Okay. Ich werde zunächst den Text der Szene auswendig lernen, dann kann ich sie morgen mit einem Kollegen einüben.«

»Mach das. Dann werde ich in die Kanzlei gehen und mir einen Überblick über die Aktenmenge für Dienstag verschaffen.«

»Okay«, sagt Aspen und wirkt plötzlich geknickt, als würde es ihn traurig stimmen, dass ich für einige Stunden nicht mit ihm zusammenarbeiten werde. Aber wie wir es drehen oder wenden, unsere Zusammenarbeit hat ein Ablaufdatum, und meine wachsenden Gefühle sind fehl am Platz.

23. KAPITEL

Daphne

Montagmorgen besprechen wir mit Dexter in seinem Büro den Plan für die Filmpremiere von Aspens letztem Film, den er im Vorjahr abgedreht hat. Sie findet heute Abend in einem Kino an der Upper West Side statt, und es wird mit einem großen Presseaufgebot gerechnet.

Während Dexter mit ihm über seinen Auftritt spricht, wirkt Aspen professionell und gelassen, als hätte er noch nie im Leben etwas anderes getan als im Rampenlicht zu stehen.

Nach dem Gespräch mit dem Team hat Aspen einen Termin mit dem Regisseur und den Produzenten von *In Love and Law*. Dexter scheint zufrieden mit Aspen und dem Verlauf des Meetings zu sein, und mir stellt sich unweigerlich die Frage, ob meine Tage als Nanny somit gezählt sind. Immerhin hat sich Aspen nichts zuschulden kommen lassen. Etwas in mir verkrampft sich bei der Vorstellung, ihn nicht mehr jeden Tag sehen zu können. Seine beruhigende, tiefe Stimme nur im Fernsehen und nicht dicht an meinem Ohr zu hören. Vielleicht möchte Aspen mich nie wiedersehen, nachdem unsere Zusammenarbeit beendet ist. Immerhin war ich seine Nanny wider Willen.

Ich entscheide mich dafür, vernünftig zu sein, und nehme mir vor, Dexter zu fragen, ob ich wieder an meinen Arbeitsplatz in der Rechtsabteilung zurückkehren kann. Einerseits weil ich meine Arbeit vermisse und meine Gefühle sortieren muss, andererseits weil ich mir selbst geschworen hatte, Kurt zu zeigen was in mir steckt. Und als Babysitterin eines Superstars ist mir das nicht möglich.

Langdon wartet in der Nähe des Autos, sobald wir uns in der Parkgarage von *Start Entertainment* befinden. Wir fahren mit dem Aufzug in den dreißigsten Stock, wo sich Aspens Arbeitswohnung befindet, und wieder ist da ein Kribbeln in meinen Fingern, weil ich mich plötzlich an die Wärme seiner Haut erinnere. Ich will ihn erneut berühren, erneut spüren.

Unser Schweigen wird plötzlich durch einen Schrei meinerseits durchbrochen, als ein Ruck durch den gesamten Fahrstuhl geht. Er ist so heftig, dass ich taumle und zu fallen drohe. Doch bevor dies passiert, legt Aspen seine Arme um meine Taille und hält mich fest. Ich kralle mich an seiner Jeansjacke fest und unterdrücke einen weiteren Schrei, als auch noch das Licht ausgeht. Kurz ist nur unser schwerer Atem zu hören, kurz darauf geht das Licht wieder an. Der Schreck hat mich gelähmt, sodass ich mich panisch umsehe, aus Angst, dass der Fahrstuhl gleich abstürzen wird.

Doch wider Erwarten gleitet er weiter nach oben. Meine Verkrampfung löst sich gerade, als ich merke, dass ich mich noch immer an Aspen festhalte. Peinlich berührt sehe ich ihm in die Augen. Aspen sieht mich mit einer Mischung aus Faszination und Wärme an, die sich sofort auch in meinem Inneren ausbreitet. Er sollte mich nicht so ansehen. Sein Blick raubt mir den Atem und verstärkt die Sehnsucht nach ihm.

Ich muss mich von ihm lösen, sollte meine verkrampften Finger vom Stoff seiner Jacke nehmen, doch die Wärme seines Körpers und seines Blicks machen es mir unmöglich. Ich bin schwach, so schwach, denn ich schaffe es nicht, mich von ihm abzuwenden.

Aspens Atem geht immer schneller, und erst da merke ich, dass ihm die Situation zu schaffen macht. *Ist es möglich, dass ich ihn genauso schwach mache wie er mich?* Ich habe die ihm angedichteten Freundinnen gegoogelt, und jede von ihnen war eine dunkelhaarige Schönheit. Es steht auf einen bestimmten Typ Frau, und dieser bin ich nicht. *Oder?*

»Daphne«, flüstert er mit kehliger Stimme, und allein meinen Namen aus seinem Mund zu hören, lässt meine Knie weich werden.

»Hmm«, murmle ich, weil ich jetzt kein Wort rausbringen könnte. *Was ist das zwischen uns?* Wieso habe ich plötzlich das Gefühl, ein Déjà-vu zu erleben? Es fühlt sich merkwürdig vertraut an, ihn zu berühren, so als wäre ich ihm bereits begegnet. Das bin ich aber nicht, denn ich hätte ihn sofort erkannt. Immerhin habe ich im Laufe der Jahre viele seiner Filme gesehen.

Wie würde es sich anfühlen, wenn ich mich auf die Zehenspitzen stelle und ihn küsse?

Es wäre ein Fehler, aber es wäre mit Sicherheit einer, den ich überaus genießen würde. Seine geschwungenen, vollen Lippen ziehen mich regelrecht an. Ich kann den Blick nicht von ihnen abwenden. Plötzlich beginnt Aspens Hand zu zittern, als sie von meiner Hüfte quälend langsam hinaufwandert. Über meinen unteren Rücken bahnt er sich den Weg bis nach oben, und sofort überzieht eine Gänsehaut meinen Körper. Als seine Fingerspitzen meinen Nacken umfassen, weiß ich, dass er mich jetzt küssen wird.

Das alles passiert so schnell und doch viel zu langsam. Wir überbrücken die Distanz zwischen unseren Lippen, und je näher wir einander kommen, desto mehr wandern unsere Lider nach unten, bis wir die Augen fast geschlossen haben. Ein *Pling* ertönt und erschreckt mich, weil meine Nerven zum Zerreißen gespannt sind. Es ist ein Weckruf, denn die Türen gleiten langsam auf und lassen mich Aspen geschockt von mir schieben.

Peinlich berührt dränge ich mich gegen die Wand und sehe auf das Bedientableau, das anzeigt, dass wir uns noch nicht im richtigen Stockwerk befinden. *Mist, verdammter!* Dabei möchte ich nichts lieber, als aus diesem engen Fahrstuhl, denn mein Herz hämmert so wild gegen meine Brust, dass es kaum zu ertragen ist. René betritt den Aufzug und blickt mit erhobenen Brauen von mir zu Aspen und wieder zurück. Wir begrüßen uns mit einem Nicken, und als ich meine Atmung endlich wieder unter Kontrolle habe, sehe ich zu Aspen, der sich gegen die Fahrstuhlwand gelehnt hat.

Er fängt meinen Blick auf, lächelt und fährt sich mit dem Daumen über die Lippen. Augenblicklich beginnen Schmetterlinge in meinem Bauch herumzuflattern. Ich könnte weiterhin zögern, wie ich es bis jetzt getan habe, doch das würde mich nicht weiterbringen, denn ich kann mich kaum zurückhalten. Aspens Augen sind dunkler geworden, als hätte auch er sich dazu entschieden, einen Schritt weiterzugehen, um zu sehen, wohin es uns führt.

Wir steigen aus dem Fahrstuhl und bleiben abrupt stehen, als wir vor den Türen von Aspens Arbeitswohnung Kurt entdecken. Der Bann ist gebrochen, und ein kalter Schauer erfasst mich beim Anblick meines verhassten Bosses. Er steht mit dem Rücken zu uns, dreht sich aber um, sobald er unsere Schritte vernimmt. Ich sehe blanke Wut in seinem Gesicht.

»Kurt? Hey«, sage ich freundlich, doch er verengt die Augen zu Schlitzen und mahlt mit dem Kiefer. Er ist mir nicht wohlgesonnen, aber ich kann mir nicht erklären, wieso das der Fall ist.

»Wo zum Teufel warst du heute?!« Verwirrt schaue ich zu Aspen und dann wieder zu meinem Boss.

»Mit Aspen unterwegs, der einen Termin wahrgenommen hat. Wieso fragst du?«

»Du hättest im Büro sein müssen, wie ich es dir befohlen habe!«

»Was? Das Meeting war doch für morgen angedacht.« Das Wort *befohlen* macht mich so unsagbar wütend, aber ich versuche mehr rauszufinden, bevor ich auf seine Anschuldigung eingehe.

»Einen Scheißdreck war es!«, brüllt er und lässt mich vor Schreck zusammenzucken. »Du hast mich auflaufen lassen und das, obwohl der Vorstand und der CEO persönlich anwesend waren!«

Sein Brüllen hallt im Flur wider, doch ich lasse mich nicht unterbuttern. Mein Schreck hat sich gelegt und setzt eine ungeheure Wut frei, die ich kaum im Zaum halten kann. Mein Körper bebt vor lauter unterdrückten Wörtern, die ich ihm an den Kopf knallen will. Kurt hat mir ganz offensichtlich das falsche Datum genannt, und damit möchte ich ihn konfrontieren, doch plötzlich ergreift Aspen das Wort.

»Findest du nicht, dass du überreagierst?«, fragt er Kurt, der jedoch empört die Brauen anhebt.

»Wie bitte? Ich habe jedes Recht, sie damit zu konfrontieren!«

»Nur weil Daphne den Termin nicht wahrgenommen hat, darfst du sie noch lange nicht so anschreien.«

»Brauchst du jetzt schon jemanden, der für dich spricht, Valenti?«, meint Kurt mit einem arroganten Zug um den Mund, doch da ist noch mehr. Er sieht zwischen Aspen und mir hin und her und scheint sich etwas zusammenzureimen. Ein breites, wissendes Grinsen erscheint auf seinem Gesicht.

»Ganz und gar nicht«, antwortet Aspen für mich, was mich die Hände zu Fäusten ballen lässt. Empört sehe ich zu ihm auf, doch er merkt es nicht, sondern mustert meinen Boss mit einem vernichtenden Blick. Ich weiß nicht, auf wen ich gerade wütender bin. Auf Kurt oder Aspen.

»Aber ich möchte nicht, dass vor meiner Wohnung herumgebrüllt wird«, sagt Aspen, und es ist beinahe so, als wäre ich nicht hier.

»Wir werden noch darüber reden«, sagt Kurt, bevor ich meine Stimme erheben kann, und sieht mich eindringlich an, als er an uns vorbeigeht und in den Aufzug steigt, mit dem wir gerade heraufgefahren sind. Als sich Aspen zu mir umdreht, bekommt er meinen geballten Zorn zu spüren.

»Was zum Teufel sollte das?!«, will ich genervt wissen, doch Aspen wirkt verwundert, als hätte er nicht damit gerechnet, dass ich sauer bin.

»Kurt war unfair dir gegenüber, und ich wollte …«

»Wage es ja nie wieder, für mich zu sprechen!«, zische ich und unterbreche seine lahme Entschuldigung.

»Ich wollte dir nur helfen«, verteidigt er sich, doch das prallt an mir ab, wie Wasser auf Glas.

»Das war keine Hilfe.«

»Nein?«

»Nein! Denn du hast es so dargestellt, als wäre es meine Schuld, dass ich nicht zum Termin erschienen bin, dabei hat er mir einfach den falschen Tag genannt.«

»Oh«, meint er schuldbewusst, doch ich bin noch lange nicht fertig.

»Ja. Oh. Wenn du dich nicht eingemischt hättest, dann hätte ich ihm die Mail zeigen und ihm die Beweise vorlegen können.« Wie es Anwälte eben tun. Sie stützen sich immer auf die Beweise, doch diese Möglichkeit wurde mir durch seine Worte genommen.

»Es tut mir leid, Daphne.«

»Das sollte es auch, denn jetzt denkt er sicher, wir haben was miteinander, weil du dich für mich eingesetzt hast.« Sein Blick hat mir deutlich gezeigt, dass er etwas in dieser Art vermutet.

»Was hat das eine mit dem anderen zu tun?«

»Ich bewege mich als Frau in einer Branche, die leider noch zum Großteil von Männern dominiert wird. Wenn ich erfolgreich sein will, muss ich mich unter ihnen beweisen. Und zwar mit Fakten, Talent und Können. Du hast dich ungefragt eingemischt und damit alles noch schlimmer gemacht.«

»Daphne, ich …«, setzt er an, doch ich hebe die Hand, sodass er verstummt.

»Ich brauche niemanden, der für mich spricht«, sage ich mit tränenerstickter Stimme. »Weißt du, wie hart die letzten Monate für mich waren? Wie schwer es mir Kurt und die ganze Kollegschaft gemacht haben?«

Ich habe meine Emotionen meist unter Kontrolle. Mein ganzes Leben lang habe ich an meinem Pokerface gefeilt, das mir im Gerichtssaal behilflich sein wird, doch in Aspens Gegenwart bin ich ein Bündel aus Gefühlen, die sich immer wieder an die Oberfläche drängen. Ob ich es will oder nicht.

»Nein, aber ich würde es gern wissen. Lass mich dich verstehen.« Er sieht mich voller Hoffnung an, wartet darauf, dass ich mich öffne und ihm alles erzähle, doch das kann ich nicht. Nicht, nachdem er mich so vorgeführt hat.

»Vergiss es einfach. Ich nehme mir bis zur Premiere heute Abend frei. Ich will dich gerade einfach nicht sehen«, sage ich enttäuscht und wütend zugleich, gehe an ihm vorbei und versuche die Tränen der Wut zurückzuhalten, doch ich versage kläglich.

24. KAPITEL

Aspen

Der Schweiß, der über mein Gesicht läuft, lässt meine Sicht verschwimmen und durchnässt meine Klamotten, die die heiße Nachmittagssonne später wieder trocknen wird. Ich laufe eine halbe Stunde durch SoHo und biege dann nach Little Italy ein, wo ich unweigerlich wieder an Daphne denken muss. Wobei dies ein Dauerzustand ist, denn seit unserem Wiedersehen spukt sie mir ständig im Kopf herum, ob ich es will oder nicht.

Nachdem Daphne wutentbrannt abgezischt ist, habe ich alle Termine absagen lassen und bin nach Hause gegangen. Da ich voller Energie bin, habe ich meine Sportklamotten und Turnschuhe angezogen und bin laufen gegangen. Zwar sollte ich langsam machen, da meine Filmpremiere heute Abend ansteht und ich keinen müden Eindruck machen sollte, aber nur herumsitzen ist keine Option. Ich bin so wütend auf mich selbst, dass ich keinen klaren Gedanken fassen kann, denn nachdem ich das Gespräch mit Kurt noch mal im Kopf durchgegangen bin, musste ich feststellen, dass Daphne recht hat.

Ich habe für sie gesprochen, obwohl ich keine Einzelheiten kannte, und es so dargestellt, als könnte sie nicht für sich sprechen. Als ihr Boss sie angebrüllt hat und Daphne vor Schreck zusammengezuckt ist, konnte ich nicht mehr still sein und musste etwas sagen.

Dass mein Handeln falsch war, ist mir nun bewusst, und ich ärgere mich darüber, nicht nachgedacht zu haben, denn nun habe ich Daphne gegen mich aufgebracht. Dabei sind wir uns näher gekommen als jemals zuvor. Als sie meine Narben berührt hat, habe ich es deutlich gespürt. Ich fühlte, dass auch sie etwas für mich empfindet. Bis zu diesem Moment dachte ich nur, dass sie mich heiß und attraktiv findet wie die meisten Frauen, doch das zwischen Daphne und mir geht über das Körperliche hinaus.

Im Aufzug hätten wir uns beinahe geküsst, doch nun sind wir gefühlt wieder bei null angekommen. Ich könnte es nicht ertragen, wenn wir uns wieder angiften würden. Je besser ich sie kennengelernt habe, desto mehr fühle ich. Heute wie damals habe ich den Eindruck, dass sie diejenige ist, die diese Leere und Einsamkeit in mir füllen könnte.

In Las Vegas habe ich mich Hals über Kopf in die jüngere Version von Daphne verliebt, die voller Leben und Fröhlichkeit war. Sie war stets gut gelaunt und hatte ein Ziel vor Augen, während ich in einer tiefen Sinnkrise steckte. Ich hatte es auf kein College geschafft und arbeitete bei Walmart, um mir meine Wohnung leisten zu können.

Damals wollte ich es um jeden Preis selbst schaffen, merkte dabei aber nicht, dass mich das immer einsamer und trauriger machte. Ich bat Gott um ein Zeichen und fragte ihn, wohin mich mein Leben führen würde, da ich doch bis jetzt eher orientierungslos herumgeirrt war.

Seine Antwort war Daphne. Sie hat mich die Welt mit anderen Augen sehen lassen, und als wir eine Nacht lang spazieren waren, uns unsere tiefsten Geheimnisse anvertraut und uns schließlich geküsst haben, war mir klar, dass ich diese Frau für immer in meinem Leben haben wollte. Ich wollte mir diesen Sonnenschein bewahren, der mich von innen gewärmt hat, also habe ich Ja gesagt, als sie mich fragte, ob ich sie heiraten möchte. Es war überstürzt, und wir hätten vielleicht nüchtern niemals diesen Schritt getan, doch im Nachhinein bereue ich keine Sekunde.

Als sie am nächsten Morgen verschwunden war, überkam mich wieder die Einsamkeit, die ich bis heute nicht abschütteln kann. Zuerst war ich enttäuscht und wollte jahrelang nicht nach ihr suchen. *Wenn sie sich davongestohlen hat, dann brauche ich sie nicht in meinem Leben,* das habe ich mir immer wieder gesagt. Doch die Fragen und die Sehnsucht ließen mich dann doch recherchieren, und ich versuchte es über sämtliche Suchmaschinen und Social-Media-Plattformen.

Doch egal, wie oft ich »Daphne Nolan« in die Suchfelder eingab, ich fand sie nicht. Jetzt weiß ich, dass sie in der Zwischenzeit adoptiert wurde und somit einen neuen Nachnamen trägt. Generell weiß ich nun viele Dinge über Daphne. Selbst wenn ich mit meinem Onkel oder Dexter zusammen bin, ist da dieses Gefühl, als würde mir etwas fehlen. Und dann ist diese wunderbare Frau wieder in mein Leben getreten, doch durch meine Dummheit laufe ich Gefahr, sie erneut zu verlieren.

»Bell'uomo«, höre ich Maria, die Gemüsestandbesitzerin und meinen größten Fan, rufen. Sofort bleibe ich stehen und halte Ausschau nach dem Apfel, den sie mir wie immer zuwirft. Ihre Treffsicherheit ist unglaublich, denn kaum habe ich die Hände ausgestreckt, fange ich den glänzenden, roten Apfel. Ich winke ihr und laufe mit einem Lächeln im Gesicht auf sie zu.

Dann beginnt der Redeschwall auf Italienisch, den ich wie immer nicht verstehe. Vor ein paar Monaten habe ich meine Laufroute geändert und auf Little Italy ausgeweitet, das nur zwölf Minuten von meinem Apartment entfernt ist. Als Maria mich zum ersten Mal entdeckte, hat sie nach mir gerufen, mir einen Apfel angeboten, jedoch kein Geld akzeptiert. Sie nennt mich einen schönen Mann, wie ich durch den Google-Übersetzer herausgefunden habe, und zeigt mir ab und zu ein Foto von einer jungen Frau, ihrer Enkelin, wie ich vermute.

Ich schätze, dass sie mich mit dieser verkuppeln will, doch auch wenn ich es dazu kommen lassen wollte, Maria würde mich nicht verstehen. Also bleibe ich meist nur kurz bei ihr, bedanke mich freundlich für den Apfel, beiße hinein und drossle meine Laufgeschwindigkeit, während ich ihn esse. Er schmeckt herrlich süß-säuerlich, wie ich es am liebsten habe. Jedes Mal nehme ich mir vor, Obst bei ihr einzukaufen, doch ich habe eine Housesitterin, die Obst und Gemüse online für mich besorgt.

Nach der Begegnung mit Maria fühle ich mich ruhiger als vorhin, laufe aber noch eine weitere Stunde durch meine Nachbarschaft, ehe ich müde in meine Wohnung komme. Wie jedes Mal empfängt mich Stille beim Öffnen der Tür. Diesen Umstand habe ich angefangen zu hassen, sodass ich in jedem Raum Lautsprecher mit Bewegungsmelder eingebaut habe. Wenn mein Smartphone über Bluetooth mit der Anlage verbunden ist, wird Musik abgespielt, sobald ich in den jeweiligen Raum trete.

So habe ich das Gefühl, nicht allein zu sein, und habe immer Melodien um mich herum. Nach einer warmen Dusche mache ich mir ein Sandwich und lege mich mit meinem Smartphone in der Hand auf die Couch. Ich öffne den Chatverlauf von Daphne und mir, und überlege, wie ich mich am besten entschuldigen und das, was ich fühle, in Worte fassen könnte, doch meine Finger verharren über der Tastatur, ohne dass ich etwas schreibe. Frustriert stelle ich den Wecker auf zwei Stunden, drehe mich zur Seite und schlafe augenblicklich ein.

Gegen achtzehn Uhr steige ich im Smoking und gestylt in die Limousine ein, wo zu meiner Überraschung bereits Dexter und Daphne sitzen. Ich begrüße die beiden und setze mich bewusst neben Daphne, die den Kopf jedoch zum Fenster dreht und mir so signalisiert, dass sie immer noch wütend auf mich ist. Dexter verwickelt mich in ein Gespräch über den Film, doch ich blicke meist verstohlen zu Daphne, die ein schwarzes Kleid und einen ebenso schwarzen Blazer trägt. Ihre honigblonden Haare fallen ihr in dicken Wellen über den Oberkörper. Ich wünschte, ich könnte sie länger betrachten, doch sie hat mir den Rücken zugedreht und verwehrt mir jeden Blick.

Ich hoffe, ich kann Dexter endlich dazu bringen, still zu sein, um mich mit dieser wunderschönen Frau neben mir zu unterhalten, doch dann bleibt das Auto vor dem Presseeingang stehen, wo Daphne und Dexter aussteigen.

»Wir warten dann drinnen auf dich«, meint mein bester Freund und sieht verwirrt zwischen Daphne und mir hin und her, als sie ohne ein Wort in Richtung Gebäudeeingang geht. Als sie außer Hörweite ist, spricht er diese komische Stimmung endlich an.

»Was hast du angestellt?«, fragt er geradeheraus.

»Wie kommst du darauf, dass ich schuld bin?«, frage ich aus Trotz, auch wenn er mit seiner Annahme sehr wohl recht hat.

»Du bist immer schuld, wenn jemand in meinem Umfeld sauer wird.« Ich möchte mir stöhnend durchs Haar fahren, doch Dexter hebt die Hand an, sodass ich im letzten Moment innehalte.

»Scheiße, du hast ja recht. Ich habe Mist gebaut, und jetzt sind wir dort, wo wir am Anfang unserer Zusammenarbeit waren.«

»Bring das wieder in Ordnung, ja? Wenn sie sich weiterhin unwohl fühlt, muss ich sie als deine Aufpasserin absetzen.«

»Wieso?« Mich erfasst Panik bei dem Gedanken, sie nicht weiterhin jeden Tag sehen zu können.

»Sie hat einen Job, Aspen. Sie ist eine talentierte Anwältin und sollte wieder ihrer eigentlichen Arbeit nachgehen.«

»Ich weiß.«

»Aber?«

»Keine Ahnung. Ich schätze, ich habe mich schon daran gewöhnt, dass sie meine Nanny ist.« *Und daran, dass sie wieder in meinem Leben ist.*

»Du weißt, dass ich sie nur aus Trotz als deine Babysitterin eingestellt habe.«

»Natürlich, aber du hast das Richtige getan. Vielleicht hätte ich sonst wieder Mist gebaut, und wie du ja sehen kannst, beherrsche ich das wohl besser als die Schauspielerei.«

Dexter grinst mich an, schüttelt aber den Kopf. »Bis gleich«, meint er belustigt und schließt die Tür, woraufhin der Wagen sich wieder in Bewegung setzt und sich der Schlange von Limousinen vor dem roten Teppich anschließt. Neben dem Filmteam aus Regisseurin, Schauspielenden und Produzenten kommen auch einige Prominente zur Premiere. Ich bin einer der Nebendarsteller und spiele auch noch den Halbdämon, der die Hölle über unsere Welt hereinbrechen lassen möchte und dabei die Frau, die er liebt, verlieren wird. Also rechne ich nicht mit vielen Fans, doch das Kreischen, das folgt, als ich den roten Teppich betrete, beweist, dass ich mich getäuscht habe.

Viele Fans rufen meinen Namen, wollen ein Autogramm oder ein Foto mit mir. Ich nehme mir die Zeit für die Menschen, lache mit ihnen und stehe ihnen für Selfies zur Verfügung. Als mich eine der Eventmanagerinnen anweist weiterzugehen, lächle ich ein letztes Mal in die Kameras. Das Blitzlichtgewitter ist heute extremer als sonst. Die meisten Pressevertretenden sind auf ein kurzes Interview aus, und als ich endlich den Kinosaal betrete, fühle ich mich plötzlich sehr müde, aber auch aufgeregt. Wieder mal ein Zeichen dafür, dass meine Bekanntheit zugenommen hat. Ich sollte mich freuen, doch ich kann nur an Daphne denken und daran, dass ich mich ehrlich bei ihr entschuldigen möchte.

Ich entdecke sie im abgesperrten Bereich des Saals, wo die VIPs Platz nehmen. Bei meinem Bühnenauftritt kann ich kaum den Blick von ihr abwenden, und auch als es langsam dunkel wird und der Film abgespielt wird, sehe ich an Dexter vorbei in ihre Richtung. Sie sitzt kerzengerade auf ihrem Samtstuhl und blickt gebannt auf die Leinwand.

Dexter hält es nicht lange auf seinem Platz aus, weil er einen Anruf bekommt, also setze ich mich neben Daphne. Sie versucht sich auf den Film zu konzentrieren, doch ich merke, dass meine Anwesenheit sie nervös macht. Sie spielt mit ihrer kleinen Handtasche herum, und auch ihre Atmung geht schneller als sonst.

»Hey«, sage ich und glaube schon, dass sie nicht antworten wird, doch dann erwidert sie den Gruß leise.

»Können wir reden?«, frage ich sie, weil ich nicht länger warten kann. Ich muss versuchen, die Sache wieder geradezubiegen.

»Nein. Ich möchte den Film sehen, also bitte sei still«, lautet ihre säuerliche Antwort. Frustriert unterdrücke ich ein Stöhnen, gebe aber nicht auf.

»Bitte, es ist wichtig.« Sie schüttelt den Kopf, doch ich sehe, dass sie mit sich hadert, als wäre sie sich nicht ganz sicher, ob sie mich abweisen soll oder nicht.

»Für mich ist es wichtig, der Handlung zu folgen. Und dort zeigst du gerade, was tief in dir steckt«, sagt sie und deutet auf die Leinwand, auf der zu erkennen ist, wie ich mit glühend roten Augen und Dämonen-Make-up die Menschen für meine Zwecke manipuliere. Das Team für die Special Effects hat hervorragende Arbeit geleistet, denn es sieht verblüffend realistisch aus.

»Das verstehe ich, doch ich kann nicht länger warten. Ich möchte mich mit dir aussprechen.«

»Ich finde, du hast bereits genug gesagt«, meint sie und erinnert mich wieder an den Vorfall, den ich zutiefst bereue.

»Mir ist bewusst, dass ich einen Fehler gemacht habe, aber ich möchte mich in aller Form bei dir entschuldigen und nicht im Flüsterton«, sage ich und sehe mich im dunklen Saal um. Sie folgt meinem Blick, doch dann zuckt sie mit den Schultern.

»Dann solltest du am besten den Mund halten, dann hat sich dieses Problem erübrigt.«

»Daphne, bitte«, setze ich an, doch sie steht plötzlich auf, schlängelt sich entschuldigend durch die Reihen und verlässt den Saal.

»Das hast du verdient!«, knurrt mein Charakter im Film und sieht auf das Monster, das er gerade gerichtet hat, doch seine Worte treffen auch auf mich zu, denn ich habe Daphnes Wut mehr als verdient.

25. KAPITEL

Daphne

Ich gebe mich zwar gelassen, doch in mir herrscht ein emotionales Chaos, als ich aus dem dunklen Raum gehe und mich endlich wieder im Licht befinde. Mit wild klopfendem Herzen eile ich zu den Toiletten, um mich zu beruhigen, doch davor befindet sich eine lange Schlange, und ich kann jetzt auch keine anderen Menschen ertragen. Ich brauche ein paar Minuten für mich, um meinen schnellen Herzschlag unter Kontrolle zu bringen und gleichzeig die Wut zu zügeln, die ich noch immer empfinde.

Ich sollte Aspen verfluchen, will ihn aber küssen, und ich weiß nicht, wie ich mit diesen Empfindungen umgehen soll. Ich will, dass die Vernunft siegt, doch mein wild klopfendes Herz möchte andere Dinge. Plötzlich befinde ich mich abseits des öffentlichen Bereichs, weit weg von den Fans und Besuchenden der Premiere, die sich Aspens Film gerade ansehen. Der Gang ist spärlich beleuchtet, und zu meiner Rechten und Linken befinden sich viele Türen, von denen nur jede zweite beschriftet ist. Entschlossen öffne ich eine ohne Aufschrift und betrete den dunklen Raum. Durch einen Bewegungsmelder schaltet sich das Deckenlicht ein, und ich stelle fest, dass es sich um eine Garderobe handelt.

Den Großteil des Raums nimmt der mit Kleiderstangen

und Haken ausgestattete Bereich ein, der durch eine weitläufige, hüfthohe Theke vom Rest abgetrennt ist. Dort befinden sich Sitzgelegenheiten in Form von Ledersofas, die ich in Anspruch nehme. Ich setze mich und registriere die Kühle des Lederbezugs, die ich sogar durch den Stoff meines Kleides spüren kann. Es ist genau das, was ich brauche, denn ich habe das Gefühl, nur noch aus Hitze zu bestehen.

Was ist nur los mit mir?

Mein Plan war es, weiterhin wütend auf Aspen zu sein, und kaum ist er in die Limousine gestiegen, waren all meine Sinne auf ihn ausgerichtet. Als sei er der Mittelpunkt meines Universums, und ich müsse mich um ihn drehen, auch wenn ich es eigentlich nicht will. Dass er unfassbar gut im Smoking aussieht, hat auch nicht gerade geholfen. Ihn auf Pinterest-Bildern darin zu sehen ist etwas völlig anderes, als dies live zu tun, von seinem holzigen Männerduft ganz zu schweigen. Aspens Charme lässt sich nicht leugnen, doch es ist seine Präsenz, die Aura, die ihn umgibt, die mir sagt, dass er dafür geboren wurde, vor der Kamera zu stehen.

Doch egal wie gut er aussieht, es mindert die Wut nicht, die mich immer noch im Griff hat. Aspen hatte kein Recht, sich in meine Angelegenheiten einzumischen und vor allem für mich zu sprechen. Das hat Lee schon oft genug getan, und es hat mich an den Rand des beruflichen Ruins getrieben. Ich dachte, ihm vertrauen zu können, und war unendlich dankbar, einen Menschen in meinem Leben zu haben, der nicht nur zu mir passte, sondern auch dieselben beruflichen Ziele verfolgte. Dass dieses Streben nach Erfolg allerdings insgeheim eine Gier auslöste, hätte ich niemals gedacht.

Die Angst, dass Aspen auch so ein Mann wie Lee sein könnte, war ständig präsent. Doch ich wollte nicht voreingenommen sein, wollte ihn besser kennenlernen, und als ich erkannte, dass er ein feinfühliger Mensch mit Ecken und Kanten ist, der mich auch forderte und antrieb, vergaß ich diese Angst. Dann passierte das, was mich an meinen Gefühlen zweifeln ließ, und die Furcht, wieder verraten zu werden, war erneut da. Lee hatte mich dazu verdammt, jedem Mann zu misstrauen.

Eine Weile sitze ich auf der Couch und bin allein mit meinen Gedanken, doch das tut mir unendlich gut, denn ich werde ruhiger. In meinem Kopf schwirrt es nicht mehr, sondern ich kann wieder einen klaren Gedanken fassen. Irgendwann geht das Licht aus, sodass ich im Dunkeln sitze, aber es macht mir nichts aus. Doch mir wird auch klar, dass ich mich nicht ewig hier verstecken kann. Heute Abend ist Aspens Premiere, und ich sollte meiner Arbeit nachgehen und ihn daran hindern, irgendwelche Dummheiten zu begehen, auch wenn ich langsam glaube, dass ich selbst eine solche Person in meinem Umfeld bräuchte.

Jemanden, der mich davon abhält, noch mehr für Aspen zu empfinden, als ich es ohnehin schon tue. Ich sollte gehen, diesen Abend hinter mich bringen und dann mit Janice *Friends* gucken, weil nur das mich wieder aufbauen kann, auch wenn ich die ganze Serie schon unzählige Male gesehen habe. Ich seufze tief und schwer, will gerade aufstehen und mich wieder in die Höhle des Löwen begeben, als das schwache Licht angeht.

Ich blinzle zum Eingang und erkenne Aspen, der den Raum langsam betritt. Mit unbewegter Miene schließt er die Tür hinter sich und kommt auf mich zu. Er gibt mir Zeit, aufzustehen und zu gehen, wenn ich es will, doch ich bewege mich nicht vom Fleck. Sehe ihn nur an und fühle, wie sich mein Puls bei seinem Anblick beschleunigt.

Sein Smoking sitzt nach wie vor perfekt, genauso seine Frisur, doch plötzlich ist in seinen Augen ein Sturm, ein Anzeichen, dass seine Präsenz heute Abend nur Schein ist. Er ist ein

Mann mit Fehlern, jemand, der seine ganze Energie in seinen Job steckt und der einsam ist. Während unserer Zusammenarbeit hat er keine engen Freunde außer Dexter erwähnt. Von Aspen weiß ich, dass sein Onkel seine Rente genießt, einen Roadtrip durch die Staaten macht und somit ebenfalls nicht an seiner Seite sein kann.

In den wenigen Wochen hatte ich das Gefühl, dass ich den Mann kenne, der sich hinter *The Hot Villain* befindet. In manchen Momenten ist er mir vertraut und in anderen wieder wie ein Fremder. Aber mein Herz filtert die negativen Dinge raus, sodass ein Teil von mir ihm in die Arme sinken möchte und all das, was war, ignorieren will, doch am Ende setzt sich mein Verstand durch. Ich muss stark sein, wenn ich mein Herz schützen will.

»Daphne«, flüstert er schließlich, als er vor der Couch in die Hocke geht. Ich habe meine Beine an die Brust gezogen und stütze mich gegen die Armlehne, sodass ich den Kopf drehen muss, um in seine türkisfarbenen klaren Augen zu sehen. Wir sind uns körperlich so nah, und doch fühlt es sich so an, als wären wir meilenweit voneinander entfernt.

»Niemals hätte ich gedacht, dass mein Eingreifen in das Gespräch dich so tief verletzen könnte, und es tut mir unglaublich leid, dich enttäuscht zu haben.« Er fährt sich durchs Haar, während er nach Worten ringt, und zerstört das Werk, wofür seine Visagistin eine Stunde gebraucht hat. Aspen schaut kurz zu Boden, um dann wieder meinen Blick zu suchen, bevor er weiterspricht.

»Sei dir bewusst, dass ich weiß, dass du eine starke, unabhängige Frau bist, die sehr wohl für sich sprechen kann, doch ich konnte meinen Beschützerinstinkt nicht mehr zurückhalten. Mein Temperament hat das Übrige getan, und das tut mir leid.«

»Aspen«, sage ich, verstumme aber wieder, weil sein Blick, diese Trauer und Sehnsucht darin, mir die Sprache verschlägt.

»Bitte verzeih mir, dass ich dir die Stimme genommen habe, als du sie so dringend gebraucht hättest.«

Seine Worte rauben mir den Atem. Mir war klar, dass er sich entschuldigen möchte, doch ich dachte, dass er den wahren Grund, aus dem ich so wütend auf ihn bin, nicht versteht, doch er scheint ihn zu kennen. Meine Mauern stürzen eine nach der anderen ein, aber ich lasse es nicht zu, dass er dies bemerkt.

»Ich brauche niemanden, der für mich spricht.«

»Das ist mir bewusst, und du hast jedes Recht darauf, mich weiterhin zu ächten, aber ich hoffe, dass wir normal miteinander umgehen können. Es würde einiges vereinfachen.«

»Mein Leben ist nicht einfach, Aspen«, flüstere ich schließlich, löse den Blick von ihm und umfasse mit den Armen meine Knie. Plötzlich habe ich das Gefühl, unter seinem intensiven Blick sehr verletzlich zu sein, obwohl ich vorhin noch gepredigt habe, dass ich eine toughe und starke Frau bin.

»Das habe ich bereits mitbekommen, und ich bin hier, wenn du darüber reden möchtest.«

»Weißt du es nicht schon von Dexter? Wieso mich gefühlt jeder in der Kanzlei hasst?«, frage ich, denn wenn sein Manager mich schon überprüft hat, wird er die Information mit Sicherheit an seinen Klienten weitergegeben haben.

»Nein. Das ist Privatsache, und das weiß Dex auch. Alles, was dich betrifft, bleibt vertraulich.«

»Gott! Wie weit ist es schon gekommen, dass ich es als selbstverständlich erachte, dass die Menschen um mich herum die Gerüchte bereits kennen.«

»Es tut mir leid, dass du dich selbst geißelst. Wenn ich dir helfen kann, werde ich es tun. Vorausgesetzt, du lässt es zu.« Er überlässt mir die Wahl, ob ich ihm von der schlimmsten Zeit meines Lebens berichte oder nicht. Plötzlich legt Aspen eine Hand auf meine, die auf meinem Knie ruht. Es ist die Wärme, die er ausstrahlt, die mich dazu bringt, mich ihm zu öffnen.

»Es geht das Gerücht um, dass ich Beweise gefälscht habe, um einen Fall zu gewinnen.«

»Was?!«, fragt Aspen ungläubig, schweigt aber daraufhin.

»Das Gerücht an sich wäre nicht das Problem, denn du kannst der anständigste oder schlimmste Mensch sein, die Leute werden immer einen Grund finden, um über dich zu reden.«

Viele der Menschen, die sich das Maul über mich zerrissen haben, habe ich als Freundinnen und Freunde angesehen.

»Aber?«, fragt Aspen vorsichtig nach, und ich blicke auf seine Hand, die auf meiner ruht, ehe ich die Kraft finde weiterzureden.

»Aber es wurde von der Person in die Welt gesetzt, der ich vertraut habe. Die eigentlich mein Bestes hätte wollen müssen, doch er hat mir meine Beförderung und meinen geliebten Job weggenommen.«

»Er?«, fragt Aspen, und das Mitgefühl in seinen Augen macht es mir leichter, ihm einen Einblick in meine Vergangenheit zu geben.

»Mein Ex-Freund. Wir haben gleichzeitig in der Kanzlei angefangen und wurden ein Paar. Ich dachte zum ersten Mal, das gefunden zu haben, was meine Eltern haben, doch schnell wurde klar, dass ich mich in ihm getäuscht hatte.«

»Nicht zu fassen«, meint Aspen und ballt wohl unbewusst seine andere Hand zu einer Faust.

»Das habe ich mir auch gedacht, glaub mir.«

»Hast du ihn angezeigt? Ich meine, das ist doch Verleumdung, oder?«

»Ich konnte ihm nichts nachweisen. Er hat seine Spuren zu gut verwischt. Aber das ist es auch nicht, was ich wollte. Alles, woran ich denken konnte, war Flucht. Ich wollte diese misstrauischen Blicke nicht mehr auf mir spüren. Es wurde eine Ermittlung der Staatsanwaltschaft eingeleitet, die meine Unschuld lückenlos beweisen konnte.«

»Aber dann wäre doch alles geklärt, oder? Somit sollte dein Ruf doch wiederhergestellt sein.« Ich lächle traurig, denn auch ich war so blauäugig anzunehmen, dass alles wieder in Ordnung wäre. Was sich als Wunschdenken herausgestellt hat.

»Das Gerücht hatte bereits die Runde gemacht, und auch wenn ich unschuldig bin, haben die anderen ihr Urteil über mich schon gefällt.«

»Das sind doch allesamt Menschen, die sich im Rechtssystem auskennen, verdammt noch mal. Wer, wenn nicht sie, sollte einen genauen Blick auf Beweise werfen?«

»Im Idealfall wäre das eingetroffen, aber in meinem Fall wurde ich an den Pranger gestellt.«

»Verhält sich Kurt deswegen dir gegenüber wie ein Arsch?«

»Unter anderem. Ich bin eine wandelnde Red Flag für jede Kanzlei, und das lässt er mich auch spüren.«

»Kannst du nichts dagegen tun?«

»Ich könnte mich beweisen und zeigen, was ich draufhabe, doch er lässt es gar nicht dazu kommen. Aber ich gebe nicht so leicht auf und werde auf meine Chance warten.«

»Du warst immer schon zielstrebig«, sagt Aspen und scheint tief in Gedanken versunken zu sein.

»Woher weißt du das?« Seine Worte klingen so, als würde er mich schon länger als nur ein paar Wochen kennen. Sie klingen so vertraut, so gefährlich schön in meinen Ohren.

»Ich nehme es an«, sagt er schließlich.

»Bin ich etwa so leicht zu durchschauen?«

»Nein. Ich frage mich häufig, was in deinem hübschen Kopf vor sich geht.«

»Viel zu viel«, flüstere ich und versinke in seinen Augen. Ich bin mir seiner Nähe bewusst, und plötzlich ist da wieder dieses Knistern, das sich langsam, aber stetig aufbaut. *Kämpfen oder fliehen, Daphne.*

Ich könnte ihm sagen, dass ich mich in ihn verliebt habe, mein Herz aufs Spiel setzen in der Hoffnung, dass auch Aspen all-in geht. Oder ich könnte mir wieder vor Augen führen, dass der letzte Mann, dem ich mein Herz geschenkt habe, es mit Füßen zertrampelt und beinahe mein Leben zerstört hat. *Entscheide dich, Daphne!*

»Nehme ich auch einen Platz darin ein?«, fragt Aspen leise, als ich die Hände von den Knien löse. Meine Finger legen sich aufs Sofa, dabei unterdrücke ich den Drang, sie nicht nach seinem schokoladenfarbenen Haar auszustrecken und hindurchzufahren, also balle ich sie zu Fäusten. Er hat eine gefährliche Frage gestellt, die entweder den Weg ins Glück oder den Start einer unvergesslichen Demütigung bereithalten könnte.

»Öfter, als mir lieb ist.« Eigentlich sollte es scherzhaft klingen, aber das schlägt fehl. Stattdessen wirken meine Worte sanft, beinahe sehnsüchtig. Aspen blinzelt, als würde er das Gesagte verarbeiten, und als ihn die Erkenntnis trifft, dass hinter meinen Worten so viel mehr steckt, passiert etwas. Es ist nichts, was man sehen könnte, aber eine Welle erfasst uns. Eine Welle der Erkenntnis. Ich habe es mir immer schwer gemacht, aber er könnte mir gehören, und dieser Gedanke beflügelt mich so sehr, dass alle Vernunft weicht.

»Und in deinem Herzen?«, raunt er und ist mir so nahegekommen, dass ich seinen Atem auf meinen Lippen spüre. Er befindet sich immer noch vor dem Sofa in der Hocke, unsere Gesichter sind jetzt auf gleicher Höhe. Wir kommen einander unweigerlich näher. So nah, dass ich seinen warmen Atem auf meinen Lippen spüre.

»Ja«, hauche ich, als Aspen den letzten Abstand überwindet. Mit seinen Händen umfasst er mein Gesicht und legt seinen Mund sanft auf meinen. Zärtlich streift Aspen mit seinen Lippen meine und geht dabei so sacht vor, als wäre ich aus Glas.

Ich neige meinen Kopf zur Seite und intensiviere den Kuss, lasse Aspen durch meine Zunge wissen, dass ich mehr brauche. Mehr von ihm will. Es gibt längst kein Zurück mehr. Als wüsste er instinktiv, was in meinem Kopf vorgeht, öffnet er den Mund, sodass wir einander kosten und dabei in einen Rausch verfallen können, der unser beider Leben für immer verändern wird. Seine Hand wandert von meinem Gesicht in meinen Nacken und die andere zu meiner Taille. Ich lege meine Hände auf seine Brust und küsse ihn mit einer Leidenschaft, die sogar mich selbst überrascht.

Im Rausch des Kusses stehen wir plötzlich auf, wobei Aspen seine Hände unter meinen Po schiebt und mich hochhebt. Ich keuche auf, schlinge augenblicklich die Beine um ihn, als er mich auf der Theke der Garderobe absetzt. Die Zärtlichkeit setzt ein Verlangen frei, das mein Blut in Wallung geraten lässt. Ich stöhne auf, als er sich zwischen meine Beine drängt und ich seine Erektion an meiner Mitte fühlen kann. Er fängt diesen Laut mit seinem Mund auf, ehe seine Lippen zu meinem Hals gleiten. Aspen liebkost mich dort, wo mein Puls schlägt, und entfacht eine Hitze in meinem Unterleib, die mich in Flammen stehen lässt.

Nie hätte ich gedacht, dass sich Leidenschaft und Zärtlichkeit so harmonisch vereinen lassen, bis ich Aspen geküsst habe. Seine Hände sind sanft, sein Mund unersättlich, dann wandert seine Hand zu meinem Po, knetet ihn, und er haucht plötzlich federleichte Küsse auf meinen Hals. Ich seufze schwer vor Wonne, als ich spüre, wie Aspen an meiner Haut lächelt.

Ich muss ebenfalls lächeln, denn auch wenn Aspen und ich

es uns kompliziert gemacht haben, plötzlich wird es einfach. Egal wie die Gleichung aussieht, das Ergebnis ist immer dasselbe. Aspen und ich ziehen uns an wie Magnete, und ich möchte mich nicht mehr dagegen wehren.

»Davon habe ich so lange geträumt«, flüstert Aspen, löst sich von mir und sieht mir plötzlich tief in die Augen. Seine sind verhangen und dunkel vor Leidenschaft, aber da ist noch mehr.

»Mich zu küssen?«, frage ich atemlos und streichle mit meiner Hand über seine Wange.

»Deinen Herzschlag zu fühlen und dich zu halten. Das Küssen ist ein schöner Bonus.«

»Aspen, wir müssen wieder zurück«, flüstere ich, als er mir mit seiner Hand zärtlich übers Haar fährt.

»Ich möchte hier bei dir bleiben«, sagt Aspen sanft.

»Aber es handelt sich um deine Filmpremiere«, erwidere ich, ohne meinen Unglauben zu verbergen. Diese Premiere muss ihm doch viel bedeuten.

»Du bist für mich wichtiger als dieser Rummel. Ich brauche dich, Daphne. Nicht nur hier und jetzt, wo wir uns im Verborgenen einen Kuss stehlen.« Seine Worte fühlen sich so unwirklich an, doch sie dringen in mein Ohr und sind realer als alles, was ich bis jetzt erlebt habe.

»Ich brauche dich in meinem Leben«, flüstert er, ehe er mich wieder küsst und ich mein Herz unwiderruflich an ihn verliere.

26. KAPITEL

Daphne

Um es nicht offensichtlich zu machen, dass wir zusammen waren, bin ich als Erste in den Saal zurückgegangen, und Aspen wird ein paar Augenblicke später von der anderen Seite aus hereinkommen. Dann erklingt ein markerschütternder Schmerzensschrei, der mich kurz auf die Leinwand sehen lässt. Es ist merkwürdig, dass der Mann, den ich gerade in einer Garderobe leidenschaftlich geküsst habe, im Film von einer Magierin, die mal seine Verlobte war, tödlich verletzt wird.

Ich setze mich wieder an meinen Platz und verfolge ergriffen die Handlung. Aspen liegt in einer Blutlache, beweint von der Frau, die er geliebt hat und die seinen Tod zu verantworten hat. Da ich viel vom Film verpasst habe, fehlen mir einige Puzzleteile der Geschichte, jedoch sehe ich hier rohe und authentische Emotionen, die mich schwer schlucken lassen.

»Verzeihe mir niemals«, flüstert Aspens Charakter mit letzter Kraft, ehe er Blut spuckt und sie seinen Kopf auf ihrem Oberschenkel bettet. Mein ganzer Körper ist angespannt, und auch wenn ich weiß, dass Aspen diesen Charakter nur spielt, habe ich Angst um ihn.

»Aber vergiss nicht den Mann, der ich war«, flüstert er und hebt seine blutige Hand, um über die Wange der weinenden

Frau zu streicheln. Ein leichtes Lächeln stiehlt sich auf sein Gesicht.

»Der, der dich geliebt hat.« Er schließt schmerzerfüllt die Augen, und als er sie wieder öffnet, gilt all seine Liebe darin dieser Frau. Dieser Blick raubt mir schlichtweg den Atem. Den habe ich vor ein paar Augenblicken selbst noch gesehen, und er hat mir allein gegolten.

»Der dich liebt«, murmelt der Dämon, ehe er in den Armen der Magierin stirbt. Ich bin ergriffen von dem authentischen Schauspiel, das Aspen an den Tag legt, und finde, dass dies hier seine bisher beste Leistung ist. Mein Blick verschwimmt, während ich dem Weinen der Magierin lausche und merke, dass auch ich weine.

Eine Hand legt sich auf meine, sodass ich blinzle und zu Aspen sehe, der sich neben mich gesetzt hat, ohne dass ich es mitbekommen habe. Er lächelt mich mitfühlend an, um mich zu trösten und meine Tränen versiegen zu lassen, doch er erreicht das Gegenteil, denn sie fallen unaufhörlich, und ich kann nichts dagegen tun. Dexter reicht mir ein Taschentuch und blickt mit einem leichten Lächeln auf Aspens Hand, die meine hält.

Ich bedanke mich und wische mir die Tränen weg, als der Film auch schon endet und alle sich applaudierend erheben. Aspen gesellt sich mit den anderen Schauspielenden auf die Bühne vor der Leinwand und beantwortet ein paar Fragen der Moderatorin, die durch die Premiere geführt hat. Aspen hat die Menge im Griff, erntet Beifall, als er erneut in seine Rolle schlüpft und den Dämon Ahn spielt.

Dieser umwerfend charismatische Mann, der unerreichbar für mich war, hat mich vor einer Stunde geküsst und mir die süßesten Worte zugeflüstert, doch nun wirkt er wie jemand völlig anderes. Mein Herz hämmert immer noch gegen meine

Brust, und wenn ich ihn ansehe, spüre ich seine Lippen auf meinem Mund, meinem Hals und seine Hand an meinem Po. In Gedanken wandere ich immer wieder zurück zu dem Moment in der Garderobe. Der Moment, der alles verändert hat.

»Na, habt ihr es endlich geschnallt?«, fragt mich Dexter plötzlich, was mich den Kopf in seine Richtung drehen lässt. Auch heute sieht er perfekt aus in seinem Maßanzug, den gelben Manschettenknöpfen, die wie Edelsteine funkeln, und den schön gemeißelten Gesichtszügen.

»Was meinst du?«, flüstere ich, weil ich Angst habe, dass die anderen meine Worte hören könnten. Dexter scheint das zu merken, und er nimmt kurz Aspens Platz neben mir ein.

»Ihr habt erkannt, dass es leichter ist, einander anzuschnurren anstatt anzuknurren«, sagt er, und der Schalk in seinen Augen lässt auch mich schmunzeln. Es zu leugnen bringt sowieso nichts. Dexter weiß um meine Gefühle, die ich versucht habe zu verbergen. Vergeblich, wie es den Anschein hat.

»Sieht so aus. Auch wenn wir eigentlich gestritten haben.«

»Hat er mal wieder Mist gebaut?«, fragt er nicht wirklich überrascht, als wäre dies ein Dauerzustand bei seinem Freund.

»Das hat er in großem Ausmaß, aber er hat sich aufrichtig entschuldigt, und ich habe ihm verziehen.«

»Machst du es ihm leicht?«

»Nein. Ich denke, es war nicht einfach für ihn, das zu sagen, was er wirklich fühlt. Er hat mit sich gehadert, bis er die richtigen Worte gefunden hat. Und genau die waren die richtigen.« Er blickt kurz zu Aspen, der für ein Gruppenfoto die Arme um die Personen aus seinem Schauspielteam legt.

»Manchmal tut er das. Aber manchmal ist er schwierig und zieht sich zurück, weit zurück, sodass es mir schwerfällt, ihn wieder zu mir zu holen.« Es schwingt eine gewisse Traurigkeit in seinen Worten mit, als wäre das schon öfter vorgekommen.

Dexter und Aspen blicken wohl auf eine lange Geschichte voller Ups und Downs zurück, die ich noch nicht kenne, und es freut mich, dass Aspen jemanden an seiner Seite hat, der sich wahrlich um ihn sorgt.

»Tun wir das nicht alle, Dexter? Manche fahren ins Spa, wo sie entspannen, manche gehen auf ein Konzert, um sich wieder lebendig zu fühlen, andere werden kreativ und wachsen über sich hinaus, wieder andere weinen und igeln sich ein oder verdrücken Eimer von Eiscreme. Kein Weg zu sich selbst ist falsch, und um das zu verstehen, braucht es Zeit.«

Dexter nickt zustimmend. »Aspen ist ein sehr einsamer Mensch.«

»Das habe ich auch schon mitbekommen«, gebe ich zu und lasse meinen Blick zu Aspen wandern, der ebenfalls gerade in meine Richtung schaut. Er lächelt mich an, ehe er sich wieder auf das Geschehen auf der Bühne konzentriert.

»Ich habe mir wirklich Sorgen um ihn gemacht, weil er ständig arbeitet, als wäre er von etwas getrieben. Wenn er nicht geackert hat, war er am Feiern, und das ist meist ausgeartet, wie jeder in den Klatschblättern nachlesen konnte.«

»Dann wurde ich ihm vorgesetzt, und wir haben uns nur angegiftet.«

»Und genau das hat mir Hoffnung gegeben. Endlich hat er eine Empfindung gezeigt, außerhalb vom Skript.«

»Wirklich?«

»Ja, er hat ein aufbrausendes Temperament, und die Wut, die ihn manchmal heimsucht, ist wohl auf seine Einsamkeit zurückzuführen. Aber das ist nur meine Vermutung. Er redet nicht mit mir darüber und will auch keine professionelle Hilfe.«

»Es schlummert wohl viel in ihm.«

»Das tut es, aber ich denke, dass du ihm helfen könntest, all das zuzulassen.«

»Ich werde es versuchen.« Die Hoffnung in seinen Worten ist spürbar und liegt schwer auf mir, doch ich werde alles in meiner Macht Stehende tun, um Aspen eine Stütze zu sein.

»Danke.«

Nach der Premiere steigen Aspen und ich ohne Dexter in die Limousine. Ich bin aufgeregt und nervös zugleich, denn nun sind wir zum ersten Mal wieder allein. Sofort legt er seine Hand auf meine Wange und küsst mich auf den Mund, leider löst er sich auch schnell wieder von mir, sodass ich ein schwermütiges Seufzen unterdrücke.

»Hast du Hunger?«, fragt er mich und verhakt seine Finger mit meinen.

»Mittlerweile schon. Der Abend war lang.«

»Und ereignisreich«, fügt Aspen hinzu und hebt meine Hand an, um einen Kuss auf meinen Handrücken zu hauchen. Sofort erröte ich und spüre die Hitze in meinen Wangen. Dabei hatten wir uns bereits stürmisch geküsst, und es herrscht kein Grund, verlegen zu sein.

»Das auch«, flüstere ich mit einem Kloß im Hals.

»Worauf hättest du Lust? Wie du weißt, esse ich alles, also richte ich mich nach dir.«

»Müsstest du nicht auf einer After-Show-Party oder so sein?«, frage ich, als mir einfällt, dass Dexter heute Morgen so etwas am Rande erwähnt hatte.

»Sollte ich vielleicht, möchte ich aber nicht. Ich habe schon genug für die Publicity gemacht. Heute möchte ich etwas für mich tun und Zeit mit dir verbringen.«

»Tun wir das nicht ständig?«, frage ich belustigt und lege meine Clutch neben mir auf den Sitz, bevor auch ich mich entspannt zurücklehne.

»Ja, aber diesmal muss ich mich nicht verstellen.«

»Hast du das je getan?« Irgendwie bereitet mir die Vorstellung Sorgen.

»Nur wenn ich mich zurückhalten musste, *das* zu tun.« Er küsst mich kurz auf die Lippen, was bei mir eine Mischung aus Kichern und Stöhnen hervorruft.

»Das heißt, du hast schon eine Weile ein Auge auf mich geworfen?«, frage ich neugierig, denn ich könnte gar nicht sagen, wann das mit uns angefangen hat. Ich weiß nur, dass ich plötzlich mehr für Aspen empfunden habe.

»Eine ganze Weile«, meint er mysteriös, doch ich hinterfrage es nicht, sondern lasse seine Worte tief in meine Seele sickern.

Nachdem wir in einem taiwanesischen Restaurant gegessen haben, möchte keiner von uns diese Montagnacht schnell zu Ende gehen lassen. Da der Fahrer bereits Feierabend gemacht hat und Aspen die Bodyguards weggeschickt hat, nehmen wir uns ein Taxi.

»Wohin soll es gehen?«, frage ich neugierig und blicke aus dem Fenster, doch nichts gibt mir einen Hinweis.

»Zu dem Ort, an dem alles begann«, meint Aspen, und als ich mich ihm zuwende, streicht er sich mit dem Daumen über die Unterlippe.

»Das klingt geheimnisvoll.«

»Und das ist es auch, ein Geheimnis, also keine Fragen.« Seine beinahe jugendliche Aufregung lässt mich wieder an Dexters Worte denken. Er hat sich Sorgen um seinen Freund gemacht, dessen Karriere von Skandalen überschattet wurde und der die Einsamkeit vorgezogen hat. Nun wirkt Aspen auf mich eher wie das Gegenteil, als würde er sich mit mir mitten in einer Menschentraube ebenso wohlfühlen können.

Nach dreißig Minuten befinden wir uns vor einem alten

Gebäude, dessen Lichter jedoch erloschen sind, sodass ich die Aufschrift auf dem Backsteinportal nicht entziffern kann. Doch ich hätte auch keine Zeit dafür, denn Aspen schließt die Hintertür auf, gibt einen Code ein, um das Alarmsystem zu deaktivieren, und zieht mich mit sich.

»Wo sind wir?«, flüstere ich aus Angst, erwischt zu werden, auch wenn ein Teil von mir weiß, dass wir nichts Verbotenes tun. Immerhin hat Aspen einen Schlüssel und kennt den Code.

»Am Anfang«, sagt er und schaltet in den Gängen Lichter ein und aus, bis wir die Tür zu einem Raum mit der Aufschrift *Casting* betreten. Ich habe keine Ahnung, was mich erwartet, doch dass es sich um einen großen Raum mit einer deckenhohen Tür handelt, die zu einem Balkon führt, hätte ich nicht gedacht. In der Mitte befindet sich ein Ohrensessel, der auf einem sehr weich wirkenden Teppich steht. In der Ecke ist ein Lautsprecher zu sehen, ein Regal, das mit ein paar Büchern gefüllt ist, und ein Gerät auf einem kleinen Beistelltisch neben dem Sessel.

»Jetzt musst du dich langsam erklären, Aspen«, sage ich und betrete den Raum. Zum ersten Mal, seit wir in die Limousine gestiegen sind, lasse ich seine Hand los.

»In diesem Raum habe ich mein erstes Casting absolviert und die Rolle bekommen, die mein Leben verändert hat. Eigentlich habe ich mich bei einem Stunt verletzt und eine Schiene getragen, aber sie haben mich trotzdem genommen.«

»Wow«, sage ich und drehe mich im Kreis. Dieser Raum und die mit ihm verknüpfte Erinnerung wiegen schwer und bedeuten Aspen sichtlich viel.

»Ja, das dachte ich mir auch, und ich war dankbar für alles, was danach kam. Aus Nostalgie habe ich den Raum gemietet und bin auch Teilhaber an diesem Studio. Es hat mir den Weg geebnet.«

»Es ist schön hier«, sage ich und fahre mit den Fingern über den weichen Stoff des Ohrensessels.

»Es wird gleich noch schöner«, sagt er und greift nach meiner Hand. Aspen setzt sich in den Sessel und ich mich neben ihn, sodass er einen Arm um mich legen kann. Mit der freien Hand greift er nach dem Handy, und plötzlich erklingt instrumentale Musik mit mittelalterlichem Hauch, so wie sie meist in Fantasyfilmen gespielt wird. Aspen fördert eine Fernbedienung zutage und drückt ein paar Knöpfe. Das helle Deckenlicht erlischt, Dunkelheit breitet sich aus, und langsam baut sich ein Himmelsgewölbe über uns auf. Es ist dunkelblau, geht dann in ein immer helleres Violett über. Sterne glitzern an der Decke, und es sieht so real aus, dass man glauben könnte, man befände sich tatsächlich draußen unter dem nächtlichen Sternenhimmel.

»Wow«, hauche ich und sehe, wie grüne Streifen über den Himmel ziehen. Es sind Nordlichter, die faszinierend zu beobachten sind.

»Gefällt es dir?«

»Ich liebe es hier.« Ich drehe den Kopf leicht in Aspens Richtung, der allerdings nicht an die Decke blickt, sondern mich ansieht.

»Danke, dass du mit mir hier bist«, sagt er plötzlich und wirkt beinahe schüchtern.

»Ich würde nirgends lieber sein als hier mit dir.«

Aspen seufzt unvermittelt, und es scheint, als würde ihn etwas beschäftigen. »Daphne. Ich muss dir etwas sagen. Es ist wichtig und hat mit der Vergangenheit zu tun.«

Er wirkt nervös und ängstlich, sodass ich ihm einen Kuss stehle, weil ich ihm diese negativen Emotionen nehmen will. Wir haben uns gefunden, und ich möchte nicht, dass dieser unvergessliche Augenblick von etwas überschattet wird.

»Später«, murmle ich, als ich kurz meine Lippen von ihm löse, nur um den Kuss daraufhin zu vertiefen. Was auch immer er mir sagen möchte, es kann warten, denn wir haben alle Zeit der Welt. So schnell würde ich diesen wunderbar unvollkommenen Mann nicht mehr gehen lassen.

»Du warst vorhin großartig«, sage ich atemlos, als wir uns voneinander lösen und eng aneinander gekuschelt das Lichterspiel an der Decke beobachten.

»Danke. Auch wenn diese Auftritte sehr anstrengend sind, machen sie Spaß.«

»Ist es schwer, ständig im Mittelpunkt zu stehen?«

Er überlegt kurz, als würde er das Für und Wider abwägen. »Das nicht, aber es gibt keine klaren Linien. Manchmal weiß ich nicht, welche Fragen gestellt werden, manche Fans sind aufdringlich oder sagen Dinge, auf die ich keine Antwort finde. Es ist unvorhersehbar, und das mag ich nicht. Am liebsten bin ich am Set, dort ist alles klar geregelt und strukturiert. Ich muss dann nur den Anweisungen der Regie folgen und meinen Text aufsagen.«

»Du magst keine Überraschungen, stimmt's?«

»Nein, nicht wirklich, wobei du mich heute überrascht hast.«

»Ich? Wieso denn?«

»Weil du nicht das Weite gesucht hast, als ich dir nähergekommen bin.«

»Hätte ich das tun sollen?«

Er hebt den Mundwinkel, als würde er mit Ja antworten wollen. »Nein, aber nach dem Streit habe ich eigentlich gedacht, dass ich meine Chancen bei dir zunichtegemacht habe.«

»Das hast du beinahe, aber ich weiß, dass es dir leidtut, und ich verzeihe dir.«

»Vielleicht werde ich noch öfter Mist bauen. Irgendwie habe ich ein Händchen dafür.«

»Und ich werde da sein, um dir den Kopf zu waschen.«

»Was, wenn es so häufig passiert, dass du kaum aus der Dusche rauskommst?«, fragt er und haucht einen Kuss auf meinen Mundwinkel.

»Dann werden wir schon einen Weg finden, einander nicht zu verlieren. Immerhin haben wir uns gerade erst gefunden.«

27. KAPITEL

Daphne

»Spreizen Sie die Beine, bis das Stativ stabil steht. Drücken Sie die Klammer nach unten und entriegeln Sie die Beinsperre. Stellen Sie die Länge ein und führen Sie das …«

»Halt! Mio Dio, was liest du da!«, fragt Tante Mariella ihren minderjährigen Sohn Nino, der verwirrt von der Bedienungsanleitung aufsieht. Seine schwarzen Locken stehen in alle Richtungen ab, und die Sommersprossen in seinem Gesicht geben ihm etwas Kindliches, auch wenn er schon älter ist.

»Ich sage nur Lucia an, wie das Ringlicht zusammengebaut werden soll«, meint er, doch besagter Teenie kichert nur hinter vorgehaltener Hand. Als Sechzehnjährige versteht sie die Zweideutigkeit, während Nino verwirrt abwechselnd auf das Papier und dann wieder zu uns sieht.

»Darf ich mal einen Blick auf die Anleitung werfen?«, frage ich und lasse mir von meinem zwölfjährigen Cousin das Blatt reichen. Mariella schielt über meine Schulter und prustet genau in dem Moment los, in dem auch mir bewusst wird, dass Nino richtig gelesen hat. Genau so steht es in der Bedienungsanleitung.

»Macht weiter, aber bitte nicht mehr laut vorlesen, ja? Jeder sollte für sich lesen.«

»Okay, wird gemacht«, meint Nino, doch Lucia grinst immer noch breit und nickt.

»Glaubst du, die Hersteller des Ringlichts hatten zweifelhafte Gedanken beim Verfassen?«, fragt mich meine Tante und stupst mich mit der Schulter an, als wir auf die Terrasse treten, wo Dad am Grill steht, während der Rest der Familie auf den Gartenstühlen sitzt.

»Keine Ahnung, aber es ist wirklich witzig.« Ich setze mich neben Mom, die mich liebevoll anlächelt. Sie trägt ihr Haar etwas kürzer als sonst. Ihre Locken reichen ihr nun bis zur Wange, was ihr nicht nur gut steht, sondern sie auch jünger aussehen lässt.

»Wer ist witzig?«, will sie wissen, und als ich ihr von dem Vorfall erzähle, bricht sie in schallendes Gelächter aus. Ich hebe mein Glas an den Mund, wobei die Eiswürfel ein klirrendes Geräusch machen, und nehme einen gierigen Schluck von meinem Getränk. Nichts schmeckt besser als Tante Mariellas selbst gemachter Eistee.

»Du siehst gut aus, Daphne«, meint Leo und legt seinen Arm auf die Lehne von Britneys Stuhl. Sie wirft ihm einen giftigen Blick zu, doch es wirkt nicht wirklich glaubwürdig, da sie sich bewusst neben ihn gesetzt hat und nicht neben Monica.

»Der neue Job scheint dir gut zu tun«, schlussfolgert Nonna mit starkem italienischem Akzent und schenkt mir einen warmen Blick. Ihre sonnengebräunte Haut, längst mit tiefen Falten, die braunen Augen und das stets freundliche Lächeln haben es mir schon als Kind leicht gemacht, sie als mein Vorbild zu sehen. Vincenzo hat vier Geschwister, darunter zwei Stiefgeschwister, und alle haben mindestens drei Kinder.

Wenn sich die Familie trifft, dann scharen sie sich um Nonna, die in ihren jungen Jahren Miss Italien gewesen ist und ihr gutes Aussehen an ihre Kinder weitergegeben hat. Dad ist der

Einzige ohne leibliche Kinder, was ihn früher belastet hat. Seine Ex-Frau hat sich von ihm getrennt, als er herausfand, dass er unfruchtbar war. Nun hat er mich, und ich spüre täglich, dass er dankbar dafür ist, doch noch Vater geworden zu sein.

»Danke Nonna, in letzter Zeit ist es nicht so stressig wie sonst. Sodass ich wirklich glücklich bin.« Und das stimmt auch, denn zum ersten Mal, seitdem ich bei *Start Entertainment* arbeite, habe ich nicht das Gefühl, fehl am Platz zu sein. Ich bin nicht nur Nanny, sondern auch ein wichtiger Bestandteil des Teams, das Aspen auf die größte Rolle seiner bisherigen Karriere vorbereitet. Für ihn und mich war schnell klar, dass wir keine Affäre, sondern ein Paar sein möchten. Es mag plötzlich gekommen sein, aber es fühlt sich richtig an, uns nach dem ersten Kuss bereits ein Label verpasst zu haben.

»Und das hast du dir auch verdient! Sag mal, dieser Aspen Knox, den man jetzt überall sieht, arbeitet auch dort, oder?« Ich erstarre und sehe in ihre Richtung. Nonna liebt nicht nur ihre Familie, sie liebt es auch, fernzusehen und den Gossip der Klatschblätter zu verfolgen.

»Ja?«, sage ich und habe keine Ahnung, wohin dieses Gespräch führen wird.

»Wenn du ihn siehst, verpass ihm eine Ohrfeige.« Mein Mund klappt auf, und ich sehe meine Großmutter ungläubig an.

Monica, Britney und Leo, die Einzigen, die wissen, dass ich mit Aspen zusammen bin, prusten los.

»Wieso denn?«, frage ich mit einem Kloß im Hals.

»Da fragst du noch?«, meint sie aufgebracht, und ich stehe so sehr auf dem Schlauch, dass ich mich nur hilflos umsehe.

»Er hat Giselle getötet. Niemals habe ich eine Figur mehr gehasst als ihn.« *Wer ist Giselle?* Ich brauche ein paar Sekunden, bis ich realisiere, dass es auf seine Arbeit bezogen ist.

»Du magst ihn nicht wegen seiner Rolle?« Ich blinzle, als sich die Erkenntnis endlich festsetzt. Es hat nichts mit seiner Persönlichkeit zu tun, sondern mit den Figuren, die er verkörpert.

»Dieser Mann ist das Böse, das sieht man in seinen Augen.« Monica schmunzelt hinter vorgehaltener Hand, während Britney auf ihrer Unterlippe herumkaut. In der Familie ist es bekannt, dass Nonna sich manchmal sehr in ihre fiktive Welt hineinsteigern kann und es ihr dann schwerfällt, sie von der Realität zu trennen.

»Es war nur eine Rolle. In Wirklichkeit ist er ein ganz netter Mann.«

»Nur nett? Ich dachte er sei umwerfend? Das waren deine Worte«, meint Monica breit grinsend und gießt auch noch Öl ins Feuer, sodass ich ihr einen mörderischen Blick zuwerfe.

»Dass er gut aussieht, ist für jeden ersichtlich«, sage ich und habe das Bedürfnis, Aspen verteidigen zu müssen.

»Er und gut aussehen? Er ist der Teufel«, meint Nonna beleidigt, was mich innerlich die Augen verdrehen lässt. Aber ich kann es ihr auch nicht verübeln, denn auch ich habe ihn so genannt. Niemals hätte ich gedacht, dass ich mich so heftig in den Mann verlieben würde, den ich mit dem Fürst der Unterwelt in Verbindung gebracht habe.

»Auch böse Männer können gut aussehen, Nonna«, sagt Tante Mariella und arrangiert die Schüsseln mit den Saucen, während sie spricht.

»Das sind sogar die besten«, meint Tante Isabella, das jüngste der Valenti-Kinder, schmunzelnd. Sie hat am Tischende Platz genommen. Ihre Tochter Giulia ist gerade ein Jahr alt geworden und sitzt auf ihrem Schoß.

»Mio Dio, euch ist nicht mehr zu helfen«, meint Nonna und fängt daraufhin ein Gespräch mit Mom an, in dem sie sich über ihren letzten Arztbesuch unterhalten. Auch ich horche auf, denn ich wusste gar nicht, dass Mom zum Arzt musste.

»Sie meinte, es ist eine Gewebezyste, die operiert werden muss, was aber ein Routineeingriff ist.« Mom erzählt diese Information vollkommen ruhig, ohne zu ahnen, welche Angst sie in mir auslöst.

»Aber du reagierst allergisch auf das Narkosemittel!«, sage ich erschrocken und vergesse alles andere um mich herum. Die Panik, die mich erfasst, lässt mich nach ihrer Hand greifen und sie festhalten. Die Stimmen um uns sind verstummt, und auch Dad hört auf herumzuhantieren. Mom sieht sich verlegen um und tätschelt daraufhin sanft meine Hand.

»Es gibt Alternativen, und die sind völlig ungefährlich. Du weißt, dass ich schon mal Zysten hatte«, sagt sie.

»Aber die sind von selbst wieder zurückgegangen.«

Sie seufzt auf und streichelt mir liebevoll übers Haar. »Mach dir keine Sorgen, Daphne. Die Leute im Krankenhaus wissen, was sie tun.«

»Wann muss der Eingriff gemacht werden?«, frage ich und will schon nach meinem Kalender greifen, doch Mom hindert mich daran.

»Sobald ich Näheres weiß, sage ich Bescheid.«

»Ich werde dich begleiten«, erwidere ich, denn der Gedanke, dass sie krank ist und ich sie verlieren könnte, lässt Panik in mir aufwallen.

»Und ich danke dir für dieses Angebot. Mach dir keine Gedanken, ja? Es ist nur ein normaler Eingriff.«

»Okay«, sage ich zwar, doch die Angst schlummert weiter in mir. Ich werde sie auch nicht los, nachdem wir gegessen und den Tisch abgeräumt haben. Es befinden sich bereits Kaffee und Kuchen auf dem Tisch, der so lang ist, dass zwanzig Personen locker daran Platz haben. Und es gibt auch einen extra

Tisch für die kleinen Valentis, die ihre eigenen Gesprächsthemen haben.

Die Sonne strahlt, und ich sehe mich in Dads Garten um, damit ich Ablenkung finde. Das Haus ist ein Neubau von beachtlicher Größe, aber das Grundstück gehört den Valentis seit über hundert Jahren. Mein Urgroßvater war so klug und hat sich als erster Immigrant seiner Familie ein Areal von zehntausend Quadratmetern am Stadtrand von Manhattan gekauft. Er hat es kaum abbezahlen können, doch das haben seine Kinder für ihn erledigt, und die Familie Valenti, die für ihren Rotwein unzählige Preise gewonnen hat, mehrte ihr Vermögen mit den Jahren. Das Anwesen blieb die ganzen Jahrzehnte in Familienbesitz und ist schlussendlich auf Dad, den Ältesten der Familie, übergegangen. Dad leitet mit seinen Geschwistern auch *Valenti Vino Inc.* und ist außerdem Vizebürgermeister von New York.

»Geht es dir gut?«, fragt mich Britney, die sich auf den freien Stuhl neben mir gesetzt hat. Eine leichte Brise fährt uns durch das offene Haar, als ich mich zu ihr umdrehe. Britney war schon immer außergewöhnlich schön, und mit ihrem ruhigen Wesen und der Wärme, die sie ausstrahlt, war sie schon immer unser Fels in der Brandung, die Schulter zum Anlehnen und diejenige, die immer spürt, wenn uns etwas beschäftigt.

»Ja, es fällt mir nur schwer, die Nachricht bezüglich Moms anstehendem Eingriff sacken zu lassen.«

»Du hast gehört, dass du dir keine Sorgen machen musst.«

»Mein Kopf weiß das, aber mein Herz zieht sich schmerzhaft zusammen, wenn ich an die möglichen Komplikationen denke.«

»Und das ist auch verständlich. Niemand möchte ein Elternteil verlieren, und du hast diese Erfahrung viel zu früh machen müssen.«

»Aspen musste es auch durchleben. Zweimal sogar«, sage

ich und weiß, dass ich Britney Aspens Geschichte anvertrauen kann. Meine Geheimnisse sind bei ihr sicher.

»Das hat ihn bestimmt geprägt und muss hart gewesen sein. Genauso wie bei dir. Jeder leidet und verarbeitet Dinge auf seine eigene Art.«

»Ich denke schon, aber wir haben noch nicht weiter darüber geredet. Irgendwie habe ich Angst, mit ihm darüber zu sprechen. Ich möchte keine Wunden aufreißen.«

»Ihr habt alle Zeit der Welt, und es wird sich schon eine Möglichkeit ergeben, dass du ihm Trost spenden kannst. Aber wenn du über deine Mom reden möchtest, solltest du das auch mit Aspen tun.«

»Auch wenn ich ungewünschte Erinnerungen in ihm wachrufen könnte?«

»Dieses Risiko gibt es bei jedem Thema, da du ihn noch nicht gut kennst. Selbst wenn du ihm ein Omelett machst, kann dies Erinnerungen an seine Eltern wachrufen, also sei du selbst und rede mit ihm, wenn dich etwas beschäftigt.« Ich hoffe, dass sie in meinem Lächeln meine Dankbarkeit sieht und spürt, denn ihre Worte haben mir sehr geholfen.

»Bist du dir sicher, dass du nicht den falschen Beruf gewählt hast? Aus dir wäre eine perfekte Psychologin geworden«, sage ich belustigt, was Britney den Kopf schütteln lässt.

»No way. Ich liebe es, meine Kreativität zu entfalten und einfachen Stoff in Kleidung zu verwandeln. Wenn ich mir den ganzen Tag die Sorgen fremder Menschen anhören würde, wäre ich nur dauerhaft traurig.«

»Wir alle haben unsere Berufung, auch wenn ich von meiner nur träumen kann.«

»Nicht besser geworden, hmm?«, meint sie und spielt auf meine Worte von vorhin an.

»Doch. Was ich Nonna gesagt habe, stimmt. Ich bin glücklich, Aspen bei seiner Rolle zu helfen, aber ich bin keine Anwältin mehr, Brit. Und das macht mich einfach fertig. Ich habe das Gefühl, nicht vollständig zu sein – etwas fehlt.«

»Und wenn du eine eigene Kanzlei aufmachst?«, fragt sie mich, doch ich verschränke die Arme vor der Brust und sehe auf die dicken Wolken am Himmel, die wie weiche Betten aussehen.

»Finanziell wäre es möglich, aber ich brauche Mitarbeitende, brauche einen guten Ruf. Eine Kanzlei ist nur so gut wie ihr Team.«

»Dann fällt das auch weg.«

»Leider ja.« Mein Smartphone auf dem Tisch beginnt zu vibrieren und Aspens Name taucht auf, sodass ich es hastig schnappe und auf meinen Schoß lege.

»Wieso möchtest du deiner Familie nicht sagen, dass du mit Aspen zusammen bist? Liegt es an Nonnas Worten?«

»Nein. Es ist alles noch so frisch, und ich will ihn als mein persönliches, schönes Geheimnis bewahren, auch wenn sich das als schwierig herausstellen wird.«

»Wieso das?«

»Aspen ist ein Schauspieler, der durch seine Arbeit bei *In Love and Law* immer mehr Berühmtheit erlangt. Die Paparazzi fangen an, ihn auf Schritt und Tritt zu verfolgen, da sie wissen, dass es schon ein paar Skandale rund um ihn gab. Sie erhoffen sich so eine Exklusiv-Story. Und ich will nicht, dass unsere Beziehung einen Schatten auf seine Popularität wirft oder eben zu solch einer Story wird.« Tatsächlich hat Aspen angefangen, sich schützend zwischen mich und die Paparazzi zu drängen, was die Menschen stutzig machen könnte.

»Ich werde meiner Familie von ihm erzählen, wenn es mir mein Bauchgefühl sagt, und ich kann nur hoffen, dass die Paparazzi mir diese Entscheidung nicht abnehmen.«

»Denkst du, dass Dexter oder er es auch unter Verschluss halten wollen?«

Ich schüttle den Kopf, denn die beiden haben nichts zu diesem Thema gesagt, sondern einfach akzeptiert, dass Aspen und ich uns gefunden haben.

»Aspen würde der Welt voller Stolz verkünden, dass wir zusammen sind, aber ich möchte ihn und auch mich beschützen. Wer weiß, wie die Presse auf diese Mitteilung reagieren würde, vor allem, da die Gerüchte Aspens Karriere schaden könnten.«

»Oh Boy. Es wird echt immer komplizierter, oder?«, meint sie, und ich muss lachen.

»Na, mein Schatz? Macht dir dieser Kurt immer noch das Leben schwer?«, fragt Dad, der wohl den letzten Satz gehört und auf die Arbeit bezogen hat, und setzt sich auf den Stuhl neben mir.

»Soll ich mal mit ihm reden?«, fragt er vorsichtig, denn er weiß, dass ich normalerweise keine Hilfe annehme. Er legt den Arm um mich und gibt mir Halt und Zuversicht. Britney lächelt gerührt, winkt mir kurz zu und gesellt sich zu Monica, die mit Tante Mariella die Kuchenstücke verteilt.

»Ja und nein. Ich bekomme das schon hin«, sage ich zuversichtlicher, als ich es bin, denn Kurt hasst mich nach wie vor. Ich habe ihn nach dem Streit mit Aspen per Mail darauf hingewiesen, dass er das falsche Datum genannt hat und mich keine Schuld trifft, doch er hat nicht darauf geantwortet, und ich habe ihn auch nicht mehr wiedergesehen.

»Das weiß ich, Schatz. Aber dein alter Herr ist auch noch zu was gut. Ich habe das Gefühl, dass du mich gar nicht mehr brauchst«, meint er traurig und schiebt die Unterlippe vor.

»Natürlich brauche ich dich noch, aber nun gibt es keine Hausaufgaben mehr, über denen wir brüten müssen, und auch keine bösen Jungs, die mich an den Haaren ziehen.« Dass ich es genieße, wenn Aspen seine Finger in meinem Haar vergräbt, während er mich küsst, verschweige ich.

»Okay, aber du meldest dich, wenn ich irgendwie helfen kann?« Ich sehe in sein Gesicht, das Nonnas so sehr ähnelt. In den letzten Jahren habe ich mir jede Falte, jede Narbe und jedes Muttermal eingeprägt, um nicht noch einen Vater zu vergessen, wie ich es schon einmal getan habe.

»Das mache ich auf jeden Fall«, antworte ich, atme seinen Duft nach süßen Trauben tief ein und umarme ihn fest.

Erst eine halbe Stunde später erinnere ich mich daran, dass Aspen mir geschrieben hat, also greife ich nach meinem Smartphone, das ich mit dem Display nach unten gedreht habe.

Aspen: Hey Baby. Wie läuft das Grillen? Es ist doch nichts angebrannt, oder? Denn deine Finger solltest du dir schön bei mir verbrennen 😉
Daphne: Alles blieb medium oder gut durch, also keine Sorge. Und die Brandwunden sind schon längst verheilt. Ich denke, ich brauche wieder ein paar neue, aber du bist ja in Kalifornien.
Aspen: Setz mir keine Flausen in den Kopf, sonst breche ich die Convention ab und fliege direkt zu dir.
Daphne: Das wirst du schön unterlassen, Knox. Es sind scharenweise Menschen gekommen, um dich zu sehen.
Aspen: Woher willst du das wissen?
Daphne: Ich war vorhin auf dem Social-Media-Profil des Veranstalters, und da habe ich in den Storys allein drei Cosplays vom Dämon Ahn gesehen.
Aspen: Ja, ich bin auch schon einem begegnet. Nicht zu glauben, dass die Menschen sich schon eine Woche nach dem Kinostart Cosplays gebastelt haben.

Daphne: Weil du als Dämon heiß aussiehst und die Rolle sehr gut gespielt hast.
Aspen: Heiß, sagst du? Hmm, vielleicht sollte ich mich vor unserem nächsten Treffen als Dämon schminken lassen. Stell dir dein verschmiertes Gesicht vor, wenn ich dich dann abknutsche.

Seine Nachricht entlockt mir ein Lachen.

Daphne: Ich nehme, was ich kriegen kann, aber der Aspen in T-Shirt und Jeans ist mir am liebsten.
Aspen: Das sagst du jetzt, dabei hast du mich noch nicht nackt gesehen.

Meine Wangen brennen, und ich vergewissere mich verstohlen, dass auch niemand auf mein Display schielt. Die Vorstellung, Aspen ohne Kleidung zu sehen, setzt eine Hitze in mir frei, die so schnell kein Wasser löschen könnte. Ich will gerade antworten, aber Aspen ist schneller und hat mir noch eine Nachricht gesendet.

Aspen: Dein Gesicht ist feuerrot, oder?
Daphne: Ich hasse dich.
Aspen: Ah, das schreit doch nach einem Ja. Wenn du mir jetzt ein Foto von deinem hübschen Gesicht schickst, schwöre ich, dass ich dich so wild küssen werde, dass du direkt eine kalte Dusche nehmen musst.

Ich überlege keine Sekunde und mache schnell ein Selfie, gerade als der Wind mir durch die offenen Haare fährt. Ich drücke auf Senden und knabbere an meinem Daumennagel, während ich auf eine Antwort warte. Lange kommt nichts, sodass ich überprüfe, ob die Nachricht auch angekommen ist. Die blauen

Häkchen zeigen mir an, dass er es gesehen hat, doch auf eine Antwort warte ich vergeblich.

Dann endlich vibriert mein Smartphone, doch es ist so viel Zeit vergangen, dass ich es erst entsperren muss, um die Nachricht lesen zu können.

Aspen: … Verdammt … Du machst es mir echt schwer, nicht aus der Maske zu verschwinden und halb geschminkt in den Jet zu steigen. Du bist wunderschön, Daphne, ehrlich. So schön, dass ich manchmal einfach keine Worte dafür finde.

Mit dieser Nachricht trifft er mitten in die Tiefen meiner Seele, denn Aspen macht mir klar, dass er mich will – nicht nur meinen Körper, sondern mich, die wahre Daphne.

Daphne: Vielleicht sollte ich diejenige sein, die dich nackt empfängt, wenn wir uns das nächste Mal sehen.
Aspen: Aspen hat den Chat verlassen.

Seine Antwort lässt mich erneut auflachen, bevor ich das Handy weglege und den Tag mit meiner Familie ausklingen lasse. Trotzdem kann ich nicht anders, als beim Gedanken an Aspens Nachrichten zu erröten.

28. KAPITEL

Aspen

Nie hat sich eine verdammte Woche länger angefühlt, und das aus so vielen Gründen. Die Convention am Wochenende war vollgepackt mit Eindrücken, netten Menschen, aber auch Dehydration, einem hohen Stresslevel und Kopfschmerzen. Gefühlt hatte ich kaum Zeit, Luft zu holen, weil ich immerzu von einen Shooting zum nächsten Panel musste. Dann fanden die Signierstunden statt, und so ging es immer weiter und weiter. Es fühle sich an wie ein endloser Kreislauf, und am Ende fiel ich todmüde ins Bett.

Nach der Convention ist Dexter hergeflogen und hat mir mitgeteilt, dass Novalee sich geschäftlich mit mir treffen möchte. Da Dexter mit einer anderen Klientin unterwegs sein wird, kann er mich zu dem Treffen nicht begleiten, was ich aber nicht als schlimm empfinde. Ich freue mich darauf, sie nach so langer Zeit wiederzusehen. Vor dem Badezimmerspiegel des Hotels betrachte ich meinen nackten Oberkörper. Besser gesagt die Sonne an meiner Schulter, die sich seit einer Weile zu den bestehenden Dornenranken gesellt, die mir bereits tätowiert wurden. Kurz nachdem sie ohne ein Wort verschwunden ist, bin ich spontan in mein Tattoostudio gegangen und habe es mir designen und stechen lassen.

Ich blicke auf die Sonne, deren Strahl die Ketten um ein

Herz löst. Dass dieses Tattoo Daphne gewidmet ist, habe ich ihr noch nicht verraten können, weil sie nichts von unserer Begegnung in Vegas weiß. Ich streiche mit dem Daumen über das Motiv, bevor ich mir ein T-Shirt überziehe, mir meine Sonnenbrille schnappe und das Hotelzimmer verlasse. Da ich mich in den Straßen von Beverly Hills nicht auskenne, lasse ich mich zu dem schicken und luxuriös aussehenden Coffeeshop fahren, wo ich mich mit Nova zum Brunch verabredet habe.

Vor dem Gebäude befindet sich eine Gruppe von Menschen, die meine Aufmerksamkeit nur kurz auf sich lenken können, da ich schnell das Lokal betrete und zum Fahrstuhl geleitet werde. Als ich auf die Dachterrasse komme, werde ich von einem Servicemitarbeiter zum Tisch begleitet. In unmittelbarer Nähe wartet die Security und behält die Terrasse im Blick, die jedoch spärlich besucht wird. Als mich Novalee entdeckt, steht sie erfreut auf.

»Aspen Knox. Der Mann der Stunde. Schön, dich zu sehen«, sagt sie, drückt mir einen freundschaftlichen Kuss auf die Wange und umarmt mich fest zur Begrüßung.

»Nova, du siehst wie immer toll aus.« Sie macht eine wegwerfende Geste.

»Ach was, ist nur das Make-up. Bitte nimm Platz.« Wir setzen uns auf die gemütlich aussehenden Stühle direkt am Geländer, wo wir die Schönheit von Beverly Hills bestaunen können. Die schicken Gebäude sind von Palmen und bunten Blumen umsäumt, die die Präsenz des Stahls der Hochhäuser abmildern sollen.

»Danke. Wie geht es dir?«, frage ich sie, da es schon Monate her ist, dass wir uns gesehen haben. Ihr hellblondes Haar wirkt fast weiß, genauso wie ihr ebenmäßiger Teint. Sie hat immer schon zu perfekt auf mich gewirkt. Äußerlich zumindest, denn ich nehme an, dass sie unter ihrem enormen Ruhm manchmal auch leidet. Ihr trauriges Lächeln bestätigt meine Vermutung.

»Es könnte besser sein, aber das könnte es bei uns allen, oder?« Wie immer umschifft sie das Thema und stellt eine Gegenfrage. Nova ist ein Profi und seit über zehn Jahren im Business. Sie war ein gefeierter Kinderstar, hat mit ihrer Jugendserie und ihrer eigenen Musik Milliarden für *Videocore* eingespielt, und ihre Fans sind früher sowie heute begeistert von allem, was sie tut.

»Die Meute da unten wartet auf dich, oder?«, frage ich und deute auf die Menschen, die Novas Namen schreien und Plakate hochhalten. Es wirkt beinahe, als wären die Leute am Gehweg auf einem Konzert und nicht auf offener Straße. Die Leibwächter halten sie in Schach, doch es sammeln sich immer mehr Personen, die mittlerweile den Weg blockieren. Nova lächelt und winkt ihnen zu, doch ich höre ihr schweres Seufzen.

»Das tun sie immer. Meine Fans lassen mich nie im Stich.« In ihren Worten klingt mit, dass ihr die Fans keine Verschnaufpause gönnen, doch das würde Nova niemals offen zugeben.

»Du siehst müde aus, Nova«, sage ich ehrlich, denn trotz des Make-ups und des Lächelns sehe ich, wie erschöpft sie wirkt. Aufgrund meiner Worte dreht einer der Leibwächter sich besorgt in ihre Richtung. Zu meiner Überraschung erkenne ich in ihm Thorne McKinley wieder, der uns einmal bezüglich eines Stunts mit seinem Fachwissen als Sicherheitsbeamter beraten hatte. Ich hebe die Hand zum Gruß, und er erwidert die Geste. Nova sieht zu ihm und lächelt ihn an, dann wendet sie sich wieder mir zu.

»Du kennst Thorne?«

»Wir haben mal miteinander gearbeitet. Er ist einer der besten Martial-Arts-Kämpfer, die ich je gesehen habe.«

»Ist er das?«, fragt sie verblüfft, will sich offensichtlich gerade wieder zu ihm umdrehen, überlegt es sich dann jedoch anders.

»Das wusstest du nicht?«, frage ich. Ich hatte angenommen, dass sie die Berufe und die besonderen Talente ihrer Security-Leute kennt.

»Nein, darüber haben wir nie gesprochen.«

»Oh. Okay«, erwidere ich. Plötzlich wirkt sie bedrückt. Als wäre sie traurig darüber, dass er ihr das nicht mitgeteilt hat.

»Wieso wolltest du mich sehen?«, sage ich, um endlich auf den Kern des Treffens zurückzukommen.

»Ich wollte fragen, ob du Lust hast, den Love Interest in meinem neuen Musikvideo zu spielen. Es wird der Titelsong meines neuen Albums, und es geht um die verschiedenen Stufen einer Beziehung. Vom Kennenlernen bis zur Trennung, aber am Ende kommen die Charaktere wieder zusammen und heiraten.« In einem von Novas Videos mitzuspielen ist eine unglaubliche Ehre, doch plötzlich kommt mir Daphne in den Sinn.

Jedes Mal, wenn ich das Wort Heirat oder Ehe vernehme, zucke ich innerlich zusammen, denn das Geheimnis, dass Daphne und ich in Las Vegas geheiratet haben, belastet mich mehr und mehr. Als ich den Mut gefunden habe, es ihr zu beichten, hat sie mich auf später vertröstet, und danach war ich zu glücklich, um mich mit diesem Thema auseinanderzusetzen.

Für mich hatte das Zusammensein mit Daphne oberste Priorität, und ich habe die Gewissensbisse nicht zugelassen. Nun scheinen sie mir dir Luft aus den Lungen zu drücken. Denn je mehr ich mich in sie verliebe, desto mehr Angst habe ich, sie zu verlieren.

»Du siehst nicht gerade begeistert über mein Angebot aus«, meint Nova leicht pikiert und rümpft die Nase.

»Nein, ich fühle mich geschmeichelt, dass du mich fragst, nur hat das Konzept mich zum Nachdenken gebracht.«

»Gott ja. Es ist unglaublich kitschig und vorhersehbar, aber darauf stehen meine Fans.«

»Hast du nicht immer Kitsch gemocht?« Ich kann mich an ein Gespräch auf einem sterbenslangweiligen Charity-Event erinnern, das jedoch schon Jahre zurückliegt.

»Damals ja«, antwortet sie und blickt kurz in die Ferne, bevor ihr Blick wieder zu mir gleitet.

»Jetzt nicht mehr?«, frage ich nach, denn wenn mich die letzten Jahre im Business eines gelehrt haben, dann, dass man nachbohren sollte, wenn jemand aus dem Freundeskreis melancholisch wird. Und da Nova einiges durchgemacht hat, möchte ich umso mehr, dass sie sich mir öffnet, wenn sie reden möchte.

»Nein. Romantik hat in meiner Welt keinen Platz.« Danach ist sie wieder völlig professionell und gewährt mir keinen einzigen Blick mehr in die wahre Novalee, sondern zeigt mir den Pop-Weltstar Nova, ihr Alter Ego, das ihr viel Ruhm, aber anscheinend auch viele Dämonen eingebracht hat.

»Die Dreharbeiten beginnen allerdings schon übermorgen. Wir treffen uns bei *Start Entertainment* mit dem Regisseur und beginnen dann mit dem Dreh an den Sets, ehe es nach draußen geht.«

»Soweit Dexter den Terminplan passend umgestalten kann, bin ich gern dabei. Es ist schon eine Weile her, dass ich in einem Musikvideo zu sehen war.« Das erste Mal war ich Stuntman für den Frontsänger von *Saving Winter*, und mein Gesicht war kaum zu erkennen.

»Ist gut, dann warte ich auf eure Antwort.« Sie sieht kurz schüchtern auf ihren Schoß und spielt mit der Serviette vor ihr.

»Dexter konnte nicht kommen?«, fragt sie etwas verlegen, woraufhin ich den Kopf schüttle.

»Leider nicht. Er hat noch ein Meeting, und danach müssen wir auch wieder nach New York.«

»Verstehe«, sagt sie traurig, lächelt dann aber wieder. Nova und Dexter hatten eine Affäre, trennten sich aber, als der Rummel um ihre Person zunahm. Sie hatten sich darauf geeinigt, keinerlei Gefühle zu entwickeln. Aber Nova konnte sich an diese Abmachung nicht halten und verliebte sich in einen Mann, der nicht vorhat, sich zu binden.

»Hängst du noch an ihm?«, will ich leise wissen, und Thorne dreht erneut den Kopf in unsere Richtung.

»Wie ich schon sagte, Aspen. Liebe hat keinen Platz in meinem Leben«, sagt sie ohne jegliche Emotion und beendet damit das Thema.

Nach dem Treffen gehe ich als Erster aus dem Lokal und greife nach meinem Smartphone, um Daphne eine Nachricht zu schicken.

Aspen: Was hast du heute an?

Daphne: Die flirty oder dirty Version?

Aspen: Was denkst du denn? 😉

Daphne: Baumwollpanty mit kleinen rosa Schweinchen drauf.

Ihre Antwort entlockt mir ein Lächeln. Die Fahrt vom Flughafen zum Start Entertainment-Gebäude scheint sich ewig hinzuziehen.

Aspen: Sexy. Sie würde wunderbar auf dem Boden meines Schlafzimmers aussehen.

Daphne: Tja, wenn ich wirklich welche anhätte, dann könnte sie das tatsächlich.

»Scheiße«, fluche ich und lehne mich mit dem Hinterkopf an die Lehne des Rücksitzes. Diese Frau macht mich völlig fertig. Es sind sieben Tage vergangen, seit wir uns an ihrer Haustür mit einem leidenschaftlichen Kuss verabschiedet haben, und seitdem verzehre ich mich nach ihr, nach mehr. Ich habe stundenlang im Hotelbett mit ihr telefoniert, wir hören einander beim Schlafen zu, und ich kann gar nicht mehr zählen, wie oft ich mich unter der Dusche selbst befriedigt habe, wenn die Sehnsucht nach ihr unerträglich wurde.

Aspen: Das heißt, es ist luftig locker in den südlichen Regionen?
Daphne: Sagen wir, es ist morgendlich feucht, wenn ich an dich denke.

Sie tut es schon wieder und wird mich offiziell in den Wahnsinn treiben. Wir necken uns auf diese anzügliche Art und Weise, seitdem wir zusammen sind. Wechseln zweideutige Nachrichten miteinander, wobei die von Daphne mir den Verstand rauben. Ich befürchte, dass ich sie einfach auf den Tisch heben und mein Gesicht in ihrem herrlichen Schoß vergraben werde, sobald ich sie im Büro antreffe.

Daphne: Hat Aspen wieder den Chat verlassen? 😉
Aspen: Aspen erholt sich gerade von dem Kopfkino, das du in Fahrt gebracht hast.
Daphne: Es ist mir ein Vergnügen.
Aspen: Das ist deine Rache, oder? Weil ich dich am Anfang unserer Zusammenarbeit habe leiden lassen.
Daphne: Eigentlich nicht, denn daran habe ich gar nicht gedacht. Aber vielleicht sollte ich das ändern.
Aspen: Habe ich mir gerade mein eigenes Grab geschaufelt?
Daphne: Jap.

Doch meine Vorfreude wird durch Frust ersetzt, denn Dexter ruft mich nach dem Nachrichtenaustausch an, weil er spontan eine Anfrage zu einem Fernsehauftritt für eine bekannte Late-Night-Show bekommen hat. Die Dreharbeiten finden bereits heute Nachmittag statt. Seufzend lasse ich den Fahrer wenden und begebe mich ins Studio, auch wenn mein Herz will, dass ich alles abblase, um endlich Daphne zu sehen.

Es ist weit nach Mitternacht, als ich endlich fertig mit der Arbeit bin. Als ich aufs Smartphone blicke, habe ich fünf Nachrichten von Daphne, und in der letzten teilt sie mir mit, dass sie ins Bett gehen wird und sich unheimlich darauf freut, mich morgen wiederzusehen.

»Fährst du zu Daphne?«, fragt mich Dexter, als ich mein Smartphone in meine Jeanstasche schiebe und mich zu ihm umdrehe. Wir befinden uns vor dem Gebäude des Studios, und die Nacht ist erfrischend kühl, eine willkommene Abwechslung zu der brütenden Hitze der letzten Tage. In LA und Manhattan sind sommerliche Temperaturen an der Tagesordnung, auch wenn ich mich nach kühlem Regen sehne.

»Sie schläft schon, also werde ich sie morgen im Büro sehen.«

»Du meinst wohl in deiner Arbeitswohnung, wo ihr die Laken zerwühlt?«, schlussfolgert Dexter, doch ich schüttle nur den Kopf.

»Nein, wir haben noch nicht miteinander geschlafen, und ich will es auch nicht zwischen Tür und Angel tun. Der Dreh mit Nova beginnt, und ich möchte diesen so schnell wie möglich abschließen, damit wir endlich allein sein können.«

»Okay, das verstehe ich«, meint er, doch ich bezweifle, dass er die Tragweite meiner Gefühle begreift. Die Geschichte von Daphne und mir ist komplexer als er ahnt, und ich denke, es wird Zeit, dass er von meinem Geheimnis erfährt.

»Können wir auf ein Bier zu mir gehen?«, frage ich ihn, auch wenn ich weiß, dass es spät ist.

»Willst du in die Bar in deinem Gebäude?«

»Nein. Ich möchte mit dir unter vier Augen reden.«

»Oh, oh«, sagt er und kratzt sich nervös am Hinterkopf. »Diese Worte lassen Schauer des Schreckens meinen Rücken hinabrieseln.«

»Es ist wichtig, Killer«, sage ich und gehe nicht auf den Scherz ein. Sofort ist Dex ernst und nickt. In meiner Wohnung atme ich den Duft nach Kirschblüten tief ein. Meine Housesitterin Jennifer, die sich während meiner Abwesenheit um die Wohnung kümmert, hat ein Faible für Düfte aller Art. Sobald sie wusste, welche ich bevorzuge, hat sie Kerzen, Duftstäbchen und andere Dinge in dieser Geruchsrichtung besorgt.

Jetzt liebe ich es, nach Hause zu kommen und von dieser Duftnote begrüßt zu werden. Automatisch geht der Lautsprecher im Flur an, doch ich gehe zur Steuerung und deaktiviere ihn. Ich brauche Ruhe, wenn ich mit Dex über Daphne rede. Mit jeweils einem Bier in der Hand gehen wir auf die Außenterrasse, die beinahe so groß ist wie mein gesamtes Wohnzimmer. Wir setzen uns auf die gepolsterten Gartenstühle.

»Wenn du nicht gleich anfängst zu reden, werde ich ungemütlich«, sagt er mit ernster Stimme.

»Es geht um Daphne.«

»Oh. Okay. Bitte sag nicht, sie ist schwanger!«

»Wir haben noch nicht miteinander geschlafen, schon vergessen?«, sage ich und muss nun doch leicht schmunzeln. Die Panik, die er ausstrahlt, ist beinahe komisch. Aber ich bin mir nicht sicher, ob die wahren Neuigkeiten nicht genauso schlimm für ihn sind.

»Zum Glück. Erzähl weiter.«

»Ich kenne sie schon länger.«

»Wie lange?«

»Acht Jahre?«, sage ich und warte auf seine Reaktion.

»Das heißt, du bist ihr vor Jahren mal begegnet?«

»Nein, was ich sagen will, ist, dass wir uns in Vegas kennengelernt haben. Wir haben in dieser Nacht stundenlang geredet und sind durch die Straßen gegangen. Wir haben getrunken, und ich habe mich auf den ersten Blick in sie verliebt.«

»Warte, war das in der Zeit, als du nichts mit deinem Leben anzufangen wusstest?«

»Richtig. Genau genommen ist Daphne der Grund dafür, dass ich den Weg als Stuntman eingeschlagen habe.«

»Okay, aber wenn sie so einen großen Einfluss auf dich hatte, wieso habt ihr dann gestritten, und wenn ich mich recht entsinne, hat sie so getan, als würde sie dich gar nicht kennen.«

»Das tut sie auch nicht.«

»Hä? Ich blicke gar nicht mehr durch«, meint Dexter verwirrt.

»Das würdest du, wenn du endlich deine Klappe halten würdest«, erwidere ich und deute mit der Bierflasche auf ihn, ehe ich einen Schluck nehme, um meine Kehle zu befeuchten. Sofort verstummt er, und ich kann endlich weiterreden.

»Wir haben uns unterhalten, und mit ihr konnte ich zum ersten Mal reden, weil ich wusste, dass sie mich verstand. Mein Leben war kompliziert, doch sie machte es plötzlich leicht. Sie brachte mir Licht in dieser dunklen Zeit. Ich war hin und weg von ihr, also habe ich in der Magie des Moments mit Ja geantwortet, als sie mich gefragt hat, ob ich sie heiraten möchte.«

»Du hast was?!« Dexter steht mit einem Ruck auf, sodass er fast gegen den Tisch stößt.

»Du wolltest doch still sein.«

»Nicht wenn du diese Atombombe platzen lässt. Bitte sag,

dass du es aber nicht getan hast. Bitte sag es.« Sein gezwungen hoffnungsvolles Strahlen ist süß, und ich kann dabei zusehen, wie es in sich zusammenfällt, als ich den Kopf schüttle.

»Wir haben es getan. Wir wurden sogar von Elvis Presley getraut, auf Daphnes Wunsch hin.«

»Whoa!« Er hebt die Handflächen, um mich zum Verstummen zu bringen. »Du willst mir allen Ernstes weismachen, dass du eine Fremde in Vegas geheiratet hast?«

»Das habe ich.«

»Fuck!«, ruft er aus und reagiert genau so, wie ich es erwartet habe. Heftig. Ungläubig. Und er sieht mich an, als wolle er mir den Hals umdrehen.

»Was ist dann passiert? Nachdem ihr geheiratet habt?«

»Nachdem wir noch unterwegs waren, haben wir in meinem Hotelzimmer übernachtet, wobei ich auf dem Boden geschlafen habe. Am nächsten Morgen ist sie gegangen – ohne ein weiteres Wort. Danach habe ich sie nie wieder gesehen.«

»Was? Das wird ja immer schlimmer.«

»Hmm. Ich konnte es auch kaum glauben, als ich aufgewacht bin. Ich war so unglaublich enttäuscht und wütend. Wir haben im Rausch der Gefühle nicht einmal Handynummern ausgetauscht. Ich hatte nur ihren Namen.«

»Dann hättest du sie doch finden können.« Sein Bier steht auf dem Couchtisch zwischen uns, und das Kondenswasser perlt gerade am Flaschenhals herab, als ich seinen Blick erwidere.

»Sie wurde von ihrem Stiefvater adoptiert und hatte fortan einen anderen Nachnamen.«

»Aber so funktioniert das doch nicht. Bevor sie ihren Nachnamen änderte, hätte man doch sehen müssen, dass sie verheiratet war und somit Knox heißen müsste.«

»Darüber habe ich mir auch schon Gedanken gemacht, doch

ich schätze, die Behörden haben dies einfach übersehen, sodass es nie rausgekommen ist.«

»Aber warte, wenn du dich hättest scheiden lassen wollen, hätte man sie ja finden müssen.«

»Vielleicht …«

Er hält inne und sieht mich mit gerunzelter Stirn an. »Du wolltest doch die Scheidung, oder?«

»Nein, das wollte ich nicht.« Es ist schwer in Worte zu fassen, was genau ich in den letzten Jahren gefühlt habe. Denn es sind eben Gefühle.

»Warte. Du wolltest mit einer Fremden, die dich betrunken geheiratet, mit dir geschlafen hat und einfach gegangen ist, verheiratet bleiben?«

»Wir haben nicht miteinander geschlafen.«

»Hä? Du sagtest …«

»Wir sind einfach eingeschlafen.«

»Also … das … ich fasse es einfach nicht.« Dex steht auf, geht auf der Terrasse auf und ab und lässt die ganzen Informationen sacken. Es dauert eine Weile, bis er endlich das Wort an mich richtet.

»Du hast es ihr noch nicht gesagt, oder? Dass ihr euch kennt und eigentlich verheiratet seid.« Ich schlucke schwer, und der Kloß in meinem Hals ist so dick, dass ich nicht antworten kann. Mit schlechtem Gewissen schüttle ich den Kopf.

»Scheiße, Aspen. Wie konntest du das tun? Sie wird dich dafür hassen.«

»Denkst du, ich weiß das nicht? Ich wollte es ihr ja sagen, aber es hat sich nie ergeben und dann …«

»Was dann?«, ruft Dexter aufgebracht.

»Ich liebe sie, Mann! Ein Teil von mir hat sie immer geliebt.«

»Aber du kanntest sie doch gar nicht wirklich.«

»Damals nicht, aber das, was ich von ihr wusste, hat gereicht! Und jetzt? Jetzt kann ich mir ein Leben ohne sie nicht mehr vorstellen, Dex. Die letzten Jahre waren so hart, und ich hatte niemanden, an den ich mich anlehnen konnte.« Aber auch wenn die Einsamkeit mich zu ersticken drohte, ich die Nacht zum Tag gemacht und mich in die Arme dunkelhaariger Schönheiten geflüchtet habe, habe ich Daphne nie vergessen können. Mein ganzes Selbst hat sich all die Jahre nach ihr verzehrt.

»Was ist mit mir?«

»Das ist etwas anderes. Ich denke, tief in meinem Inneren wollte ich einfach nur Daphne zurück. Die letzten acht Jahre habe ich mich nach ihr gesehnt, und jetzt, wo ich sie endlich wiederhabe, möchte ich sie nicht verlieren. Ich könnte das nicht.«

»Aber du musst es ihr sagen!«

»Ich weiß das!«

»Anscheinend nicht, wenn du hier herumsitzt und nichts tust.«

»Gib mir noch ein wenig Zeit. Zum ersten Mal in meinem Leben bin ich vollkommen glücklich.«

»Aber du baust dieses Glück auf einem Fundament aus Lügen auf.«

»Das ist mir bewusst. Ich muss mir überlegen, wie ich es ihr am besten sage. Wenn ich es richtig angehe, dann wird sie vielleicht nicht so heftig reagieren.«

»Du glaubst an eine Möglichkeit, dass sie dich nicht umbringen wird, wenn sie die Wahrheit erfährt?«

»Das muss ich, denn die Hoffnung ist alles, was ich habe. Daphne ist die Eine, und ich werde alles tun, um meinen Fehler wiedergutzumachen.«

29. KAPITEL

Daphne

Ich stehe nackt vor dem Spiegel, blicke auf meinen schlanken Körper. Die schmalen Hüften und meine kleinen, schönen Brüste. Nicht nur in meinem Gesicht, sondern auf meinem ganzen Körper findet man kleine, aber feine Sommersprossen, die ich früher gehasst habe. In der Grundschule wurde ich Pippi Langstrumpf genannt und ausgelacht. Das Mobbing hat mich gelehrt, sie zu hassen.

Erst als ich aufs College ging, fingen Frauen sowie Männer an, mir Komplimente zu meinem honigblonden Haar und den Sommersprossen zu machen, und mit der Zeit lernte ich, sie wieder zu lieben. Und als Aspen jede Einzelne davon küssen wollte, weil er sie so hinreißend fand, schmolz ich beinahe dahin.

Es ist kaum zu glauben, dass ich vor Wochen noch würgen wollte, wenn ich an diesen Mann dachte, und jetzt sehne ich mich nach ihm. Ich streichle mit der Hand über meine Hüften, meinen flachen Bauch und Busen, fühle mich wunderschön in meinem Körper. Solche Momente sind mir wichtig – allein vorm Spiegel zu stehen und mich selbst wahrzunehmen.

In der letzten Woche war Aspen beruflich unterwegs, und auch wenn ich Zeit mit meinen Freundinnen und meiner Familie verbringen konnte, beim Volleyballtraining war, eine große Shoppingtour gemacht und mit Janice zur jährlichen Kontrolle gefahren bin, fühlte ich mich rastlos.

Also habe ich meine Wohnung aufgeräumt und geputzt, meinen Kleiderschrank ausgemistet und die Klamotten zur Wohlfahrt gebracht. Kein Fleckchen war vor meinem Putzlappen sicher, sodass ich am Abend erschöpft ins Bett gefallen bin und auf Aspens Anruf gewartet habe. Er sah so unglaublich müde aus, während er mir von seinen Erlebnissen auf der Convention berichtete. Während wir uns beide in die Kissen gekuschelt haben, haben wir miteinander geredet und gelacht, bis einer von uns eingeschlafen ist.

Meistens war es Aspen, der vor Erschöpfung seine schweren Lider geschlossen hat. Manchmal ist ihm sein Smartphone aus der Hand geglitten, sodass ich nur seinen stetigen Atem hören konnte, doch manchmal hat er das Smartphone mit einem anderen Kissen gestützt, sodass ich ihm beim Schlafen zusehen konnte. In meiner Brust breitete sich eine Wärme aus, und es hatte etwas Intimes, ihn anzusehen, während er so verletzlich war. Erst da wurde mir bewusst, wie tief meine Gefühle für Aspen gingen, wie sie immer tiefer gehen, wenn ich bei ihm bin.

Mit einem verliebten Lächeln und geröteten Wangen sehe ich auf mein Spiegelbild und fühle mich einfach glücklich, ehe ich mich anziehe und mich auf den Weg zur Arbeit mache. Als ich aus meiner Wohnung trete, sehe ich mich einer Menschenmenge gegenüber. Die Leute reden völlig durcheinander und richten ihre Kameras auf mich.

Ich bin viel zu überrumpelt, sodass ich stehen bleibe, während die Aasgeier mir weiterhin auf die Pelle rücken. »Miss Valenti. Was läuft da zwischen Ihnen und Aspen?«

»Seit wann schlafen Sie miteinander?«

»Kauft er Ihnen teuren Schmuck für sexuelle Gefälligkeiten?«, fragt eine Stimme, die ich nicht ausmachen kann, aber die Worte setzen eine Wut in mir frei, die die Benommenheit ablöst.

»Wie bitte?«

»Daphne!« Ich sehe mich um und entdecke Dexter, der mit schnellen Schritten auf mich zukommt.

»Meine Damen und Herren, wie wir schon in der Pressemitteilung bekanntgegeben haben, ist Miss Valenti Aspens Beraterin, also wären wir Ihnen dankbar, wenn Sie sie durchlassen.« Dexters Stimme strotzt vor Autorität, sodass die Meute zurückweicht und ich endlich wieder Luft holen kann. »Aber dieses Foto!«

»Es gibt kein Foto. So leid es mir auch tut, Sie sind an der falschen Adresse«, meint Dexter freundlicher, als ich es in einer Situation wie dieser hier erwarten würde. Er legt mir schützend die Hand auf den Rücken und geleitet mich zu seinem Wagen, wo ich auf der Beifahrerseite einsteige. Er fährt augenblicklich los. Durch den Seitenspiegel sehe ich, dass die Menschen sich kein Stück wegbewegt haben.

»Was ist passiert?«, frage ich, als sie außer Sicht sind und ich mich wieder einigermaßen beruhigt habe.

»Jemand hat euch in der Garderobe beim Küssen fotografiert.«

»Was!? Aber wir haben niemanden gesehen oder gehört.«

»So wie ihr zugange wart, hättet ihr auch eine Zombie-Apokalypse wohl erst bemerkt, sobald euch jemand direkt ins Gesicht gesprungen wäre.«

»Aber du hast vorhin gesagt, dass wir nicht die Personen auf dem Foto sind.«

»Weil die Qualität des Bildes so grässlich ist, dass man euch nicht identifizieren kann. Ihr wart nicht die Einzigen, die an diesem Abend Schwarz getragen haben, und das ist unser Vorteil.«

»Nicht zu glauben. Was passiert jetzt? Werden mir diese Menschen weiterhin auflauern?«, frage ich erschrocken, denn von einer Gruppe Reporter überrumpelt zu werden war alles andere als schön. Die Begegnung hat ein beklemmendes Gefühl in mir ausgelöst, und es graut mir davor, dieser Situation häufiger ausgesetzt zu sein.

»Nun, wenn du weiterhin mit Aspen zusammenbleibst, dann werden immer Paparazzi in deiner Nähe sein. Es werden lächerliche Gerüchte breitgetreten, eure Liebe angezweifelt und noch andere Dinge, die ich mir nicht mal ausmalen könnte, aber die Aasgeier sind einfallsreich. Sie würden alles sagen, um dich aus der Reserve zu locken, sodass du mehr preisgibst.«

»Sie haben mich eher wütend gemacht.«

»Jemanden wütend zu machen ist eine gute Methode, um ihm Geständnisse zu entlocken.«

»Ich … weiß nicht, was ich sagen soll.« Ich blicke auf meine Finger, die immer noch wegen des Überfalls von vorhin zittern. Mir war klar, dass ich mit einem berühmten Schauspieler zusammen bin, doch diese Schattenseiten, die mit dem Ruhm einhergehen, am eigenen Körper zu spüren, hat mir die rosarote Brille entrissen. Ein Moment, der mir so wichtig gewesen ist, wurde gegen unseren Willen fotografisch festgehalten, um damit Profit zu machen.

Unsere Beziehung würde mit Lügen und Gerüchten befleckt werden, und gerade weil diese mich in den letzten Monaten fertiggemacht haben, weiß ich nicht, ob ich das alles noch mal ertragen könnte.

»Es wird immer schwer sein, mit Aspen zusammen zu sein. Ob wegen seines Temperaments oder seines Berufs, aber eines kann ich dir sagen, Daphne. Er ist ein verdammt guter Kerl, der es verdient hat, dass du ihn liebst.« Ich sehe zu Dex, der mich anlächelt und sich dann wieder auf die Straße konzentriert. Seine Worte vertreiben die Panik, die mich gerade noch im Griff hatte.

Aspens Berühmtheit und die negativen Dinge, die sie mit sich bringt, sollten meine Gefühle ihm gegenüber nicht beeinflussen. Ich bin in diesen Mann verliebt und so glücklich wie noch nie. Deswegen sollte ich den Zweifeln keinen Raum geben. Als wir im Gebäude von *Start Entertainment* ankommen, drehen sich einige Personen zu mir um, und ich tue alles, um sie nicht zu beachten, denn ich möchte den verurteilenden Blicken so schnell wie möglich entkommen.

Dexter und ich warten auf den Fahrstuhl, der den VIPs vorbehalten ist. Als er sich öffnet, fange ich fast an zu weinen, denn Aspen steht dort. In Jeans und schwarzem Hemd sieht er mich voller Sorge an. Aufgewühlt trete ich in den Aufzug, und erst als sich die Türen schließen, falle ich ihm in die Arme und bekomme nur im Augenwinkel mit, dass Dexter nicht in den Fahrstuhl gestiegen ist. Ich lasse die Wellen des Schocks von mir abperlen, als ich mich mit Tränen in den Augen an sein Hemd schmiege.

»Hey. Ich bin da«, flüstert Aspen in mein Haar und hält mich fest, ohne Fragen zu stellen. Tief atme ich seinen mir wohlvertrauten Duft ein und genieße den beruhigenden Effekt, den er auf mich hat.

Es tut gut, endlich den Menschen gefunden zu haben, der mein sicherer Hafen ist, wenn alles den Bach runtergeht. Ja, mit ihm zusammen zu sein wird hart und doch wunderbar werden, denn Aspen ist all das wert. Lange war er einsam, und vielleicht hatte er genau davor Angst – dass seine Partnerin unter der Presse leiden muss. Aber ich werde stark sein, für ihn und für mich selbst. Ich werde nicht mehr flüchten, sondern mich dem stellen, was auch kommen mag. Als das *Pling* ertönt, löse ich mich hastig von ihm und stelle fest, dass wir auf der Etage seiner Arbeitswohnung sind.

Wir treten in gebührendem Abstand auf den Flur, als Aspen nach meiner Hand greift. »Was tust du da?«, flüstere ich aufgebracht und sehe mich um.

»Du bist meine Freundin Daphne, der es gerade nicht gut geht, und ich möchte deine Hand halten.«

»Aber was ist, wenn uns jemand sieht?«, frage ich gerührt und nervös zugleich.

»Das interessiert mich nicht. Du brauchst mich, und ich werde sicher nicht so tun, als wärst du mir gleichgültig, um unser Geheimnis zu wahren.« Seine Worte treiben mir die Tränen in die Augen, die ich schnell wegblinzle. Anscheinend hat mich die Begegnung mehr aufgewühlt, als ich mir eingestehen wollte.

»Und ich danke dir für deine Loyalität. Trotzdem wäre es mir lieber, wenn wir in die Wohnung gehen. Dann kannst du mich halten, solange du willst.«

»Das klingt nach einem herrlichen Deal«, meint er erfreut und zieht mich zur Wohnung. Die Tür ist noch nicht mal zugeschlagen, als wir uns küssend in die Arme fallen und dann endlich in der Waagrechten auf der Couch landen, auf der wir wochenlang bei der Arbeit gesessen haben. Aspen zieht mich auf sich, sodass ich an meinem Bauch spüre, wie sehr er mich will.

Und ich will ihn auch. Ich denke, ich wollte ihn schon, als ich seine Filme gesehen habe und ihn noch nicht kannte. Aspen ist ein Mann, der jede Frau fasziniert. Breite Schultern, muskulöse Arme, ein umwerfendes Lächeln und diese Ausstrahlung, die Menschen wie ein Magnet anzieht. Niemals hätte ich mir träumen lassen, dass ich den Mann im Fernsehen meinen Freund nennen würde.

Unser Geknutsche wird jedoch unterbrochen, als es an der Tür klopft. Ich richte meine dunkelgrüne, ärmellose Bluse, die am Bauch zusammengebunden ist, streiche nervös über meinen knielangen, engen Rock, als Aspen die Tür öffnet und ich Dexter erkenne, der ihn nur entschuldigend ansieht.

»Sorry Mann, aber der Dreh wurde vorgezogen. Wir müssen gleich los«, sagt er und wirkt geknickt, weil er uns erneut trennen muss. Aspen seufzt schwer, nickt aber.

»Ich warte draußen, und vielleicht solltest du dir Zeit lassen, nicht dass unser Fahrer denkt, dass du dich zu sehr freust, ihn zu sehen.« Dexter deutet mit dem Kinn lachend auf Aspens Schritt.

»Verzieh dich«, sagt er und knallt ihm die Tür vor der Nase zu, ehe er sich mit beiden Händen durchs dichte Haar fährt.

»Entschuldige bitte«, sagt er und kommt auf mich zu. Er greift nach meinen Händen und verhakt unsere Finger miteinander, hebt sie an, sodass ich sehe, wie perfekt meine Hand in seine passt.

»Wir holen das nach«, verspricht er mir, ehe er meine Nasenspitze küsst.

»Mach dir keine Sorgen. Wir haben Zeit, jetzt wo du wieder da bist.«

»Ja, aber ich habe dich so sehr vermisst«, flüstert er dicht an meinen Lippen, sodass ich nur blinzeln und ihm tief in seine Bergsee-Augen sehen kann. Alles in mir verzehrt sich nach seiner Berührung, seinen Lippen, seinem Lachen, und das kann er mir auch ansehen. Aber wir müssen gehen, nur scheinen wir beide es nicht zu wollen.

»Ich dich auch«, hauche ich, als er meine Lippen mit seinem Mund versiegelt. Es ist ein sanfter, verheißungsvoller Kuss, der das Warten wettmachen soll, und es kostet mich unendlich viel Kraft, mich von ihm zu lösen und ihm zu folgen.

Der Außendreh für das Musikvideo von Novalee Wells ist eine große Sache. Das Sicherheitspersonal wurde aufgestockt, sodass gefühlt an jeder Ecke ein Bodyguard steht, während das Filmteam und der Regisseur wie Ameisen um Nova und Aspen herumschwirren. Ich stehe abseits und beobachte, wie die Charaktere, die die beiden darstellen, sich zum ersten Mal begegnen, danach folgen romantische Posen im Park, Händchenhalten im Café oder ein Streit vor einem Gebäude.

In dem Video sollen die Ups und Downs einer Beziehung aufgezeigt werden, und Nova und Aspen machen ihre Sache gut. Zu gut, wenn man mich fragt, denn jedes Mal, wenn sie sich küssen, flammt Eifersucht in mir auf, auch wenn ich es nicht möchte. Normalerweise bin ich nicht eifersüchtig, aber ich denke, wenn man dabei zusieht, wie der Freund eine andere küsst, ist dieses Gefühl berechtigt. Mein Kopf hat zwar eingesehen, dass er seinen Job erledigt, aber mein Herz scheint noch eine Weile zu brauchen.

»So, ab geht's zu den Sets«, meint ein Mitarbeiter, und es dauert nicht lange, bis wir uns an einem Filmset befinden, wo die Innenaufnahmen gedreht werden. Unendlich viele Menschen sind für die Entstehung eines Videos verantwortlich, sodass Aspen von vielen begrüßt wird. Ihm ist kaum anzumerken, dass er Menschenmengen für gewöhnlich nicht so zugetan ist. Er ist ein introvertierter Mensch, der lieber allein als in einer belebten Umgebung ist, weswegen ich es umso mehr bewundere, welche Leistung er täglich erbringt.

Als schließlich die Bettszene dran ist, presse ich die Lippen zu einem schmalen Strich zusammen und frage mich, was ich hier überhaupt mache. Ich könnte jetzt in Aspens Limousine sitzen, Mails abarbeiten oder wer weiß was machen, aber hier stehe ich und geißle mich selbst.

Der Regisseur gibt Aspen Anweisungen, und zum ersten

Mal wirkt mein Freund unbehaglich am Set. Er sucht den Raum mit den Augen ab, und als er mich entdeckt, lächelt er mich traurig an, als würde er sich still dafür entschuldigen, dass ich das mitansehen muss. Zu schnell setzt die Musik ein und Nova singt von ihrer großen Liebe, als Aspen die nur mit Shorts und Tanktop bekleidete Nova auf seinen Schoß zieht und sie leidenschaftlich küsst.

Ich halte es zehn Sekunden aus, muss dann allerdings wegsehen, weil ich es nicht ertragen kann. Als Aspen als Dämon Ahn seine Partnerin liebevoll angesehen hat, war das etwas anderes als das hier. Diese Leidenschaft ist nur gespielt, das weiß ich, aber der Anblick trifft mich trotzdem hart. Plötzlich fällt mir das Atmen schwer, sodass ich mich abwende und nach draußen gehe. Es ist bereits spät am Abend, und die kühle Luft fühlt sich herrlich auf meiner erhitzten Haut an.

Wird es immer so sein?

Werde ich mich immer abwenden und innerlich kochen, wenn er eine andere Frau küsst, auch wenn ich weiß, dass er keinerlei Gefühle für sie hegt? Es ist zu viel, denn alles in mir sträubt sich dagegen, wieder an dieses Set zurückzukehren. Ich greife nach meinem Smartphone und informiere Aspen per Nachricht darüber, dass ich bereits nach Hause fahre, um Janice zu füttern, doch eigentlich fliehe ich.

Erneut.

Dabei dachte ich, dass ich nicht mehr fliehen wollte, dass ich eine Frau bin, die sich selbstbewusst den Dingen stellt, die sie beschäftigen, aber wieder mal habe ich es vorgezogen zu gehen, statt mich mit der Situation auseinanderzusetzen. Da Aspen wohl beschäftigt ist, warte ich keine Antwort ab. Stattdessen bestelle mir über die App ein Taxi und fahre nach Hause.

»Ich teile mein Essen nicht!«, ertönt es aus Janice' Schnabel, als ich meine Wohnung betrete. Ich muss schmunzeln, als ich an die Szene aus der Serie denke.

»Hey, meine Hübsche. Hast du Hunger?«

»Ich will Brötchen mit Frauen drauf«, lautet die Antwort. Während ich sie füttere, streiche ich über ihr knallrotes Gefieder.

»Dein Tag war hoffentlich besser als meiner«, seufze ich, als ich die Tür des Käfigs öffne, sodass sie frei in der Wohnung herumfliegen kann. Normalerweise werden Edelpapageien als Pärchen gehalten, doch Janice wurde von einem Artgenossen verletzt und scheut seitdem andere Vögel, weswegen sie allein glücklich ist.

Nachdem ich sie ausgiebig gestreichelt habe, springe ich unter die Dusche, wasche mir die Haare und sehe danach hoffnungsvoll auf mein Handy, doch Aspen hat weder geschrieben noch angerufen. *Arbeitet er noch immer?* Ich frage mich, ob seine Drehtage immer so lange dauern. Ich löse das Handtuch, das ich mir um die nassen Haare gewickelt hatte, und trockne diese, als es an der Tür klingelt. Verwirrt blicke ich auf die Wanduhr, die mir anzeigt, dass es kurz vor Mitternacht ist.

Ich gehe zur Gegensprechanlage, und auf dem Display wird mir Aspen angezeigt, der vor dem Gebäude steht. Er hat seinen Arm auf der Wand über der Kamera gestützt und sieht mich unter dichten, dunklen Wimpern an. THV wie er im Buche steht. Mein Herz macht einen Satz, als ich auf den Knopf mit dem Mikrofon drücke.

»Aspen. Hey«, sage ich, und als er meine Stimme vernimmt, lächelt er.

»Hey, Baby. Darf ich raufkommen?«, fragt er mit rauer Stimme, die mir eine Gänsehaut beschert.

»Natürlich.« Es dauert nicht lange, bis es an der Tür klopft, und ich bin voller Vorfreude, sodass ich öffne, ohne groß nachzudenken. Gerade als Aspen etwas sagen will, gleitet sein Blick an mir herab. Ich stelle erschrocken fest, dass ich immer noch nur das Handtuch um meinen Körper trage, das lediglich das Nötigste verdeckt.

Die Vorfreude darauf, Aspen zu sehen, hat mich diese Tatsache völlig verdrängen lassen. Ich blinzle und erröte wieder, denn auch wenn Aspen mein Freund ist, hatte ich nicht geplant, ihn halb nackt an der Tür zu begrüßen.

»Wow«, flüstert Aspen und fährt sich mit der Hand über den Mund, als wäre er überwältigt von meinem Anblick.

»Sorry, ich habe vergessen, dass ich halb nackt bin«, sage ich entschuldigend mit hochrotem Kopf, doch dieser Moment ist nicht amüsant, nicht mehr. Er ist voller Feuer, das in Aspens Augen aufflackert. Dieser umwerfende Mann überbrückt den Abstand zwischen uns, legt seine große Hand sanft auf meine Wange, doch seine Augen glühen vor Verlangen. Wollen mich auf jede erdenkliche Weise.

»Glaub mir, Baby. Ich werde diesen Anblick nie wieder vergessen«, sagt er und legt seine Lippen sanft auf meine. Küsst mich, als wäre ich das Kostbarste, was er besitzt.

»Nie wieder«, murmelt er gegen meine Lippen und macht mich mit diesen Worten unwiderruflich zu der Seinen.

30. KAPITEL

Daphne

Mir entweicht ein Keuchen, als Aspen mich gegen die Wand drückt und seine Zunge tief in meinen Mund dringt. Sofort umfängt mich ein unstillbares Verlangen, und mit unserem nächsten Kuss erreichen wir eine neue Ebene der Leidenschaft. Eine, die ich noch nie erklommen habe. Mit all meinem Sein möchte ich diesem Mann nah sein, ihm alles geben, was ich habe, selbst wenn ich in der Vergangenheit verletzt wurde.

Meine Hände krallen sich in sein Hemd, während Aspens Hand in meinem offenen, feuchten Haar vergraben ist. Ich schnurre wohlig, als er sich dichter gegen mich drängt. Ich will mehr von ihm. Seine andere Hand ruht auf meiner Hüfte, während er mich fest an seinen muskulösen Körper drückt. Ich stöhne auf, als sie auf meinen Oberschenkel gleitet und ich sie zum ersten Mal auf meiner nackten Haut spüre.

Bis jetzt haben wir nur rumgemacht, ohne uns unserer Kleidung zu entledigen, doch diesmal werden wir nicht innehalten oder uns voneinander lösen. Diese Nacht gehört uns beiden, und ich habe nicht die Absicht, auch nur eine Sekunde davon zu vergeuden. Mein Hinterkopf landet mit einem sanften Ruck an der Wand hinter mir, was Aspen dazu verleitet, sich aufmerksam meinem Hals zuzuwenden. Er haucht Küsse auf meine erhitzte Haut, was dazu führt, dass ich meine Finger fester in sein Shirt kralle und mein Knie anhebe, sodass ich seine Jeans an meiner empfindlichsten Stelle spüre.

Aspen greift unter mein Knie und zieht mich fester an sich, während seine heißen Lippen tiefer wandern. Mit der Zunge fährt er über die Wölbung meiner Brüste, die das Handtuch nach oben gedrückt hat. Seine warme Zunge hinterlässt eine feurige Spur auf meinem Oberkörper, während er seine Erkundungstour fortsetzt. Das ist die schönste Folter, die ich mir vorstellen kann, und ich genieße jede Millisekunde davon. Ich keuche vor Verlagen auf und reibe mich an ihm, sodass sich der Knoten des Handtuchs löst und es langsam von meinem Oberkörper gleitet.

Küssend bahnen wir uns einen Weg vom Wohnzimmer, wo der Papageienkäfig sich befindet, in mein Schlafzimmer, und ich bin dankbar dafür, dass Janice schon schläft, sodass sie uns keinen ihrer Sprüche an den Kopf knallen kann. Aspen kickt die Tür mit dem Fuß zu und legt mich sanft aufs Bett. Ich rutsche rückwärts bis zur Mitte der Matratze, während Aspen sich auszieht. Langsam wandert sein Hemd zu Boden, dann knöpft er seine Hose auf und streift sie sich ebenfalls quälend langsam vom Körper. Seine Augen fest auf meine gerichtet, hält er mich weiter hin, auch wenn ich doch bereit bin, ihm alles zu geben.

Während ich Aspen mustere, seine Muskeln und das Tattoo näher betrachte, wird mir klar, dass sein Körper ein Kunstwerk ist, und ich verstehe, wieso er sich bis jetzt häufiger oben ohne hat ablichten lassen. Immerhin trainiert er hart, um in Form zu bleiben, und er kann stolz auf das Ergebnis sein. Ich bin es und kann kaum fassen, dass dieser unglaubliche Mann sein kostbares Herz in meine Hände gelegt hat.

Ich bewundere das Tattoo auf seiner linken Brust, das sich über seine Schulter erstreckt und bis zu seinem Bizeps verläuft. Ich betrachte sein Sixpack, bis mein Blick schließlich zu seinem besten Stück wandert. Es ist groß, so groß, dass ich schlucken muss und mich unweigerlich frage, ob ich ihn überhaupt aufnehmen könnte, doch meine Fragen weichen, als dieser wunderschöne Mann auf mich zukommt. Ich bin so froh, dass Aspen sich regelmäßig testen lässt, da er vor mir verschiedene Sexpartnerinnen hatte.

Sobald ich ihm wieder in die Augen sehe, sind die Fragen stumm, und nur mein Herz weist mir den Weg. Und dieses sagt mir, dass wir gut miteinander harmonieren werden. Das fühle ich einfach. Er beugt sich über mich, seine Augen dunkel vor Lust, als er sich ein wenig zurückneigt, um mich zu betrachten.

Plötzlich fühle ich mich nackt, verletzlich und begehrt. Eine überwältigende Mischung, die mich elektrisiert. Aspen hebt die Hand an und streichelt sanft über die Rippen unter meiner Brust, die er nur hauchzart berührt. Er tut es langsam und mit einer Ehrfurcht im Blick, die mich tief ergreift. Dann küsst er mich wieder, wandert gemächlich tiefer, während ich meinen Kopf hin und her wälze und beinahe vergehe unter seinen Küssen.

Seine weichen Lippen finden meinen Bauchnabel, meinen Hüftknochen, gehen dann zu ihrem eigentlichen Ziel über. Er umfasst meinen Oberschenkel mit seiner großen Hand und packt zu, als ich seinen Atem über meiner pochenden Mitte spüre.

»Aspen«, keuche ich und bäume mich auf, als er mit der Zunge langsam über meine empfindlichste Stelle leckt. Meine Hände suchen Halt. Im Laken, in Aspens Schulter, seinen Haaren, und trotzdem finde ich ihn nicht. Er verwöhnt mich abwechselnd mit seinen Fingern und der Zunge, und es dauert ein paar Herzschläge, bis ich schreiend komme und zerberste.

Der Nebel des Orgasmus, der meine Sicht hat verschwimmen lassen, löst sich auf, und Aspen beugt sich über mich. Seine Mundwinkel wandern nach oben, schenken mir dieses sexy Lächeln, bevor er mich erneut leidenschaftlich küsst. Seine Finger stimulieren mich, dringen in mich ein und dehnen mich, während unsere Zungen miteinander verschmelzen. Wir haben noch lange nicht genug voneinander, und ich möchte nicht mehr warten. Das haben wir schon lange genug getan.

»Ich brauche dich, Aspen«, hauche ich, als ich Luft hole, und küsse seinen Hals. Kurz löst er sich von mir, um ein Kondom aus seiner Hosentasche zu ziehen. Ich beobachte ihn voller Lust und kann es kaum erwarten, ihn endlich in mir zu spüren. Wieder verschmelzen unsere Münder in einer sinnlichen Symphonie.

»Jetzt«, keuche ich zwischen den Küssen. Er reißt die Verpackung mit den Zähnen auf und streift sich das Kondom über, während ich ihn mit Argusaugen beobachte.

Aspen sieht mir tief in die Augen, leckt an seinen Fingern, bevor er dann mit diesen in mich eindringt und mir ein Keuchen entlockt. Mit geschickten Liebkosungen dehnt er mich weiter, um mich auf ihn vorzubereiten. Als er seine Finger herauszieht, spüre ich seine Erektion zwischen meinen Beinen und kralle mich in seine Arme, die er neben meinem Kopf aufgestützt hat, als er langsam in mich eindringt. Ich möchte die Augen schließen, diesen Moment genießen, als er sich immer tiefer vorwagt, doch seine Augen, dieser Blick, der alles um mich versengt, lässt dies nicht zu.

Als er dann endlich tief in mir ist, seufze ich auf, doch Aspens Blick verändert sich. Sein Körper ist angespannt, und alles an ihm strahlt Wärme und Geborgenheit aus.

»Jeder Zentimeter deines Körpers raubt mir den Atem«, keucht er mit seiner tiefen Stimme, und heiße Schauer jagen über meine Haut.

»Mich hat noch nie jemand so angesehen wie du«, flüstere ich, gefangen in der Intensität dieses Moments. Sex zu haben ist leicht, doch das hier ist ein Moment, der sich für immer in meine Seele brennen wird.

»Weil du es bist, Daphne. Du warst es immer. Der fehlende Teil meiner Seele, der mich ganz macht.«

Wenn er gesagt hätte, dass er mich liebt, wäre ich nicht so gerührt wie jetzt in diesem Moment.

»Aspen«, flüstere ich, als er aus mir gleitet und dann wieder in mich eindringt. Ich stöhne auf, bäume mich unter ihm auf, will, brauche mehr von ihm. Keinen Augenblick löst er seinen lodernden Blick von mir, während wir einen gemeinsamen Rhythmus finden. Aspen greift nach meinen Händen, verhakt die Finger mit meinen und küsst mich, während er immer tiefer in mich eindringt. Tief in meine Seele.

Ich komme mit einem lauten Schrei an seinen Lippen, und noch während der Orgasmus mich erbeben lässt, flüstere ich keuchend in sein Ohr.

»Mehr. Ich brauche mehr.« Aspen entweicht ein Knurren, als er mich an den Hüften packt und mich so umdreht, dass ich auf den Knien lande und voller Vorfreude über meine Schulter sehe. Dieser unglaublich heiße Mann umfasst mit seinen breiten Händen meine Hüften, während die Nachbeben meinen Körper immer noch fest im Griff haben. Mein Schrei geht in ein Stöhnen über, als er immer wieder von hinten in mich eindringt.

Plötzlich greift Aspen nach meinem Bauch und zieht mich an seine Brust, sodass ich meinen Hinterkopf an seine Schulter lege, während er mich nimmt, so wie ich noch nie geliebt wurde.

»Komm erneut für mich, Baby. Ich will, dass selbst deinen Nachbarn die Röte ins Gesicht schießt«, knurrt er an meinem Ohr, und der Klang seiner tiefen Stimme löst eine Gänsehaut bei mir aus. Mehr braucht es nicht, und ich komme erneut, während er tief in mir ist. Aspens Griff an meiner Hüfte verstärkt sich, als er nach zwei weiteren Stößen auch selbst mit einem tiefen Brüllen kommt. Danach legt er seine Arme schützend über meinen Körper, während wir keuchend wieder zu Atem kommen.

Mein Hinterkopf ruht immer noch an seiner Schulter, und fast gleichzeitig wenden wir uns einander zu, mit einem seligen Lächeln auf den Lippen. Aspen küsst mich, sanft, zärtlich, was ein Widerspruch zur Wildheit von vorhin ist, aber das sind wir. Sanft und wild, ruhig und laut. Eine tosende Welle, die gegen einen beständigen Felsen kracht, und genauso will ich es haben. Für immer.

»Das ist das beste Sandwich, das ich je in meinem Leben gegessen habe«, murmelt Aspen mit vollem Mund, was mich zum Lachen bringt. Während Aspen in Boxershorts in meiner Küche steht, trage ich sein Hemd. Aspens erfreutes Gesicht, als er mich darin gesehen hat, hat mich innerlich seufzen lassen.

»Das liegt an der Grillsauce meiner Nonna. Sie ist berühmt für diese Sauce, die niemand von uns so gut hinbekommt wie sie.«

»Deiner was?«, fragt er überrascht und wischt sich mit einer Serviette über den Mund.

»Das ist das italienische Wort für Großmutter. Sie die Mutter meines Vaters und das älteste Mitglied der Valentis. Nonna ist eine begnadete Köchin, und in ihren guten Zeiten hat sie ein Festmahl für zwanzig Personen in einer Stunde vorbereiten können.«

»Wow. Ich kann's kaum erwarten, sie kennenzulernen«, meint er. Mein Lächeln entgleitet mir, was ihm natürlich sofort auffällt.

»Oder soll ich sie nicht kennenlernen? Willst du unsere Beziehung auch vor deiner Familie geheim halten?«, fragt er und gibt sich verständnisvoll, doch ich höre die Traurigkeit aus seiner Stimme heraus. Meine Reaktion hat ihn enttäuscht.

»Nein. Das ist es nicht. Natürlich sollst du meine Familie irgendwann treffen, aber was meine Nonna angeht … sagen wir mal, sie ist nicht wirklich dein Fan.« Er hält im Kauen inne und sieht mich mit gerunzelter Stirn an.

»Nicht?«

»Nein, ihre exakten Worte waren, dass ich dir eine Ohrfeige verpassen sollte.«

»Wie bitte? Mit welcher Begründung?«, fragt er ehrlich geschockt.

»Weil du Gabriella getötet hast.«

»Wen?«, hakt er nach, bis es *klick* macht und sich ein Lächeln auf seinem hübschen Gesicht ausbreitet.

»Jetzt verstehe ich es. Sie hat also diese Rolle von mir nicht gemocht.«

»Abgrundtiefer Hass wäre die passendere Bezeichnung.«

»Okay, das ist hart. So böse war meine Figur doch gar nicht«, erwidert er, hält dann aber inne. »Oder vielleicht doch. Wow, großartige Voraussetzungen, um deine Familie kennenzulernen, oder?«, meint er etwas nervös.

Da ich mein Sandwich schon gegessen habe, trete ich neben ihn und schlinge meine Arme um seinen muskulösen Oberkörper. »Nonna guckt gern und viel fern. Manchmal kann sie die reale Welt nicht von der fiktiven unterscheiden, aber ich verspreche dir, dass ich dich mit meinem Körper schützen werde, wenn sie dich mit Bruschetta bewirft.«

Aspen sieht mich verwundert an. »Glaubst du wirklich, dass dieser Fall eintreten könnte?«

»Gott. Nein«, sage ich, und er atmet erleichtert aus. Der Arme muss sonst was von dem Valenti-Clan halten, aber es macht Spaß, ihn zu triezen. »Sie wird dich wohl mit den gefüllten Oliven niederstrecken.«

Wir brechen beide in schallendes Gelächter aus, bis wir wieder übereinander herfallen und Aspen mich als Dessert auf meiner Küchentheke vernascht. Als wir nach einer Dusche wieder im Bett einander zugewandt daliegen, bin ich rundum glücklich.

»Darf ich dich was fragen?«, sagt Aspen nach einer Weile, als ich ein Gähnen unterdrücke.

»Klar.«

»Wie schlimm war es heute für dich auf dem Dreh?«

Ich hole tief Luft und frage mich, wie ich es am besten ausdrücken könnte. »Furchtbar. Meinem Kopf war vollkommen klar, dass du nur deinen Job machst und keinerlei Gefühle im Spiel sind, aber meine Eifersucht hat mir einfach nur den Stinkefinger gezeigt.«

»Es tut mir leid, dass du dich so fühlen musstest, und das, nachdem wir eine Woche voneinander getrennt waren.« Er haucht mir einen zärtlichen Kuss auf die Stirn und lehnt sich zurück, damit er mich wieder ansehen kann.

»Und mir tut es leid, dass ich mal wieder die Flucht ergriffen habe. Irgendwie wurde mir alles zu viel.«

»Mir ist es wichtig, dass wir über alles reden können.«

»Hmm«, antworte ich, was in ein Gähnen übergeht. Meine Lider werden schwer, und ich spüre, wie der Schlaf nach mir greift. Nachdem wir uns stundenlang verausgabt haben, bin ich nun rundum zufrieden, aber auch unglaublich müde.

»Ich habe dich vermisst«, flüstere ich, und als mich der Schlaf zu übermannen droht, könnte ich schwören, Aspen etwas flüstern zu hören, das fast wie ein *Ich liebe dich* klingt.

31. KAPITEL

Daphne

Am nächsten Morgen öffne ich glücklich die Augen und fühle mich tiefenentspannt, auch wenn ich nur wenig geschlafen habe. Da Aspen noch schläft, suche ich im Schrank nach einem bürotauglichen Kleid, schnappe mir Unterwäsche und springe unter die Dusche. Als ich aus dem Badezimmer trete, umhüllt mich der wohlige Duft von frisch aufgebrühtem Tee.

Aspen hat bereits das Bett gemacht und Tee gekocht. Er steht mit dem Rücken zu mir vor dem prall gefüllten Kühlschrank und betrachtet die vielen Tupperdosen, wohl auf der Suche nach Frühstück. Ich schleiche mich an ihn ran und umarme ihn von hinten. Augenblicklich legt er eine Hand auf meinen Arm.

»Guten Morgen, Baby. Hast du gut geschlafen?« Gott wie sehr ich diesen Kosenamen gehasst habe, doch jetzt könnte ich mir keinen passenderen vorstellen.

»Und wie. Da war dieses warme Kissen, an das ich mich gekuschelt habe. Da hatte kein Albtraum eine Chance.«

»Ich hätte sie alle vertrieben«, sagt er belustigt und hebt dann eine Tupperdose hoch.

»Kannst du mir verraten, was das ist?« Da ich aufgrund seiner Größe nicht über seine Schulter blicken kann, trete ich an seine Seite.

»Ui, das ist lecker. Das können wir aufs Brot schmieren.«

»Aber es ist schwarz und sieht nicht gerade appetitlich aus.« Aspen beäugt skeptisch die Dose, die mir Nonna mitgegeben hat.

»Das ist Olivenpüree mit Petersilie und Öl.«

»Okay, das klingt tatsächlich gut.«

»Lass dich nicht vom Aussehen abschrecken. Komm, setz dich, und ich zaubere uns was Leckeres, ja?«

Zehn Minuten später ist das Ciabatta fertig, das meine Tante Mariella in ihrer Bäckerei zubereitet und mir gefroren mitgegeben hat, damit ich es selbst aufbacken kann. Dazu gibt es drei Aufstriche, frisches Gemüse und Käse. Da wir ziemlich ausgehungert sind, langen wir zu, ohne viel zu reden. Erst als wir satt sind, trinken wir unseren Tee.

»Isst deine Familie immer so üppig zum Frühstück?«, fragt Aspen begeistert. Es hat ihm sichtlich geschmeckt.

»Ich kann nicht für alle sprechen, aber generell beginnen viele meiner Verwandten den Tag mit einem Croissant oder einem Marmeladenbrot und Kaffee. Erst gegen zehn Uhr wird deftiger gefrühstückt, wenn es die Zeit zulässt.«

»Mein letzter Aufenthalt in Italien ist schon eine Weile her, und ich könnte dir gar nicht sagen, was ich zum Frühstück hatte.«

»Wie gesagt, nicht alle handhaben es gleich. Aber bei uns ist die Familie unser Ein und Alles. Am Wochenende ist man oft auch bei einem Familienmitglied zum Frühstück eingeladen. Das zieht sich dann meist bis in den Nachmittag hinein.«

»Ist da viel los?«

»Ja schon, denn fast alle nehmen die Einladungen an. Man könnte meinen, dass man mit der Zeit die Nase voll hat von der Verwandtschaft, aber bei uns ist das anders. Es gibt immer wieder ein interessantes Gesprächsthema. Wer Ruhe braucht, kann sich zwischendurch zurückziehen, was auch nicht als unhöflich aufgefasst wird.«

»Ich hatte immer nur meinen Onkel und Dexter. Ich kann es mir gar nicht vorstellen, dass eine große Gruppe Menschen solch eine Harmonie ausstrahlt, dass man sie über Stunden ertragen kann.«

»Glaub mir, harmonisch geht es nicht immer zu. Manchmal wird heftig gestritten, wild durcheinandergeredet, aber zum Schluss versöhnt man sich immer. Denn bei uns wird über alles gesprochen. Wir vertrauen einander, und es wird niemals vorschnell geurteilt. So haben es Nonna und mein Großvater gehandhabt, und so gedenke ich es bei meinen Kindern fortzuführen.«

»Wow«, sagt Aspen, blickt kurz auf seinen Schoß und sucht offenbar nach Worten.

»Was?«

»Es klingt so selbstbewusst, als würdest du es direkt vor dir sehen.«

»Das tue ich auch. Meine Mutter war nach dem Tod meines Vaters in tiefer Trauer gefangen. Sie hat mich geliebt und mir all ihre Liebe gegeben, doch ich fühlte, dass sie unglücklich war. Als wir an einem See in Vermont Urlaub gemacht haben, wollte ich ihr eine Freude machen und habe ihr Blumen gepflückt. Doch als ich am Steg entlanggegangen bin, um sie ihr zu bringen, bin ich gestolpert und ins Wasser gefallen. Ich konnte noch nicht schwimmen und drohte zu ertrinken, aber Vincenzo war zur Stelle und hat mich gerettet.«

»Wo war deine Mom denn?«

»Sie war noch in unserer Hütte. Ich habe mich rausgeschlichen, und sie hatte nichts mitbekommen.«

»Gott. Das hätte böse ausgehen können.«

»Hätte es, aber dank Vincenzo ist mir nichts passiert, und nachdem er mich aus dem Wasser gezogen hat, hat er mich zu meiner Mutter gebracht und ist noch geblieben, weil er sichergehen wollte, dass uns nichts fehlt.«

»War es Liebe auf den ersten Blick?«

»Gott, nein. Mom hat ihn nicht mal beachtet, sie hatte nur Augen für mich und konnte nicht aufhören zu weinen, weil sie schon befürchtet hatte, auch mich verloren zu haben. Aber das Interesse meines Stiefvaters war geweckt worden, also hat er uns am nächsten Tag besucht, und aus Dankbarkeit für meine Rettung hat Mom ihn zum Essen eingeladen. Wir verstanden uns so gut, dass er uns jeden Tag besuchte. Selbst als wir wieder in New York waren, hat er es sich nicht nehmen lassen, Mom zu sehen. Es hat lange gedauert, bis sie bereit war, seine Gefühle zu erwidern, aber Dad hat geduldig gewartet. Das hat er immer.«

»Das klingt nach einer reifen Liebesgeschichte.«

»Das Leben selbst hat sie geschrieben. Es hat uns einige Prüfungen auferlegt, doch mit dem Leid kam auch die Freude. Und gerade, weil es nicht so einfach war, wissen meine Eltern ihre Liebe zu schätzen.«

»Ich muss sagen, ich bin etwas neidisch, weil meine realen Vorbilder nichts als Hass füreinander empfunden haben. Meine ersten fünf Lebensjahre habe ich sie nur schreien gehört. Sie hatten kein freundliches Wort oder Liebe füreinander übrig, und auch nicht für mich, ihren Sohn. Sie haben mir zu essen gegeben, mir Spielzeug gekauft und mir ein Dach über dem Kopf geboten, aber geliebt wurde ich nicht.«

»Gott, das klingt schrecklich.« Ich greife nach seiner Hand, um ihm Kraft zu schenken.

»Es hätte schlimmer sein können, aber als mein Onkel im Beisein der Polizei in den Kindergarten kam, um mir zu sagen, dass sie gestorben sind, habe ich nicht geweint. Ich habe meinen Onkel bei der Hand genommen und bin zu ihm gezogen.« Aspen knetet seine Hände und wirkt weit weg. Als würde er die Momente gerade wieder erleben. »Im Laufe der Zeit konnte ich mich ihm öffnen, denn er schenkte mir die Liebe und Aufmerksamkeit, die ich in meinem Leben bisher nicht erfahren hatte. Er war zwar oft arbeiten, aber er hat mich einfach mitgenommen und mich in einem der leeren Trailer spielen lassen.«

»Er hat dich allein gelassen?«

»Ja, hat aber jede Stunde nach mir gesehen oder Mara, eine Kollegin, geschickt, die mit mir gespielt hat. Auch wenn er nicht auf die Rolle als Ersatzvater vorbereitet war, hat er alles richtig gemacht. Zum ersten Mal wurde ich wirklich geliebt und wusste, wie sich meine Freundinnen und Freunde fühlten, wenn sie von ihren Familien erzählten.«

»Wir haben alle unser Familienglück gefunden. Deins ist leiser, meines umso lauter.«

»Auch wir haben uns gefunden«, sagt er und sieht mich so an, wie nur ein verliebter Mann es tun kann. Dieser schöne Superstar sitzt in meiner Küche, hat mir die beste Nacht meines Lebens geschenkt und gibt mir das Gefühl, als wäre ich wichtiger als aller Ruhm der Welt.

»Und wir werden einander nicht mehr loslassen«, erwidere ich schließlich und setze mich auf seinen Schoß, um ihn fest zu umarmen.

Als wir wieder ins *Start-Entertainment*-Gebäude kommen, fängt Dexter uns ab, damit Aspen in einem speziell ausgeleuchteten Raum einen *TikTok*-Clip drehen kann. Ich sehe ihm mit einem Lächeln dabei zu, als Dexter wieder an meine Seite tritt.

»Wenn du wirklich nicht willst, dass Gerüchte aufkochen, musst du an deinen Blicken arbeiten.«

»Wieso? Wie sehe ich denn aus?«

»Als wärst du über beide Ohren verliebt.«

»Oh.« Ich werfe Aspen einen Seitenblick zu, bis ich mich Dexter noch einmal zuwende.

»Versteh mich nicht falsch, niemand gönnt euch das Glück mehr als ich, aber die Gerüchte sind bereits im Umlauf, und schon ein Lächeln von ihm oder dir könnte eine Welle auslösen.«

»Danke, dass du es noch mal erwähnst. Ich werde es im Hinterkopf behalten.«

»Ich wollte dir nur einen Tipp geben. Für euch wird es nicht leichter werden. Aspen ist mittlerweile so bekannt, dass sich die Öffentlichkeit für sein Privatleben interessiert.«

»Würde es seinem Ruhm schaden, wenn unsere Beziehung an die Öffentlichkeit kommen würde?«

»Nein, ich denke nicht. Doch ich vermute, dass die Meute sich dann auf die Frau an seiner Seite, also dich, stürzen wird. Sie werden tief graben, um eventuelle Leichen zu finden. Und weil Aspen dich beschützen möchte, habe ich eher Angst, dass er etwas Unüberlegtes tun wird.« *Um mich zu beschützen. Das darf einfach nicht passieren.*

»Verstehe.«

»Was willst du denn?« fragt mich Dexter plötzlich.

»Ich?«

»Ja. Aspen und mir ist es gleich, ob es an die Öffentlichkeit kommt oder nicht. Aber die wichtigste Frage ist doch, was du willst.«

»Ich möchte mit Aspen glücklich sein. Ohne dass uns die Menschen mit Argusaugen beobachten, also will ich es nicht an die Öffentlichkeit tragen.«

»Okay, dann besprich es noch mal mit Aspen, denn ich vermute, dass er es am liebsten in die Welt hinausschreien möchte.«

»Ja? Denkst du?«

»Ich habe meinen besten Freund noch nie glücklicher erlebt, Daphne. Und weil er so glücklich ist, möchte er sich dieses Glück bewahren.«

»Wir haben uns gefunden, und ich für meinen Teil habe nicht das Bedürfnis, Aspen je wieder gehen zu lassen.«

Abends treffen Aspen und ich uns bei Britney in der Wohnung, um gemeinsam mit Monica, Leo und Britney einen Brettspielabend zu veranstalten. Aspen gewinnt bei Scharade, während Britney bei Monopoly alle über den Tisch zieht. Es ist ein Abend voller Gelächter, und Spaß und Liebe liegen in der Luft, denn Britney und Leo haben sich endlich eingekriegt und sich ihre Gefühle gestanden.

Es ist ein ungewohntes Bild, die beiden eng beisammen zu sehen, ohne dass sie sich gegenseitig an die Gurgel gehen. Aber alles verändert sich mit der Zeit, auch wir selbst. Das zeigt sich auch, als wir auf unsere Jobs zu sprechen kommen. Monica erzählt von ihrem neuen Musical, das bald Premiere feiert, Britney von ihren Kollektionen und Leo von seiner Auszeichnung als Mitarbeiter des Monats in der Bäckerei. Jeder hat einen Erfolg zu verbuchen, außer ich, die immer noch auf der Strafbank sitzt und nicht weiterweiß.

Als wir wieder in Aspens Wohnung sind, überkommt mich eine Zukunftsangst, die ich den Rest des Abends nicht abschütteln kann.

»Du bist so still. Ist alles in Ordnung?«, erkundigt er sich. Ich schlinge die Arme um ihn und schmiege mich an seine breite Brust. Er streicht mir beruhigend über den Rücken und besänftigt den Sturm in mir.

»Jetzt schon. Es tut gut, einen Menschen wie dich in meinem Leben zu haben.«

»Wie mich?«

»Ja, jemanden, der mich hält, ohne Fragen zu stellen. Der mir die Zeit gibt, die ich brauche, um meine Gefühle zu sortieren.«

»Warten ist mein Ding, also mach dir darüber keine Gedanken.« Er flunkert, aber ich drücke ein Auge zu, denn ich weiß, was er damit meint.

»Danke.«

»Immer wieder gern. Ich bin dein persönlicher Sorgenfresser. Du kannst mir alles anvertrauen. Ich werde es für mich behalten.«

»Das gilt auch von meiner Seite aus. Ich bin schrecklich verliebt in dich. Trotzdem möchte ich dich wissen lassen, dass ich etwas tun muss.«

»Tun?«, fragt er. Nun wirkt er überaus neugierig. Ich atme tief ein und aus und sehe ihm in die schönen Augen, die nichts als Liebe und Beständigkeit ausdrücken.

»Ich möchte unsere Zusammenarbeit beenden.«

32. KAPITEL

Aspen

Daphne ist eine Frau, die immer das tut, was sie für richtig hält. Das wissen auch Dexter und ich. Als sie mir mitgeteilt hat, dass sie die Zusammenarbeit mit mir nicht mehr fortführen würde, hatte ich kurz Panik, dass sie mein Geheimnis herausgefunden haben könnte. Dass sie dahintergekommen sein könnte, dass sie und ich immer noch verheiratet sind. Doch sie hat mir sachlich erklärt, dass ihr Part als Beraterin schon seit einer Weile vorbei ist. Ich kenne die wichtigsten Fachbegriffe, weiß, wie ich mich in welcher Szene geben soll.

Auch wenn sie mich damals dazu aufforderte, eine andere Person auszuwählen, jemanden mit mehr Arbeitserfahrung, glaube ich nicht, dass mir etwas Besseres hätte passieren können, als von Daphne Valenti beraten zu werden. Etwas in mir hasst den Fakt, dass ich sie nicht mehr jeden Tag sehen werde. Den Dreharbeiten für *In Love and Law* steht nichts mehr im Weg. Ich habe noch eine Woche Vorbereitungszeit, bis ich in die Rolle des Anwalts Michael Crane schlüpfen muss.

Ich habe aus meinen Fehlern gelernt und begleite Daphne nicht, als sie sich auf den Weg zu Kurt macht, um ein klärendes Gespräch mit ihm zu führen. Mit gestrafften Schultern und einem selbstsicheren Blick hat sie sich in der Frühe von mir verabschiedet und ist zur Rechtsabteilung gegangen. Während ich gemeinsam mit meiner Filmpartnerin Zelena Price ein Interview bei *Good Morning America* gebe, sitze ich auf glühenden Kohlen. Doch meine Sorge ist unbegründet – zwar hat Kurt weiterhin nicht viel für Daphne übrig, doch er lässt sie nun wieder im Büro arbeiten. Die Freude in ihrem Gesicht und der Stolz, der in ihrer Stimme mitschwingt, zeigen mir, dass Daphne dabei ist, endlich wieder ihren Weg als Juristin einzuschlagen.

Frustriert schlage ich Wochen später auf das Lenkrad ein, nachdem ich den Artikel gelesen habe. Wieder mal hat ein Schundblatt sich Daphne vorgenommen und ein Foto von ihr abgedruckt. Diesmal fragen sich diese Arschlöcher, was passiert ist, da sie seit Längerem nicht mehr mit mir gesichtet wurde.

Sie ist wieder in der Rechtsabteilung, aber weit davon entfernt, ihre Arbeit als Juristin wieder aufzunehmen. Auch wenn ihr Boss ihr das Leben schwer macht, halte ich mich zurück. Alles in mir will ihr helfen und mit Kurt reden, aber ich mache denselben Fehler nicht zweimal. Daphne ist tough, und ich weiß, dass sie alles schaffen kann, was sie sich vornimmt. Aber auch wenn mir die Vernunft sagt, dass ich das Richtige tue, tut es mir in der Seele weh zu sehen, wie hart Daphne arbeitet, ohne dafür Anerkennung entgegengebracht zu bekommen.

Als wäre das nicht schon schwer genug, taucht ihr hübsches Gesicht nun auch noch in Klatschblättern auf. Daphne und ich reden darüber, versuchen gemeinsam, die Schlagzeilen nicht an uns ranzulassen, auch wenn das ein schwieriges Unterfangen ist. Denn die Worte und Vermutungen tun weh. Natürlich gab es noch mehr Klatsch und Tratsch, als sie häufig an meiner Seite gesichtet wurde, doch dass nun ein neuer Artikel erscheint, zeigt nur, dass die Aasgeier sich mal wieder was aus den Fingern saugen und vermeintliche Tatsachen erfinden.

»Zuerst stört es euch, dass sie an meiner Seite ist, und jetzt, dass sie es nicht mehr ist. Entscheidet euch, ihr Arschlöcher«, rufe ich laut aus und werfe das Smartphone auf den Beifahrersitz. Ich fahre mir durchs Haar und verfluche die Presse, meinen Job und meine Feigheit. Letzteres mehr als alles andere. Daphne und ich sind nun seit einigen Monaten glücklich miteinander, und ich habe ihr noch immer nicht gesagt, dass wir in Vegas geheiratet haben.

Jedes Mal, wenn ich es versucht habe, ist sie eingeschlafen oder hat mich unterbrochen, sodass mich der Mut wieder verlassen hat. *Oder habe ich bewusst diese Momente gewählt, weil ich ahnte, dass mir somit mehr Zeit bleiben würde?* Ich fühle mich, als würde ich im Treibsand versinken, als könnte nur die Wahrheit mich erlösen, doch das Risiko, Daphne zu verlieren, lässt mich zurückschrecken.

Ich habe in den letzten Jahren so viele wunderbare Momente erleben dürfen, bin an meine körperlichen Grenzen gestoßen und habe viel Ruhm geerntet für meine Arbeit, aber sollte ich jetzt sterben und vor den Allmächtigen treten, würde ich ihm sagen, dass meine größte Errungenschaft und mein größtes Glück es war, Daphnes Herz zu erobern. Meine Gefühle gehen so tief, dass es mir manchmal Angst macht.

Mir ist bewusst, dass ich schlimmer bin als alle Klatschblätter zusammen, aber wer würde das wahre Glück nicht mit aller Kraft halten wollen, wenn er es gerade erst gefunden hat? Mein ganzes Leben lang war ich von einer Einsamkeit umgeben, die niemals gefüllt werden konnte. Vielleicht weil ich meine ersten Lebensjahre ohne Liebe aufgewachsen bin, aber wer weiß das schon. In meiner Wohnung begegne ich der Stille mit Lautsprechern in jedem Raum, doch die Stille in mir konnte ich nicht mit Musik loswerden. Daphne hat das mit einem Lächeln geschafft und erhellt nun jeden meiner Tage.

Endlich habe ich die Frau gefunden, nach der ich immer gesucht habe, und ich möchte jeden Moment mit ihr erleben, doch das lässt meine Arbeit nicht zu. Ich hasse es, dass ich durch die Dreharbeiten von *In Love and Law* kaum Zeit mit ihr verbringen kann. Wir telefonieren, schreiben uns täglich, aber es ist nicht dasselbe, wie sie in meinen Armen zu halten.

Sobald wir uns jedoch sehen, halten wir einander fest und sind meist in ihrer Wohnung. Sogar Janice, die mir am Anfang immer wieder mitteilte, dass wir uns in einer Beziehungspause befinden – wohl eine Anspielung darauf, dass ich mich verziehen sollte –, hat mich mittlerweile lieb gewonnen und lässt sich sogar von mir über die Federn streicheln.

Jetzt knallt sie mir immer den Spruch *Und, was geht bei dir so?* vor den Kopf. Also denke ich, dass ich bei ihr einen Stein im Brett habe.

Ich bin glücklich.

Jetzt wo ich dieses umfassende Gefühl spüre, merke ich, dass ich schon seit Jahren nicht mehr so empfunden habe. Heute ist mein freier Tag, aber ich kann ihn nicht mit Daphne verbringen, weil sie bei ihrem Vater zum Essen eingeladen ist. Auch wenn ich gesagt habe, dass ich warten kann, bin ich traurig, dass sie mich noch immer nicht ihrer Familie vorgestellt hat. Meinen Onkel Calvin hat sie vor einem Monat getroffen, und wie zu erwarten war, hat er sie augenblicklich ins Herz geschlossen.

Und gerade weil er sie mag, hat er mir in einem privaten Moment ins Gewissen geredet und mich dazu ermutigt, ihr die Wahrheit zu sagen, ehe es zu spät ist. Ich habe ihm versprochen, dass ich es tun werde, doch bis jetzt konnte ich es nicht über mich bringen. Die Angst hindert mich daran, den Mund aufzumachen.

Ich stehe vor dem Anwesen der Valentis und blicke durch den Gitterzaun auf den imposanten Neubau. Es handelt sich um eine moderne Villa in massiver Ziegelbauweise und mit vielen Glaselementen.

Ich überlege, Daphne anzurufen, damit ich sie kurz sehen kann, aber ich würde sie nur stören. Sie liebt diese Tage mit ihrer Familie, und bevor sie mich ihnen offiziell als ihren Freund vorstellen möchte, habe ich hier nichts zu suchen. Ich will gerade wieder losfahren, als es an meinem Autofenster klopft. Daphne steht in einem gelben Sommerkleid neben meinem Auto und schenkt mir eine strahlendes, aber überraschtes Lächeln.

»Hey«, sage ich, als ich aussteige.

»Hallo. Mit dir habe ich gar nicht gerechnet, aber schön, dich zu sehen.« Sie schlingt die Arme um mich, und ich tue es ihr gleich und hebe sie ein wenig an, sodass wir uns auf Augenhöhe begegnen. Sie liebt es, wenn ich das mache, weil sie sich dann größer vorkommt, ich wiederum mag es, sie so fester halten zu können. Inniger.

»Es war eine spontane Idee, herzukommen, doch ich möchte nicht stören. Ich wollte gerade wieder fahren.«

»Ohne Hallo zu sagen? Ich habe dein Auto auch nur bemerkt, weil ich die Hausschildkröte wieder einfangen wollte.«

»Du wolltest was?«

»Andrea Bocelli ist mal wieder abgehauen. Aber meist kommt er nach ein paar Tagen wieder. Hoffe ich zumindest«, sagt Daphne lachend.

»Gehört er deinem Dad?«, will ich wissen, doch sie schüttelt den Kopf.

»Er gehört allen. Da Nonna auch auf diesem Anwesen lebt, genau wie meine Onkel und Tanten, kümmern sich alle abwechselnd um unseren Opernsänger.«

»Oh, haben wir hier einen Star der klassischen Musik unter euch?«

»Nun, Nonna schwört, ihn singen gehört zu haben. Vielleicht hat sie aber auch einfach nur vergessen, den Fernseher auszumachen.« Ihr Lachen ist das schönste Geräusch der Welt. Kein Song könnte mich so bewegen wie die wunderschönen Laute der Frau, die ich liebe.

»Soll ich dir beim Suchen helfen?«, frage ich ritterlich, doch sie küsst mich auf die Wange und schüttelt den Kopf.

»Er wird schon zurechtkommen. Möchtest du reinkommen?«

»Nein. Ihr habt ein Familientreffen, da will ich deine Zeit nicht für mich beanspruchen.« Während ich sie noch halte, küsst sie mich auf den Mund. Augenblicklich erwidere ich den Kuss und lasse sie langsam zu Boden gleiten, um besseren Halt zu haben. Plötzlich überrascht Daphne mich, indem sie uns dreht und mich gegen die Wand drückt. Die Leidenschaft überkommt uns mit einer Wucht, die mich laut nach Luft schnappen lässt. Sie stellt sich auf die Zehenspitzen und küsst mich wild.

Ich drücke sie fest an mich und will den Kuss vertiefen, als hinter uns ein Räuspern erklingt und wir erschrocken auseinanderfahren.

Dort neben der Tür, die Daphne offengelassen hat, steht Vincenzo Valenti, Vizebürgermeister New Yorks und Daphnes Stiefvater, der mich misstrauisch und verärgert mustert.

»Dad. Hey. Was machst du denn hier?«, fragt Daphne außer Atem und fährt sich durch das lange Haar, das ich gehörig durcheinandergebracht habe.

»Der Alarm ging an, weil die Tür offen ist, und als ich auf die Kamera gesehen habe, habe ich ein fremdes Auto vor unserer Einfahrt bemerkt.«

»Oh. Ähm … das ist Aspen, mein Freund.«

Ich gehe auf den Mann mit dunklem Haar und ergrauten Schläfen zu und reiche ihm die Hand, die er mit einem skeptischen Blick ergreift.

»Aspen Knox. Es freut mich, Ihre Bekanntschaft zu machen, Mr Valenti.«

»Knox, hm? Du bist doch dieser Schauspieler, von dem nun alle reden.« Seine Stimme ist gelassen, weder kühl noch warm.

»Ja, Sir, der bin ich.«

»Nun, willkommen bei uns. Daphne hat nicht gesagt, dass sie heute ihren Freund der Familie vorstellen möchte.«

»Nein, Sir. Sie hat mich nicht eingeladen. Ich bin nur spontan vorbeigekommen.«

»Wieso?«

»Wie bitte?«

»Wieso bist du hergekommen, wenn du doch weißt, dass sie die Zeit mit ihrer Familie verbringen will?«

»Weil ich sie vermisst habe. Es war schwer, so ein Tag ohne sie, Sir.« Keine Ahnung, woher ich den Mut nehme, ihrem Vater zu sagen, was ich fühle, aber vielleicht liegt es an der autoritären Aura, die ihn umgibt, sodass ich ihm alles anvertraue.

»Genau das wollte ich hören. Komm mit rein.«

»Dad?«

»Was denn? Glaubst du, deiner Mutter und mir ist nicht aufgefallen, wie glücklich du bist? War nur eine Frage der Zeit, bis wir uns begegnen. Komm rein, mein Junge. Du brauchst keine Angst vor uns haben«, sagt er und klopft mir väterlich auf die Schulter. Überrascht, aber auch erfreut, folge ich ihm durch das imposante Tor. Gerade als ich erleichtert ausatme, weil mir ihr Vater nicht den Kopf abreißt, beugt er sich leicht zu mir, als Daphne es nicht mitbekommt.

»Vor mir brauchst du keine Angst haben, Junge. Doch vor

meiner Mutter ist niemand sicher, und sie ist nicht gerade gut auf dich zu sprechen.«

»Geht es dir gut?«, fragt mich Daphne besorgt und streicht mir beruhigend über den Rücken.

»Ich weiß es noch nicht so ganz«, antworte ich ehrlich. Denn Daphnes Großmutter, die sie liebevoll Nonna nennt, hat mich ziemlich hart rangenommen. Zuerst hat sie mich für einen Teufel gehalten, mich beschimpft, weil mein Charakter zu viele gute Menschen umgebracht hat, dann hat sie mich gefragt, wie ehrenwert meine Absichten in Bezug auf Daphne sind. Danach hat sie mich eine halbe Stunde ausgefragt, welchen Stars ich schon persönlich begegnet bin.

Nach dieser Inquisition ist mir so schwindlig, als wäre ich stundenlang Achterbahn gefahren.

»Verzeih mir bitte. Meine Großmutter kann sehr anstrengend sein, wenn sie tief in ihrer Fiktion-Bubble ist.«

»Du musst dich nicht entschuldigen. Ich hatte schon schwierigere Interviews, aber das Gespräch mit deiner Nonna kommt gleich auf Platz zwei.« Mein Scherz erfüllt seinen Zweck. Daphne kichert. Es ist bereits Abend, und wir gehen am Hudson River entlang. Langsam, aber sicher wird es herbstlich kalt. Auch wenn wir beide einen Mundschutz tragen, bin ich paranoid und erwarte hinter jeder Ecke einen Fotografen, der uns ablichten könnte.

»Sie ist ein Original, aber wenn sie dich einmal in der Familie akzeptiert, öffnet sie sich vollkommen und zeigt ihre liebenswerte Seite. Sogar dem Teufel selbst«, meint sie kichernd. Ich will nach ihrer Hand greifen, doch sie sieht es kommen und zieht sich zurück. Während sie lacht, folge ich ihr und will sie fangen und kitzeln, doch sie ist flink. Sie steigt auf eine Parkbank, als ich vor ihr zum Stehen komme. Ihr glockenhelles

Lachen umhüllt mich, setzt eine Wärme in meiner Brust frei, die mich plötzlich klarer sehen lässt.

Alles hatte einen Grund. Unser Treffen, die Hochzeit, dass wir uns verloren und wiedergefunden haben. Das alles trug dazu bei, dass wir jetzt, in diesem Moment zusammen sind. Das Schicksal hat uns zusammengeführt. Wie unsere Zukunft aussehen wird, ist ungewiss, aber wir haben das Hier und Jetzt. Das Geheimnis steht zwischen uns, doch ich werde diesen perfekten Moment nicht verstreichen lassen, sondern Daphne sagen, was ich fühle.

Ihr honigblondes Haar fällt offen über ihren Rücken, Schal und Mantel halten sie warm, trotzdem sind ihre Wangen vor Kälte gerötet. Es ist ein wirklich süßer Anblick, sodass mein Lächeln verblasst und ich ihr zärtlich in die Augen sehe. Auch Daphne verstummt und erwidert meinen Blick, fühlt, dass das, was ich sagen werde, schwerer wiegt als alle Worte zuvor.

»Ich liebe dich, Daphne«, sage ich, und verspüre dabei weder Zweifel noch Nervosität. Nichts hat sich je leichter angefühlt, als diese Worte auszusprechen. Ihre Augen glänzen verdächtig, als sie langsam lächelt und ihre Arme um mich schließt.

»Wirklich?«, fragt sie, und ich nicke.

»Du hast es mir unmöglich gemacht, je wieder eine andere Frau zu lieben.« Sie neigt den Kopf und legt ihre Lippen sanft auf meine. Augenblicklich breitet sich eine Gänsehaut auf meinem ganzen Körper aus, denn sie küsst mich so zärtlich und sanft, dass es sich wie eine Antwort auf mein Geständnis anfühlt, ohne dass ein Wort ihre Lippen verlässt. Ich ziehe sie fest an mich und vertiefe diesen Kuss, kann nicht genug von Daphne bekommen. Ich liebe diese Frau mit jeder Faser meines Seins, aber gerade, weil ich sie so sehr liebe, muss sie die Wahrheit erfahren.

»Ich liebe dich auch«, haucht sie überglücklich, als wir uns voneinander lösen. Eine Freudenträne entweicht ihrem Augenwinkel, und auch in mir steigen Tränen auf, doch während sie vor Glück weint, weine ich aus Angst. Denn ich befürchte, dass ich mit meiner Lüge alles zerstören könnte, was wir uns aufgebaut haben.

33. KAPITEL

Daphne

»Was soll ich meinem Freund zum Geburtstag schenken?«

»Das weiß ich doch nicht, Brit.«

»Aber er ist dein Cousin!« Ich hebe empört die Braue.

»Na und? Nur weil wir blutsverwandt sind, heißt das nicht, dass ich bestens über seine Wünsche Bescheid weiß.« Sie verschränkt die Arme vor der Brust und pustet sich eine Strähne aus der Stirn. Wir gehen in meine Küche, wo ich mir den Cocktailshaker schnappe, während meine Freundinnen alle Zutaten zusammensuchen.

»Es würde mir die Suche auf jeden Fall vereinfachen.«

»Wie wäre es mit Partnerhandschuhen?«, schlägt Monica vor. »Oder du springst einfach in Dessous aus einer Torte?« Ich lache, denn Monicas Miene ist todernst.

»Es werden nur ernste Vorschläge angenommen.«

»Das war kein Spaß«, meint Monica empört, doch Britney zuckt nur mit den Schultern und schiebt mir die Saftkartons zu, während Monica die Sahne aus dem Kühlschrank holt. So sehr ich mich für meine beste Freundin und meinen Cousin freue, so sehr sehne ich mich nach der Zeit, in der sie sich den Kopf abreißen wollten. Irgendwie war das leichter zu ertragen.

»Ist nicht so mein Stil, aber trotzdem danke.«

»Und was ist, wenn du ihm ein Spa-Wochenende schenkst?

Gemeinsame Zeit ist das beste Geschenk, oder nicht?«, fragt Monica und sieht zwischen Brit und mir hin und her.

»Frag mich nicht. Ich date einen berühmten Schauspieler. Da sind Treffen an öffentlichen Orten nicht möglich.« Meinen Worten fehlt es an Biss, denn ich habe mich mit der Tatsache abgefunden, dass unsere Treffen eher im Verborgenen stattfinden. Das macht sie umso kostbarer.

»Das tut mir leid«, sagt Britney und drückt meine Hand.

»Man gewöhnt sich tatsächlich daran. Eine Beziehung heißt, Kompromisse zu schließen, und auch wenn wir nicht ausgehen können, machen wir uns schöne Tage im privaten Rahmen.« Ich schütte Ananas- und Orangensaft in das Gefäß, während Monica sich mit dem Rücken gegen die Küchentheke lehnt und die Arme verschränkt.

»Aber ist es das, was du willst?«

»Ich will ihn. Auf welche Weise auch immer.«

»Hmm … ich stelle mir das schwierig vor.«

Mit einem Lächeln gebe ich etwas Kokossirup, Sahne und Grenadine in den Shaker, bevor ich eine Handvoll Eis hinzufüge und zu meiner Freundin sehe.

»Sieh es mal von der anderen Seite. Du bist erfolgreiche Musicaldarstellerin. Stell dir vor, dein Ruhm nimmt schlagartig zu und du kannst nicht mal Milch kaufen gehen, ohne dass da Paparazzi lauern, um ungefragt Fotos von dir zu machen. Wenn du dann dein Glück gefunden hast, möchtest du es mit Sicherheit auch um jeden Preis schützen.«

»Du hast recht, auch wenn ich nicht glaube, dass ich jemals das Bekanntheitslevel deines Liebsten erreiche.«

»Wer weiß«, erwidere ich, verschließe den Shaker und mixe den Cocktail, ehe ich drei Gläser mit Eis fülle. Stolz betrachte ich den Coconut Kiss, den ich gezaubert habe, und mir läuft das Wasser im Mund zusammen. Dies war mein erster alkoholfreier Cocktail als Teenie, und damals wie heute liebe ich diesen Drink.

»Wir sollten uns in Coconut-Kiss-Girls umbenennen, so oft wie wir diesen Drink trinken«, meint Monica lachend, als ich ihr das Glas reiche.

»Ist das etwa eine Beschwerde?«, erkundige ich mich.

»Nein, überhaupt nicht, aber irgendwie habe ich das Gefühl, wir sollten unsere Liebe zu diesem Getränk verewigen«, antwortet sie, um dann aufgeregt zu verkünden: »Wir könnten uns ein Tattoo stechen lassen. Ein Cocktailglas und unsere Initialen darunter.«

»Und wohin sollten wir es uns stechen lassen?«, fragt Britney skeptisch.

»Auf den Po?«, meint sie, und wir prusten los.

»Vielleicht in einem anderen Leben«, sage ich, nachdem die Lacher verebbt sind. Als wir schließlich auf der Couch sitzen, vernehmen wir ein *Ach du meine Güte!* von Janice.

»Keine Sorge, Süße. Die Tattoonadel kommt nicht in unsere Nähe«, sage ich, als könnte sie mich verstehen.

»Ich wünschte, ich könnte, aber ich will nicht«, krächzt sie, und ich nicke.

»Genau. Das war nur ein Scherz.«

»Sie ist so klug. Ich sollte mir auch einen Papagei holen«, meint Monica, doch Britney schnaubt empört.

»Das arme Tier würde nur Blödsinn von dir lernen.«

»Hmm. Du hast recht, vielleicht verwerfe ich diesen Wunsch schnell wieder.«

»Würde ich auch sagen.« Britney lacht, und wir kosten von unseren Cocktails. Während wir auf der Couch entspannen, gucken wir eine Folge *Drop Dead Diva*. Eine Serie über ein Topmodel, das stirbt und dessen Seele in den Körper einer Anwältin gleitet.

»Wie läuft es eigentlich mit Graf Dracula?«, fragt Britney, als die Folge zu Ende ist. Sie nennt Kurt gern so, weil er mir die Energie aussaugt wie ein Vampir.

»Unverändert. Ich muss immer noch kleine Dinge erledigen, und die Seitenhiebe sind nach wie vor da. Ich hasse es, direkt mit ihm zusammenzuarbeiten, aber wenn er mir Anweisungen gibt, die ich allein umsetzen muss, ist die Arbeit erträglich.«

»Du hast also einen Mittelweg gefunden, dich mit der Situation abzufinden.«

»Sozusagen. Der Schaden, den Lee angerichtet hat, lässt sich nicht in ein paar Monaten beheben, aber ich habe immer noch die Hoffnung, dass meine Vorgesetzten sehen, dass ich gewissenhaft arbeite, und den Gerüchten keinen Glauben mehr schenken.«

»Das wird mit Sicherheit eintreten, wenn du nicht aufgibst.«

»Niemals. So schnell lasse ich mich nicht unterkriegen.«

»Weiß jemand bei *Start Entertainment,* dass Aspen und du zusammen seid?«

»Nein, und ich möchte es auch dabei belassen.«

»Aber ist es nicht anstrengend, sich immer verstecken zu müssen? Ihr könntet eure Beziehung öffentlich machen, dann ist es vorbei mit dem Versteckspiel.«

»Das wäre eine Möglichkeit, aber ich mag unsere kleine Blase. Sollte es die Öffentlichkeit erfahren, dann hat das auch zur Folge, dass sich die Paparazzi auf uns stürzen werden. Wir werden keine ruhige Minute haben, und darauf habe ich keine Lust.« Ich ziehe an meinem Strohhalm und nehme einen Schluck vom Cocktail. Die herrlich cremige Süße umschmeichelt meinen Gaumen, und ich seufze innerlich auf. Wie sehr ich diesen Drink doch liebe.

»Gott, ist das lecker«, schwärmt Britney.

»Hmm«, stimmen wir zu, und wir trinken jeweils noch ein bisschen, ehe ich mein Glas auf dem Couchtisch abstelle.

»Ich finde es immer noch krass, wie sehr Aspens Popularität gestiegen ist. In einem Artikel habe ich sogar gelesen, dass sich seine Followerzahl auf Instagram verfünffacht hat.«

»Wirklich? So genau wusste ich das nicht.« Britney ist mal wieder schlauer als ich, aber wenn ich ehrlich bin, habe ich mich auch gar nicht damit beschäftigt. Diesen Hype um Aspens Person habe ich schon öfter mitbekommen, als mir lieb ist.

»Ja, die Infos zu den Dreharbeiten und die Bilder der Stars am Set sind online viral gegangen, und der Hashtag #InLoveAndLawAspen – wird in den Trends angezeigt.«

»Nicht zu glauben. Mein Freund trendet auf X.«

»Und das schon seit einer Weile«, meint nun auch Monica, die auf ihr Handydisplay starrt.

»Bist du denn glücklich?«, fragt mich Britney schließlich, und auf ihre Frage gibt es nur eine Antwort.

»Ja. Noch nie habe ich mich so verstanden und geliebt gefühlt wie jetzt. Unser Start war holprig, doch ich könnte mir ein Leben ohne Aspen nicht mehr vorstellen.«

»Wie schön. Ich wusste ja, dass da was zwischen euch ist«, meint Monica mit Stolz in der Stimme.

»Hmm ... und das Etwas ist zu einer Liebe herangewachsen.«

»Und er hat sogar die Nonna-Inquisition überlebt. Er ist der Richtige«, meint Britney, was uns losprusten lässt. Wir genießen unseren alkoholfreien Coconut Kiss und quatschen über alles und nichts, so wie wir es immer tun.

Am nächsten Abend hat mich Aspen zu sich nach Hause eingeladen, wo ich für ihn kochen werde. Er möchte mit mir über etwas reden und hat sich das Wochenende freigenommen, damit wir mehr Zeit zusammen haben. Es ist bereits nach neunzehn Uhr, als ich das Gebäude betrete, am Portier vorbeigehe und schließlich an seine Tür klopfe.

»Hey, meine Schöne. Komm rein«, sagt er, und ich hauche ihm einen Kuss auf den Mund, bevor ich mit den Tüten eintrete. Ich habe alle Zutaten für Arancini gekauft, zusätzlich möchte ich uns einen leckeren Salat zaubern.

»Was gibt es denn heute Feines?«, fragt mich Aspen, als er mir die Tüten abnimmt und auf die Küchentheke stellt.

»Frittierte Reisbällchen mit einer Fleischfüllung.«

»Das hört sich richtig gut an.«

»Dann hoffe ich, dass es auch schmeckt.«

»Ich habe keinen Zweifel daran«, sagt er und küsst mich. Sein Kuss ist hungrig und sehnsüchtig. *Er ist anders als sonst, oder bilde ich mir das nur ein?* Aspen wirkt nervös, als wir gemeinsam die Zutaten auf der Theke verteilen. Vielleicht ist er nach dem langen Drehtag noch etwas aufgekratzt.

»Ist alles in Ordnung?«, frage ich ihn, denn üblicherweise ist er in meiner Nähe losgelöst und entspannt.

»Klar. Ich denke, ich bin nur hungrig.«

»Okay«, erwidere ich, bin aber nicht ganz überzeugt. Während wir in der Küche zugange sind, erzählt mir Aspen von seinem Drehtag. Heute hat er eine Szene in der Kanzlei drehen müssen und die Tipps angewandt, die ich ihm gegeben habe. Es erfüllt mich mit Stolz, dass ich trotz der harten letzten Monate meiner beruflichen Laufbahn dennoch einen Erfolg verbuchen konnte. Aspen scheint sich meine Tipps zu Herzen genommen zu haben.

»Es ist großartig, eine Anwältin als Freundin zu haben«, meint er und küsst meinen Nacken, ehe er von hinten die Arme um mich schlingt. Aus den Lautsprechern ertönt leise Musik, während wir uns umarmen. Aspen hält mich fester, und da ist etwas, was mich nervös macht. Ich kann es nicht benennen, aber ich fühle, dass etwas anders ist. Irgendetwas liegt in der Luft.

»Noch besser ist es, einen Schauspieler zum Freund zu haben«, antworte ich, küsse seine Nasenspitze und versuche dieses merkwürdige Gefühl abzuschütteln.

»Kann ich dir beim Kochen helfen?«, erkundigt sich Aspen, nachdem wir uns geküsst haben.

»Nein, danke. Du kannst ruhig den Text für den nächsten Drehtag durchgehen. Ich habe alles im Griff.«

»Bist du dir sicher?«

»Klar.«

»Danke. Ich werde davor noch schnell duschen gehen.«

»Ist gut.« Ich mache mich an die Arbeit und schneide das Gemüse, doch als ich das Hackfleisch anbrate und mit dem Rotwein ablöschen will, bekleckere ich mein schönes Seidenshirt.

»Mist«, entfährt es mir, und ich sehe mich nach Aspen um, doch er steht wohl noch unter der Dusche. Also beschließe ich, in seinen Ankleideraum zu gehen, um mir ein Oberteil von ihm zu holen. Bis jetzt hat er mir meist ein Shirt gegeben oder ich habe eines angezogen, das am Boden lag. Der hell beleuchtete Raum zeigt mir, dass Aspens Garderobe nicht so farbenfroh ist wie meine.

Die meisten Klamotten sind schwarz oder weiß, nur hier und da ist ein Farbtupfer zu erkennen. Ich will gerade nach einem schwarzen T-Shirt greifen, als mir plötzlich ein Kleidungstück ins Auge fällt. Es befindet sich in einem durchsichtigen Kleidersack, doch es kommt mir bekannt vor, und ich werde davon angezogen wie von einem Magneten. Der Fleck auf meinem Shirt und das Abendessen sind vergessen, als ich mit den Fingern über das Plastik streiche und es näher betrachte. Ich nehme den Kleidersack vom Haken, und als ich ihn in der Hand halte, beschleicht mich ein ungutes Gefühl. *Könnte es sich hierbei um mein Kleid handeln, das ich vor mehr als acht Jahren verloren habe?*

Ich entferne den störenden Sack und schlucke, als eine dunkle Ahnung sich in mir ausbreitet. Aber das kann doch nicht sein. *Wieso sollte Aspen das Kleid haben?*

»Was zum Teufel?« Es sieht meinem zum Verwechseln ähnlich, doch etwas in mir möchte der Sache auf den Grund gehen. Damals hat Britney mir das Kleid zum Geburtstag geschenkt, und um es endgültig zu einem Unikat zu machen, hat sie meine Initialen im Saum eingestickt. Meine Finger zittern, als ich ihn anhebe und nachsehe. Die Buchstaben D.N. brennen sich in meine Netzhaut, während mein Verstand versucht, diese Erkenntnis zu verarbeiten.

Das hier ist mein Kleid.

Vor Schreck lasse ich das Kleidungsstück fallen und presse mir vor Entsetzen die Hände vor den Mund. *Wie?*

»Hey, ist alles in Ordn…?«, fragt Aspen, der in Jogginghose und T-Shirt in den Raum tritt. Als er den Stoff zu meinen Füßen entdeckt, verstummt er plötzlich. Und vielleicht liegt es an seinen vor Schreck geweiteten Augen, doch die dunkle Ahnung in meinem Inneren verstärkt sich.

»Woher hast du dieses Kleid?«, frage ich mit erstickter Stimme, während sich alles in mir verkrampft.

»Hör zu. Lass uns ins Wohnzimmer gehen und in Ruhe auf der Couch reden und …«

»Woher, will ich wissen!«, frage ich lauter als beabsichtigt. Die Angst und die Ungewissheit treiben mich an meine emotionalen Grenzen.

»Aus Las Vegas«, sagt er mit resignierter Stimme, die so klingt, als würde er sich ergeben. *Wem? Meinem Zorn? Oder der Tatsache, dass ich nun einer Wahrheit auf die Spur komme, die er vor mir verborgen hat?* Alles wäre möglich, doch ich brauche Antworten, und nur Aspen kann sie mir geben.

»Ich verstehe nicht ganz.«

»Bitte lass es mich in Ruhe erklären.« Ich nicke, auch wenn alles in mir sich verkrampft. Ein Teil von mir will nicht wissen, was er zu sagen hat, ein anderer möchte es mehr denn je.

»Wir haben uns bereits vor acht Jahren getroffen.«

»Wir?«

»Genau, denn der Mann, mit dem du damals die Nacht verbracht hast, war ich.« Ich schüttle immer wieder den Kopf, weil ich seinen Worten nicht glauben kann. Nicht glauben will. Das kann nicht stimmen, denn Aspen hätte ich unmöglich vergessen können. Damals nicht und heute schon gar nicht.

Ich habe so viele Fragen, und sie wollen alle auf einmal gestellt werden, aber ich bekomme nur ein Wort raus.

»Wie?«, murmle ich und lasse die Arme kraftlos sinken.

»Damals ist dein Smartphone in den Brunnen gefallen, und ich habe es für dich rausgefischt. Das war unsere erste Begegnung. Ich war beim ersten Anblick schon hin und weg von dir. Dann trennten sich unsere Wege wieder, bis wir uns bei der Monorail-Haltestelle wieder getroffen haben.«

»Hello again«, hauche ich. Die Worte waren von einem türkisen dichten Nebel in meinem Kopf umhüllt, aber jetzt, wo er die Monorail erwähnt, fällt es mir wieder ein. *Überkommen mich jetzt die Erinnerungen, die ich acht Jahre nicht sehen konnte?*

Türkis.

Natürlich. Seine Augenfarbe.

»Genau. Du hattest deine Freundinnen verloren, und wir sind gemeinsam zur nächsten Station, um sie zu suchen, konnten sie aber nicht finden. Irgendwann warst du so angeheitert vom Alkohol, dass du feiern gehen wolltest. Wir waren in einer Bar, haben getrunken und auf deinen Geburtstag angestoßen.«

»Großer Gott«, hauche ich verzweifelt und möchte ihm das alles nicht glauben, aber das Kleid zu meinen Füßen macht mir klar, dass es die Wahrheit ist. Er war der Mann, der auf dem Boden geschlafen hatte.

»Was genau ist in der Nacht passiert? Haben wir miteinander geschlafen?«, frage ich, und meine Stimme hört sich fremdartig an und ist leise. Irgendwie ergibt nichts mehr Sinn, und die Vernunft ist für mich nicht greifbar.

»Nein. Du hast dich, bevor wir ins Hotel gekommen sind, auf dein Kleid übergeben, also sind wir in mein Zimmer gegangen. Ich habe dir das Kleid ausgezogen und es in die Reinigung gebracht. Dann habe ich mich auf den Teppich gelegt und bin eingeschlafen.«

»Ich fasse es nicht.« Ich bin wütend, kann mich aber nicht entscheiden, worauf genau. Es gibt einige Auswahlmöglichkeiten. Mein Frust kanalisiert sich auf Aspen, denn schlagartig wird mir klar, dass er mich die ganze Zeit belogen hat. Unsere Beziehung ist auf Unwahrheiten aufgebaut.

»Du hattest keinen Filmriss, oder?« Ich hoffe, dass er »doch« sagt, dass auch er Erinnerungslücken hat, denn das würde die beißende Wut in mir abmildern. *Aber wenn er einen hätte, würde er sich ebenfalls nicht an mich erinnern.*

»Nein. Ich erinnere mich an alles.«

»Und da hast du es nicht für wichtig gehalten, mir zu sagen, dass wir eine gemeinsame Vergangenheit haben?« Ich habe mich ihm geöffnet und ihm gesagt, wie sehr mich diese Ungewissheit belastet, und er hat geschwiegen, obwohl er mir dieses ungute Gefühl hätte nehmen können. Doch er hat es nicht getan.

»Ich wollte es, doch jedes Mal, wenn ich es versucht habe, kam etwas dazwischen, und dann war ich so glücklich.«

»Und das ist ein Grund, mich zu belügen?«

»Nein. Ganz und gar nicht, aber die Angst, dich zu verlieren, war lähmend, auch wenn ich wusste, dass es falsch war, habe ich geschwiegen.«

»Ich kann es einfach nicht fassen.«

»Bevor du weiterredest, muss ich dir noch etwas sagen.«

»Ach, es gibt noch mehr?«, frage ich bitter. Als wäre diese Offenbarung nicht schwer genug zu ertragen.

»Raus damit. Was hast du mir noch verschwiegen?« In Aspens Miene sehe ich pure Angst, die mich kurz die Wut vergessen lässt. Er sieht so aus, als würden seine nächsten Worte über sein Schicksal entscheiden, doch was könnte so schlimm sein, dass es diese Furcht rechtfertigt?

»Mach schon, Aspen. Das bist du mir schuldig«, sage ich, und als er schließlich nickt, sehe ich plötzlich Elvis Presley vor meinem inneren Auge aufblitzen. Weshalb, ist mir allerdings schleierhaft.

»Wir haben in Las Vegas geheiratet.« Ich blinzle und neige den Kopf zur Seite. Ich habe mich wohl verhört. Nein, ich *muss* mich verhört haben.

»Kannst du das bitte wiederholen?«, frage ich und sehe ihn fassungslos an. Das kann nicht stimmen. Niemals.

»Du hast mich damals gefragt, ob ich dich heiraten möchte, und weil ich so glücklich war, jemanden gefunden zu haben, der Klarheit in mein Leben gebracht hat, habe ich zugestimmt.«

»Was!?«

»Elvis hat uns um Mitternacht getraut.«

»Das heißt ...«, murmle ich und kann es nicht aussprechen. Nicht jetzt. Vielleicht niemals.

»Wir sind verheiratet.«

34. KAPITEL

Daphne

Während Aspen die Worte ausspricht, habe ich das Gefühl, mich in einem schalldichten Kokon zu befinden. Aspens Mund bewegt sich, doch ich nehme nichts davon wahr. Ich sehe nur Elvis und einen klaren, türkisen Bergsee. Eine Augenfarbe, die mir vertraut ist. Vertraut, weil ich sie kannte. Weil ich Aspen schon damals getroffen habe. Trotz des Filmrisses habe ich ein paar Details nicht vergessen, doch ich konnte sie nicht Aspen zuordnen.

Mein Körper gehorcht mir nicht mehr, denn auch wenn ich mich bewegen wollte, könnte ich es nicht. Ich fühle mich wie gelähmt, als die Wahrheit meine ganze Welt aus den Angeln hebt. Alles, was ich geglaubt habe zu wissen, entpuppt sich als Kartenhaus aus Lügen. Der Mensch, den ich geglaubt hatte zu kennen, ist ein völlig Fremder. Nein, laut seinen Aussagen ist er mein Ehemann, aber ich kenne ihn nicht. Habe es wohl nie getan.

»Das ist ein Scherz, oder?«

»Nein, es ist die Wahrheit.«

»Und ich soll sie schlucken? Ohne Beweise? Wo sind die Ringe, die Heiratsurkunde, und wann zum Teufel soll das Ganze vorgefallen sein?«

»Die Ringe und Urkunden habe ich sicher aufbewahrt, genauso wie das Kleid.« *Meint Aspen das tatsächlich ernst? Bin ich verheiratet, ohne es zu wissen?* Von allen Dingen, die ich mir ausgemalt hatte, wäre mir eine Heirat niemals in den Sinn gekommen.

»Das ist unmöglich. Wieso hätte ich dich heiraten sollen? Ich kannte dich doch gar nicht.« Er will einen Schritt auf mich zugehen, doch ich werfe ihm einen bösen Blick zu, der ihn zurückweichen lässt.

»Wieso du diesen Vorschlag gemacht hast, weiß ich nicht. Wir haben beide viel getrunken, und unser Handeln war nicht mehr nachvollziehbar. Aber es ist geschehen, und wir müssen jetzt überlegen, wie wir weiter verfahren sollen.«

»Was für ein Schwachsinn!«, rufe ich laut und ringe die Hände. Was zum Teufel hat mich damals geritten? Aspen sieht gut aus, aber doch nicht so gut, dass ich ihn vom Fleck weg geheiratet hätte.

»Wieso hast du dieses Kleid noch?«, frage ich schließlich, als mir klar wird, dass er es über acht Jahre aufbewahrt hat. Er seufzt und fährt sich beinahe verlegen durchs Haar.

»Etwas in mir wollte sich nicht davon trennen. Du warst wie ein Lichtstrahl in meiner dunklen Zeit, hast mir geholfen, auf den richtigen Weg zu kommen.«

»Und wie soll ich das getan haben?«

»Du kannst dich nicht erinnern, aber ich kann es. Wir haben uns stundenlang unterhalten, einander kennengelernt und … verurteile mich oder nicht, aber ich habe mich auf den ersten Blick in dich verliebt. Auch wenn wir überstürzt gehandelt haben, wollte ich an uns festhalten.«

»Aber du kanntest mich doch gar nicht.«

»Ich bin da anderer Meinung, denn mein Herz hat mir klargemacht, dass es kein Fehler war, dich zu heiraten.«

»Unfassbar.« *Wie kann er nur solchen Blödsinn reden?* Meiner

Meinung nach lernt man sich erst mal besser kennen, ist über einen längeren Zeitraum zusammen, verlobt sich, zieht zusammen, und erst dann wird geheiratet. So war es in meinem Lebensplan vorgesehen, und jetzt teilt Aspen mir mit, dass ich schon vor Jahren auf diesen Plan gepfiffen habe. Mir wird schlagartig klar, wie schwerwiegend sein Fehler war, mir nichts zu sagen. Das hier bringt nichts mehr. Alles war gelogen, und allein ihn anzusehen zerreißt mein Herz in tausend Stücke.

»Ich muss hier raus«, stoße ich gepresst hervor und gehe an ihm vorbei, doch er ruft flehentlich meinen Namen.

»Bitte Daphne. Lass uns reden.« Ich drehe mich hastig um, als ich in die Wohnküche komme, in der es nach verbranntem Essen riecht, doch das ist mir egal. Ich möchte so schnell wie möglich hier weg.

»Ich habe dir zugehört, doch alles, was du je zu mir gesagt hast, war gelogen.«

»Bitte. Ich wollte dich nicht verlieren. Wenn ich dir die Wahrheit gesagt hätte, wärst du gegangen.«

»Und wie ich das wäre!« Mein Urteil ist schnell gefällt, denn ich kann mit niemandem zusammenbleiben, der mich zum Narren hält, nur damit er glücklich ist.

»Ich dachte, wir könnten das in Ruhe bereden.«

»Wir werden das besprechen. Vor einem Scheidungsrichter.«

Aspen kommt einen Schritt auf mich zu, doch ich hebe die Hand. Ich kann seine Nähe nicht mehr ertragen.

»Stopp. Komm mir nicht zu nah.« Sofort bleibt er stehen, in seinen Augen sehe ich tiefe Resignation, gemischt mit Trauer. Doch ich habe keine Worte mehr für ihn, möchte einfach nur nach Hause. Ohne noch etwas zu sagen, gehe ich auf die Tür zu, und Aspen ist klug genug, mir nicht zu folgen. Als der Rauchmelder angeht und ich die Tür hinter mir schließe, fällt auch die erste Träne, doch sie wird nicht die letzte sein.

Tatsächlich breche ich erst in meiner Wohnung endgültig in Tränen aus. Ich krümme mich auf der Couch zusammen und lasse los. Meine Beziehung zu Aspen hat sich angefühlt wie ein Traum, zu gut, um wahr zu sein, und tatsächlich war sie das auch. Niemals hätte ich gedacht, dass er mir bewusst wehtun würde, doch er hat genau das getan. Unwissend wie ich war, habe ich mit ihm über meinen Filmriss gesprochen und wie sehr er mich belastet hat, doch er hat geschwiegen und sein Netz aus Lügen weitergesponnen.

Als wäre es nicht schon schlimm genug, dass er mir unser Zusammentreffen in Vegas verheimlicht hat, sind wir zu allem Überfluss auch noch verheiratet. Ich werde dies natürlich bei den Behörden prüfen lassen, aber ich spüre, dass es stimmt. Dass mein schlimmster Albtraum wahr geworden ist. Ich hatte mir alles Mögliche ausgemalt, was in dieser Nacht passiert sein könnte, aber das übertrifft all meine Vorstellungen.

Ich habe einen völlig Fremden geheiratet.

Ich, die immer vorher überlegt, bevor sie eine Entscheidung trifft, und rational handelt.

Nach dieser Offenbarung habe ich das Gefühl, mich selbst nicht zu kennen und Aspen nie wirklich gekannt zu haben. Es ist weit nach Mitternacht, als ich aus dem Fenster in die tiefschwarze Nacht blicke und im Leid versinke, als es an der Tür klopft. Ich ahne, wer sich dahinter befindet, und die Frage, wie er überhaupt ins Treppenhaus gelangt ist, stelle ich mir erst gar nicht. Ich will einfach in Ruhe gelassen werden.

»Daphne?«, höre ich Aspen sagen, und etwas zerreißt in mir. *Wieso macht er es noch schlimmer?*

»Geh weg«, rufe ich laut, vielleicht lauter, als ich sollte, aber ich kann nichts gegen die Wellen der Wut tun, die über mich schwappen.

»Lass es mich erklären. Ich flehe dich an.«

»Du könntest nichts sagen, das den Schaden ungeschehen macht.« Unbewusst bin ich aufgestanden und zur Tür gegangen.

»Darf ich mich wenigstens erklären? Dir Klarheit verschaffen?« Seine Stimme so nah zu hören, lässt mich schmerzhaft die Augen zusammenkneifen, um die Tränen daran zu hindern zu fallen.

»Was sollte das bringen? Du hast mich belogen. Zwei Lügen, die alles zerstört haben, was wir uns mühsam aufgebaut haben.«

»Das weiß ich, aber ich möchte in Ruhe mit dir über alles reden.«

»Ich möchte nicht reden, aber ich will, dass du mir zuhörst, Aspen Knox. Du bist wirklich der Teufel. Eiskalt und gerissen hast du mich in die Irre geführt, hast zugelassen, dass ich dir vertraue und dir mein Herz schenke, nur damit du es mir brechen kannst. Du wusstest, wie sehr ich unter den Gerüchten und Lügen in meinem Job gelitten habe. Dir war bekannt, dass mich die fehlenden Erinnerungen über die Nacht in Vegas gequält haben, aber du hast dich dafür entschieden zu schweigen, und damit hast du alles zerstört.« Der Schluchzer, der meiner Kehle entweicht, war nicht beabsichtigt, aber es fühlt sich schrecklich und endgültig an, diese Worte auszusprechen.

»Egal was du zu sagen hast, es wird mein Vertrauen in dich nicht wieder kitten. Für mich war's das. Ich kann nicht mit einem hinterhältigen Menschen wie dir zusammen sein.«

»Ich weiß«, flüstert Aspen mit kehliger Stimme, und ich erkenne, dass auch er weint. *Soll er doch!* Er hat es verdient zu leiden, wie ich es tue. Er soll sein Leben lang bereuen, was er mir angetan hat. Ich werde nie wieder die Alte sein. Die Person, die ich vor ihm gewesen bin.

»Und es tut mir leid. So schrecklich leid.«

»Du hast mich verloren, als ich das Kleid in deinem Schrank gefunden habe. Und jetzt möchte ich, dass du gehst. Es ist vorbei. Wage es ja nicht, erneut hier aufzukreuzen.«

»Nein, das werde ich nicht«, flüstert er resigniert, und ich höre das Rascheln von Kleidung. Offensichtlich saß er auf dem Boden und erhebt sich jetzt.

»Auf Wiedersehen, Daphne. Es tut mir leid.« Das sind die letzten Worte, die ich von Aspen vernehme, ehe es ruhig wird. Um mich herum breitet sich eine erdrückende Stille aus, obwohl alles in mir schreit. Mein Herz liegt in Trümmern, ich tobe vor Wut, und der Schmerz zwingt mich fast in die Knie, doch ein klitzekleiner Teil von mir will die Tür aufreißen und ihn ein letztes Mal halten, bevor ich ihn für immer gehen lasse. Aber dieser Teil hat nicht das Sagen.

Das hier war das letzte Mal, dass ich mich meinem Schicksal beuge und zulasse, dass andere Menschen mich mit ihren Lügen und Verurteilungen beeinflussen. Ich werde neue Wege einschlagen, und einer meiner Schritte wird der sein, mich von Aspen Knox scheiden zu lassen.

Am nächsten Morgen melde ich mich krank und stehe erst auf, als ich keine Taschentücher mehr im Haus habe. Erst um die Mittagszeit finde ich die Kraft, Britney und Monica anzurufen und ihnen alles zu erzählen. Leider weine ich die ganze Zeit, sodass sie mich kaum verstehen, aber innerhalb einer halben Stunde stehen beide vor meiner Tür. Sie sind da, wenn ich sie brauche, und gerade brauche ich sie mehr als je zuvor.

»Ach Süße, es tut mir schrecklich leid«, sagt Britney und nimmt mich fest in den Arm. Monica schweigt, drückt mich aber ebenfalls, während mein Körper erneut bebt und von Schluchzern geschüttelt wird. Dabei dachte ich, dass ich keine Tränen mehr in mir habe, die geweint werden könnten.

»Mir auch«, flüstere ich schließlich, als beide mich wieder loslassen. Während Monica uns eine Kanne Tee macht, hält Britney schweigend meine Hand, und ich starre auf meinen Teppich, ohne etwas zu sehen. Von außen wirke ich jetzt wahrscheinlich ruhig und traurig, aber in meinem Innern tobt ein heulender Sturm, und das wissen die beiden auch.

»Ich kann nicht glauben, dass alle Männer, die ich liebe, mich belügen. Was stimmt nur nicht mit mir?«, frage ich, nachdem wir lange Zeit einfach still unseren Tee getrunken haben. Mir will einfach nicht in den Sinn kommen, wieso ich immer hinters Licht geführt werde.

»Mit dir ist alles in Ordnung. Es sind die Kerle, die die Arschlöcher sind.«

»Aber wieso wählen sie immer mich?«

»Keine Ahnung, aber ich weiß, dass sie dich nicht verdient haben, Süße.«

»Nein, das hat keiner von ihnen«, erwidere ich traurig. »Aber ich habe es verdient, glücklich zu sein«, füge ich hinzu. Das war ich. Sagt mir mein Herz. Ich habe Aspen geliebt, wie ich noch nie zuvor jemanden geliebt habe. Vielleicht sind die Wunden, die er mir zugefügt hat, deshalb so schmerzhaft.

»Natürlich hast du das«, bekräftigt Monica.

»Was sind deine nächsten Schritte?«, fragt Britney, weil sie weiß, dass ich immer einen Plan habe.

»Ich denke, als Erstes werde ich bei *Start Entertainment* kündigen. Ich hasse es, dort zu arbeiten, und bereits der Gedanke an Kurt Blackwood lässt mich würgen.«

»Was? Nur wegen Aspen?«, fragt Monica schließlich und stellt ihre Tasse fast lautlos auf dem Tisch ab.

»Nein, ich hätte gleich am ersten Tag kündigen müssen, denn unter Kurts Herrschaft werde ich niemals als Anwältin arbeiten können. Er hat es sich zum Hobby gemacht, mir das

Leben zu erschweren, aber wieso sollte ich mir das gefallen lassen? Es gibt Wege, als Anwältin zu arbeiten.«

»Und was gedenkst du danach zu tun?«, fragt Britney, doch ich habe noch keine genaue Antwort darauf. Ich werde es wohl oder übel noch herausfinden müssen.

Ich sehe meine Ziele klar vor mir, aber auch wenn ich ehrgeizig bin, ist mir klar, dass ich erst mal heilen muss, und das schaffe ich nur, wenn ich alles rauslasse, was mich quält. Und dafür brauche ich Zeit. Also ziehe ich mich am nächsten Morgen schick an, fahre zu *Start Entertainment* und betrete Kurts Büro.

Nichts hat sich je befriedigender angefühlt, als Kurt meine Kündigung vor die Nase zu knallen. Ich weiß, dass er nur darauf gewartet hat, dass ich gehe, aber wenn ich ehrlich zu mir bin, dann habe ich auch darauf gewartet. Ich war unter seiner Führung nicht glücklich und wäre es auch nie geworden. Bridget habe ich eine Kopie der Kündigung geschickt, doch diesem Arsch wollte ich sie persönlich übermitteln.

Es ist nicht sonderlich überraschend, dass es keine große Verabschiedung gibt, als ich mein Hab und Gut zusammenpacke. Schließlich habe ich mich nur mit René gut verstanden, der allerdings aktuell auf einer Fortbildung ist. Den Rest des Teams kannte ich kaum. Ich winke kurz in die Runde, und auch wenn mein Herz gebrochen ist, fühlt es sich gut an, meine Zusammenarbeit mit der Kanzlei *Blackwood & Daughtry* und *Start Entertainment* zu beenden.

Mit einem viel zu leichten Karton stehe ich vor den Aufzügen und schaue auf mein verschwommenes Spiegelbild. *Sehe ich glücklich aus? Traurig?* Sieht man es mir an, dass alles, was ich gekannt oder geliebt habe, auf Lug und Trug aufgebaut wurde?

Ich fühle mich hundeelend, aber ich versuche nicht zu zerbrechen. Das ist schon nach der Trennung von Lee nicht eingetreten, auch wenn ich Aspen mehr geliebt habe als je einen Mann zuvor. Und genau deswegen sitzt der Schmerz tief. Sehr tief. Als sich die Fahrstuhltüren öffnen, will ich eintreten, bleibe jedoch überrascht stehen, als ich Dexter erblicke. In seinen Augen sehe ich die Reue, und mir ist augenblicklich klar, dass er es gewusst haben muss. Dass auch er mich getäuscht hat. Räuspernd begrüße ich ihn, trete in den Aufzug und drehe ihm den Rücken zu. Auch wenn ich ihn am liebsten anschreien möchte, vergesse ich meine guten Manieren nicht.

Auch er hat mich verletzt, und das tut verdammt weh. Ich habe ihm geglaubt, als er meinte, dass Aspen durch mich über sich hinausgewachsen ist. Habe ihm vertraut, doch er hat mein Vertrauen mit Füßen getreten und mich belogen.

»Daphne … es tut mir leid«, sagt er mit fester Stimme, und ich glaube ihm. Ich glaube, dass er es bereut, dass Aspen und er aufgeflogen sind. Dieser Gedanke macht mich so wütend, dass ich nur eine patzige Antwort für ihn übrighabe.

»Ach, dir auch? In letzter Zeit scheinen sich alle bei mir entschuldigen zu wollen.«

»Weil wir einen Fehler gemacht haben.«

»Ich dachte, du bist ein korrekter Mensch«, erwidere ich traurig und sehe ihn über den Spiegel in der glänzenden Fahrstuhltür an, ohne mich umzudrehen. Ich befürchte, dass ich jederzeit in Tränen ausbrechen könnte, wenn ich ihm jetzt in die Augen blicke.

»Es gibt keine Worte, die rechtfertigen könnten, was wir getan haben.«

»Stimmt, die gibt es nicht, also solltest du besser still sein.«

»Okay«, antwortet er seufzend. Er steigt in der Etage der Arbeitswohnungen aus, und allein der Anblick der rot leuchtenden Nummer sorgt für einen Stich in meinem Herzen.

Dexter geht an mir vorbei, dreht sich aber noch mal um, um mich anzusehen.

»Aspen weiß, dass er einen Fehler gemacht hat, aber er liebt dich aufrichtig. Seine Gefühle sind echt, auch wenn sie auf einer falschen Grundlage aufgebaut wurden. Er liebt dich«, flüstert er, als die Türen langsam zugleiten und meine steife Haltung in sich zusammenfällt. Der Karton gleitet mir aus den Händen, und ich presse meine Handfläche auf meine schmerzende Brust, während ich mit der anderen meinen Mund bedecke.

Ich kann die Tränen nicht mehr zurückhalten, sie fallen unaufhörlich, ohne dass ich sie stoppen kann. Es ist, als hätte sich erneut die Schleuse geöffnet, die ich erst gestern so hoffnungsvoll verschlossen hatte.

35. KAPITEL

Daphne

Ich trage von Kopf bis Fuß Schwarz, als würde ich auf eine Beerdigung gehen, und zum Teil stimmt das auch. Heute werde ich mich von dem Mann scheiden lassen, den ich liebe, den ich im Suff geheiratet und von dem ich mich getrennt habe, als sein Kartenhaus aus Lügen über ihm zusammengebrochen ist. Diese Geschichte ist so grotesk, dass sie locker als Vorlage für ein Buch dienen könnte.

Es hat Aspen sowie mich einiges gekostet, die Vorbereitungen für die Scheidung diskret zu treffen, ohne dass sie an die Öffentlichkeit gelangten. Richterin Santos-Chen kenne ich noch von meinem Praktikum bei der Staatsanwaltschaft, und alle Anwesenden haben eine Verschwiegenheitserklärung unterzeichnen müssen, damit unser Vorhaben nicht von Paparazzi überschattet wird.

Weil ich keinen Kontakt mit Aspen wünsche, haben Dexter und ich per Mail kommuniziert und alles in die Wege geleitet. Es ist schon schlimm genug, dass ich mich jede Nacht in den Schlaf weine und jeden Morgen mit nassen Wangen erwache. Da wollte ich nicht auch noch mit dem Mann schreiben, der mir das Herz gebrochen hat.

An manchen Tagen hasse ich ihn für das, was er mir angetan hat, an anderen wird mir klar, dass ich ihn immer noch liebe.

Jeder Tag ist ein Wechselbad der Gefühle, denn manchmal vermisse ich ihn so schrecklich und möchte seine Stimme hören, und im nächsten Moment will ich alle Fotos, die ich von uns habe, löschen und ihn anrufen, um ihn erneut zur Schnecke zu machen. Fast hätte ich das weiße Kleid angezogen, in dem ich ihn geheiratet habe, doch das wäre mehr als geschmacklos, weswegen ich mich für ein hochgeschlossenes schwarzes Kleid entschieden habe.

Dazu trage ich eine Baskenmütze und schwarze Stiefel, um der Kälte draußen zu trotzen, auch wenn mich ohnehin nichts mehr wärmen kann. Ich bin innerlich erkaltet, und kein Kleidungsstück der Welt könnte das wieder geradebiegen. »Du machst das hervorragend. Ein Schritt nach dem anderen«, meint Britney ermutigend, die zu meiner Linken geht. Monica zu meiner Rechten tätschelt liebevoll meine Hand, die sie fest umklammert hat.

Auch heute sind meine besten Freundinnen an meiner Seite, da ich mich bewusst gegen die Anwesenheit eines Familienmitglieds entschieden habe. Wie ich selbst haben auch sie geschockt auf die Info reagiert, dass ich mit Aspen verheiratet bin. Es hat meinen Eltern das Herz gebrochen, die von einer großen Hochzeit auf unserem Weingut in der Toskana geträumt haben.

Auch ich wollte immer schon unter freiem Himmel dem Mann, den ich liebe, das Jawort geben. Ich wollte ein schulterfreies, eng anliegendes, roséfarbenes Kleid tragen, zu Livemusik tanzen, mir den Bauch mit leckerem Essen vollschlagen. In meiner Fantasie wollte ich vom Gelächter, den Stimmen und der Liebe meiner Familie umhüllt werden, die mit mir einen neuen Lebensabschnitt feiert. Doch dieser Plan ist ins Wasser gefallen, als ich als betrunkene Einundzwanzigjährige auf die lustige Idee kam, einen Fremden zu heiraten.

Dass ich mich in diesen Mann schlussendlich verliebt habe, kommt mir mittlerweile wie ein schlechter Scherz vor. Immer wieder muss ich an die Momente denken, in denen Aspen das Gespräch gesucht hat, weil er über etwas Ernstes mit mir reden wollte. Ich muss ihm wenigstens zugutehalten, dass er mir tatsächlich ein paarmal die Wahrheit sagen wollte, doch danach war er einfach nur feige und verlogen.

Ich frage mich, ob er es mir jemals gesagt hätte, wenn ich nicht mein Kleid in seinem Schrank gefunden hätte. *Was hat er sich bei seinem Schweigen überhaupt gedacht? Dass er mich unser ganzes gemeinsames Leben lang belügen kann?*

Irgendwann wäre die Wahrheit ans Licht gekommen, und er muss doch gewusst haben, dass ich ihm diese Lügen nicht verzeihen könnte. Nachdem wir uns getrennt haben, hat er mir per Kurier mein Kleid, die restlichen Sachen und einen Brief zukommen lassen, den ich bis heute nicht geöffnet habe.

Ich will nichts mehr mit ihm zu tun haben, also habe ich ihn in eine Schublade geworfen. Mein Kopf weiß, dass es falsch ist, dass mein Herz sich nach seiner Nähe sehnt, nach seiner Stimme und nach dem Gefühl, das ich hatte, wenn ich bei ihm war. In schwachen Momenten wünsche ich mir dieses Glück zurück, aber das ist unmöglich. Mein Herz ist gebrochen, aber nun, da zwei Monate vergangen sind, habe ich das Gefühl, es schaffen zu können. Ich muss mich nur noch scheiden lassen, dann wird alles wieder gut.

Dann werde ich ihn vergessen und heilen können. Ich bete jeden Tag, dass dies auch wirklich eintreffen wird. Dieser Schmerz in meinem Herzen muss doch irgendwann aufhören. Er muss einfach verschwinden.

»Ist er schon hier?«, flüstere ich, denn ich bin feige und traue mich nicht, nach rechts zu blicken, wo Aspen mit seinem Anwalt stehen sollte. Wie sehr habe ich mich danach gesehnt, nach den Gerüchten wieder im Gerichtssaal zu stehen – dass ich mich nun selbst einer Scheidungsrichterin gegenübersehe, stand jedoch nicht auf meiner Wunschliste.

»Nein, aber es ist auch noch ein wenig Zeit.« Meine schweißnassen Finger zittern, als ich über mein Kleid streiche und versuche, meine flatternden Nerven zu beruhigen. Als Trennungsgrund habe ich »Unüberbrückbare Differenzen« angekreuzt, da der Punkt »Weil er mich in Bezug auf unsere Vergangenheit und Zukunft belogen hat« nicht zur Auswahl stand.

»Okay, er kommt rein«, sagt Monica leise, und es fühlt sich an, als würde sie die Worte in mein Ohr schreien. Ich hole tief Luft und sehe zum Eingang. Bei seinem Anblick zieht sich mein Herz schmerzvoll zusammen. Doch die anfängliche Wut weicht schnell der Verwirrung, denn was ich sehe, lässt mich erschrocken nach Luft schnappen. Nicht der Mann, mit dem ich die glücklichste Zeit meines Lebens verbracht habe, hat den Gerichtssaal betreten, sondern ein Fremder. Er hat an Gewicht verloren, seine Wangen werden von einem Bartschatten bedeckt, und seine gesamte Haltung zeugt von einem gebrochenen Menschen.

Auch wenn ich es nicht will, wallt Sorge in mir auf. *Isst er denn nichts mehr? Wieso sieht er so krank aus?* Kaum habe ich den Gedanken zu Ende gedacht, treffen sich unsere Blicke, und nichts hätte mich auf den Schmerz in seinen Augen vorbereiten können. Seine Bergsee-Augen haben jeden Glanz verloren und sehen trüb in meine. Tiefe Traurigkeit ist darin zu erkennen.

Er versucht sich an einem Lächeln, schafft es allerdings nicht, denn seine Mundwinkel fallen immer wieder nach unten. Ich möchte ihn begrüßen, ihn fragen, wieso er nur noch ein Schatten seiner selbst ist, doch er dreht mir den Rücken zu und unterhält sich mit Dexter und seinem Anwalt.

»Täusche ich mich, oder sieht Aspen richtig mitgenommen aus?«, fragt Monica mit Sorge in der Stimme. Meine Freundinnen und auch Leo haben sich sehr gut mit Aspen verstanden, und ich wollte nicht, dass sie ihm die Freundschaft kündigen, nur weil wir nicht mehr zusammen sind. Unsere Beziehung hat nichts mit ihrem Verhältnis zu tun.

»Er sieht völlig fertig aus«, sagt Britney, und niemand von uns würde ihr widersprechen. »Die Trennung muss ihm ziemlich zu schaffen gemacht haben.«

»Wie uns allen«, ergänzt Monica, und ich stimme ihr da vollkommen zu. Wir sind nicht mehr dieselben Personen wie vorher. Ich habe einen Fremden geheiratet und werde mich nun auch von einem Unbekannten scheiden lassen. Wir setzen uns auf die uns zugewiesenen Plätze und erheben uns augenblicklich, als die ehrenwerte Richterin erscheint.

Ich vertrete mich als Anwältin selbst und verkünde laut, dass ich auf all meine Ansprüche verzichte. Zwar hätte ich die Hälfte von Aspens Vermögen haben können, doch ich wollte nie mehr von ihm als Loyalität und sein Herz. Geld hat noch nie eine große Rolle in meinem Leben gespielt. Ich liebe die Tatsache, dass ich gut verdiene, und gebe mein Geld gern für die Dinge aus, die mir wichtig sind. Doch ich will gar nicht mehr als das, was ich mir durch meine eigene Arbeit verdiene. Selbst Aspen ist überrascht über meine Entscheidung, aber ich weiß, was ich tue.

Als wir beide die Scheidungspapiere unterzeichnen, habe ich das Gefühl, als wäre eine schwere Last von mir gefallen. Nun ist alles korrigiert und berichtigt, jetzt kann es mir doch nur bald besser gehen. *Oder?*

»Alles gut?«, fragt mich Britney, als ich wieder zu ihnen stoße und auf die Menschen blicke, die gerade Zeuge davon wurden, wie ich mich von Aspen habe scheiden lassen. Ich kenne sie nicht, und doch waren sie hier, und für kurze Zeit haben sich unsere Wege gekreuzt.

»Ich weiß es ehrlich gesagt nicht«, erwidere ich und blicke auf meine Stiefel. *Wieso ist alles so schwer geworden?*

»Daphne?« Aspens Stimme zu hören verschafft mir eine Gänsehaut, und auch wenn ich es nicht will, schließe ich schmerzerfüllt die Augen, ehe ich sie langsam wieder öffne und mich zu ihm umdrehe.

»Ja?«

»Können wir reden? Bitte.« Eigentlich sollte ich ihn zum Teufel jagen, ihm sagen, dass er sich seine Worte sparen kann, aber ein kleiner Teil von mir ist auch neugierig auf das, was er mir sagen möchte. Denn egal was es wird, es wird endgültig sein. Nach diesem Treffen hier werden wir uns nie wieder sehen.

»Okay«, sage ich und bin stolz darauf, dass meine Stimme fester klingt, als ich mich fühle. Denn Aspens Duft und die Wärme seines Körpers neben mir machen mich so unsagbar schwach. Dabei hatte ich zwei Monate Zeit, ihn zu vergessen, und doch ist alles wie früher. Als ich glücklich gewesen bin.

»Wir warten draußen auf dich«, meint Britney, und es dauert nicht lange, dann sind Aspen und ich die einzigen Personen im Gerichtssaal.

Erst jetzt sehe ich das kleine Päckchen in seiner Hand, das mir vorher gar nicht aufgefallen ist. Verwirrt suche ich seinen Blick und erschrecke kurz, weil ich ihm unbewusst näher gekommen bin und somit das Ausmaß seiner äußerlichen Veränderung besser erkennen kann. Da vor Weihnachten eine Drehpause eingelegt wurde, kann er diese nutzen, um wieder ganz er selbst zu sein.

»Du siehst nicht gut aus«, sage ich und möchte mir am liebsten auf die Lippen beißen, weil ich gesprochen habe, ohne vorher nachzudenken. Ein trauriges Lächeln umspielt seinen

Mund, das mir mein Herz brechen könnte, wenn es nicht längst gebrochen wäre.

»Nein, aber du auch nicht. Du hast abgenommen.«

»Hmm. Da haben wir wohl was gemeinsam.«

»Ich würde sagen, dass uns beiden die Trennung zu schaffen macht.«

»Das tut es.« *Und wessen Schuld ist das?*, will ich fragen, aber ich trete niemanden, der schon am Boden liegt. Denn Aspen scheint tatsächlich am Boden zerstört zu sein, und das tut mir weh. Ob ich es will oder nicht. Er senkt kurz den Blick, bevor er sich mir wieder zuwendet.

»Wieso hast du auf deine Ansprüche verzichtet?«, fragt er mich schließlich leise.

»Geld interessiert mich nicht, genauso wie Immobilien und was immer du sonst noch hast. Ich möchte den Fehler, den ich damals gemacht habe, rückgängig machen, und nur das.«

»Fehler«, murmelt er. »Ja, davon gab es in den letzten Monaten einige, aber ich möchte dir nur noch einmal sagen, dass ich es nicht bereue, dich geheiratet zu haben. Es war meine bewusste Entscheidung.«

»Genauso wie du mir bewusst diese wichtige Information verschwiegen hast.«

»Das ist wahr. Ich habe alles falsch gemacht in Bezug auf unsere Vergangenheit, aber ich hoffe, dass ich neben diesem Aspekt alles richtig gemacht habe.«

»Überschattet die Lüge denn nicht all die guten Erinnerungen?«, frage ich.

»Ich würde sagen, das kommt auf die Sichtweise an.«

»Nun, ich als Mensch sage, dass du mich enttäuscht hast.«

Resigniert nickt er.

»Es tut mir ehrlich leid, Daphne. Ich weiß, dass du nichts mehr mit mir zu tun haben möchtest, trotzdem habe ich etwas für dich.« Er reicht mir das Päckchen, das ich entgegennehme, ohne Fragen zu stellen. Egal was da drin ist, ich kann es wegwerfen oder aufbewahren. Die Entscheidung liegt bei mir.

»Danke«, sage ich, und Tränen steigen mir in die Augen, lassen meine Sicht verschwimmen.

»Gern. Mach's gut. Ich wünsche dir von ganzem Herzen, dass du dein Glück findest.«

»Bye«, flüstere ich, als er sich umdreht, um für immer aus meinem Leben zu verschwinden.

Nachdem ich als geschiedene Frau meine Wohnung betrete, fühle ich mich leer und trostlos. Ich hatte erwartet, nach der Unterzeichnung eine gewisse Leichtigkeit zu verspüren, aber ich fühle mich immer noch, als würde ich innerlich brennen.

Ich lege das Päckchen, das Aspen mir gegeben hat, ungeöffnet auf den Couchtisch, ziehe mich um, trinke einen Tee, räume auf und verstaue meine Scheidungspapiere. Danach füttere ich Janice, streichle über ihre Federn und reinige ihren Käfig, während sie durch die Wohnung fliegt. Immer wieder schiele ich dabei zu dem Karton. Egal wie sehr ich mich abzulenken versuche, ich blicke immer wieder hin. Nachdem ich ein Sandwich gegessen habe, gebe ich schließlich nach und setze mich auf die Couch.

Mit zittrigen Fingern öffne ich das Paket und nehme das Gerät heraus, das sich als Aspens Sternenlichtprojektor herausstellt. Mit diesem verbinde ich wunderschöne Erinnerungen und kann gar nicht abzählen, wie oft wir in seinem Raum gesessen und miteinander gekuschelt haben. Manchmal haben wir geredet, dann geschwiegen, rumgemacht oder einfach den wechselnden Sternenbildern zugesehen. Es war unser geheimer Ort, und davon hat er mir nun das Herzstück geschenkt.

Eine Träne perlt von meiner Wange auf das Gerät, als ich auch eine Karte in dem Päckchen finde. Aspen hatte immer eine schöne Handschrift, doch diesmal wirkt sie krakelig, als hätte ihm jedes Wort Schmerzen bereitet.

Ich brauchte diese Sterne, weil ich sie im Freien nie wirklich erkennen konnte. Sie waren nur trübe Kleckse, und ich fragte mich, wieso die Menschen so begeistert davon waren, sie in der Natur zu beobachten. Doch meine Sichtweise veränderte sich, als du wieder in mein Leben getreten bist. Du hast mein Leben in so vielen Dingen bereichert, und dafür möchte ich dir danken. Ich hoffe, dass mein Handeln dir nicht den klaren Blick auf die Sterne genommen hat, falls doch, schenke ich dir meinen Rettungsanker, der mich durch eine einsame Zeit begleitet hat. So hoffe ich, dass du dich auch an die glücklichen Tage erinnern kannst, die mir die Welt bedeutet haben. Du hast mir alles bedeutet, und ich werde dich immer lieben. Egal, was kommen mag. Aspen

Als mir die Karte aus den Fingern gleitet, breche ich in Tränen aus, weil seine Worte und die Geste mich berühren und mir wehtun. Mit diesem Widerspruch werde ich noch eine Weile zu kämpfen haben, aber ich werde einfach weitermachen. Wie meine Freundin schon gesagt hat: Ich muss einen Schritt nach dem anderen machen. Dann werde ich vielleicht eines Tages aufhören, Aspen Knox zu lieben.

36. KAPITEL

Aspen

Kann man Monate seines Lebens einfach vergessen? Ich weiß, dass ich einen Film abgedreht habe, wie ein Roboter meine Arbeit erledigt, Promotion betrieben, zwei Conventions wahrgenommen und unzählige Interviews und *TikTok*-Videos gedreht habe, und doch erinnere ich mich nur verschwommen daran. Ich strahle nach wie vor die *Hot-Villain-Vibes* aus, wie meine Fans es gern nennen, aber ich tue es nur halbherzig. *Oder wie nennt man das, wenn man kein Herz mehr hat?*

Denn das hat Daphne mitgenommen, als sich unsere Wege im Gerichtssaal getrennt haben. Wenn ich nicht arbeite, bin ich im Studio, trainiere oder begebe mich in meinen Raum, wo ich an die Decke starre und tief in die Vergangenheit abtauche. Ich geißle mich selbst, denn eigentlich sollte ich Daphne loslassen, aber das, was sie und ich hatten, ist nichts, was man einfach vergessen kann.

Deshalb bin ich ein wandelnder Schatten und präsentiere der Öffentlichkeit ein falsches Lächeln. Privat lache ich jedoch selten. Dieser Umstand macht Dexter sowie Onkel Calvin Sorgen, was sie mir jedes Mal mitteilen, sobald sie mich sehen. Sie ermutigen mich, eine Reise zu machen, Abstand zu Manhattan zu gewinnen, doch egal wohin ich gehe oder was ich tue, meine Sehnsucht nach Daphne kann ich nicht einfach abschütteln.

Selbst jetzt, ein halbes Jahr nachdem wir uns das letzte Mal gesehen haben. Seitdem hatten wir keinen Kontakt miteinander, auch wenn es mir ziemlich schwergefallen ist, mich davon abzuhalten, ihre Nummer zu wählen. Auf meinem Smartphone sind sogar noch unsere gemeinsamen Fotos, die ich mir in schwachen Momenten ansehe.

Daphne wird immer ein Teil meines Lebens sein, und ich weiß, selbst wenn ich alt und grau sein werde, werde ich mich an die vielen Dinge erinnern, die ich an dieser Frau so liebe: an ihr strahlendes Lächeln, ihren Kampfgeist und ihren unzerstörbaren Willen. Ihre wunderschönen, azurblauen Augen und ihren süßen Geruch, den ich unter Tausenden wiedererkennen würde.

Und auch wenn mich die Sehnsucht weiter in die Einsamkeit treibt, versuche ich weiterzumachen. *In Love and Law* wird bald bei *Videocore* erscheinen und wird bereits sehnsüchtig erwartet. Das schraubt allerdings auch die Erwartungen der Menschen hoch. Zwar habe ich mein Bestes gegeben, doch die Angst, die Zuschauenden könnten mir meine innere Zerrissenheit ansehen, nagt an mir.

Denn für mich war das letzte halbe Jahr die schlimmste Zeit meines Lebens. Wenn man das wahre Glück gefunden hat, fällt es danach schwer, wieder ohne dieses zurechtzukommen. Ich habe es trotzdem geschafft, wieder mehr zu essen und mein altes Gewicht zu erreichen. Optisch sehe ich aus wie vorher, doch ich weiß nicht mehr, wer ich bin. Ich betrete das *Start-Entertainment*-Gebäude, weil ich ein Meeting mit Dexter und dem CEO des Streamingdienstes habe. Da der VIP-Fahrstuhl gerade gewartet wird, steige ich in den für Besuchende und Mitarbeitende ein. Er füllt sich unglaublich schnell, in einer Geschwindigkeit, die mich vor den neugierigen Blicken der Fahrgäste schützt. Einige unterhalten sich, und fast für jedes

Stockwerk wird gedrückt, sodass es eine Weile dauern wird, bis ich zur obersten Chefetage komme.

»Hast du das mit Daphne Valenti gehört?«, fragt eine junge Frau mit dunkelbraunem Haarschopf.

»Was denn?«

»Sie eröffnet diese Woche ihre eigene Kanzlei. Hat all ihr Geld in die Räumlichkeiten und den Papierkram gesteckt. Drei Rechtsvertretende und zwei Bürokräfte sind ebenfalls an ihrer Seite.«

»Wow. Nicht zu fassen, dass sie diesen Schritt wagt, nach den ganzen Gerüchten.«

»Denen habe ich sowieso niemals geglaubt. Jeder, der Daphne kennenlernt, weiß, dass sie so etwas niemals tun würde.« Diese Aussage lässt mich stolz lächeln. Sie schafft es, mit ihrem Wesen einfach jeden zu verzaubern.

»Ich bewundere sie. Nach diesem schlimmen Jahr hat sie den Mut gefunden, ihren eigenen Weg zu gehen.«

»Gott, ich schaffe es nicht mal, die Nummer von meinem Ex zu löschen, geschweige denn einen unbekannten Pfad einzuschlagen, der mit so viel Risiko verbunden ist.« Sie wechseln schnell wieder das Thema, doch ich kann nicht aufhören, daran zu denken, dass Daphne ihren Traum endlich leben kann. Das Bedürfnis, sie zu beglückwünschen und ihre Kanzlei aufzusuchen, ist stark.

Ich werde von einer Sekretärin zu einem Raum geleitet, als mein Smartphone zu vibrieren beginnt. Mir wird ein Anruf von Leonardo Valenti angezeigt. »Entschuldigen Sie, da muss ich rangehen. Danke, ich finde selbst den Weg hinein.«

»Gern geschehen«, meint die freundliche junge Frau und geht wieder an ihren Arbeitsplatz, während ich übers Display wische und den Anruf entgegennehme.

»Hey Leo.«

»Aspen, mein Freund. Wie geht es dir?«, fragt er mich, auch wenn wir vor ein paar Tagen noch miteinander geschrieben haben. Wegen meines straffen Zeitplans schreiben wir öfter, als dass wir telefonieren. Daphnes Cousin wurde mit den Monaten ein guter Freund, den ich nicht mehr missen möchte. Vor ein paar Wochen waren wir in einer Bar etwas trinken, und es hat gutgetan, mal wieder den Kopf freizubekommen.

»Geht einigermaßen, und dir?« Die Wahrheit will doch niemand wissen. Denn die Zeit hat keine meiner Wunden geheilt.

»Mir geht es bestens. Ich weiß, du hast viel zu tun, aber ich wollte dich persönlich zu meiner Geburtstagsparty einladen.«

»Warte, dein Geburtstag war doch im Januar, oder habe ich mich vertan?«

»Nein, du hast schon recht, aber ich feiere meinen Geburtstag immer in der Toskana, wenn sommerliches Wetter herrscht.«

»Oh, in Italien?«

»Genau. Die ganze Familie wird anwesend sein.«

»Verstehe«, sage ich und kann nichts gegen die Aufregung in mir tun, wenn ich daran denke, dass ich Daphne wiedersehen könnte. Ich schweige einen Moment, um meine flatternden Nerven zu beruhigen.

»Ich kann verstehen, wenn du nicht kommen möchtest.«

»Nein, mein Schweigen hat nichts damit zu tun, dass ich nicht kommen möchte, ich war nur überrascht.«

»Das heißt, du bist dabei?«

»Natürlich.«

»Danke, Mann. Ich freue mich darauf, dir unser gefährliches Pflaster zu zeigen.«

»Ach, Poppi ist jetzt ein gefährliches Pflaster geworden?«

»Und wie. Der Hund von Nonna Maria ist verschwunden, und die Theorien über sein Verschwinden lassen die New Yorker Kriminalszene wie einen Kindergarten aussehen.«

»Okay, das muss ich sehen und hören.«

»Stell dich auf laute Diskussionen ein.«

»Mach ich.«

»Gut, ich muss auch schon wieder los. Ich schicke dir noch die genauen Daten, aber ich freue mich wirklich sehr, dass du kommst.«

»Ich mich auch. Bye.« Als ich das Smartphone wieder in meine Hosentasche schiebe, fühle ich seit Monaten wieder etwas anderes als Trauer in mir. In die Toskana zu reisen und mit Leo zu feiern, klingt nach einer guten Ablenkung, auch wenn ich weiß, dass es mich umbringen wird, Daphne wiederzusehen und sie doch nicht in die Arme schließen zu können.

Eine Woche später stehe ich unschlüssig mit einem großen Geschenk vor dem Gebäude, in dem sich Daphnes Kanzlei befindet. Die Eröffnung ist nun drei Tage her, aber wegen des großen Menschenandrangs habe ich bewusst einen anderen Tag gewählt, um sie zu besuchen. Wir mögen getrennt sein, aber ich schätze sie und ihre harte Arbeit immer noch sehr, also betrete ich das Gebäude und fahre in den dritten Stock.

Noch immer hängen weiße Ballons und türkis-grüne Schleifen an der Wand, die nach der Feier noch nicht abgenommen wurden. An einer Milchglastür steht in großen Lettern *Daphne Valenti Law Office.* Stolz auf die Frau, die für ihren beruflichen Weg so hart kämpfen musste, fahre ich mit den Fingern über die eingravierten Buchstaben.

Sie hat es geschafft, und genau deswegen bin ich hier. Um ihr zu zeigen, dass ich unheimlich stolz auf sie bin. Als ich die Tür öffne, umweht mich Daphnes Duft, der mich wie ein Fausthieb trifft. Ich halte kurz inne, fasse mich aber schnell wieder und trete ein. Ein junger Mann, den ich auf Mitte zwanzig schätze, erhebt sich augenblicklich, um mich zu begrüßen.

»Mr Knox. Welch eine Überraschung. Wie kann ich Ihnen helfen?« Seine Augen sind groß geworden, als er mich erkannt hat, und er tritt von einem Fuß auf den anderen. Die Nervosität ist ihm sichtlich anzusehen.

»Ich bin ein Freund von Miss Valenti und möchte ihr ein Geschenk zur Eröffnung überreichen.«

»Da haben Sie aber Glück, denn sie hat eine halbe Stunde Luft, bis der nächste Termin ansteht. Bitte nehmen Sie Platz.«

Ich sehe, wie er den Hörer abnimmt, um mich anzukündigen, und so schnell, wie er wieder auflegt, denke ich schon, dass sie mich abgewiesen hat, doch er überrascht mich, indem er mich zum Büro von Daphne geleitet. Als ich sie am Fenster stehen sehe, macht mein Herz einen Satz, und als sie mich vorsichtig anlächelt, zieht sich etwas in mir schmerzhaft zusammen.

Wie gern würde ich sie jetzt küssen, sie halten und sie bitten, mir noch eine Chance zu geben, aber ich bleibe, wo ich bin. Selbst als wir wieder allein im Raum sind. Ihr Büro ist dank des bodentiefen Fensters sehr hell, und ein langer Tisch nimmt beinahe den ganzen Raum ein. An der Wand hinter ihr steht ein Regal, das mit Ordnern und Büchern befüllt ist, und auf der anderen Seite befinden sich eine Kommode, zwei elegante Ohrensessel und eine große Pflanze. Es ist schick, aber schlicht eingerichtet, genauso wie ihre Wohnung.

»Hallo Daphne«, sage ich, als ich ein paar Schritte in ihre Richtung gehe. Sie sieht immer noch sehr dünn aus, doch ihre Wangen wirken rosiger als damals.

»Aspen.« Nur mein Name kommt über ihre schönen Lippen, aber das reicht, um mich in die Knie zu zwingen. Es kostet mich unmenschliche Kraft, meine Arme nicht um sie zu schließen, als sie mir näherkommt. Daphne trägt eine luftig-lockere beigefarbene Leinenhose, ein weißes Shirt sowie einen

Blazer in derselben Farbe wie die Hose. Sie trägt ihr honigblondes Haar offen und sieht wunderschön aus.

»Was führt dich zu mir?«, fragt sie. Bei ihrem Anblick hätte ich fast vergessen, wieso ich überhaupt hergekommen bin.

»Ich habe gehört, dass du deinen Traum wahr gemacht hast, und habe ein Geschenk zur Eröffnung mitgebracht.« Ich hebe es kurz an, aber aufgrund der Größe fällt es mir etwas schwer.

»Das ist lieb von dir. Danke schön.« Sie nimmt es entgegen und lehnt es gegen die Wand neben ihrem Schreibtisch.

»Es ist nur eine Kleinigkeit, aber ich wollte sie dir persönlich bringen.«

»Gut, dass du es getan hast. Geht es dir gut?«, fragt sie mich freundlich.

»So weit ganz gut.« Die Lüge kommt mir locker über die Lippen, aber was würde es bringen, ihr die Wahrheit zu sagen? Dass jeder Tag ohne sie sich so anfühlt, als würde ich durch einen dunklen Wald irren, ohne je das Tageslicht zu sehen.

»Und dir?«, frage ich. Sie blickt kurz zur Seite, ehe sie antwortet. Das tut sie immer, wenn sie flunkert. Sie kann bluffen, wenn sie im Gerichtssaal ist, doch im privaten Rahmen erkennt man schnell, ob sie die Wahrheit sagt.

»Mir geht es bestens. Wir haben gerade erst eröffnet, und die Arbeit ist überschaubar, aber es wird mit der Zeit mehr werden.«

»Ich glaube fest daran. Wenn es etwas gibt, das ich für dich tun kann, sag Bescheid.«

»Das ist lieb, aber ich werde das schon aus eigener Kraft schaffen.«

»Ich weiß, das hast du immer schon.« Auch wenn ich mir Mühe gebe, kann ich ein Seufzen nicht unterdrücken. Wir sehen einander tief in die Augen, und da sind so viele unausgesprochene Dinge zwischen uns. Doch es ist nicht der richtige Zeitpunkt, um über uns zu reden, denn ihre Arbeit und ihre Kanzlei stehen jetzt im Vordergrund.

»Es war ein langer Weg«, sagt Daphne und blickt sich im Raum um, als würde sie ihn zum ersten Mal wirklich sehen.

»Aber alle Hindernisse und Steine holen das Beste aus uns raus. Das wird bei dir bestimmt auch der Fall sein.«

»Ich hoffe es. Meine Zukunft hängt davon ab.«

»Sie wird glänzen und scheinen, auch wenn es eine Weile dauern wird.«

»Hmm, du hast recht. Vielleicht bin ich ungeduldig.«

»Das wäre wohl jeder an deiner Stelle.«

»Möchtest du etwas trinken?«, fragt sie mich schließlich, doch ich schüttle den Kopf. So gut es sich auch anfühlt, sie zu sehen, tut es doch weh, dass wir uns so weit voneinander entfernt haben.

»Nein, danke. Ich muss leider auch schon weiter. Ach, und bevor ich es vergesse: Leo hat mich zu seiner Geburtstagsparty in Poppi eingeladen. Ist es für dich in Ordnung, wenn ich komme?«

»Natürlich. Leo und du seid Freunde. Ich würde es mir niemals erlauben, mich in eure Angelegenheiten einzumischen.«

»Okay, dann sehen wir uns«, erwidere ich und winke zum Abschied, auch wenn ich ihr am liebsten die Hand gereicht hätte, doch sie zu berühren wäre im Moment zu viel für mich.

»Da ist noch etwas, das ich dir sagen muss, bevor du gehst«, meint Daphne hastig. Hoffnung macht sich in mir breit. Gibt es vielleicht doch noch eine Chance auf ein Happy End zwischen uns?

»Ja?«

»Ich werde nicht allein zur Party kommen.« Verwundert hebe ich die Brauen, denn ich kann ihr nicht ganz folgen.

»Mein Date wird mich begleiten.«

37. KAPITEL

Daphne

Sein Herz bricht. Das erkenne ich an seinem Zusammenzucken und dem gequälten Ausdruck auf seinem Gesicht. Er verabschiedet sich. Ihn gebrochen zu sehen hätte mir nach der Scheidung nichts ausgemacht, doch jetzt, ein halbes Jahr später, muss ich gestehen, dass es mich völlig unvorbereitet getroffen hat, ihn hier zu treffen.

Wieso musste ich auch mein Date erwähnen, und wieso habe ich überhaupt zugesagt? Mein Vater hat mir Firenze auf einer Feier in Staten Island vorgestellt, und wir haben uns nett unterhalten. Er hat mich für kurze Zeit von meinem Schmerz ablenken können, also habe ich Ja gesagt, als er mich gefragt hat, ob er mich auf die Party begleiten darf.

Es ist nicht wirklich ein Date, wenn all deine Verwandten da sind, aber es ist ein Treffen mit einem anderen Mann, und das musste ich Aspen einfach sagen. Ich will ihn nicht vor den Kopf stoßen, und doch habe ich es geschafft. Seufzend blicke ich auf das riesige Geschenk, das er mir zur Eröffnung gebracht hat. Es ist rechteckig und in silberfarbenes Papier eingewickelt. Ich lege es auf dem Tisch ab und entferne vorsichtig das Papier. Es ist ein Gemälde, und als ich erkenne, was auf der Leinwand abgebildet ist, rinnen stumme Tränen über meine Wange.

Aspen hat mir ein handgemaltes Bild der Nordlichter geschenkt. Es sieht wunderschön aus. Die Farben sind kräftig und verschmelzen ineinander. Es kommt der Schönheit der realen Nordlichter sehr nah, ist vielleicht sogar noch schöner. Die Erinnerungen an die Nacht, als wir zum ersten Mal diese Lichter an der Decke gesehen haben, bedeuten mir unheimlich viel.

Jeden Abend schalte ich den Sternenprojektor ein, träume mich zurück in schönere Zeiten und schlafe mit Tränen auf den Wangen ein. Ich geißle mich selbst, aber ich vermisse diesen Mann so schrecklich, dass er mein ganzes Denken einnimmt. *Sollte es nicht leichter werden?* Immerhin ist ein halbes Jahr vergangen. *Wieso tut es dann immer noch so schrecklich weh?*

Mit den Fingern fahre ich über die Farben. Er hätte mir kein schöneres Geschenk machen können. Es ist bedeutsam und verwoben mit einer schönen Erinnerung, die ich niemals vergessen werde. Aspen und auch ich haben uns verändert. Ich wurde von dem Mann, den ich liebe, enttäuscht, und es hat mir das Herz gebrochen, aber ich habe dadurch auch den Mut gefasst, endlich die Veränderung anzugehen, über die ich schon so lange nachgedacht habe.

Ich stehe in meiner eigenen Kanzlei, kann künftig für die Wahrheit und das Recht kämpfen, wie ich es als Teenie schon immer wollte. Meine beruflichen Träume sind zum Greifen nah. Privat sieht es eher mager aus. In den letzten Monaten habe ich mich nach Büroräumen umgesehen, die in einer guten Gegend, aber auch bezahlbar sind. Dann habe ich den Papierkram zusammengekratzt, den ich brauchte, um überhaupt eine Kanzlei eröffnen zu können.

Die Einrichtung habe ich selbst gekauft und platziert, und während der letzten vier Monate habe ich nach einem guten Team Ausschau gehalten, das mich künftig unterstützen soll. Ich habe eine gute und talentierte Mischung engagierter Personen gefunden, mit denen ich in Zukunft hoffentlich gut zusammenarbeiten kann. Alles ist noch neu und unsicher, aber ich bin zuversichtlich, dass ich mit der Zeit eine Routine finde und der Erfolg nicht ausbleibt.

Leos Geburtstagsparty rückt näher, und Firenze meldet sich immer häufiger, doch ich kann nicht aufhören, an Aspen und den Moment in meinem Büro zu denken. Die Sehnsucht in seinem Blick war schon fast greifbar, und ich habe unweigerlich erkannt, dass auch er nicht über mich hinweg ist, genauso wie ich noch an ihm hänge.

Wir haben uns gehasst, gestritten, haben zueinander gefunden und uns verliebt. Das ist nicht von heute auf morgen passiert. Es hat Zeit gebraucht, bis unsere Herzen bereit waren, verschenkt zu werden. Und auch jetzt war es die Zeit, in die ich die meiste Hoffnung gesetzt habe. Alles in mir wollte, dass ich Aspen vergesse, weil ich das Vertrauen in ihn verloren habe. Aber dies ist nicht geschehen.

Als er mir den Sternenprojektor geschenkt hat, habe ich das als große Geste und weitere Entschuldigung seinerseits wahrgenommen. Und so wie es der Rettungsanker für ihn war, war es ein Trost für mich. Durch das Betrachten des Sternenlichts habe ich mich Aspen näher gefühlt, denn ich konnte irgendwie erahnen, wie einsam er wohl in den letzten Jahren gewesen sein muss.

Meine Familie sowie meine Freunde geben ihr Bestes, um mich mit auf Shoppingtouren, zu Konzerten, ins Kino und ins Freie zu schleppen, doch egal wie viel Mühe sie sich geben, mein Herz fühlt sich durchgehend schwer an. Dieser Umstand nervt mich so sehr, dass ich es zugelassen habe, mich von Firenze auf andere Gedanken bringen zu lassen. Ich würde alles tun, um Aspen endlich loszulassen.

Der Tag der Party ist mit vielen Vorbereitungen verbunden. Natürlich gibt es in unserem Dorf einen Catering-Service, aber ich denke, Nonna würde uns alle enterben, wenn wir diesen in Anspruch nehmen würden. Also wird gefühlt alles in Olivenöl getaucht, gebraten, gehackt und mariniert, damit Leos Feier genauso ein Erfolg wird wie alle Familienfeste der Valentis. Frisches Brot wird in dem mit Feuerholz betriebenen Ofen gebacken, jedes Koch- und Backfeld ist in Betrieb.

Ich liebe die lockere Hektik, die uns immer umschwirrt, wenn wir auf dem Gut sind. Das Anwesen selbst ist zweihundert Jahre alt, wurde zwar immer wieder saniert und modernisiert, doch der Charme des für die Toskana typischen Steinhauses ist derselbe geblieben. Das Herz und die Seele meiner Familie sind mit diesem alten Gemäuer tief verbunden, das von allen möglichen Blumen in den verschiedensten Farben umgeben ist.

Das Einzige, was meine Nonna an moderner Technik erlaubt hat, war der elektrische Rasenmäher, der mit dem Mähen zum Glück schon fertig war, sodass wir die Bänke und Tische putzen und dekorieren konnten. Ich stehe auf der Terrasse, lasse die italienische Sonne meine helle, mit Sommersprossen übersäte Haut wärmen und atme tief ein und aus.

Das ist der Geruch von zu Hause. In den Staaten zu leben ist wunderbar, aber wirklich wie ich selbst fühle ich mich nur hier in Poppi. Den Wunsch, dass eines Tages meine Kinder durch diesen Garten laufen werden, hatte ich schon früh. Meine Hochzeit, Geburtstage und andere Familienfeste wollte ich an diesem Ort mit meinem Liebsten feiern, und doch stehe ich hier allein und bin zwiegespalten.

Ein Teil von mir möchte Firenze eine echte Chance geben, weil er wirklich ein guter Kerl ist, der diese verdient hätte. Aber da ist noch Aspen. Der Mann, der mein Herz im Sturm erobert hat, auch wenn ich ihn zu hassen gelernt hatte. Nach unserer Trennung habe ich diese Gefühle erneut verspürt, doch die Wut und der Frust wurden weniger, bis nur noch Leere übrig war.

Aber kann ein neuer Mann diese füllen?

Meine Gefühle für Aspen waren stark, egal ob sie liebevoller oder wütender Natur waren, wir waren wie ein Minenfeld oder eine Blumenwiese. Doch unsere Leidenschaft haben wir nie verbergen können. Dass ich Aspen immer noch liebe, ist kein Geheimnis. Es ist für jeden ersichtlich, aber kann ich einem Mann eine zweite Chance geben, der mich belogen hat?

»Wann wird dein Schatz da sein?«, fragt Dad, als er sich neben mich stellt.

»Ich schätze, dass sein Flugzeug bereits gelandet ist, und die Fahrt mit dem Leihauto dauert meist nicht lange«, antworte ich gedankenverloren.

»Von wem redest du?«, fragt Dad mit erhobener Braue. »Nicht von Firenze, oder?«, will er wissen, und an seinem Gesichtsausdruck erkenne ich, dass er mich bewusst verwirren wollte.

»Du hast mich ausgetrickst und eine Fangfrage gestellt.«

»Und dein Herz hat geantwortet.«

»Aspen und ich sind getrennt.«

»Das weiß ich. Und ich weiß auch, dass du tief verletzt bist, aber du wirkst immer verlorener, und da habe ich wohl zu unfairen Mitteln gegriffen.«

»Ich bin nicht verloren. Vielleicht ein wenig traurig und einsam.«

»Du hast recht. Dein alter Herr kann nicht in dich hineinsehen, aber ich erkenne, wenn es dir nicht gut geht.«

Ich nicke, denn er hat völlig recht. »Meine Gefühle treiben mich in den Wahnsinn.«

»Inwiefern?«

»Ein Teil von mir möchte Aspen wieder in meinem Leben wissen, ihn zurückhaben, aber er hat geschwiegen, weil er mich nicht verlieren wollte.«

»Hmm. Das hätte er nicht tun sollen, aber wie hast du reagiert, als Kurt dich schikaniert und dir das Arbeitsleben schwer gemacht hat?«

»Ich habe es ertragen und geschwiegen, weil …«, antworte ich, und als mir klar wird, worauf mein Vater hinauswill, weiß ich kurz nicht, was ich sagen soll.

»Du deinen Job nicht verlieren wolltest. Verstehe mich nicht falsch, denn Aspen hat Mist gebaut, aber er hat sich entschuldigt, und wenn du es von diesem Standpunkt, den wir gerade angesprochen haben, betrachtest, hast auch du geschwiegen, um etwas zu schützen. Und ich kann verstehen, dass Aspen dich nicht verlieren wollte.« Er streicht mir väterlich übers Haar. »Niemand möchte meine Daphne verlieren.«

Tränen sammeln sich in meinen Augen, doch ich lasse sie nicht frei. Ich möchte nicht länger Trübsal blasen und weinen. Mein Leben soll nicht mehr dunkel und grau sein. Ich möchte Licht und Farbe erleben.

Wieso ich heute Abend das Kleid trage, in dem ich Aspen geheiratet habe, weiß ich nicht. Vielleicht hatte ich kurzzeitig einen Aussetzer, denn die geschockten Gesichter meiner Freundinnen haben mir gezeigt, dass ich die falsche Wahl getroffen habe. Ich war sogar so nervös wegen des Aufeinandertreffens mit Aspen, dass ich mein Smartphone auf dem Bett in meinem Zimmer vergessen habe. Gerade als ich wieder zurück auf mein Zimmer will, um mich umzuziehen, erscheint Firenze und kommt direkt auf mich zu.

Wir unterhalten uns, trinken ein Glas Traubensaft, doch so sehr ich mich auf ihn konzentrieren möchte, sehe ich immer wieder zum Eingangsbereich, um Aspen nicht zu verpassen.

Dabei sollte ich nicht seinem Erscheinen entgegenfiebern. Ich stehe hier mit einem interessanten Mann, der mich näher kennenlernen möchte – aber was ist, wenn Dad recht hat?

Aspen hat sich mehrmals bei mir und, wie ich erfahren habe, auch bei meiner Familie entschuldigt. Und ich glaube ihm seine Worte der Reue. Mein Herz weiß, dass er mir nicht bewusst wehgetan hat.

»Auf wen wartest du?«, fragt mich mein Date, als ich mich seufzend ihm zuwende.

»Das weiß ich selbst nicht so genau, aber ich weiß, dass ich die Zeit mit dir genieße. Doch mehr als Freundschaft werde ich dir nicht geben können.« Er lächelt mich traurig an, doch ich sehe keine Überraschung in seinen Gesichtszügen.

»Ich dachte mir schon, dass du noch an dem Mann hängst, mit dem du zusammen warst.«

»Das tue ich wohl tatsächlich, auch wenn ich es nicht wahrhaben wollte. Ich hoffe, ich habe dir keine Hoffnungen gemacht?«

»Nein. Mach dir darüber keine Sorgen.« Nachdem ich mich von Firenze verabschiedet habe, suche ich Leo auf, in der Hoffnung, dass Aspen dort ist, aber ich kann ihn nirgendwo finden. Plötzlich tippt mir Britney auf die Schulter, und als ich mich umdrehe, sieht sie mich besorgt an.

»Er wird nicht kommen.«

»Was?«

»Aspen. Er kommt nicht.« Der Stich, der sich in meinem Herzen festsetzt, lässt mich nach Luft schnappen.

»Wieso?«, flüstere ich, und all meine Hoffnungen fallen in sich zusammen.

»Er meinte zu Leo, dass er es nicht ertragen könnte, dich mit einem anderen Mann zu sehen, also fliegt er gleich wieder zurück in die Staaten.«

»Warte, er ist in Italien und fliegt gleich wieder weg?«

»Ja, ich denke, er hat es sich wohl anders überlegt.« Ich fahre mir durch das offene Haar und schließe für einen Moment die Augen. Da sehe ich eine Zukunft ohne Aspen. Ich weiß, dass ich jemanden finden, mit ihm eine Familie gründen könnte, aber ich würde meine erste große Liebe niemals vergessen können. Aspens Liebe hat ein Brandmal auf meiner Seele hinterlassen.

Ich verlasse die Party und gehe in mein Zimmer. Ich lasse mich mit dem Rücken auf das Bett fallen, zucke aber vor Schmerz zusammen, als ich etwas Hartes an meiner Schulter spüre. Ich stelle fest, dass es sich um mein Smartphone handelt, das ich vergessen hatte. Das Leuchten des Displays informiert mich darüber, dass Aspen mir geschrieben hat. Augenblicklich setze ich mich auf und öffne nervös die Nachricht.

Liebe Daphne. Gott, es fällt mir so schwer, meine Gefühle zu beschreiben, wenn ich sie doch am liebsten mit Gesten zeige. Ich hoffe, du weißt, dass ich mir immer das Beste für dich wünsche. Dein Glück hatte immer die oberste Priorität für mich, und doch war ich egoistisch und wollte dich um jeden Preis bei mir wissen. Und es tut mir leid. Es wird das letzte Mal sein, dass ich mich für meinen Fehler entschuldige. Denn ich bin ein Mensch, und diese bauen eben Mist, und ich bin einer von der Sorte, der es wohl öfter tut als andere. Ich will, dass du glücklich bist, aber ich möchte auch mich selbst schützen. Wenn dieser Mann derjenige ist, den du wirklich willst, dann wünsche ich euch nur das Beste. Wenn du aber noch eine kleine Chance für uns siehst, und wenn es nur ein Hauch ist, hoffe ich, dass du dich für mich entscheidest. Für einen Mann mit Fehlern, der dich aber aufrichtig liebt und dir jeden Tag zeigen möchte, dass du alles für ihn bist. Ich möchte, dass wir es mit einem

Neustart versuchen, wenn es auch deinem Wunsch entspricht. Deswegen habe ich gerade ein Ticket nach Las Vegas gebucht. Wenn du diesen Neuanfang auch willst, dann liegt am Schalter ein Ticket für dich bereit. Falls du uns eine Chance geben willst, warte ich bis zum Boarding um einundzwanzig Uhr auf dich. Falls du nicht kommst, werde ich dich gehen lassen. Aber Scheiße … ich hoffe, du kommst. Bitte komm. Daphne, komm zurück zu mir … es tut mir so leid.
Dein Aspen

»Ich liebe dich«, flüstere ich unter Tränen und frage mich, was ich tun soll. *Kann ich mein mühsam zusammengeklebtes Herz noch mal in Aspens Hände legen?*

38. KAPITEL

Aspen

»Ich liebe deine Filme«, sagt die junge, dunkelhaarige Frau, als sie mich am Flughafen um ein Selfie bittet. Zwar trage ich eine Baseball-Cap und einen Mundschutz, aber als ich diesen kurz abgenommen habe, um zu trinken, war es zu spät. Die junge Frau und ihre Freundin sind aus den Staaten und machen eine Europareise.

»Das freut mich zu hören. Ich hoffe, dir wird *In Love and Law* auch gefallen«, sage ich zu ihr, während ich ihren Jutebeutel signiere. Mir fällt auf, dass sie vor Nervosität zittert, und ich frage mich unweigerlich, ob dies nun immer so sein wird. Vor zwei Jahren haben mich die Menschen gegrüßt, sich gefreut mich zu sehen, aber die Euphorie, die diese jungen Frauen an den Tag legen, ist neu für mich.

Es fühlt sich zwar ungewohnt und befremdlich an, da ich eigentlich immer wollte, dass sich meine Fans in meiner Nähe wohlfühlen, aber ich schätze, dass dies ein neuer Umstand ist, der mit dem Ruhm einhergeht. Die Menschen denken, ich sei anders als sie, etwas Besseres, doch das ist Bullshit. Ich bin wie sie, und in verschiedene Rollen zu schlüpfen ist nur mein Beruf.

Wenn sie wüssten, dass ich privat die Einsamkeit bevorzuge, würden sie sich wundern. In meinen Social-Media-Profilen bleibe ich meinem Image als THV treu. Biete Content, der meinem Alter Ego entspricht, doch ich bin jemand völlig anderes. Ich bin einfach Aspen. Ein Mann mit einem gebrochenen Herzen, der nur lächelt, weil ihm keine andere Wahl bleibt.

»Darüber musst du dir keine Sorgen machen. Meine Freundinnen und ich freuen uns unheimlich darauf. Machst du auch hier Urlaub?«, fragt sie mich, als ich ihr den Beutel wieder zurückgebe.

»Nein, ich bin nur auf der Durchreise.«

»Ah, okay. Wir müssen jetzt los, danke für deine Zeit.«

»Gern geschehen. Passt auf euch auf.«

»Machen wir.« Winkend gehen sie weiter zum Ausgang, während ich den Griff um meinen Rollkoffer verstärke. Es hat gutgetan, sie zu treffen, denn sie konnten mich kurz von der wachsenden Nervosität ablenken. All meine Nerven sind zum Zerreißen gespannt, seitdem ich die Nachricht an Daphne abgeschickt habe. Ich bin vor ein paar Stunden gelandet und habe einen elfstündigen Flug auf mich genommen, nur um direkt im Anschluss meine Meinung zu ändern.

Als Daphne mir gesagt hat, dass es einen neuen Mann in ihrem Leben gibt, hat es mir den Boden unter den Füßen weggezogen. Etwas in mir hat immer gehofft, dass es eine Möglichkeit geben würde, wieder zueinanderzufinden. Und das Treffen in ihrem Büro hat mir Hoffnung gemacht. Ihre Augen haben sie verraten, denn auch wenn sie sich kühl gegeben hat, weiß ich, dass sie noch etwas für mich empfindet.

Doch diese Hoffnung wurde im Keim erstickt, als sie mir offenbarte, dass sie mit einem Date auf Leos Party erscheinen wird. Es tut so schrecklich weh, dass sie weitergezogen ist, während ich mich jeden Tag nach ihr verzehre. Mir wäre niemals in den Sinn gekommen, mich mit einer anderen Frau zu treffen.

Ich kann sie nicht so schnell loslassen und dachte, dass es ihr ebenso geht.

War ich womöglich zu blauäugig? Ich habe ihr sehr wehgetan, und auch wenn sie mich nicht mehr hasst, ist die Liebe bei ihr wohl erloschen. An meinen Wünschen und Gefühlen hat sich hingegen nichts geändert.

Daphne war vor neun Jahren die Eine und wird es für immer sein. Meine erste große Liebe hat ein unschönes Ende genommen, aber ich könnte sie niemals vergessen. Und genau deswegen habe ich mitten am Flughafen innegehalten. Es würde mich umbringen, Daphne in den Armen eines anderen Mannes zu sehen. Zwar habe ich gedacht, dass ich stark genug dafür wäre, aber das war ein Fehler. Auch wenn es mir unendlich leidtut, schrieb ich Leo, dass ich nicht kommen werde.

War alles umsonst? Die Anreise? Meine Hoffnungen auf eine zweite Chance?

Diese Fragen lassen mich nicht los. Ich warte am Terminal und sehe mich immer wieder verzweifelt nach einem honigblonden Haarschopf um, doch Daphne erscheint nicht. Die Menschen um mich herum bemerken meine Unruhe, und manche von ihnen schütteln sogar den Kopf, doch niemand erkennt mich.

Was sie sich wohl denken?

Sehen sie einen gebrochenen Mann, der sich an den letzten Strohhalm klammert, um nicht zu ertrinken, oder einen liebeskranken Deppen, der niemals eine Chance bekommen wird, seine Fehler wieder geradezubiegen?

Was es auch ist, sie haben alle zum Teil recht. Ich werde niemals Ruhe finden, wenn ich diesen Schritt nicht wage. Vielleicht habe ich Daphne vor vollendete Tatsachen gestellt, aber wenn ich sie jetzt nicht ermutigen kann, auf ihre Gefühle zu hören, werde ich es womöglich niemals schaffen.

Die Zeit vergeht, doch von der Frau, die ich liebe, fehlt jede Spur. Jede Minute bis zum Boarding lässt mein Herz erneut in kleine Stücke brechen. *Daphne kommt nicht.* Auch nicht, als das Boarding angekündigt wird. Die Enttäuschung, die mich erfasst, lässt sich kaum in Worte fassen, aber so schlimm es auch ist, es ist zumindest endgültig. Ein klarer Schlussstrich, der es mir leichter machen wird, über Daphne hinwegzukommen.

Ich setze mich in die erste Klasse und sehe auf den leeren Platz neben mir. Diese Leere spiegelt mein Inneres wider, und es tut unglaublich weh. So sehr, dass ich mich zum Fenster drehen muss, um meine Tränen vor der Welt zu verbergen. Eines Tages werde ich mich für ihr neues Glück freuen können, doch dieser Tag ist nicht heute. Nein, heute darf ich leiden, weinen und mich in Selbstmitleid suhlen.

Ich werde nach Las Vegas fliegen, werde mir eine Auszeit gönnen, bevor ich nach Manhattan zurückkehre, um wieder in die Rolle des sexy Schauspielers zu schlüpfen, auch wenn mir eine Rolle in einem tragischen Shakespeare-Stück besser stehen würde.

Ich schlafe fast den ganzen Flug über, und als ich in Nevada lande, umfängt mich die brütende Hitze der Wüste von Las Vegas. Es ist schon makaber, dass ich genau das Hotel sowie das Zimmer gebucht habe, in dem ich die Nacht mit Daphne verbracht habe. Ein Teil von mir dachte, es wäre witzig, wenn wir alles noch mal erleben würden, außer den Teil mit dem Betrinken und Heiraten.

Mit einer Schwere in der Brust gehe ich den Strip entlang, bin ganz für mich und lege zu keiner Sekunde meinen Mundschutz ab, um nicht erkannt zu werden. Denn ich weiß nicht, ob ich für meine Fans lächeln könnte, wenn ich doch nur weinen möchte. Ich fahre mit der Monorail, besuche die Bar, in der Daphne und ich uns zum ersten Mal geküsst haben, und gehe schließlich zum Brunnen beim *Caesars Palace*, wo ich sie zum ersten Mal gesehen habe.

Damals hat sie mir den Atem geraubt, nun erscheint es mir wie ein seltsamer Scherz des Schicksals, dass sie mir das Herz gestohlen hat, und ich frage mich, ob es je wieder so schnell schlagen wird wie damals, als Daphne und ich zusammen gewesen sind. Ich setze mich an den Rand des Brunnens und bleibe zum Glück unerkannt zwischen all den Menschen, die Fotos von den Sehenswürdigkeiten machen möchten. Ich kann mich nicht mehr bewegen, sondern bin so tief in Gedanken versunken, dass ich nichts um mich herum mehr wahrnehme.

»Entschuldigen Sie, könnten Sie ein Foto von mir am Brunnen machen?«, höre ich eine weibliche Stimme, dumpf im Dunst meiner Einsamkeit, und schüttle den Kopf.

»Tut mir leid, ich kann leider nicht.«

»Bitte, dann verrate ich Ihnen meinen Namen.« Verwirrt über die Aussage der Frau drehe ich den Kopf in ihre Richtung, und meine Augen weiten sich, als ich Daphne neben mir sehe. Zuerst glaube ich zu halluzinieren, also blinzle ich mehrmals, aber das Bild verändert sich nicht. Daphne steht in dem weißen Kleid vor mir, in dem ich sie zum ersten Mal gesehen und mich augenblicklich in sie verliebt habe.

»Daphne«, flüstere ich, und ich muss mich davon überzeugen, dass dies kein Trugbild ist. Ich lege meine Hand an ihre weiche, warme Wange.

»Genau. Mein Name ist Daphne Valenti, und deiner?«, fragt sie mich mit zitternder Stimme.

»Aspen. Aspen Knox«, antworte ich und lächle leicht, als auch ihre Mundwinkel sich nach oben bewegen. Daphne ist hier, sie will ebenfalls einen Neuanfang wagen. Als mir klar wird, dass ich sie nicht verloren habe, ziehe ich sie fest an mich. Daphne schmiegt ihre Wange an meine Schulter, während ich den Göttern danke, dass sich unsere Wege nicht für immer getrennt haben.

Daphne löst sich von mir, sieht mir tief in die Augen, bevor sie ihren Kopf neigt und mich sanft küsst. Der Kuss ist zärtlich, aber weltbewegend, sodass ich nicht anders kann, als ihn zu vertiefen. Nach Luft schnappend lösen wir uns voneinander und sehen uns tief in die Augen.

»Du bist hier«, sage ich ungläubig.

»Ich kam zu spät am Flughafen an und musste den nächsten Flug nehmen. Ich bin gekommen, weil ich mir ein Leben ohne dich nicht vorstellen kann, aber ich werde eine Weile brauchen, um dir wieder vertrauen zu können.«

»Das ist in Ordnung. Ich werde alles tun, um dir zu zeigen, dass du dein Vertrauen in meine Hände legen kannst.«

»Wir haben ja alle Zeit der Welt.«

Ich küsse ihre Nasenspitzen und lege meine Hände um ihre Wangen.

»Die haben wir«, flüstere ich überwältigt, aber verdammt glücklich.

DANKSAGUNG

Bei den letzten siebzehn Büchern habe ich schnell die richtigen Worte gefunden, doch hier musste ich in mich gehen, weil dieses Buch hier anders war als alle vorherigen. *Starting Something New* und die Liebesgeschichte von Daphne und Aspen bedeuten mir unheimlich viel. Wochen um Wochen konnte ich kaum erwarten, diese Geschichte zum Leben zu erwecken und in Las Vegas und New York abzutauchen.

Ich liebe Daphnes Zielstrebigkeit und die Leidenschaft für ihren Beruf. Mein Herz gehört Aspen, weil er nie die Hoffnung aufgegeben hat, Daphne für sich zu gewinnen. Die Liebe ist immer präsent in diesem Buch. Nicht nur im romantischen Sinn, sondern auch die Liebe zu Freund:innen und Familie, die eine große Bedeutung hat. Dieses Buch ist für all diejenigen, die an zweite Chancen und an die wahre Liebe glauben.

Dass ihr dieses Buch in den Händen halten könnt, verdanke ich so vielen wunderbaren Menschen und dem wunderbaren LYX-Verlag. Acht Jahre schreibe ich für den besten Verlag der Welt, und ich liebe ihn nicht nur, weil er meinen Büchern ein schönes Zuhause bietet, sondern auch weil das Team einfach wunderbar ist und ich die Bücher meiner geschätzten Kolleg:innen unheimlich gern lese. Ich bin mit ganzem Herzen Autorin und feurige Leserin.

Weiter danke ich meiner Lektorin Silvana Schmidt, mit der

ich seit Jahren eng zusammenarbeite. Ohne dich wären meine Bücher nicht dasselbe.

Danke an meine Seoul-Sister Laura Labas für die Schreibdates, deine Freundschaft und dafür, dass du meine Leidenschaft für K-Dramas und K-Pop teilst. Ann-Kathrin Karschnik, meine Wonder Woman, danke für die Plot Calls und dass du die Freuden und Leiden des Mama- und Autorinnenseins mit mir teilst.

Steffi, Simone Walleck und Julia Niederstrasser: meine liebste Wingspan-Crew. Ich liebe euch mehr als Rhys, Cassian und Azriel zusammen, und das bedeutet schon einiges. Ihr seid meine perfekte Flügelspannweite, meine besten Freundinnen, Partners in Crime und meine Spirit Fingers Cheerleader. Ohne euch wäre mein Leben leer. Danke, dass es euch gibt.

Ich danke meinem Mann von ganzem Herzen, dass er mich immer unterstützt, mein größter Fan ist und sich liebevoll um unsere Kinder kümmert, während ich in meine selbst geschaffenen Welten abtauche.

Ich bestehe nur aus Liebe und Dankbarkeit, und ich hoffe, dass dieses Gefühl für immer anhält.

x April

Triggerwarnung

Dieses Buch enthält Elemente,
die triggern können.

Diese sind: *Erbrechen*

Außerdem möchten wir darauf hinweisen,
dass dieses Buch folgende Themen behandelt:

Tod von Familienmitgliedern
(in der Vergangenheit liegend)